KUWEI
酷威文化

图书 影视

将旧酒

君约 —— 著

天津出版传媒集团

天津人民出版社

图书在版编目（CIP）数据

将醒 / 君约著. -- 天津：天津人民出版社，2023.11

ISBN 978-7-201-19886-6

Ⅰ.①将… Ⅱ.①君… Ⅲ.①长篇小说－中国－当代 Ⅳ.①I247.5

中国国家版本馆CIP数据核字（2023）第194782号

将醒
JIANG XING

君约 著

出　　版	天津人民出版社
出 版 人	刘　庆
地　　址	天津市和平区西康路35号康岳大厦
邮政编码	300051
邮购电话	022-23332459
电子信箱	reader@tjrmcbs.com
责任编辑	玮丽斯
特约编辑	孙昭月　杨晓丹
封面设计	蘑菇小姐
插画授权	三水观塘　张骰子　黑猫太子　红茶包　亦轩的小言昱月
制版印刷	天津旭丰源印刷有限公司
经　　销	新华书店
开　　本	880毫米×1230毫米　1/32
印　　张	11.5
字　　数	346千字
版次印次	2023年11月第1版　2023年11月第1次印刷
定　　价	42.80元

版权所有侵权必究
图书如出现印装质量问题，请致电联系调换（022-23332459）

也许在多年前那辆火车上，一切就已注定。

目录

001　Chapter 01
　　 初见

047　Chapter 02
　　 重逢

081　Chapter 03
　　 亲密

113　Chapter 04
　　 相伴

149　Chapter 05
　　 波折

181　Chapter 06
　　 家人

213		*Chapter 07* 险祸
247		*Chapter 08* 旧爱
267		*Chapter 09* 羁绊
319		*Chapter 10* 守候
347		*Special Episode 01* 再见
355		*Special Episode 02* 我们

Chapter 01
初见

姜醒在候车大厅睡了一觉,醒来时快凌晨三点。

车站广播正提醒旅客检票。姜醒拎起背包挂到胳膊上,从口袋里摸出车票过检票口去往8站台。

正值学生返校季,硬座车厢拥挤不堪,姜醒跟在一位彪形大叔身后一路挤到座位处。她安顿好后摸了把脸,一手汗。

她的座位靠过道是个中年男人,对面是一对夫妻,四五十岁模样,都靠在那里睡觉。

姜醒没多注意旁人,只低头翻手机。没看到新信息,显然沈泊安还没回复她。也说不上失望,她很快合上手机揣回口袋,趴在桌上睡下。

列车启动后车厢渐渐安静,这个点是平常人熟睡的时间,车上的人以各种不适的睡姿进入梦乡,鼾声四起。

工作缘故,姜醒早已习惯各种环境,而且她也不是第一次坐硬座,很快就进入浅眠。

列车上的时间过得尤其慢。姜醒从昏茫中醒来,窗外仍旧混沌。对面的夫妻也醒了,正小声说话,看到姜醒抬头,朝她瞥了几眼。

姜醒揉揉眼,活动了手臂,仍觉得哪里不舒服,低头一看,同座男人不知什么时候挪近了,大腿大剌剌地贴着她。

她皱着眉挪开,那男人耷着半秃的脑袋,眼睛闭着,仿佛无知无觉。姜醒盯着他的脸看了两秒,觉得可能是自己警惕过头了。

心放下来,但也睡不着了,看了下手机,刚过四点半。

对面的夫妻没再说话，丈夫起身从行李架上拿下背包，打开后拿出一袋香瓜子递给妻子。

旅途漫长，嗑瓜子似乎是个不错的消遣方式。

姜醒不吃瓜子，在这一点上她有点强迫症，受不了牙齿嗑瓜子的声音。但这次却意外地觉得没那么难受，仔细听，居然还有些清脆。

时间就在这声音中慢慢过去，十几分钟后，列车停了，广播里在报站。

停车时间只有几分钟，这一站下去的人不多，上来的人也不多，他们这号车厢几乎没进人。车开时，姜醒透过窗户看了眼站台，冷冷清清。

扭回头的一瞬觉察到不对劲——大腿被人摸了一下。

姜醒确定这次不是自己反应过度，因为同座那秃顶男人不知什么时候睁开了眼，正看着她，目光带着试探，也有一丝掩饰不住的兴奋。

姜醒身体绷得很紧，但依旧镇定，压着火气说："请你往里坐一点。"

"哦，你说往哪坐？"男人若无其事地问。这么说着，人跟着挤过来，紧挨着姜醒，手掐了一下她的腰。

姜醒猛地推了他一把，站起来："你再这样，我去叫乘警。"

她这么一站，周围没睡着的人都注意到了，对面的夫妻也停止了嗑瓜子，看看姜醒，又看看秃顶男，丈夫皱了皱眉，想说什么，被妻子拉了一把，又闭紧了嘴。

这时秃顶男"呵"地笑了声，说："我好像没干什么吧。"说完对周围人摊摊手，"现在的小姑娘哦，太自恋了。座位就这么大，睡着了没留意碰了下，脾气就这么大了。"

旁边人目光各异地看着姜醒，有人说："姑娘你坐下吧，别人还在睡着呢。"

姜醒的脸涨得通红，死盯着男人的秃顶。

她不是第一次碰到这样的事。有些胆小的，被训斥一下就不敢了，但也有胆大的，她报过警，有的处理了，有的没法处理，就像现在这样，对方够无耻，群众眼睛也不够雪亮，最后都是扯皮几句就不了了之，叫警察也没用，没证据。

姜醒一语不发，秃顶男人却又笑了："好了好了，我也不跟小丫头计较，你坐着吧。"

旁边的人也跟着这么说。

姜醒没理，站了两秒，伸手去拿行李架上的背包。这时身后一道声音说："你来这里坐吧。"

姜醒回头，看到一个瘦瘦的男孩。他站在过道里，一手提着书包，一手指着座位，说："我们换个位子。"

他的座位也靠过道，里边坐着一对母女。

姜醒看了一下，说了声"谢谢"。

男孩没说话，往边上让了两步，示意姜醒过去坐下。

两人换好座位后，姜醒听到秃顶男阴阳怪气地"哼"了一声。

她朝那边看了一眼，男孩已经坐下了，他的书包平放在腿上，一侧的书包带大概是断了，系了个结垂在那。

后面的旅途很平静，火车晚点了一会儿，到终点站时快十一点。

临下车姜醒再次对男孩道了谢。

这期间一直没收到沈泊安的信息，不知他是在忙还是纯粹不想给她回。姜醒也没有打电话，自己坐车回去了。

沈泊安是第二天回家的。

姜醒正在沙发上睡觉，迷迷糊糊中感觉玄关的灯亮了，睁开眼就看到沈泊安。

姜醒有些愣神，沈泊安也是，他站在鞋柜边没动，领带拉了一半，手就那么定住了。过了好一会儿，他轻咳了一声，走过去。

"什么时候回来的？"他站在沙发边看她。

"昨天。"姜醒躺着没动，只是脸朝着他，蓬乱的头发挡了小半张脸。

沈泊安皱了下眉，说："怎么不告诉我？"

Chapter 01 初见

"我给你发了信息。"姜醒一副刚睡醒的样子,带着鼻音。

沈泊安:"我没收到。"

"哦,火车上信号不好吧。"

沈泊安微微一怔,迟疑地问:"……坐火车回来的?"

"嗯。"姜醒解释了一句,"没合适的班机票。"

"回来了怎么也不打电话?"

"怕你在忙。"姜醒捋了一把头发,露出整张白净的脸庞。

沈泊安嘴唇动了下,想说什么又没说。

他不再问了,姜醒也没心思主动说话,她指指厨房:"煮了粥,饿了就吃,我要睡了。"

沈泊安说:"去床上睡吧。"

"不用。"姜醒拉起薄毯盖住脸。

沈泊安却突然弯腰掀掉毯子,伸手将她抱起。姜醒也不挣扎,任他抱到卧室。沈泊安将她放到床上,打开冷气,又给她盖上薄被。

姜醒始终闭着眼,一句话也没说。

沈泊安在床边坐下,看了她一会儿就出去了。

姜醒不知道沈泊安这天晚上什么时候睡的,也不清楚他有没有到床上睡,她醒来时家里已经没有人了。冰箱上有张便笺,沈泊安说晚上回来带她出去吃饭。

傍晚果然接到了电话,沈泊安在楼下等她。姜醒换了件裙子下楼了。沈泊安靠在车门边,看她拿着手包从单元门里出来,下台阶时裙摆飘得像黑色花朵。

沈泊安拉开车门,姜醒笑了一下,指指后面说:"我想在后面睡会儿。"说完自己坐了进去。

沈泊安站在外边看了她两秒,没说话,绕到另一边坐进驾驶位。

一路沉默。

沈泊安开车,姜醒闭着眼,很困的样子,也不问他要去哪里吃、吃什么。

沈泊安似乎早就打算好了,一路将车开到一家日料店门口,进了包厢,姜醒才知道原来不是他们两个吃饭。

包厢里已经有三个人,除了一个陌生女孩,其他两人她都认识,宋宇和陆从恩,都是沈泊安的同学,也是律所的合伙人。

看他们进来,宋宇率先喊了声:"咦,小姜醒回来啦?"

"嗯。"姜醒对他笑了下,和沈泊安一同走过去落座。

这时陆从恩给他们介绍:"这是我女朋友苏楠。"接着又对苏楠介绍,"他是我兄弟沈泊安,这是他太太姜醒。"

互相问好后,总算可以开始吃饭了。

姜醒说话不多,大多时候都在低头吃东西,这几人中宋宇最健谈,从饭局开始就一直在侃,最后话题说得差不多了,就问到姜醒头上——"对了,小姜醒,你这次又跑了很久哇,都去了哪里?"

姜醒正在吃墨鱼丸子,被他一点名,哽了一下,缓了缓才答:"没去几个地方,在广西待了挺久。"

"广西?"宋宇说,"广西好吃的多啊,不过你怎么好像瘦了,吃不惯那边风味吧?"

"还好。"

宋宇摇摇头,突然喷了一声说:"小姜醒,你这个工作太累了,一个小丫头这样东奔西跑、日晒雨淋的也不是办法,你自己不在意,老沈也要心疼啊,是不是啊老沈?"

沈泊安容色淡淡,瞥了眼姜醒,说:"她喜欢做这个。"

姜醒捏着筷子没应声,这时又听见宋宇说:"那再跑两年也得歇了吧,你俩到底准备啥时候生小孩啊,我还等着抱干儿子呢。"

沈泊安和姜醒都没接这话,倒是陆从恩揶揄了一句:"你管得真宽,自个还是光棍呢,要抱儿子自己生啊。"

宋宇被堵了一句,打着哈哈混过这茬。

饭后各自回家,路上沈泊安咳嗽了几声,姜醒提议顺路去买点感冒药,沈泊安说不用。

车开到小区门口,姜醒看见前面站着一个人。沈泊安也看到了,把车停了下来。

Chapter 01 初见

姜醒瞥了两眼,认出了那人——江沁宁,沈泊安律所的实习生。

"我过去一下。"

沈泊安说完下了车,大步走过去。姜醒看着他的背影,有片刻的失神,之后她打开车门,也下了车。

江沁宁正要喊沈泊安,远远看到姜醒也过来了,愣了一下才喊道:"沈老师。"目光却绕过沈泊安望向姜醒,"咦,师母回来了吗?"

姜醒走了过来,江沁宁正正经经喊了声:"师母。"她明明比姜醒还大一点,却要喊姜醒师母,这多少有点怪异。但姜醒好像不觉得有什么不自在,很随意地对她点点头。

江沁宁把手里的袋子递给沈泊安,说了两句话:"今天开会大家看您咳嗽有点担心,托我买点药过来。我不知道师母回来了,打扰了。"她说得从容大方,恰到好处地表示关心和抱歉,听起来十分妥帖,却禁不得细品。

沈泊安没有犹豫地接过药,道谢后问她:"你怎么过来的?"

"打车来的。"江沁宁轻声答了一句,说完微低头,"哦,我该走了。"

沈泊安想说什么,姜醒突然说:"泊安,你送送啊,这么晚不安全吧。"

江沁宁忙说:"不用了,不用了。"

沈泊安却对姜醒说:"那你自己先上去。"

"嗯。"

车从面前开走,姜醒站了一会儿,转身进了小区。

姜醒没有等沈泊安回来,洗了澡就上床躺着。

她一向嗜睡,但这天却很难入眠,酝酿了近一个小时仍毫无睡意,正烦躁,沈泊安回来了。

外面动静不大,但能听到他进了卫生间。十几分钟后,房门开了,沈泊安没有开灯,用手机的屏幕光照着路走到床边。

姜醒感觉到他在她身边躺下了。

姜醒的身体忽然绷紧。不是紧张,而是不自在,不适应。

意识到这一点比这种感觉本身更令人难受。

还好沈泊安也没有再靠近,他们各踞一方位置,彼此相安无事。

这晚姜醒很晚才迷迷糊糊睡过去，醒来日头大好，身边人已经走了。

姜醒没换衣服，走到阳台吸了几口气。就在这一秒，她突然想，如果、如果沈泊安开口，那么就……想到一半心头郁闷，大夏天的竟有点发抖。

下午姜醒接到一个电话。打电话的是她姐姐姜梦，她们平时联系不多，所以突然打电话来肯定不是因为小事。

果然，那头说了没两句，姜醒就变了脸色。她挂掉电话，急匆匆收拾行李赶往机场，上了飞机才想起没有通知沈泊安。

两个小后，姜醒落地江城，直接打车去了医院。她姐姐姜梦就在住院部大门口等着。两人会合后，姜醒急着往病房跑，却被拉住。

姜梦说："先别去。"

"我得去看看。"姜醒慌里慌张，被汗浸湿的脸异常苍白。

"姜姜你听我说，"姜梦皱着眉，看向她的目光带了点说不出的为难，"我怕爸情绪不好，情况更糟糕。"

姜醒看着她。

姜梦有些担忧地说："我刚刚试探地提了一下，说让你回来看看，爸突然就发了脾气，把妈削好的苹果直接砸地上了，说要叫你回来得等他死了。"

姜醒突然僵在那儿，最后一缕夕阳也褪下，天边似乎一瞬间暗了。

姜醒默默站了很久，姜梦松手了，她仍一动不动，最后慢慢低下了头。

晚上有护工在医院照料，姜梦便先送母亲回家。她们出来时经过医院的花坛，那里有两棵小松树。等她们走远了，姜醒从松树后面走出来。

一个小时后姜梦打来电话，姜醒去她说的路口等她。没多久，姜梦开着车来了。

Chapter 01 初见

姜醒被带回了姐姐的公寓。

"填填肚子。"姜梦煮了一碗面。

姜醒没胃口,随便扒拉几口就不再吃了。姜梦劝了两句,见她一副失神的样子,只得叹口气把碗筷撤了。

"姜姜你不要怪爸。"姜梦突然说。

姜醒摇摇头。

姜梦看了看她:"爸那个脾气,也不怪他气到现在,当年的事,你确实做得过分,其实这事哪有多严重,是你们自己弄巧成拙了。"顿了下,又说,"你年纪小,性子又轴,我原先还想沈泊安那个人稳重,比你大点也能管住你,现在想想,他脑筋也不清楚的。"说到这,又摆摆手,"唉,说这个也没用。"

姜梦站了起来,末了补上一句:"明天早点起,趁爸还没醒,也许能过去看一眼。"

但姜醒不想只看一眼。

她戴着口罩在医院徘徊一整天,假装若无其事地走过病房门口。走得太频繁,连护工都注意到了,问她是不是来探视。她摇头否认,也不敢再待。

从前天真幼稚,总相信多熬熬父母总会妥协,毕竟是亲生的,不会一辈子都不认了。直到这一刻才突然没了把握,惊觉自己大约做得太过分,让他们伤了心,裂隙过深,连血缘亲情也没法缝补。

那些年,她眼里心里都是沈泊安,从没有回头想想这个。

现在想来,当时她的心思全顾着那份感情,却忽视了家人的感受。

高考瞒着家人更改志愿,被家里人发现后,怎么也不肯改,毅然决然从南方跑去北方。二十岁毕业,那年暑假又为沈泊安的事跟家里赌气,好像怎么也没法说服父母接受这份感情,激愤又恼怒,一气之下拍了婚纱照,请柬发遍亲朋好友,就这么把酒席办了,指望先将一军。

谁料,这一闹,跟家里的关系算是彻底破裂了。

这一路走来,姜醒向来认为自己无畏无惧,也不承认有大错,反而责怪他们老古板、专制霸道、逼人太甚。

到今天，才陡然恍惚起来，有些想不清楚了。

姜醒在出租车上接到了沈泊安的电话。昨天给他发过一条信息，没说回家，只说临时有点事处理，沈泊安以为是工作上的事，姜醒也没有多解释。

沈泊安打电话是为了问她什么时候回去，因为他下午五点要出发去邻市参加一个研讨会。

姜醒这才意识到她身上没家里钥匙，昨天走得太匆忙，好像把钥匙落在了鞋柜上。难怪沈泊安会突然打电话告知行程，他一定是看到她没带钥匙了。

懊丧时，沈泊安已经在那边催促了："确定好了？我去机场接你。"

"不用了。"姜醒说，"你忙你的，我应该能赶回来，我自己过去拿。"

那边应了声"好"，没等她说"再见"就挂了。

姜醒握着手机发了一会儿呆。

她买了最近一班的机票，出机场时才四点半，外面的天灰蒙蒙的，刚坐上出租车雨就落下来了。

同一时间手机进来一条短信，是沈泊安的。行程有了改变，他要提前走，找了学生给她送钥匙。姜醒看完后给他回：知道了。

出租车一直把姜醒送进学校，法学院的办公室在 T 大校园最里面的办公楼，姜醒以前来过几次，给司机指个路不成问题。

暑假还没结束，学校里人不多，路上空荡荡的，虽然下雨，车还是开得很顺畅，不一会儿就到了。

沈泊安的办公室在五层最东边，门是锁着的。

姜醒站在走廊里等。

过了大约一刻钟，终于跑来两个男生，他们都戴着蓝色帽子，一个穿灰色衬衫，一个穿黑色 T 恤，一人抱着一个大纸箱，纸箱边缘被雨淋出一点湿印。

跑在前面的灰衣男生喊道："欸，那是师母吗，师母已经到了！"

说完加快脚步，几步跑到姜醒跟前，等看清了姜醒的样子似乎有点惊讶，愣了愣才赶忙道歉："师母，我叫孙程，沈老师让我来送钥匙的，对不起，我们来晚了。"

姜醒看清他戴的帽子上印的字母，那是沈泊安负责的一个学术会议的缩写，姜醒并不陌生，她三年前也曾做过会议志愿者，帮忙接待外国学者。那几天忙得喝不上一口水，沈泊安很心疼，只让她做了两天就把她送回去了。

姜醒没让思绪跑远，看了一眼就接上话："没关系，我也刚来。"

孙程放下纸箱，抹一把汗，说："那你稍微等等，我先开下门，我们把这些材料放进去就给你钥匙。"

"好。"

孙程很快打开了门，回过身招呼同伴："陈恕，你快点。"说着抱起纸箱进了办公室，被他催促的男孩这时也到了门口。

姜醒随意瞥了一眼，后面男生抱的箱子明显更大更满，里头全是书。她视线动了动，刚朝那男生侧脸望了一眼，他就进去了。

这一眼让姜醒觉得有点古怪，好像在哪见过似的。

她想走近再看一眼，孙程出来了。他拔了钥匙递给姜醒："给。"

"谢谢。"

这时孙程看了看她，问："你没带伞吗？外面雨很大啊。"

姜醒转头望望走廊尽头的窗户，外面果然还是蒙蒙一片。孙程猜到她大概真没带伞，便说："我送你下去吧，我们有把伞在二楼档案室那边，我去拿给你。"

"你们不要用吗？"姜醒问。

"不用不用，我们就住在学校里，待会儿整理完材料估计雨就停了，而且我们也能打电话叫室友来接我们，没事儿。"

孙程说完扭头冲办公室里说："陈恕，你先整理着，我送师母下楼，你那伞就先借人用了啊！"

里头人应了一声。

孙程对姜醒笑笑："我们走吧！"

姜醒只好道谢。

雨的确很大，但姜醒手里的伞也很大，一柄普通的大黑伞，从头罩着，隔绝了天光，也隔绝了雨水。

她知道这把伞的主人不是孙程，是那个叫陈恕的男生。她想，得记着这名字，回头叫沈泊安把伞还给人家。可是不知为何，姜醒念了一遍这名字，又回想起帽檐下的那张侧脸。

她忽然记起来了，她的确见过他，就在那趟糟糕的火车上。

这场雨一落就落到深夜。

拿回来的那柄大伞被姜醒放在阳台，这一整天只要下楼她都用这把伞，很大很安全，雨水钻不进来，她原来用的短柄小花伞完全比不上。

第二天早上，雨停了，天光大亮，有一丝风。

姜醒心情莫名好了不少，把家里彻底打扫了一遍，之后还耐心地把所有的盆栽花草搬到阳台，让它们晒了一会儿太阳，中午又搬回来。

冰箱里剩了一些蔬菜，虽然只有她一个人在家，但她还是认真地炒了两个菜，煮了新鲜的米饭。吃完午饭，她把房间的床单被套拿下来丢洗衣机里洗了一遍。

下午收拾书房，整理书籍。

书柜里分两块，左边是沈泊安的，右边是她的，沈泊安那边大多是法律类的专业书籍和一些名著，而她的书很杂，小说、散文、杂志都有，最多的是旅游杂志。

做完这些，姜醒去了趟杂志社，交点材料，再顺便报个账。她做旅游记者有两年了，当初是经大学室友介绍到这家杂志社的，合作很愉快，到期交稿，时间自由，没有太多烦心事。

姜醒在杂志社待了没多久就离开了。外头阳光很好，但正午的温度很吓人，没人敢在外面跑。她找了个咖啡馆坐到下午，感觉太阳没那么大了才出去。

过天桥时，包里手机响了。

姜醒停下来，倚在天桥栏杆边接电话。

风从耳边刮过，那头沈泊安的声音一如既往的低沉："在家？"

Chapter 01 初见

"不在。"姜醒转了个身,背靠着栏杆。

"在哪?"

"在外面。"姜醒眼睛盯着对面栏杆边贴膜的小哥,低声说,"你呢,你在哪?"

沈泊安说:"我刚回来,在律所,晚上要过去学校一趟,你说下位置,我来拿钥匙。"

原来是要拿钥匙啊。

姜醒转了视线,望着天桥下面人来车往,慢慢说:"你别来了,我在附近,我来律所找你吧。"这么说完就摁断了电话。

她没有说谎,这里的确离沈泊安的律所不远。她在天桥上吹了会儿风,理了理头发就下去了。

打车过去十分钟都不要。律所的前台小妹已经换了两遭,姜醒这一年没来过,现在站在那儿的是一副生面孔,她不认识。

看到姜醒进来,小姑娘换上招牌式微笑,问她需要什么帮助,有没有预约。

姜醒没有回答,她站在那,有些失神。

这时身后有人诧异地叫她:"……小姜醒?"

姜醒回过头,宋宇的身影进入眼帘。他拿着公文包,西装笔挺。

姜醒看着他就想起沈泊安。

沈泊安也穿黑西装,也拿公文包,他学习、工作的时候专注而严肃,有深沉的魅力。

那种魅力曾令她心折。

"怎么了,小姜醒?"

宋宇走近了,伸手在她眼前晃了晃,姜醒猛然回神:"啊?"

"你想什么呢?"宋宇仔细看了看她,"怎么失魂落魄的,来找老沈啊?"

姜醒点点头。

"那走啊,跟我一道上去。"

姜醒随宋宇一道去沈泊安的办公室。经过集体办公区时,看到一

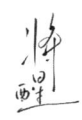

个熟悉的身影。她一眼就认出来了，毕竟前几天才见过一面。

她没有再往那边看，目不斜视地跟在宋宇身后走到走廊尽头，走进了沈泊安的办公室。

"老沈，你老婆来啦。"

沈泊安正埋头写着什么，宋宇的声音让他的手一顿，他抬起头，看到姜醒站在门边。两人目光突然对上，都微微一怔，在这一瞬间，彼此同时生出奇怪的陌生感。

这感觉揪着姜醒的心。她先低下了头，躲开他的视线。

这时宋宇出去了，办公室里只剩他们两个。

姜醒突然后悔来了这里。

沈泊安放下笔，起身朝她走来。

视线里多了一双锃亮的皮鞋，姜醒抬起头，沈泊安已经到了跟前。他比她高不少，姜醒下意识地仰起脸看他。

沈泊安的脸没有太大变化，虽然他已经三十三岁了，跟二十三岁那年比，他的性子变了不少，但容貌真没怎么变，鼻子挺，眼睛黑，唇形好看。如果真要说有了什么变化，那就是他比以前更成熟了。似乎，也更好看了。

沈泊安长得挺帅，姜醒早就知道，否则她当时怎么会被他迷得神魂颠倒的。

她觉得自己大概是个挺肤浅的人。当年对沈泊安最初的好感，应该就是从他这张脸开始的。

这样看着，心里像遇上回南天，犯了潮。

最近这一年，她从没在沈泊安面前红过眼睛，在他怀里哭这种事更是再也没做过。她在他面前，越来越懂事，也越来越沉默。

沈泊安好像没注意到姜醒的这些情绪，他张口问："钥匙带了？"

姜醒顿了一顿，低头打开包，掏出一串钥匙递给他。

沈泊安接过钥匙，姜醒忽然叫他："泊安。"

沈泊安微顿，漆黑的眉动了动："怎么了？"

"你什么时候下班？"

Chapter 01 初见

"还要晚点。"

姜醒沉默了一下,说:"晚上一起吃饭吗?"

沈泊安又是一顿,似乎有点意外,看了她一会儿才说:"前两天那个会议很成功,晚上大家组织了一个小聚会庆贺。"

姜醒听完了说:"哦,有饭局。"

沈泊安点头:"对。"

姜醒也跟着点点头,默了默,忽然说:"那我能跟着吃一顿吗?"

这下沈泊安更意外了,明显愣了一下。

姜醒望着他,又问:"泊安,你能带我吃饭吗?"

"好。"沈泊安终于回答她。

姜醒微低头,嘴角扬起,若有若无地笑了笑。

五点半,沈泊安做好了手头的工作,对坐在角落的姜醒说:"好了,可以走了。"

姜醒拿着包站起身。

这时有人敲门,沈泊安说:"请进。"

门开了,穿着整洁套装的江沁宁走进来。她一眼看到站在小沙发边的姜醒,脸色僵住,隔了一秒才反应过来。

"你好。"她微低头,神色不自然。

姜醒"嗯"了一声。

江沁宁抬头看向沈泊安,略有犹疑。

"好了?"沈泊安问。

"好了。"江沁宁说,"小廖说他们已经从学校出发了。"

"嗯,我们现在走。"沈泊安转头看姜醒,"走吧。"

姜醒明白了,这一趟不是只有他们两个,江沁宁跟他们一道走。不过说起来这似乎也没什么不妥,本来就是在这边实习,搭领导一趟顺风车去参加聚会而已,实在没有什么可说的。

路上三人都没怎么说话,江沁宁原本还尝试跟姜醒说话,但见她似乎很累不想说话的样子,也就作罢。

吃饭的地方在大学附近,开车从律所这边过去要二十分钟,再加上下班高峰期有点堵车,到了地方已经六点多了。

其他人早就到了,包厢里坐了六七个人,姜醒认出两张熟面孔——孙程和陈恕。

孙程嘴巴快,喊完"沈老师"跟着喊了声"师母",其他人就知道了,虽然挺意外,但都礼貌热情地问好。

这些人中有几个研究生,有几个本科生,都跟着沈泊安做过事。

沈泊安原本是T大的讲师,后来离职创业,与几个合伙人一同创办了风凌律师事务所,业务不仅包括承接社会案件,也包括部分T大政法学院的社会实践项目。

律师事务所近几年干得风生水起,人才选拔的门槛也随之水涨船高,很少招聘应届研究生。江沁宁是这几年唯一的一个,她六月份毕业后就直接进了沈泊安的律所,目前还在试用期。

一顿饭吃下来,姜醒没记住几个人,印象稍微深点的就是孙程和陈恕。

孙程太活跃,会来事儿,想不注意很难。

陈恕就沉默多了。如果没有之前的事,姜醒大概不会注意到他。

他坐在人群里,不太说话,穿暗色的衣服,样式很普通,头发也不像别的男生那样有各种发型,而是理得很短。

他看起来实在很不打眼。但他其实长得并不难看,眉眼甚至算得上清秀。

姜醒觉得他应该是个挺内向的男孩。

但就是这样内向的人,那天在火车上,在众目睽睽之下主动帮了她。

姜醒又想起他的伞还在家里,心想明天一定得记着叫沈泊安带过来。

这样想着的时候,沈泊安已经出去结完账了。

大家一起走到餐厅门口,几个研究生另有采买任务,就先走了,孙程、陈恕和另外一个本科生骑自行车来的,于是结伴回学校。最后门口只剩下三个人。

姜醒问沈泊安:"你们要去学校是吧。"

江沁宁点头说"是"。她毕业后在学校租了间一人宿舍,现在还住在那边。

姜醒说:"那你们去吧,我坐车回去。"

"先送你吧。"沈泊安说。

"不用。"姜醒下了台阶,走到路边等车。

沈泊安跟过来,帮她拦了一辆出租车,姜醒坐进去,说:"我先走了。"

沈泊安点点头。

出租车很快淹没在车流中。

沈泊安仍站在路旁,不知在想什么,半天没动。

江沁宁看了一会儿,走到他身边。

夜晚的霓虹笼住两个身影。

在灯影下,江沁宁伸出手,轻轻握住沈泊安的手。

出租车在十字路口停了。姜醒盯着前方红灯,脑袋里极其混乱,一会儿是沈泊安的脸,一会儿是江沁宁的身影。

有时候,她憎恨女人的直觉,就像此刻。

五十秒很快过去了,视线里那抹猩红骤然变成鲜绿。

姜醒耳朵里嗡的一声响。她揉着手指,轻声对司机说:"师傅,前面路口转弯,我去T大。"

半个小时后,姜醒出现在沈泊安的办公室外。走廊里空无一人,她站在门边,手几次抬起,始终敲不下去。

她沿着楼梯往下走,走到二楼停下。那里有个简陋的休闲区,几张桌子,几张高脚凳,一大面落地窗。暑假本就没人,几个自习的学生早就走了,留一盏顶灯孤零零照在那。

姜醒在窗边蹲下,这个角度正好能看到楼下。光线最明亮的那一处,就是这办公楼的入口。

不知过了多久,她的双腿终于彻底麻掉,这栋楼里越发寂静,外面也看不到人。

大约是深夜了。

窗外那片灯光里终于出现两个身影。她看得十分清楚，一个高大挺拔，一个纤细柔美。

而他们两个，分明是牵着手的。

姜醒的脸贴上窗户，凉意一寸一寸渗入身体。

她坐到地上，背靠着窗，眼泪糊了整张脸。

同一刻，十点的铃声响了，陈恕关上档案室的灯，锁好门，背着书包走向楼梯口。

这个夜晚太寂静了。在这种寂静里，女人压抑的哭声不可避免地被放大。

陈恕停下了脚步，他站在走廊里，离楼梯口已经很近了。头顶的灯略显昏昧，但足以让他看清窗边哭泣的人。

因为惊讶，陈恕微微睁大了眼睛。

那个人抱着腿坐在瓷砖地上，头低着，长发滑落，遮了半张脸。

但他认得她。

她的白衬衣、牛仔裤都没有变，旁边放着的手包也还是之前那个黑色的。就在几个小时前，他们坐在一张桌子上吃过饭，可她现在却在这里哭。

落地窗的玻璃照出陈恕的影子，他迈了一步，忽又收脚停住。

不知该不该过去。她哭得这样安静，这样专心致志，不是那种歇斯底里的哭法，没有尖锐刺耳的声音，也没有激动疯狂的姿态。

陈恕见过很多女人哭。在他们镇上，每天都有女人吵嘴哭闹，被外人欺负了会哭，被自己丈夫、婆婆欺负了也会哭，哪家闹出点事街头巷尾都知道。哭泣似乎是女人的武器，那些女人喜欢站在巷子里边哭边骂，也喜欢敞着大门哭得昏天黑地，如果有人来，那么她们哭得更厉害，人们一看就知道她们有多委屈。

陈恕以前的同桌评价说那叫"女人的哭法"。

原来女人的哭法是不一样的，不论是哪一种，似乎都能看出她们有滔天的委屈。

陈恕站了好一会儿,手握成拳又松开,犹豫再三终于还是走了过去。

姜醒的脸上都是眼泪,视线也是糊的。她抬手抹了一把,下一秒又糊了。不知怎么回事,平常明明不爱哭,今天怎么都收不住似的。

她厌恶这种状态,两只手都抬起来,垂着头狠狠地抹眼睛,抹了两把又觉得可笑。她咬着嘴唇,整张脸都埋进腿间。

没有防备地,一道声音跳进耳里——"你……还好吗?"

姜醒身体一震,僵麻的腿好像恢复了一丁点知觉。

她抬起头,年轻的男孩站在跟前,昏白的光落在他脸上,姜醒第一次发觉原来他的眼睛这么黑。

她没有回应,微仰起的脸庞上还看得到泪水,眼睛也是红肿的,陈恕皱了皱眉,突然在她身边蹲下。

他打开书包,低头翻找,很快拿出一点纸巾,递到姜醒面前。

姜醒盯着白白的纸巾,微微发愣。

"干净的。"陈恕手又往前递了递。

姜醒抬头看了他一眼,终于接过来擦了擦脸。她没再哭了,她现在有点反应不过来,不知道这个男生怎么会突然出现在这里。都已经这么晚了。

陈恕看她擦好了脸,莫名松了口气。

犹豫两秒,才试探着开口:"……是来找沈老师的吗?"

姜醒手一顿,她别开脸,视线投向窗外。

陈恕突然有点无措。他感觉自己好像说错了话。

这时听到姜醒微哑的嗓音,她说:"不是,我不是来找他的。"

陈恕看着她,唇抿了又抿,不知怎么接话。他留意到她情绪低落沮丧,又想她刚刚在这里哭了一顿,一定是发生了不愉快的事。不管是什么原因,他都不好再乱作猜测,索性闭上了嘴。

一时两人都不言语,气氛安静得古怪。

姜醒揉揉眼睛,稍微敛了下情绪,侧过脸来。

"你叫陈树?"她问,"大树的树?"

陈恕一愣，然后答："宽恕的恕。"

"哦。"姜醒点点头，随意地问他，"你怎么在这？这么晚了。"

陈恕说："档案室十点关门。"

姜醒又点点头，没再问下去。她吸了两口气，靠在窗户上揉腿。就在陈恕以为她不再开口时，她突然说："你有吃的吗？"

陈恕愣了愣，然后摇头。

"我觉得好饿。"姜醒吸吸鼻子，伸手摸自己干涩的嘴唇，"也很渴。"

晚上那顿饭吃得实在没什么心思，刚刚又哭掉了很多眼泪。

她说得这样平淡，像在陈述一个普通的事实，不指望别人接话。但其实这话里多少有点委屈的意味，尤其是在哭过一场后说这样的话就显得格外脆弱。

她这个样子与之前差别很大，就在几个小时前她还不是这个样子的。

陈恕不知怎么应对，看了她一会儿，低声说："学校里有小店。"

"有小店吗，那我去看看有什么好吃的。"姜醒站起来，腿颤了一下，差点摔倒。

陈恕下意识地想要伸手扶她，但她自己扶着落地窗站稳了，陈恕的手收了回来。

已经快十点半了。

校园里没什么人，陈恕推着自行车，姜醒跟在他后面。

校园里有一条河，小店在河对面，走过去花了七八分钟。到了才发现小店早关了门，卷帘门上贴了张A4纸，上面写：暑假期间营业时间10：00—20：00。

陈恕看完通知，略微窘迫地走回来对姜醒解释："以前关门没这么早。"

"好吧。"姜醒有点失望，站在那没动。

陈恕也站着。

姜醒抬头看看他："那你回去吧。"

她让他回去，但自己却没说走，还低着头站在原地。

Chapter 01　初见

陈恕说："你不回去吗？"

"我再待一会儿。"

姜醒转了两圈，指着不远处说："那是后门吧。"

"对。"

"后门有吃的吗？"

陈恕想了想说："现在不知还有没有。"

"那我去找找看。"姜醒挥挥手，"你走吧，我也走了。"

姜醒快要走到门口，后面的人跟上来了。

"我带你去吧。"

姜醒看着他。

他扶稳自行车车头，说："太晚了，你是女的。"

后门外有一条烧烤街，烟雾缭绕，这个时候生意正旺。

姜醒点了满满一盘吃的，又要了两瓶啤酒。

这是读书时候的吃法，已经过了好几年但仍然很怀念。

年轻小姑娘都贪嘴，爱吃垃圾食品，每个夏夜都要去学校外面吃露天烧烤，喝冰镇啤酒，因为这个她没少被沈泊安骂。

他们那时还没住在一起，她总跟室友偷偷去吃，有时运气不好被沈泊安抓个正着，他冷着脸像拎小孩一样把她拽走。

他管着她吃饭、学习，像严格的家长，姜醒说他霸道，他捏着她的脸亲她，摆出臭脸叫她再说一遍。

那些都像梦一样。

分明也就过了三四年，什么都没了。

酒瓶突然被人握住。

姜醒抬眼看陈恕。他指指桌上："满了。"

姜醒一看，果然满了，泡沫都从杯中溢出来了。她陡然回神，仿佛被烫了一下，松开了手。

陈恕把酒瓶放到桌边，姜醒端起杯子灌进一口，冰凉的液体从喉咙一直撞进胃里，很带劲。

"你不喝点？"她看向陈恕。

陈恕摇摇头。

姜醒也没再管他，自顾自地喝完了一整瓶，这时烤好的食物端上来了。

"你也吃。"姜醒说。

陈恕仍然摇头，姜醒觉得很奇怪："你们现在都不吃这些的吗？夏天不吃烧烤，不喝啤酒，有什么意思呢。"

但她也只是说说，陈恕不吃就算了，她没有逼人吃垃圾食品的爱好。

最后整盘食物都是被姜醒自己解决的，啤酒也喝了个精光，她还要再添，陈恕说："少喝点。"

姜醒抬头看了看他，正要说什么，手机突然响了。

是沈泊安打来的电话。姜醒盯着屏幕看了半天，脸越来越僵。最后，她摁掉电话，丢进包里，没一会儿，又响了第二次，她拿出来准备关机，谁知手忙脚乱摁错了，接通了电话。

那头沈泊安"喂"了一声，姜醒像疯了一样，咬着牙使劲把手机砸到路边。

她这举动十分突然，陈恕看得呆住。而姜醒却像什么事都没发生一样，拿起包走了。

陈恕捡起她的手机跟上去。

他在后面喊，姜醒头也不回。

陈恕又赶紧去路边推车，等他追过去，姜醒已经走过斑马线到了马路另一边。

他又喊了一声，说："我让沈老师来接你吧。"

姜醒停下脚步，转过身，在对面看着他。

她突然大声说："你不要再提他了。"

她说完这句，眼泪就下来了。

陈恕愣在那里，傻了一样地看她。

夜晚的城市车来人往、光怪陆离，她站在路对面，风吹乱了她的头发，似乎也吹起了她的眼泪。

Chapter 01 初见

隔着喧嚣繁华,陈恕十分清楚地听见了姜醒的哭声。

他觉得,她好像委屈得快要死掉了。

陈恕回到宿舍时,已经将近十二点了。

孙程正在打游戏,听到动静,从上铺探出脑袋:"今天怎么这么晚?平时不是十点吗?"问完身子又缩回去继续玩,半天也没听到陈恕回答。

孙程疑惑地朝下看了看,见陈恕坐在桌边,手里攥着个白色手机,一动不动的。

"喂,陈恕?"孙程喊。

"嗯。"陈恕终于有了点反应。

孙程抻长脖子往下看,看不太清他手里手机样式,只觉得奇怪:"欸,你换手机了?怎么像女生用的啊。"

"不是我的。"

"我就说你怎么会换手机呢。"

孙程嘟囔一句,突然露出兴奋的表情:"是你捡的吧,快打开看看,肯定是哪个女生的,你可以看看通信录,给她朋友打电话找到人啊。"

陈恕没有动作,隔了两秒才说:"打不开,已经坏了。"

"啊?你捡个坏手机干啥,人家丢了不要的吧。"孙程的兴奋劲立刻泄了,他不跟陈恕说了,扭头继续打游戏。

陈恕捏着手机坐了半晌。不知怎的,好像还能看见姜醒泪水涟涟的面庞。他没来得及把手机还她,就那样看着她一边哭一边拦下出租车,坐进去走了。

这晚姜醒没回家,电话也打不通,好好的一个人像突然消失了一样。沈泊安给她可能联系的人都打了电话,但没有谁和姜醒在一块儿。

凌晨三点,他终于开车出去找她。车上了路,才发现想不出她可能会去的地方,只能胡乱找了几处,毫无所得。

回到家已经是早上了。屋里空荡荡的,他坐在沙发上,手边是一只软乎乎的白熊,那是姜醒的抱枕。她刚住进来时买的,用了好几年,毛都磨光了也没丢掉。她其实是个很念旧的人。

沈泊安抬手按了按眉心,正打算起身,电话响了。

他立刻拿过手机,看清屏幕上的名字,神色不动。

电话接通了,江沁宁的声音传过来。

"沁宁。"沈泊安重新靠到了沙发背上。

"是我。"那头的声音有一丝愉悦,"今天喝拿铁行吗?就是我上次跟你说过的那家店,老板终于回来了。"

沈泊安说:"好。"

"那待会儿见。"

"嗯。"

电话挂掉,屋子里恢复寂静,清晨的阳光从阳台跳进来,客厅明亮了。

沈泊安又坐了一会儿,然后给宋宇打电话。电话响了七八声才接通,宋宇声音懒懒,显然刚睡醒。

沈泊安说:"今天早上的会议你来主持吧,我晚点到。"

"啥?"那头宋宇惊得一跳,"你搞什么,怎么突然改变计划,我还在床上!"

"我有事处理。"

"大早上的有什么事?学校还没开学,你总不会要上课吧。"

沈泊安站起身,边往卫生间走边说:"姜醒不见了。"

通完电话,沈泊安给江沁宁发了条短信:咖啡别买了,我上午不在。

江沁宁已经买好了咖啡,刚坐下来,好友小叶就把包递给她,说:"你手机响了一下,好像是短信声。"

"哦,你帮我拿一下。"

小叶接过咖啡,江沁宁从包里取出手机,看完短信皱了皱眉。

小叶问:"怎么了?"

江沁宁摇摇头，收好手机，说："小叶，这咖啡给你喝了。"

"咋了？"小叶坏笑一声，揶揄道，"为什么给我，不是给你家沈泊安买的吗？"

江沁宁脸一红，抬肘撞了她一下："胡说什么？什么我家的。"

小叶笑得更大声："在我面前你就别装了。"说着凑近了，在江沁宁耳边小声说，"你看他对你多好啊，你推荐一下，我就能进风凌了，否则就凭我这履历，哪进得了这样的律所。"

江沁宁没法，瞪她一眼："我求你别挂在嘴边了，在律所也少说话，真要让所有人都知道你是走后门进来的吗？"

"好了好了，我知道啦。"小叶挑挑眉，忽然又问，"欸，沁宁，他到底什么时候离婚啊，你上次不是说快了吗？"

江沁宁脸一僵，面色不大好，沉默了两秒后说："我们没谈过这事，他不说，我也不好问，我感觉他好像很矛盾，不知是不是不忍心开口。"顿了下，又说，"其实他们俩的事我到现在也不太清楚，听说他们当年弄得很复杂，姜醒好像跟家里闹翻了。"

小叶一惊："这么说，沈泊安对她还有感情，看来她很难缠啊。"

江沁宁皱着眉，不说是，也不说不是。

小叶摇摇头，说："我看他这个人大概有些心软，他可能不喜欢他老婆了，但是呢，也不忍心就这么不要人家；我估计他老婆肯定在背地里使了些手段。"

江沁宁愣了愣："她能使什么手段啊？她也没有多喜欢沈泊安，一年都在外头，根本就没怎么照顾他。"

"那你说，他们为什么还不离婚呢？"

江沁宁惆怅："我也想知道，他们为什么还要拖着。"

小叶眼睛一转，有了计算。她拍拍江沁宁，示意她靠近。

"我看他老婆肯定有所图谋，她不图人，那肯定图别的。沁宁，我提醒你啊，对他离婚这事儿，你必须得聪明点儿，还得清醒。"

江沁宁疑惑："怎么说？"

"你想啊，他什么身份，说难听点，他现在跟你就是不清不楚啊。"

"你说什么呢?"江沁宁板起脸,"他们早就没有感情了,这一整年他们甚至都没怎么在一起住,我不是跟你说过情况吗,别看他们还没离婚,其实早就是个空壳子在那了。"

"是,我明白,你激动什么。"小叶说,"重点不在这里,我是为你考虑,我知情,但别人呢,咱们律所所有人都清楚吗,人言可畏你也懂,所以这事得好好处理,弄不好,不止沈泊安身败名裂,你的名声也要坏了。"

见江沁宁脸色沉重,小叶又继续分析:"这还不算,咱是学法律的,还有一点最重要,你别忘了,要是他老婆死活不愿协议离婚,闹到法庭上对你们可不好,他们这事沈泊安是过错方吧,到时候分财产很吃亏的,我觉得她八成是在算计沈泊安财产呢,你得想想办法。"

江沁宁的脸一寸一寸垮下去。

小叶叹了口气,拍拍她的手:"沁宁,你别太傻,这年头不是有情饮水饱,你得为自己考虑,万一他一直狠不了心,一直这么拖着,你怎么办?"

"我能怎么办呀?"江沁宁眼睛红了,"我能做什么,他的压力已经很大了,我还能逼他吗?"

小叶说:"他这边没法弄,你就换一边啊。"

江沁宁一愣:"什么意思?"

"还不懂吗,从他老婆那边找找机会啊。"

"这我不行。"江沁宁连连摇头,"我哪做得了这个。"

小叶说:"我就不信她有多清白,她这一年到头不着家,又跟老公过成了这样子,你想她会不会早就在外面有点什么了?"

江沁宁睁大眼睛,怔了怔说:"不会吧。"

"非常有可能。"小叶眨眨眼,"也不用那么明确,有点蛛丝马迹你就可以注意了。"

江沁宁张了张嘴,仍然有些晕乎。

小叶一拍胸脯:"放心,我会帮你的。"

江沁宁看着她,心里涌出丝希望,但又有些慌乱不堪。

Chapter 01　初见

这一整天，江沁宁都没见到沈泊安。他只说上午不在律所，没想到一整天都没来。

下班时，江沁宁打电话过去，响了很多声都没有人接。

律所人走光了，小叶做好杂务过来找她："要不要一起吃饭？"

江沁宁说："不吃了，我回学校去。"

"好吧。"小叶拍拍她，若有所指地说，"别担心，大事要慢慢做。"

江沁宁回了学校。对外出租的那栋宿舍在西边，路上经过西操场，遇到从食堂吃饭回来的陈恕。

陈恕停下自行车，站在路边同她打招呼。

江沁宁笑了笑："陈恕啊，你吃完饭了？"

"嗯。"

"哦，我正要去吃，对了，你还管着档案室的钥匙吗？"

"对。"

江沁宁："那就好，我明天要去复印点资料，到时来找你拿钥匙。"

"好，我下午都在学校。"

江沁宁想了想又问："陈恕，你还在那个出版社做兼职吗？"

"嗯，我上午都在那边干活。"

江沁宁说："那边待遇太低了，你把这个暑假做完就别去了吧。"

陈恕点点头："廖师兄给我介绍了两个新兼职，开学我就不做这个了。"

"那就好。"江沁宁说，"沈老师挺欣赏你的，等你今年再学一年专业课，我再推荐一下，看看能不能让你到律所来做事，毕竟这边报酬挺好的，还能学到东西，你说呢？"

陈恕立刻道谢。

江沁宁笑了笑，冲他摆摆手："走了。"

走了几步，听见陈恕的喊声。

江沁宁回过身，见陈恕把自行车停稳，人跑过来。

"怎么了？"

陈恕说："请问你知不知道沈老师家的住址？"

江沁宁微微一愣:"你有什么事要找沈老师吗?"

陈恕一顿,竟不知该怎么说。难道要说他去还手机吗,可是又要怎么解释那手机在他这里?

想来想去,陈恕艰难地撒了个谎:"教师节班里要给所有任课老师送礼物,但今年开学晚,老师们都不在学校,所以我们先统计下老师的住址,到时可能要分头送过去。"

江沁宁惊讶:"还有大半个月呢,你们这么早就准备啦,可真有心。"

"……就私下讨论了一下。"

"好吧,等下我发你手机上。"

姜醒在外面待了两天才回家。她是晚上回去的,进门没多久,沈泊安就回来了。

姜醒从卫生间出来,就见沈泊安站在门口。

四目相对,谁也没有说话。

姜醒回过神,拿着毛巾往房间走,沈泊安跟着走进去。

"你去哪了?"

"没去哪。"姜醒拿出背包收拾东西。

"你两天没回来。"沈泊安说。

"所以呢?"姜醒继续忙着,连头都没回。

"姜醒。"沈泊安突然走过来,捉住她的手。

姜醒猛地推开他,走到抽屉边摸出一袋袜子塞回包里,把包甩到背上,人往外走。

沈泊安没料到她这个反应,愣了一下才追过去。

他挡在门口。

"这是干什么?"他的脸冷了,"姜醒,你到底在干什么?"

"我干什么了?"姜醒突然笑了,"泊安,我什么都没干。"

沈泊安脸若冰霜。

姜醒说:"你呢,泊安,你干什么了?"

Chapter 01　初见

沈泊安不说话。

姜醒舔了舔嘴唇，又笑："我要走了，麻烦你让个路。"

沈泊安眸光一颤。

他唇瓣抿得极紧，似在忍耐什么。气氛僵得可怕，隔了两秒，他终于开口："走去哪？你走去哪？"

姜醒没回答，只说："你让开吧，别挡着了。"

沈泊安一动不动。

他们都看着对方，视线明明是缠在一起的，眼睛却冷得没有温度。

姜醒抬起下颌，脸微微仰着："泊安，我觉得一点意思都没有，这样一点意思都没有。"

"你要什么意思？"沈泊安仿佛无动于衷，"你闹什么？"

姜醒轻笑一声："你不就是在等着我闹吗？"停了一下，"可我什么都没有做啊，为什么要我来开这个口呢？"

姜醒往前走了一步，靠他更近："你来说，别指望我。"

你来说，你不爱我了，你爱上了别人。

你来说，姜醒，我们分开。

我从来没放弃，而你已经坚持不下去了。

那么，你至少得承认呀。

晚上八点，天已经黑透了。姜醒背着包从楼上跑下，一路跑出单元门，沿着卵石道跑出小区。

她在大门外停下，弓着腰喘气，好一会儿才缓过呼吸。她直起身，回头看看小区，急跳的心慢慢静下。她转身走上宽阔的马路。

树荫笼罩的人行道上突然走出一个身影。

姜醒走了几十米才听到后头的声音。

"那个……"

微凉的夏夜，男孩单薄的嗓音裹在风里。姜醒惊讶地回头，陈恕拎着书包站在路灯下，高高的个子，比同龄人更清瘦，像棵俊秀的长竹。

"你……"

姜醒话还未说出口,陈恕突然走过来,张口就道歉:"对不起,我不知道喊你什么……"

他没把话说完,姜醒却听明白了。

那天是她失控了,整晚都在崩溃的边缘,说了什么、做了什么都没有太深的印象了。

姜醒理理思绪,问陈恕:"你怎么在这里?找我吗?"

陈恕"嗯"了一声,低头拉开书包拉链,从里面摸出姜醒的手机递给她。

"开不了机了。"他说。

姜醒看清手机愣了一下,隔了一秒才接过来看了看,这时听到陈恕说:"应该可以修的。"

姜醒试了试,真的开不了机了,她摸了摸,机身都摔瘪了一块。

"我也没用多大力啊。"她嘟囔着。

陈恕也看着那手机,说:"掉了点瓷,不影响使用的。"

姜醒没应声,抬头问他:"你怎么找到这里的?该不会是找你们沈老师要了地址吧?"

"不是。"陈恕摇头,"我问江师姐要的。"

"江师姐?"姜醒怔了一下,立刻就知道这个江师姐是谁了。她抿了抿嘴,又低下头,再抬起来时似笑非笑地问:"你跟这个师姐关系很好哦。"

陈恕不明所以,有些诧异地看着她。

姜醒轻哼了一声,却别开脸不再说了。

陈恕摸不着头脑,刚想开口,姜醒却又突然转回去问他:"你来多久了,上去敲过门了?"

"没有。"陈恕摇头。他当然不会去敲门,万一是别人开的门,他还不知道说什么好呢。

其实他来过好几趟,昨天跟今天都来过,只是一直到现在才看到姜醒出现。

姜醒看了他一会儿，不用他说，也就猜到了。她没再问，手指摩挲着手机，突然说："摔成这样，能修好吗？"

陈恕说："应该能的。"

"那你知道哪里能修吗？"

陈恕想了想，说："我知道一个地方，我认识那里的师傅。"

姜醒："你能不能带我去？"

"好。"陈恕指指前面，"得坐车去，那里有公交站，302可以直达，我们……"他说到这里停了一下，突然想到她或许不习惯坐公交车。

姜醒却接了话："那走吧，过去等车。"

302路公交不好等，他们站了快二十分钟才等到一班，还好车上人不多，空位不少。

姜醒坐在靠窗的位置，陈恕坐在她旁边。他把书包放在腿上，姜醒又看到绑成结的书包带，和上次在火车上一样。

"这带子是断了吗？"姜醒指了指。

陈恕低头看了一眼，点头："嗯。"

姜醒仔细看了两眼，说："这个可以缝起来。"

陈恕："这样也能用。"

"缝起来会好看一点。"姜醒很认真地看着他。

陈恕"哦"了一声，不知道怎么接话了。他其实想说"好不好看没那么重要，能用就行了"，但话到嘴边又咽下去了。她是好心提醒他。

姜醒见他没有回应，也就不再说了。

车一站一站停，坐到最后，车上已经没几个人了，姜醒问："还有多久啊？"

"还有两站路。"

两站路，六七分钟，很快就到了。

陈恕带姜醒过马路，走进一条巷子，前头有家亮着灯的小店，门口竖着一块牌子:"维修手机、电脑……"

姜醒进去一看,觉得这家店可真够小的,老板似乎也很节约,只有房顶上一盏小小日光灯,屋里不太亮。

陈恕过去跟老板说话:"你看看能不能修,就是摔了一下,现在开不了机了。"说完回头看姜醒,示意她过去。

姜醒走上前把手机递给他,店老板看了两眼说:"你们等会儿。"然后指着塑料凳子说,"在那坐会儿吧。"

陈恕也说:"坐着等吧。"

姜醒跟着他走过去,两人一人坐了一张凳子,都看着外面黑漆漆的小巷。

过了一会儿,陈恕转头看看姜醒,见她盯着外面,好像在发呆。

灯光昏暗,她的脸却还是很白,是那种没什么血色的白。他突然发觉,她好像比两天前更瘦了。

姜醒似乎有所感觉,转过脸来:"怎么了?"

陈恕摇摇头:"没什么。"

姜醒有点疑惑地看着他:"你看着我干什么?"

陈恕想了想,问:"你生病了吗?"

姜醒一愣:"没有啊。"

"脸色不好。"

"我一直这样。"

"哦。"陈恕转回了头,视线也望向外面。

姜醒也不再说话了。

过了七八分钟,老板喊他们:"好啦。"

姜醒回过神,陈恕站起身往柜台走。他接过手机转身递给姜醒:"你检查看看。"

姜醒检查了一下,觉得没什么问题,抬头问老板:"多少钱?"

"给你打个折,一百四。"

"好,你等等。"姜醒说着要去拿钱,这时陈恕说:"老板,还是贵了,我带好几个人来照顾你生意了,这次再便宜点吧,一百行吗?"

老板摆手:"说笑啊,一百哪行啊,我这小生意也要养家糊口的啊,你给一百二吧,不能再便宜了。"

"行。"姜醒给了钱,对陈恕笑笑,"走吧。"

老板在后面喊:"以后再来啊。"

走出小巷子,眼前宽阔了,路灯照过来,姜醒看着前面陈恕高高的背影,想起他刚刚砍价的样子,摇头笑了。

走到公交站边,陈恕问:"你去哪里?"

"什么?"

"你不回家吗?"

姜醒一愣,随即摇头:"不回去了。你要回学校是吧?"

"嗯。"

"那你回去吧。"姜醒看了下时间,已经九点半了。

她说:"今天麻烦你了,谢谢啊。"

陈恕看了下公交站牌:"那你去哪里?我帮你看看坐哪趟车。"

"啊?去哪里……"姜醒有点蒙,走到站牌边仔细看了看,没法确定一个目的地。见她茫然地站在那,陈恕有点明白了。

"……你是不是没地方去?"

姜醒低了低头:"也不是。"

陈恕想问她为什么不回家,但又有顾忌。

这时一辆公交车来了,姜醒一看,105路。她指指车尾:"我就坐这个吧。"说完,几步走到前门,上了车。她丢完硬币,找到座位,就见陈恕也从前门上了车,他刷了卡走过来,在她身边空位坐下。

"你……"姜醒张了张嘴。

"这车到我学校的。"

"哦。"她又闭上了嘴。

一路上,姜醒盯着车上路线图看,她想选一个站下车,找个地方先住一晚。

陈恕也在看路线图。他看了一会儿,扭头说:"如果实在没地方去，去学校旁边找个宾馆住吧，那边治安相对好一点。"

姜醒立刻接受了这个提议，到站后同他一道下车，正好是学校正门，对面整片都是酒店宾馆。她随便指了一家："我去那里。"

陈恕点点头："好。"

两人都没有别的话可说了，姜醒挥手道别："我过去了。"

"嗯。"

姜醒转身走了，几秒之后又突然转身。

"陈恕。"

被喊的人已经快走到斑马线上了，他闻声回头。

姜醒说："明天请你吃饭。"

陈恕一愣："不用了。"

"感谢你帮我砍价。"姜醒指指学校大门，"吃早饭，七点，门口见。"说完大步走了。

姜醒这一整天都很累，身心俱疲，到酒店办了入住手续，简单洗了个澡就睡了。

一整夜，一个梦也没有，醒来外面已经大亮，隔着窗帘都能感觉到阳光。她摸出手机一看，七点零八。

姜醒揉了揉头发，陡然想起什么，额角一跳，赶紧爬起来跑到窗前拉开窗帘往外看。

对面就是T大校门，视线往下一溜，果然看见门口有一个熟悉的身影。

灰色短袖衫，黑长裤，同样黑色的书包，他在人群中显得很普通，但他依然站得笔直，有着这个年纪独一无二的挺拔和朝气。

姜醒转身跑进卫生间，刷牙洗脸收拾东西，十分钟解决一切，下楼时快七点二十。

还是比约定的时间迟了。

她刚从门口出去，陈恕就看到了她。

"陈恕。"姜醒冲他招手。

陈恕走得很快，几大步就过了斑马线，姜醒站在便利店旁等他。

"抱歉,我迟到了。"看他走近,她立刻道歉。

"不要紧。"他看到她翘起的头发,没来得及扣好的衬衣,猜到她大概是急着跑下来的。

"你要吃什么?"姜醒问。

"随便,都可以。"

"哦。"姜醒环顾四周,看到不远处有个"吉祥馄饨"的标志。

"吃馄饨行吗?"

"好。"

两人一起进了馄饨店。姜醒要了肉三鲜馄饨,陈恕点了最普通的荠菜猪肉的。最后,姜醒加了份酱牛肉。

没一会儿,热气腾腾的馄饨端上来了。姜醒闻到香味,胃口大开。

"快吃。"她递筷子给陈恕。

说完埋头吃起来,热乎乎的汤汁,让他们吃到鼻头冒汗。

不到二十分钟,两人都吃得干干净净。姜醒放下筷子,看一眼陈恕:"你今天要去做什么?"

"去图书馆。"今天周末,他不用去出版社干活。

姜醒"哦"了一声,没再问。

这时陈恕说:"你今天……回家吗?"

姜醒顿了一下,摇头。

陈恕看看她,又低头看碗,也不再问了。沉默之时,一道清脆的声音蹦进来。

"陈恕?"

姜醒扭头,门口两个女生手挽手站在那,诧异地朝这边看。

"陈恕你在这吃饭啊。"其中一个女生开口说。

"嗯,刚吃完。"陈恕站起身,让到一边,"你们没位子坐吧。"

两个女生走过来,偷眼看了看姜醒,挤眉弄眼:"陈恕,不介绍下吗,这你女朋友吧。"

陈恕猛一怔,像是完全没想到她们说的话。

"不是。"他立刻否认道。

姜醒朝他看了一眼。他顿时更加局促,窘迫得脸发红。

从馄饨店出来后,姜醒走在前面,陈恕走在后头。两人都没说话。

头顶朝阳灿烂,路旁小店飘香,姜醒在臭豆腐的香味中回过身,陈恕埋头走,差点撞她身上。

"你想什么呢?"姜醒问。

陈恕微顿,然后摇头。

"刚刚那是同学?"

陈恕应声:"嗯。"

姜醒突然笑笑:"有女朋友?"

陈恕显然未曾料到她会问这个,愣了愣神,随即飞快地摇头。

他的眼睛黑白分明,姜醒跟他对视了一秒,又笑了。和她猜的一样,一看就不像谈过恋爱的样子,每天背着书包,总是忙忙碌碌的,大概是刻苦学习型。

陈恕弄不明白她笑什么,僵立了一会儿,见她转身走了,才抬脚跟上她的步伐。

姜醒没有计划,胡乱走了一会儿,又回到了学校门口,她看了看校门说:"你去图书馆,是自习吗?"

陈恕点头:"对。"

姜醒说:"那你去吧。"

陈恕站着没动。

姜醒诧异:"你去啊。"

陈恕看看她,欲言又止,最后点了下头,转身往学校走。

陈恕走得很快,不一会儿就进了校门。图书馆就在不远处,他沿着林荫道走了几步,后面突然有人喊他,一回头,看到江沁宁走过来。

陈恕有点惊讶,但还是立即打招呼:"师姐早。"

"你去哪里啊?"江沁宁问。

陈恕说："要去图书馆。"

"哦，"江沁宁温和地笑了笑，说，"你吃早饭了吗，这么早。"

"吃过了。"

"一个人吃的？"

陈恕一愣，摇了摇头："跟别人一起。"

江沁宁又"哦"了一声，审视地看了看他，忽然说："陈恕，我提过了，律所那边有意给你机会让你来锻炼，你加加油啊，先打好基础。"

"谢谢师姐，我会的。"陈恕认真回答。

江沁宁没再多说，随意问了两句，就跟陈恕道别了。

陈恕在图书馆待了一整天，除了中午去食堂吃了顿饭，其他时候都在看书，等他离开图书馆时天已经擦黑，他看了下时间，六点半已经过了，这个点食堂买不到饭吃。

他本想去小超市买袋泡面，但走了几步又停下脚，想想还是去了学校外面。

对面道上有很多小摊贩，卖饼、卖面、卖豆腐脑的，一整排都是。陈恕过了马路，在小摊边走了走，旁边宾馆不时有人走出，但他没看到熟悉的身影。

她大概回家去了。他想。

他于是放了心，对小摊老板说："要个杂粮饼。"

"好嘞。"

姜醒其实没有回家，白天她接到了大学室友齐珊珊的电话，齐珊珊过来出差，顺道约她这个昔日室友小聚一下。

姜醒想反正现在无处可去又闲着没事，跟齐珊珊玩玩也挺好，就这样，两人约在安大老校区旁边的咖啡屋碰面。齐珊珊做完工作已经四点多了，姜醒比她早到，两人会合后一起吃了晚饭，随后去逛母校。

这里是当初姜醒千方百计考进去的地方。

想起那年仍然历历在目,她跟打游击似的,跟父母耍尽了心计,最终成功改了第一志愿,如愿被录取,查到录取结果那天她高兴得发疯,整个人恍恍惚惚,那感觉就跟中了大奖没两样。

只不过代价也挺凄惨。因为这件事,父母怒到极致,她不仅得到一巴掌,还被关禁闭一个月,手机上缴,电脑也不给用。她每天混混沌沌,表面上在反省,实际上一想到能进安大,她就高兴得要命。

好在一切已成定局,后来她上了大学,和沈泊安在一个城市,他们很快确定了恋爱关系。想来,那四年的确是难以形容的美好。

没有父母管制,身边又有沈泊安。

想起来,他也是真心宠过她的。只是现在再看,都成了讽刺。

齐珊珊神经大条,没注意到姜醒情绪不佳,反而一路兴奋不已,侃起从前没完没了。

她们以前住的那栋女生宿舍被称为"公主楼",姜醒其实没兴致再去看那栋楼,偏偏齐珊珊要拉她去,两人在楼下大厅逛了逛,又溜上去看以前的宿舍,朝南的一间八人宿舍,靠近水房,位置很好,现在住的是经济学院的学妹。齐珊珊指着水房说:"这当年可是你的专用电话亭啊,每晚十点半准时跟你家沈泊安煲电话粥,我印象最深刻。"

"是,就你记性好。"

齐珊珊笑得贼兮兮:"老实告诉你,我偷听过两回,哎哟,你俩那甜蜜的,羡煞旁人哪。"

姜醒头疼,没好气地拍她:"这种猥琐事,也就你干得出来。"

离开宿舍楼,两人一路走到大操场,在主席台上坐下,齐珊珊感慨万千,一会儿说这个一会儿说那个。

"记得吗,那时你可傻了,大晚上非要跑这来学人喝酒,伤春悲秋,后来被你家沈泊安直接拎走了,笑死人了。"

那件事确实很糗,齐珊珊说了好几年,现在仍然记得。

她一边笑,一边拍姜醒胳膊:"喔,还有那次运动会,咱们跑四百米接力,她居然跑反了,你气得都要哭了,好在沈泊安是裁判,直接让你们重来，你说西瓜怎么能傻成那样啊！我看沈泊安当时脸都黑了，他肯定在想你怎么会有这么蠢的室友，哈哈。"

姜醒一句都没接，齐珊珊却越说越带劲，激动起来一边笑一边拍姜醒大腿。

齐珊珊手劲超大却不自知，可怜姜醒疼得想骂人。

"唉，回想当年风华正茂啊。"齐珊珊感叹，"要我说，这个时候要是有瓶酒就好了。"说完又是一记重击。

姜醒捉住她的手放回她自己的腿上："拜托，拍你自己的。"

齐珊珊却突然来了劲："亲爱的，咱们去喝酒吧，不醉不归！"

她这么一提议，姜醒也挺心动，想了想，拉着她起身："走，带你去个好地方。"

姜醒说的好地方就是学校后面的酒吧，她们毕业后才开的，齐珊珊没来过。

或许是难得相聚，两人在酒吧一直混到了深夜。齐珊珊是山东姑娘，酒量好，姜醒就不行了，喝到最后，齐珊珊还挺清醒，姜醒已经不省人事了。

齐珊珊直接拖着姜醒去旁边小旅馆开了房间。

第二天早上，齐珊珊要赶飞机，走时见姜醒还醉着没醒，就给沈泊安发了短信通知他来接老婆。

她不知道，这条短信的确发过去了，但最先看到短信的人却不是沈泊安。

这时，五点半才刚刚过。

朋友发来简单的一条信息，江沁宁看了半晌，坐起身，轻手轻脚地起床，走到阳台打电话。

沈泊安是被电话吵醒的。因为是周日，他取消了固定的闹钟。他昨晚没有回家，睡在另一个公寓。最近他睡眠极差，昨晚才稍微好些，这个点被吵醒便十分愠恼，即便电话是江沁宁打来的。

他接通了电话，声音冷淡："一大早跑哪去了？"

"我有重要事情跟你说。"

"什么事？"

江沁宁捏紧手机，轻轻说："我在学苑路等你，请你一定要来。"

挂断电话，她长长地吸了口气，心脏仍剧烈跳动，难以抑制。

二十分钟后，沈泊安来了。江沁宁一句话也没说，低头调出手机相册。

"你先看看这个。"

沈泊安低头扫了一眼，脸陡然沉下去。这时，江沁宁突然握住他的手。她的眼角一点点红了。

她低声说："不要再这样下去了，今天就可以解决一切。"

沈泊安一震，却见江沁宁轻轻笑了。她像在安抚他："你看到了，谁也没有错，谁也没有对不起谁，只要你愿意，这件事会完美地解决，不会影响你，也不会影响我们。"

江沁宁想得很美好，而事情似乎也在按照她的期待发展。

她看着沈泊安一言不发地进了那家小旅馆，看着他走向简陋的前台。

她拼命按捺住怦怦直跳的心，快步跟进去。

沈泊安走到了二楼 206 号房外，手抬起来，放下，又抬起，仍是放下。

江沁宁在一旁看他。

他唇瓣紧抿，脸色乌沉如墨，两只手慢慢握成拳。江沁宁没有说话，也没有催促他，她只是走过去，抬手敲响了门。

江沁宁的手心几乎要渗出汗来。

房门从里面打开了，一个身影映入眼帘，随之而来的，还有另一个人的声音："这么早来赶客吗，我又没——"

姜醒的声音断了。

她的视线笔直地投在沈泊安脸上。同一时间，陈恕的手还保持着开门的姿势，人却怔在那里。

姜醒站在床边，刚刚扣上倒数第二粒衬衣扣，她的头发没梳，乱糟糟地披在肩上，眼睛微肿，明显的宿醉模样。

这几秒过得格外缓慢。姜醒与沈泊安沉默地对视，在某一瞬间，谁也看不明白彼此的眼神。

"沈……"陈恕低低的声音打破了一切。

姜醒瞬间回神，低头仔细扣好最后一粒扣子，伸手拿过床头的包。

"让让。"她已走到门口。

陈恕闻声让到一边，不安地侧过头看她。

姜醒一眼也没再看他，她往前一步，同样没看门口二人，径自往一侧走。刚迈一步，沈泊安狠狠捏住了她的手腕。

姜醒顿了一秒，接着用力抽回手，半转身，一巴掌甩上沈泊安的脸。她的力气前所未有地大，沈泊安微微趔趄，半边脸立刻红了。

江沁宁"啊"地惊叫一声，慌忙去扶他。

沈泊安甩手推开她，目光直直盯着姜醒。

姜醒面无表情地回看他。几秒后，她的唇扯了扯，带了点嘲弄："你干吗呀？"

沈泊安脸庞紧绷。

姜醒说："分个手而已，我又没毁你名誉，又分不了你财产，多大事，你干吗呀，费这么大心思。"

沈泊安的脸黑得骇人，姜醒却摇摇头，轻轻一笑："好啦，我就是比你笨嘛，我认输。"

她收起笑，一字一字把话说完——"沈泊安，我们分开吧。"

就像江沁宁想的，事情解决得迅速而完美。姜醒没有解释一句，也没有谩骂一句，最主要的是她在这个时候透露了一个讯息，一个重要的、江沁宁此前一无所知的讯息。

分个手而已啊。

她居然是这么说的。

这几个字如锤子一样轰在江沁宁脑袋上。她有点晕。

怎么是分手呢，明明是离婚呀，不然……不然沈泊安纠结到今天是干啥啊!

如果没结婚的话,姜醒怎么会是沈太太;如果没结婚的话,分手不是一句话的事吗,哪有多麻烦,沈泊安在犹豫些什么,他有什么好顾忌的,他有什么不忍心的。分个手而已啊,多普通的事。

江沁宁心里止不住发紧,突然想到了最重要的一点——沈泊安没跟她说过,如果这是真的,沈泊安居然都没提过。

这样一想,江沁宁觉得有点儿可怕。她好像看不懂沈泊安了。

江沁宁直愣愣地盯着沈泊安,后者却在看着姜醒。

姜醒把所有话都说完了,眼里平平静静,心里也没滋没味。她无意多待,最后看了一眼沈泊安,说:"明天我来拿走我的东西,钥匙我会留在屋里老地方。"

她所说的老地方是指鞋柜上的一个绿色小盘子。别人不知道,沈泊安不会不知道。

姜醒说完就走了,沈泊安站着不动,姜醒的背影在他视线里远去。

他看见她走到楼梯口抓了抓凌乱的头发,往下走了。她的身影看不见了,沈泊安仍静静站着。

江沁宁心慌意乱,她觉得该说点什么,张了张嘴,脑子里陡然一跳。

她差点忘了,这里还有第三个人在。

江沁宁转过头,门边角落的暗处,陈恕仍站在那,脸有些白,好像还在震惊中没有回过神。

她只看了一眼就移开了视线,心里莫名生出一点儿愧疚,虽不清楚陈恕是怎么跟姜醒牵扯上的,但她这样设计他到底不太厚道,毕竟平常交情不错,也看得出陈恕并非那种滑头的男生,他说什么、做什么总给人诚恳的印象,让人没法讨厌。

这样的人总是容易被人骗的。

江沁宁想,说不定姜醒就是骗着他玩了玩。说实话,陈恕长得也不错,估计上次聚餐姜醒就瞧着他了。就像小叶说的,姜醒总在外头跑，心多少有点野了。

不管事实究竟怎样，他们肯定有点什么，否则陈恕怎么会一听说姜醒有事就过来了？

无论怎么说，今天这一出，她不算冤枉姜醒。只是有点对不住陈恕。

然而比起陈恕，江沁宁此刻更在乎的，显然是沈泊安。

江沁宁有点不安地看着沈泊安，他这样呆站着是在想什么呢，他怎么看今天的事？

其实他信不信都没关系，他本来也是要跟姜醒分开的，她给他铺了路，姜醒也撕破脸了，不管他们是离婚还是分手，已经没有任何必要再维持那样奇怪的僵持状态，他难道还不愿意抓紧断了吗？他是不是……还有些舍不得姜醒？

江沁宁不敢往下想。

姜醒早已出了大门，这处三人却都还站着。

过了好半晌，沈泊安终于有了点反应。他低头摩挲了下被打的半边脸，面色淡淡地对江沁宁说："你先走。"

江沁宁微微瞠目。

显然，她不想这个时候跟他分开，她想听他说个清楚。但沈泊安似乎无意多说什么，只是再一次道："你先回去。"

江沁宁徒劳地站了一会儿，转头看看陈恕，最终不情不愿地走了。

她一走，沈泊安的目光笔直地看向陈恕。

直到傍晚，江沁宁仍然没有得到沈泊安的只言片语。她心神不宁地握着手机，一旁小叶不断安慰："你不要急，现在状况对你有利，他们要是真没结婚，那你要烧高香了。他们闹到这步不可能再回头，你担心什么。"

听她这样说，江沁宁脸色稍霁，想想也觉得形势利己，别管沈泊安从陈恕那问出什么，他跟姜醒两人都回不去了，这事没有转圜，即便沈泊安怪她自作主张也没什么，她只是帮他们扯断了最后一根丝罢了。沈泊安怎么能不清楚这点。

理智上想到了这一步，感情上却意难平，一根刺搁在心底，摸不到取不出，连疼痛都是模糊难辨的。

这感受江沁宁没法跟小叶描述。

她只是觉得，今天虽然成了事，但好像并不觉得有多高兴。

沈泊安的那副表情始终在她脑子里。

到了晚上，江沁宁总算鼓起勇气给沈泊安打了电话。

电话通了，那头沈泊安的声音异常沉郁："有事？"

江沁宁心一绊，一丝委屈终于再也压不住，她声音戚戚，喊："沈……"

沈泊安蹙眉，默了两秒，低缓地道："沁宁，你做了什么我知道，你在想什么我也知道，但现在不要说这些，今天我只想静静。"说完，挂了电话。

第二天下午，姜醒回去拿东西，没料到沈泊安会在。明明是周一，他却没有出去。姜醒惊讶过后也没开口，径自从客厅走过，进了卧室。

房间里传出开柜子的声音，沈泊安闭了闭眼，眉心渐渐拧紧。差不多一刻钟后，姜醒拖着箱子出来，滚轮压在地板上，从房门口一直到玄关，沈泊安被那声音刺激得脑仁疼。

他捏了捏鼻梁，突然起身。

"等等。"

姜醒顿了一下，手握上门把，按下去。

沈泊安走过来："姜醒，等等。"

姜醒回头看他，沈泊安微蹙着眉，视线落在她手中的箱子上，看了两眼后，他说："你去哪？"

"跟你有关系？"

"你有地方住吗？"

"说了不关你的事。"

沈泊安沉着脸，缓缓说："这房子你可以继续住，我搬走。"

姜醒愣了一下，随后凉凉笑了声："分手补偿？给我免租入住？你还挺懂情义。"

沈泊安的脸色很难看。

姜醒却又说："可我嫌恶心，你留着养新欢吧。"她说完要走，沈泊安却动了气，一脚将她拉开的门踹上。

"你能不能别任性？你在这举目无亲、无依无靠，瞎折腾什么？"

"我任性？"姜醒气笑了，"沈泊安你有病吧，你绕这么一大圈，这样算计我不就是逼着我主动走吗？不就是想让我没话可说吗？谁不知道你这个人骄傲得要命，你不就是没法在我面前低头承认你对不起我吗？你以为给我个房子住就能让我感恩戴德，就能让你自己心安理得了？你做梦！"

姜醒情绪略微激动，沈泊安的脸越发僵凝，他闭着嘴，一句也没有解释。姜醒觉得可笑，又觉得可悲。

她突然收了口。再说这些也没意思，算了。

姜醒平定心绪，口气微缓："你不用忙着接济我，离开你，我也不是不能活。沈泊安，你也许是个好人，但你肯定不是什么好男人，你如果能承认这一点，或许会轻松点。我们俩就到这了，往后再无瓜葛。"

她再一次拉开门，这回沈泊安没有阻止。姜醒拖着箱子出门，转身前伸手把门带上了。她的身影就这样在沈泊安面前消失。

拖箱滚轮的声音一路伴随，出了大门，姜醒停下脚歇息。她转身看身后居民楼，一眼望到最边上那栋。六年前被沈泊安牵着第一次踏进这里，六年后一个人离开。

这个梦很长，是时候醒来了。

午后的阳光格外耀眼，转瞬额上就聚满了汗珠。

姜醒一路躲在树荫下走，五十米外就是公交车站，等车的间隙，她抬手抹汗，视线随意地望向对面。

那里是家小超市,今天做牛奶促销,门口摆着花花绿绿的牌子,高高的遮阳伞下不少人进进出出。姜醒看了几眼,视线一顿,定在了一处。

绿色遮阳伞下有一辆蓝色的自行车,旁边站着一个人,他胳膊上搭着书包,眼睛望着这边,人却站着一动不动,不知在发呆还是在想什么。

姜醒几乎与他对上视线。

下一秒,他好像突然看见了她,着急地推过车。然而路上有护栏,斑马线不在这一处,必须往回走一小段才能过马路,他又把车停下,往那边跑,不时抬头望这边,很是焦急。

他已想明白昨天的事,也想好解释的话,现在急于同她讲清楚情况。

隔着宽阔马路,他猛挥了挥手,试图让姜醒等他。

这时,一辆公交车驶近,26路,到火车站。正是姜醒等的那一路。

车停下,又开走。

陈恕过了马路,往这边跑来。

站台上已经没有了姜醒的身影。远处,那辆绿色公交车在十字路口转弯,消失在视线中。

一堆云飘来,遮住太阳,天骤然阴了几秒。很快云飘走,一切依旧亮得耀眼。

阳光下,十九岁的陈恕大口喘气,他的汗衫湿透了,汗珠淌下额头,沾湿了他漆黑的眉。

这个夏天如此炎热。

Chapter 02
重逢

"……筹建中的上海迪士尼乐园计划于明年春季开业,并会增加一些景点。而开园时间有所推迟,则是由于上海迪士尼建设的规模和复杂性,以及对春节因素和春天可能带来的人流量的综合考虑……"

姜醒的手指滑到这里停下,恍惚觉得上一秒好像刚刚看过有关上海迪士尼正式动工的新闻。

但那明明已经是很久以前的事了。

2011年至2015年,无知无觉过了快五年。

微微发愣时,手机突然振动,有电话进来。

屏幕上显示"孙瑜"。

孙瑜是姜醒表姐,远房的那种。但现在,亲戚姊妹中只有她俩联系最多。与沈泊安分开后,姜醒在那一年曾回家乡待过一阵,但因与沈泊安那一段,她与父母始终有隔阂,旁人闲言碎语也多,她的处境不大好,后来还是离开了,这几年常常投奔孙瑜。

姜醒接通电话,那头一道女声说:"什么时候到?"

"快了。"姜醒说。

"说具体地点。"

姜醒只好说:"在出租车上,到天山路了。"

"哦,那正好,赶紧跟师傅说去趟实小,顺道把小西带回来。"

原来打电话是这目的。

姜醒回答:"行。"

Chapter 02 重逢

实验小学姜醒去过很多次，轻车熟路，下车后在固定地方等待。放学铃响，各班学生排队出来，队伍长得吓人。

小学生穿着统一的校服，戴着帽子，跟在老师身后，既欢快又秩序井然。按班级顺序，一年级（1）班排在最前头。五分钟后，一年级（2）班的学生才出来。

姜醒眼神不错，一眼找到人，挥手喊："小西。"

队伍中间一个小男孩伸头踮脚，看见树边的人，兴奋叫道："小姨！"人也在一瞬间跑来，小熊书包在背后跳舞，他两手伸着，跑到近前，抱住姜醒大腿："喔，你回来啦。"圆乎乎的脑袋蹭在姜醒腰上。

每回见面都要被这样抱半天，姜醒早已习惯了，等他抱够，便牵住他小手："回家。"

十五分钟车程不算长，小西话多，随便聊一聊就到了。四点半，车在豫河路 210 号门口停下。

小西跳下车，转身拉姜醒："小姨快点，妈妈在等我们。"

话刚说完，孙瑜已经从店里出来，站在门口喊："姜姜。"

姜醒还未应声，小西先跑了过去。

"妈妈。"这声音极欢快。

姜醒付好车钱，走过去。

这是一家小书吧，名字很简单，叫"七月"，是小西出生的月份。孙瑜喜欢自由，开店也是如此，这书吧的营业时间跟别人不一样，从上午十点到下午六点，其他时间用来享受生活、陪儿子，但即便这样懒散，时间一久还是站稳了脚跟，客流量不错，大多都是附近熟客。

有旧相识看到姜醒来，上前低声打招呼："姜小姐，这趟走得久哦，大半年没见你了。"

姜醒点头笑笑，寒暄两句，找了角落的位置坐下，背包放到一边，吁了口气。

她这趟的确跑得久，在外待了八个月。这一次回来，她想好好休息休息。

孙瑜送小西到后头小书房,随后端了两杯咖啡过来。

"午饭吃的什么?"她放一杯到姜醒面前。

"盒饭呀。"姜醒喝了两口,皱眉,"苦。"

孙瑜白她一眼:"这是最近销量最高的,你没品位。"

姜醒舔舔唇,回味片刻,仍觉得苦。

这时孙瑜问:"晚上想吃什么?"

姜醒没什么要求,只说:"随便,什么都可以。"

孙瑜不满这答案:"你改名叫'随便'吧,你现在张口闭口都随便。"

"是吗?"

姜醒好像不想接这话似的,语气淡淡。

孙瑜恨铁不成钢:"你过的什么日子,能不能有点要求?"她说完盯着姜醒仔细看了看,说,"你这趟怎么又瘦了,这脸都快没了,我看你别再乱跑了,就留这边找个稳定工作吧,反正杂志社、报社多得很,你有经验,不愁找不到。你不知道,你妈你姐都打电话说过几回了,实在不行,你就留在这书吧,反正我也不介意招一个吧台小妹。"

姜醒低着头,佯装仔细品味苦咖啡,半天没接话。孙瑜伸手拍了拍她脑袋,她不好再装没听见,只能点头,含糊道:"哦,那工资多少啊,我考虑考虑。"

孙瑜看不惯她敷衍的态度,叹口气,懒得再理她,起身招呼别人去了。

六点,书吧打烊,孙瑜驱车带姜醒和小西出去吃饭。

吃饭的地方不远,是以前去过的意式餐厅。姜醒中午没吃几口,这会儿觉得特别饿,一顿饭就她吃得最多,小西在一旁看着她,几次惊呼:"噢,小姨好能吃,小姨大胃王。"

姜醒没觉得不好意思,反倒厚脸皮地把桌上剩下的食物一点不剩地扫进了胃里。

走之前,小西嚷着上厕所,姜醒正好也要去,便趁孙瑜买单的空当带他过去。两人说好待会儿在门口等对方，之后各自进了男女厕。

姜醒出来时，小西已经踮着脚在那洗手了。

"你这么快。"姜醒惊异。

小西扭头瞥她一眼，一脸骄傲，像模像样道："我本来更快的，但是刚才碰见熟人了，我和他说话还占了一分钟。"

姜醒觉得好笑："你还有熟人？谁啊，张甜甜还是赵子涵？"

张甜甜和赵子涵是小西最喜欢的两个女同学。

果然小西的脸立刻红了，罕见的害羞模样："小姨瞎讲，我是男生，去男厕所，哪里会碰见她们呀。"说着，不等姜醒再问，自己揭晓答案，"是陈叔叔啦，他也是男生，也去男厕所。"

"哪个陈叔叔？"

"就是住妈妈店里的陈叔叔啊。"

姜醒一愣："谁住妈妈店里？"

"陈叔叔呀。"

"……"

姜醒牵着小西去楼下同孙瑜会合。

"上个厕所这么慢。"孙瑜皱眉抱怨。

小西抢先告状："小姨问题好多，一直问一直问，就晚了。"

孙瑜瞥了姜醒一眼，姜醒说："我隔壁房间租出去了？"

孙瑜没想到她问这个，愣了下才答："是啊，那间空着浪费，有人租当然不能留着。"

说到这，怕姜醒有顾虑，又解释："但你放心，不影响你住的，只是楼下厨房你们要共用一下，反正你很少用到厨房，这也不算问题，我都考察过，那人蛮不错，是正经人，做建筑设计的，很忙，也就晚上来过夜，不吵闹，屋子也整洁，更没见过带人回来乱搞，这年头很难找到这么合意的租客了。"

姜醒也只是问一句，她倒不在意这个。一年到头，她仅是在休息时过来住几个月罢了，住得好不好都没什么要紧，她只是挺惊讶那间屋子居然能租出去，毕竟这种房子不是很受租客喜欢，楼下有店铺，楼上有房间，进出不大方便，也不够安静。这么看来那人还真是不怎么挑剔。

路上，孙瑜提醒姜醒回去前先在旁边便利店买些生活用品，姜醒一一应了。到了豫河路，姜醒下车，孙瑜把钥匙给了她，姜醒独自回店里住。

门口不远处有家便利店，姜醒进去买了新的牙刷牙膏，又挑了点零食就回去了。

虽然很久没住，但房间不需要整理，孙瑜早就帮忙收拾过。

姜醒在床边坐了会儿，看时间不早，便洗了澡躺到床上。她想早早睡觉，但睡到半夜却做了噩梦，醒了过来，感觉嘴巴干燥，渴得难受。

她迷迷糊糊从床上爬起，靠着枕头坐了一会儿，等脑子清醒了点便下床找水，但翻了一袋零食也没有发现可以喝的东西，这才后悔没买瓶矿泉水备着。

这下倒好，得大半夜跑楼下去烧水。

没别的办法，姜醒挣扎一会儿，拿着水杯出了门。

楼道感应灯不知什么时候坏了，孙瑜竟也没找人修，姜醒忘了这事，摸到楼梯口，跺了几脚，周遭仍是一片漆黑，她才想起来灯坏了，只好摸黑下楼。

还好厨房有个烧水壶，姜醒接了半壶水插上电，烧到半热就急着喝了一杯，之后又倒满一杯，端在手里再摸黑上楼。

她扶着墙走完最后一级台阶，身子一转，一口气没呼出口，黑暗中突然撞上个人。

杯子落地的声音在深夜极其刺耳，盖住了本能的惊呼。

姜醒胸口睡裙湿了一片，然而被撞的人也好不到哪去，在那下碰撞中她触到他胸脯，也是一片透湿。

所幸那水只是半开，否则真要烫死了。

两人皆是惊魂未定，呼吸都明显急促。

不远处未掩的房门口透出一线灯光，姜醒站稳身体，借着那点光

Chapter 02　重逢

线，终于看到眼前人大概的轮廓，瞧不清脸，只能看出个子比她高出很多。

他应该就是孙瑜说的那位租客，小西口中的"陈叔叔"。

第一次与邻居碰面，居然是这种状况，实在有点尴尬。

姜醒正要道歉，对方却已先开口。

"抱歉，你还好吗？"

姜醒说："没事。"

他又说："地上有碎玻璃，只能天亮处理，你当心脚。"

姜醒"嗯"一声，说："陈先生吧？对不起，太黑了，没注意到你。"

"不要紧，我也没看到你。"

两人在黝黯中略略说完几句，各自去做自己的事，姜醒回房间，对方下楼。

第二天，姜醒起床后发现门外走廊的碎玻璃已经被清理干净。

时间还很早，孙瑜还未过来，显然只可能是那位陈先生处理的。

这一整天姜醒没出门，毕竟是休整期的第一天，她需要补眠，即便昨晚睡得够久，白天也依然嗜睡，午饭后一觉睡到下午，直到小西放学才起来。

晚上没有再出去吃，孙瑜买了菜亲自动手，三人就在书吧吃了晚饭。饭后，孙瑜带小西回家，姜醒独自出去散步，逛完回来刚过八点。

到了门口准备开门时才发觉钥匙没带。

无奈之下只好给孙瑜发短信，没多久，孙瑜回过来一条，却是告诉她陈先生就快回来，让她安心等着，末尾还附上了那位陈先生的电话。

姜醒没辙，并脚坐在门口台阶上等着。她脑袋耷下来，眼睛望着马路，轻轻将下巴抵在膝盖上。

大约过了一刻钟，一辆红色出租车从远处驶来，在路边停下。车门开了，副驾驶位走出一个人，背影挺拔。

他对司机道谢后，转过身，在暮色中大步走来。

远处小广场传来缥缈歌声，城市的灯光照在头顶。

这夜晚有一丝不真实。

视线里那人越走越近，他的面庞逐渐清晰。

姜醒的眸光顿住了。

有一瞬，姜醒在想，是不是看错了，时间隔了太久，记忆错乱也很正常。但她无暇再想，那男人已经走到近前。

姜醒仍坐着，半张脸埋在膝间，脑袋没抬起，眼睛却跟随他。

她发愣的样子实在呆傻。

暖黄灯光止于脚边，她靠玻璃门坐着，身体恰在光线死角，几秒后，眼前半明半暗处多了一道瘦长人影。

那位陈先生站在她跟前。他张口道歉："抱歉，孙小姐打电话时我正赶上堵车，你等久了吧。"

一边说着一边快速拿出钥匙。

姜醒眨了下眼，脑袋终于抬起，人紧接着站起来。她没有接话，退到一边角落，让出位置给他开门。

门开了，他按住把手站在一边，说："进来吧。"

姜醒走进去，经过他身侧时闻到淡淡酒味，进屋后她摁亮了吧台顶灯，却没有立即上楼。

他已经关上门，上好锁，正在仔细检查，确认没有问题，他拉好遮光帘，转身往里走，然而脚迈出一步就陡然停住。

四目相对，她脸色平静，他睁大眼睛。

明亮灯光中，姜醒倚在高脚凳旁看他。

个子高了，身形更挺拔，脸庞有了棱角，眉眼已是男人的模样。

原来五年并不短。

这样看一眼，不可避免地想到以前，记忆没有防备地被翻出，逐渐清晰，城市、人、事，桩桩件件，扑面而来，令人难以招架。

她摇摇头，别开脸，视线从他脸上挪开，他看到的便是她侧脸，白皙、细腻，轮廓很美。

仅过了两秒,她的目光忽然又挪回来。

"陈恕。"她叫他。

陈恕漆黑的睫毛颤了一颤,他张嘴,上下唇瓣微动,却没发出声音。

太过惊异,情绪复杂,一时不知如何开口,待平静了点,从前便全都浮现,第一句话不知说什么,他甚至不知该如何称呼她。

看他这模样,姜醒没太多反应,她也没有与他寒暄旧事的兴致,只说:"谢谢你赶回来开门,我先上楼了。"

楼道灯管仍没有修好,吧台小灯的光线仅能照到几级台阶,几步之后,姜醒的身影没入黑暗。

夜晚寂静,脚步声清晰可闻,她走完楼阶,进了走廊,周遭恢复安静。

陈恕独自站了一会儿,突然快步上楼。

姜醒回到房间,只觉浑身疲倦,什么也不想做,于是窝进小沙发随手拿过一旁的抱枕塞到怀里,闭上眼睛长长吸进一口气,顿时感觉舒服很多。

然而歇了没到三分钟,门被敲响。

这个时间,楼上楼下只有两个人,不用想也知道敲门的是谁。

他敲门也十分礼貌,轻轻两下,隔了一会儿,见没有动静,再敲两下。

姜醒睁开眼,安静坐了两秒,听到第四声时,丢开抱枕,起身走过去。

门一开,陈恕的脸便在眼前,她微抬头,他垂眸,两人视线笔直地对上。

陈恕唇瓣抿了抿,默了一秒,低声说:"可以占用你两分钟吗?"

姜醒看他一眼,往旁边走两步,示意他进来。

陈恕没有关门,站定后说:"有件事我务必要对你解释。"

姜醒眼睫微动,但只是看着他不表态。

陈恕表情认真,语气也十分郑重,他说:"你一定记得,那年你在旅馆，我去找你，后来沈泊安和江沁宁出现，我不确定你怎么想，但我的确没有与谁共同安排这件事，虽然那时我很尊敬沈泊安，但并不是我通知他去那里，我也不是听他安排故意去找你。总之，我没有想害你。"

他语速适中，不紧不慢，声音也十分清晰，说到这里便认真看着姜醒，等她回应。

姜醒似乎料到他要讲这个，听完后没有明显反应，只低头沉默一瞬，抬起头时笑了一下。

"我早就不在意那个了。"她说，"是谁安排的都无所谓，你参不参与也无所谓。"

她说得平淡，陈恕看着她，她白净脸庞找不到一点异样的表情，仿佛真的不在乎了。

那件事不是愉快的经历，她放下或忘掉都是好事，是正确的，但……

它曾经刺一样梗在他心口大半年，后来也不曾彻底忘掉，因她走得不声不响，他没机会同她解释。

如今居然这样碰上，惊讶过后，第一反应便是向她澄清，想过她或许不信他，也想过她或许一开始就没有误会，但没指望她是这样的回应。

不在意那件事，所以他有没有害她，他是不是无辜的，也都不在意。

陈恕微微敛眸，没有再讲话。

两人沉默地站了一会儿，姜醒说："时间不早了，回去休息吧。"

陈恕点点头，同她道别。

这段对话如此短暂，他们甚至没有想起给对方一句简单俗套的重逢问候。

这夜姜醒依然沉沉睡去，只是梦中仍不安稳，醒来时全身汗湿，后背黏糊糊的。

正是早上六点，她起床去后面露台收回衣服，进去卫生间冲澡。

Chapter 02　重逢

　　洗完后感觉全身通爽,坐在小沙发上一边吹头发,一边听完两首歌,然后去楼下厨房。

　　孙瑜每天上午十点来店里,因此姜醒早饭都是自己解决,她记得冰箱里还有一些储备,随便做个早饭不成问题。

　　但没想到有人比她更早,已经抢先占了厨房。

　　姜醒站在门外,看里头男人忙忙碌碌。他穿着衬衣长裤,却系了个土气的红格子围裙,画风略显诡异。姜醒猜测那个围裙八成是在超市买米时送的。

　　陈恕正在专心煎蛋,并没有注意到有人下楼来了,直到转身去拿挂面时才看到门外的人。

　　他愣了一下,隔了两秒反应过来,要去拿挂面的那只左手也同时放下来。

　　"……你起来了?"

　　姜醒点了点头,目光从红格子围裙移到他脸上。

　　"你煮鸡蛋面吃?"她问。

　　"嗯。"他想到什么,问,"你要用厨房吗?我……"

　　"不急,你先煮,我待会儿来。"姜醒说完往外走。她没有上楼,到前面厅里随便找张沙发坐下了,从书架上抽了本书翻看。

　　她读了一段文字,陈恕就过来了。

　　姜醒抬起眼,陈恕站在书架旁,一只手还拿着锅铲。他问:"你……吃不吃鸡蛋面?"

　　姜醒愣了一下,然后说:"煮多了吗?"

　　"……对。"他又说,"我还蒸了点香肠,你吃吗?"

　　"好啊。"姜醒合上书,站起身走近他,"那我不用做早饭了。"

　　"嗯,快好了,你等一下。"

　　他说完,捏着锅铲往厨房走。

　　几分钟后,他端了两碗面出来,姜醒说:"我去端香肠。"

　　"很烫,我去。"

　　"没事,我来。"姜醒去了厨房。

香肠是用小碟子装的，刚蒸好，的确很烫，姜醒用洗碗巾包着碟子捧过去，走到半路陈恕上前接下。

两人在桌边坐下，各自吃面。

只是普通的鸡蛋挂面，但陈恕把鸡蛋煎得很香，口感不错，姜醒吃完一个竟觉得意犹未尽，面汤味道好，香肠蒸得也软，跟姜醒每天早上煮的速食汤圆比起来，这顿早饭很不错了。

吃完后姜醒同陈恕道了谢，给了中肯的评价："你做东西挺好吃。"

"只是煮个面。"陈恕起身拿过空碗，要去厨房洗。

"我洗碗吧。"姜醒说，"你要上班吧。"

"不急，时间够的。"

陈恕洗好碗，又上楼收拾了一下，七点十分拿着公文包下来。

姜醒还坐在下面看书，见他下楼，问："走了？"

"嗯。"他在门口停下脚步，看了看她，说，"再见。"

"再见。"

姜醒将书看了三分之一，去厨房倒水喝，发现灶台角落躺着一只手机。早上只有他们两个进过厨房，不是她的，那么就是陈恕的。

他看上去是个认真严谨的人，没想到居然也会落下东西，实在有点出人意料。

姜醒拿起手机，打算替他保管一下。等到十点书吧开门，厨房就会有别人进去了。

谁知她刚走出厨房，手机就突然振动，屏幕上显示来电人：秦淼。

贸然接别人电话不合适，姜醒便没理会，将手机放到吧台抽屉，铃声响了一会儿就停了。

大约过了十分钟，有人推开玻璃门进了书吧。

姜醒抬头看到一个短发女孩走进来。

对方看到她，先是一愣，随后微笑着打招呼："嗨，我是陈恕的同事，你就是他邻居吧？"

姜醒点头:"是,但他已经出门了。"

女孩说:"我知道,他到公司了,我刚打了办公室电话,他说手机落了,我刚好路过这儿,帮他带一下。"

"哦,你等等。"

姜醒走到吧台,从抽屉里取出手机递给她。

女孩道过谢,离开了。

姜醒看了一天书。

下午三点,书吧人少,孙瑜很清闲,亲自做了小饼干,又给姜醒煮了牛奶。

这待遇不是每天都有,姜醒受宠若惊:"劳烦孙老板。"

"贫嘴。"孙瑜坐到她对面,说,"怎么样,昨天见到陈先生了吧,人是不是不错?"

姜醒喝口牛奶:"嗯,是不错。"

"我就说嘛,年纪不大,倒蛮稳重,对人也礼貌,现在这样的年轻人很少了。"

姜醒跟着点点头,表示同意。

孙瑜又夸了几句别的,姜醒只是听着,不发表意见。

接着,两人聊起家常,孙瑜神秘兮兮地笑了笑,说:"姜姜,跟你商量件事。"

"什么事?"

孙瑜说:"之前跟你说的那位何律师,有印象吧?"

姜醒眼皮微动,神情多了丝警惕:"你打什么主意呢?"

孙瑜面露恳求:"姜姜,你去见见人家吧,就一面,看不对眼就算了。"

"你怎么又这样?"姜醒皱眉。

"我朋友都央求好几次了,话都说出去了,她也不好跟人家交代呀,再说,你年纪不小了,难道真要一直耽误下去吗?你妈每次打电话来都催我劝你,你去试试也没什么不好。"

姜醒低头不语,孙瑜急了:"姜姜,你是不是还记着那人呢?"

"没有。"

"这话谁信,都四五年了,你离了他就一直单着,跟别人试都不试,你这态度一看就没放下。"

姜醒不知道如何同她说,只好解释:"也不能随便拉个人就试吧,这又不是买衣裳。"

孙瑜不满:"谁让你随便拉一个了,这个何律师我朋友很熟的,各方面都不错,你好歹去见见,我也好跟你妈交代。"顿了下,又说,"姜姜,你要是真放下了从前,就听我的话去试试,你再这个样子,那就是没放下。"

姜醒没辙:"好了,我去还不行吗?"她站起身,"不说了,我去接你儿子。"

逃避的态度如此明显,孙瑜岂会看不出来,但姜醒已经松口了,孙瑜见好就收,从吧台拿了车钥匙给姜醒,末了交代一句:"那就这么定了,回头我跟人家约时间。"

姜醒"嗯"一声,接过钥匙走了。

今天是周五,放学的时间比平常早,三点四十分学生就出来了。

姜醒带小西坐上车,帮他绑好安全带。

因为明天放假了,小西很兴奋,他本来就是小话痨,今天话更多了。

姜醒一边开车,一边应付他各种各样的话题,路上经过一家比萨店,小西顿时更兴奋:"小姨小姨,去吃比萨好不好?我好想吃。"

"晚上跟你妈妈一起吃饭。"姜醒拒绝了他。

小西显然不甘心,再三请求,好话说尽,几乎把姜醒夸得天上有地上无。

姜醒招架不住这种讨好,只得答应。

比萨店里人不少,很久才排上,吃完已经五点了。姜醒给孙瑜发了条短信告知情况,免得她担心。

从店里出来，小西想玩商场的抓娃娃机，姜醒不忍拒绝，只好陪他去，最后两人抱着一堆娃娃离开。

　　一路上小西两眼冒桃心，一张小甜嘴不住地夸姜醒："小姨好厉害，太厉害了。"

　　姜醒勾勾唇："那当然。"

　　她嘴上这样说，心里却不觉得有什么。她以前爱玩这个，但总抓不到，后来沈泊安教过她技巧，练了很多次自然就会了，这种技术没多大含金量。

　　车开到路口右转，到了最繁忙的拾宜路。

　　等红灯时，小西突然叫："咦，陈叔叔！"

　　姜醒一看，还真是陈恕。

　　他站在前面不远的地方，正招手拦出租，一辆车到他近前，他还未坐上，身后一个女孩已快速拉开车门坐了进去。

　　姜醒和小西目睹他被人抢了车，小西很气愤："那个姐姐怎么这样子，是陈叔叔先招手的，应该陈叔叔坐车。"

　　正说着，绿灯亮了，姜醒跟随车流驶出，但她行了几十米就停下了。

　　车窗降下，小西朝外喊："陈叔叔。"

　　陈恕循声望过去，先看到后座的小西，视线略微移动，便发现驾车的人是姜醒。

　　这时姜醒也微微侧过头，对他说："是回去吗？"

　　"是的。"

　　"那上来吧。"

　　陈恕愣了一下，小西已经开心地叫："陈叔叔，快上车，一起回家哦。"

　　上车后，陈恕先道了谢。

　　"不要客气啦，陈叔叔。"小西抢先接话。

　　姜醒便没再说。

　　陈恕想起什么，又对姜醒说："早上谢谢你。"

姜醒意识到他说的是手机的事,便说:"没关系。"

陈恕看到身边一排毛绒娃娃,惊讶地问小西:"这些都是你的?"

"对啊,"小西扭着身子同他炫耀,"都是我小姨抓给我的,小姨是不是很厉害?"

姜醒虽专心开车,但还是将他们的对话听进耳里。

她听见陈恕说:"是吗,那是很厉害了。"

小西又问:"陈叔叔,你会抓娃娃吗,你是不是也和小姨一样厉害?"

陈恕回答:"我没抓过那个,不知道难不难。"

小西惊奇道:"啊?那个很好玩,你怎么不玩呢,那下次你跟我们一起玩,抓娃娃有点难,但是你不要害怕,反正小姨很厉害,她可以教你。"

陈恕下意识地看了一眼姜醒的方向,她握着方向盘,他在后视镜里瞥见她的脸,平静淡漠,没什么表情。

"陈叔叔,你要不要去?"小西还在等他回答。

陈恕只好说:"好,有空和你一起去。"

"那让小姨教你?"

"……嗯。"

小西连忙喊:"小姨,你要教陈叔叔。"

姜醒正在打弯,敷衍地应了一声:"嗯。"

小西很高兴地摇摇陈恕胳膊:"喔,你看,小姨答应了!"

陈恕笑着摸摸他脑袋:"谢谢小西。"

只要小西在,气氛就不会差,他总能迅速想到一出又一出,所以接下来的一段路,陈恕忙于同小西聊天,姜醒倒是暂时轻松了。

回到七月书吧,六点刚过,店里最后一名顾客也已离开,孙瑜得空来门口迎接,见陈恕一道出现,"咦"了一声。

小西嘴快地解释:"妈妈,我们在路上碰到陈叔叔了。"

孙瑜没再多问,急着同姜醒说另一件事。

"有几个老同学从外地过来,晚上我得应酬一下,估计她们要疯到很晚，恐怕没法太早回去，小西搁这住一晚，行吧？"

姜醒说："小西愿意就行，我没问题。"

话音刚落，小西立即表明态度："没问题，妈妈你快去吧，要玩得开心。"他打好了小算盘，如果妈妈不在的话，他就可以求求小姨，小姨心软，比妈妈好说话，只要小姨点头，他今晚就可以不用做功课啦。

果然，孙瑜离开后，小西立刻抛弃了乖巧的外壳，如同放飞的小鸟，扑棱扑棱地到处飞。陈恕在厨房做晚饭，小西蹿来蹿去，一会儿问他这个，一会儿又问那个，姜醒在外面听着都觉得头疼，她简直钦佩陈恕的耐心。

晚饭做好后，陈恕邀他们一道吃，姜醒肚里的比萨还没消化，摆摆手拒绝了，小西却是小馋猫，愣是又塞进一顿。

吃完饭，姜醒催促小西上楼洗澡，小西不愿意，姜醒催急了，他冒出一句："小姨，你先洗，等下我跟陈叔叔一道洗。"

姜醒皱眉："你自己洗澡？"

"哎呀，我是男的，陈叔叔也是男的，我们可以一道洗的，以前爸爸也带我一道洗的。"

"……"

姜醒头疼，不懂他怎么这么爱黏着陈恕。想了想，又有点明白，小西从小跟孙瑜生活，跟他爸爸相处太少，这对他多少有影响。毕竟是小孩子，姜醒心一软，就随他去了。

恰好陈恕也说："你先上去吧，我会照看他的。"

姜醒点头："那麻烦你了。"

"没事。"

晚上八点钟，陈恕过来找姜醒。他已经洗完澡，头发还是湿的，穿的是宽松的白T恤和黑色运动裤。

他在门口问："有小西的换洗衣服吗？"

"有的，在楼下。"她说着往外走，"你等一等，我去拿来。"

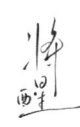

陈恕跟过来:"一起去吧,楼道太黑。"

两人一道下楼,陈恕用手机照着路,走到一半,姜醒不慎踩空一阶,差点摔倒,陈恕及时拽住她:"小心。"

姜醒借助他手臂的力量站稳身体,心跳却还是失序的。

"吓到了吧?"他轻轻问。

昏黢中,他身上淡淡的沐浴露香气格外清晰,而他手掌温暖有力,仍握在她手腕上。

"没事。"姜醒说。

陈恕松开了她,重新照着她脚下的路,再一次提醒:"当心点。"

到了楼下,姜醒去小书房取了衣服交给他,两人一道上楼。

小西换好衣服后被送回姜醒房间。

陈恕要走时,小西拉住他:"陈叔叔,一起看电视吧。"说着,扭头央求姜醒,"小姨,陈叔叔房里连电视都没有,我们让他过来看一会儿好吗?"

姜醒和陈恕都是一愣,看看小西,又对视一眼,陈恕正要说不用了,姜醒开了口:"好啊。"

几年前姜醒刚来住这屋子,孙瑜客气,提前配齐家具电器,电视机就是那时候买的,但姜醒很少看,只有小西过来才会放一放。

沙发让给了陈恕和小西,姜醒靠坐在床上。

电视上在放一部老电影,动作片,姜醒以前看过,对剧情还有印象,因此半闭着眼。

小西像主人一样招呼陈恕。

"陈叔叔吃啊。"薯片袋递过去,过了一会儿,"陈叔叔喝水。"水杯送上。

两人显然相处融洽,小西问题多,看几个镜头就要问个问题,陈恕耐心出奇地好,每个问题都认真回答。姜醒听了一会儿,掀了掀眼皮往那看一眼,一大一小并排坐着,认认真真讨论剧情,挺有意思。

她闭上眼,悠闲地听他们说话。

电影放完已经九点半了。

Chapter 02　重逢

"小姨……"小西打了个哈欠,张口喊。

没听到回应,正要再唤,陈恕拉拉他,小西扭过头。

陈恕比了个手势,以口型说:"小姨睡着了。"

小西连忙伸手捂嘴。

陈恕关掉电视,走过去拿起堆在角落的薄毯轻轻搭在姜醒身上,转头对小西打手势:去我那睡?

小西猛点头。

陈恕在桌角笔筒里找到一支笔,抽了张纸巾,给姜醒写下几个字。

两人轻手轻脚地出了门。

小西终于放心地呼了一口气,说:"小姨这么快就睡着了,难怪我妈妈说她是睡神。"

"睡神?"

"对啊,她好喜欢睡觉,有一次她从晚上睡到早上,吃了饭又睡到晚上,我喊她起床,她都不起来。"

陈恕忍不住笑了一声:"她太累了吧。"

"她不累也爱睡。"小西晃晃脑袋,"陈叔叔,我想尿尿。"

"好,去尿尿。"

陈恕将他带回了屋。

姜醒第二天醒来发现屋里安安静静,小西不在,只有她一个人。

她起床看到了陈恕留的便签,简简单单五个字:小西在我那。

姜醒没去隔壁找他们,洗漱后就下楼,准备做早饭,到了楼下却发现陈恕已经起来了,正在厨房忙活。

"早。"

陈恕听到声音回过头,漆黑的眉微抬了下:"这么早?"

姜醒:"没你早。"

她走过去看了看灶台:"做什么好吃的?"

"瘦肉粥,鸡蛋。"他揭开锅盖给她看炖锅里的粥。

香气迎面扑来,姜醒的肚子顿时叫唤。

"好香。"

"我再炒个蔬菜,小西还在睡,等下我叫他。"他盖好锅盖,转身去洗西兰花,洗完放到砧板上切。

姜醒无所事事,倚着橱柜看他切菜。

他今天没穿衬衫,穿的是宽松的灰色卫衣,袖子在手肘处堆出几圈褶皱,露出一截劲瘦的手臂。他做事专注认真,即便是切菜也一丝不苟,低垂的眉眼在淡光里令人觉出莫名的温柔。

姜醒静静看了一会儿,别开脸。

粥在锅里沸腾,姜醒掀开盖子,拿调羹拨拉两下,手却不小心碰到锅,烫得她"嗞"了一声。

陈恕被惊到,下意识地抬头看她,手却没停,菜刀划到左手食指,血立刻涌出。

姜醒看到他放下了菜刀,左手冒血。

她一愣,紧接着快步出门,到吧台抽了纸巾过来捂住他的伤处。

陈恕怔了下,低头看到她细白的手指,隔着两层纸巾,似乎感觉到她手指的温度,他后背莫名绷紧。

"先捂好。"

姜醒转身出门上楼,没一会儿又下来了,手里拿着创可贴。

她常年在外跑,背包里备着常用药,创可贴更是必不可少。

她撕开创可贴,陈恕将沾血的纸巾扔进垃圾桶。

姜醒上前帮他贴伤口,她低着头,动作轻柔,手法熟练,陈恕盯着她乌黑发顶略微失神。

她靠得近,几乎闻得到淡淡香气。

姜醒突然退开一步:"好了。"说完抬起头,松了口气。

陈恕恍了恍神,喉头微动:"谢谢。"

"没事。"姜醒走到灶台边,"这菜我来弄吧。"

"没关系,我可以的。"

姜醒却已经拿起菜刀切起来。

"我炒的也还能吃。"姜醒说,"不如你上去看看小西。"

陈恕只好应声:"那好,我去看看他。"

小西已经醒了,乖乖地在洗手间刷牙,陈恕一回去,就见他满嘴牙膏沫。

"你去哪了,陈叔叔?"小西吐一口泡沫,扭着脖子说。

"去楼下了。"

"喔,我以为你去看我小姨了。"小西说,"她肯定还在睡懒觉吧。"

"没有,她起来了,在给你做饭。"

小西惊奇地睁大眼睛:"怎么可能?小姨哪有这么爱我,她最爱睡觉!"

陈恕被他逗笑,说:"你洗好脸,就可以下去看她。"

小西飞快地洗了脸,跟陈恕一道下楼,果然看见姜醒在厨房里。

"小姨!"小西跑过去,"早。"

"不早了!"姜醒笑道,"你起得最晚。"

小西不好意思了,吞吐着说:"……陈叔叔的床好舒服,睡在上面就起不来了。"说完,回头冲陈恕吐了吐舌头。

姜醒循着小西的视线,望见陈恕站在门口,视线对上,他淡淡地笑了。

姜醒也笑了笑,喊他:"可以吃了。"

陈恕走过来,帮忙从小锅里取出白水蛋,小西也帮忙端菜。

一切弄好后,三人坐下吃早饭。

饭后陈恕要洗碗,姜醒上前阻止:"你手先别碰水,我来。"她说话语气淡淡的,但行动却干脆迅速,已经打开水龙头。

陈恕不知该道谢还是该同她说明这样小的伤口根本不算什么。他沉默地看了一会儿,听到小西在外面喊"陈叔叔",只好先出去。

上午姜醒辅导小西做完了作业,中午吃完饭,孙瑜送小西去上英语课,姜醒留在楼下看店。

孙瑜回来后,姜醒得了闲,准备上楼赶稿。她在一家旅游周刊开了专栏,就快到截止日期,不得不提起兴致赶一赶。

到门口时，看到陈恕端着洗衣盆从房间出来。

姜醒看了一眼，盆里的不是衣服，好像是床单。

她皱了皱眉，说："……不会是小西尿床了吧？"

陈恕一愣，低头看了看，反应过来，立刻摇头："不是。"

当然不是，她想到哪里去了。

陈恕觉得有点好笑，顿了顿，又再次帮小西澄清："跟小西没关系，今天周末，我本来就要洗被子的。"

"哦，"姜醒说，"没有就好，吓我一跳。"她指指露台，"你要晾在那吗？"

"嗯。"

"那我去收衣服。"屋里的阳台朝向不好，采光差，她只晾内衣，其他都晾在小露台。

陈恕见她往露台走，跟过来说："不用收，我有晾衣绳，再牵一根就行了。"

"是吗？"姜醒站定，"那你去拿绳子吧，我把这一根调一下，给你挪点地方。"

"好，谢谢。"

陈恕放下盆，拿来了晾衣绳，绑到架子上，把床单和被套晾上去。

他的被子是蓝色格子的，洗得很干净，姜醒闻到了肥皂的淡香。虽然陈恕已经拧得很干了，但挂上去还是会滴水。

姜醒说："今天太阳不大好，这个脱过水会干得快一点儿。"

陈恕扯开床单："没关系，到晚上就会干了。"

姜醒没有再说，收了两件干衣服回了房间。

接下来的一下午都在赶稿，孙瑜打烊后，上来喊她去吃晚饭，姜醒拒绝了，让孙瑜先带小西去吃。

姜醒写完稿已经快七点。她拿了钱包下楼，到厅里，听到厨房有动静，过去一看，发现是陈恕在切菜。

"现在才做饭吗？"

陈恕回过身，有点意外地看着她。

姜醒走进去："还有什么菜？"

"只有土豆了。"

姜醒看了一眼砧板上的土豆条，说："你晚上就吃这个？"

"嗯，就剩这个了，明天再去买菜。"

姜醒想了想说："不如出去吃吧，街后面有大排档，有很多吃的，要不一起去吧。"

陈恕愣了下。

姜醒走了两步，见他没动，又说："很近的，几步路。"说完顿了顿，"你不想去？"

陈恕没有说想不想去，他把菜刀放下，没有处理砧板上的土豆条，而是解下围裙，洗了手。

"我换双鞋。"他走过来说，"等我一下。"

姜醒低头一看，他脚上穿着灰色凉拖。

"好，我在外面等你。"

姜醒坐在吧台边，过了一会儿，陈恕下来了。

姜醒下意识地看他脚上，他换了一双帆布球鞋，很普通的样式，像学校里的男孩子穿的。

陈恕已经走过来："走吧。"

两人沿街走了十多分钟，到了姜醒说的大排档，夜市小吃有很多，最多的是烧烤，也有卖炒饭炒面的。

他们沿着摊子走，姜醒问："你想吃什么？"

陈恕说："都可以，你选吧。"

"那我们去吃鸭血粉丝，那家——"她手指着一个摊子，说，"去年我吃过，是这里最好吃的。"

"好。"

吃鸭血粉丝的人很多，他们过去点了餐，等了好一会儿才等到一个空位。

姜醒站在凳子旁边看着邻座的女孩，她才吃了半碗，而且吃得很慢。

陈恕说："你坐着吧。"

"再等一下。"姜醒看了看邻桌，恰好有人走了，空出一个座位。

姜醒立刻跟邻座的女孩打了个商量，问她能不能换座，女孩很爽快地答应了。

位子空了出来，两碗热气腾腾的鸭血粉丝也上了桌。

"试试看。"姜醒取了筷子递给陈恕。

陈恕尝了第一口，姜醒问："怎么样，好吃吗？"

"嗯，好吃。"

他没有说假话，味道确实不错。他在这儿住了快半年，没有来吃过大排档，不知道哪家最好，但感觉比学校食堂里的鸭血粉丝好吃很多。

两人在周遭的嘈杂中安静地吃完了晚饭。

姜醒喝掉最后一口汤，问陈恕："你饱了吗？"

"嗯，饱了。"陈恕看了看她的碗，说，"你呢？"

姜醒："我有点撑了。"

"……"

陈恕不知道说什么，低头笑了一下。

姜醒看他一眼："你笑什么？"

陈恕摇了摇头，站起身说："走走就消化了。"

姜醒赞同地"嗯"了一声，拿起钱包准备去结账，陈恕却比她快一步，他已经走过去，把钱递给了老板。

姜醒没说什么，走到他身边，两人沿着来时的路往回走。

转弯的地方有一个连锁超市，姜醒停住脚步："我要买点东西。"

陈恕说："好。"

"你在这等我。"

"一起去吧。"

"行。"

姜醒买了两盒樱桃，一些坚果。

陈恕去蔬菜区看了看，发现还剩下一些菜，看着也算新鲜，便挑了几样。他去收银台的时候，姜醒已经结完账。

"等我一下。"他朝姜醒说，看见她点了点头。

陈恕要了个中号袋子把菜装起来，结完账就出来了。

两人离开超市，拐过街角，走了一会儿就到了书吧。陈恕把菜放进冰箱，姜醒把两盒樱桃都洗了。

陈恕又将砧板上的土豆丝收拾好装到盘子里，封上保鲜膜，也放进冰箱。

姜醒递了一盒樱桃过来："给你。"

陈恕愣了愣，没有接："不用，你自己吃吧。"

"我买了两盒。"

陈恕心想：买了两盒你也可以自己留着慢慢吃。但他没有这么说，不知道为什么，他觉得如果再拒绝，也许她会不高兴了。

他接了过来，说："谢谢。"

姜醒笑了笑，出去了。

周日上午，陈恕去公司加了半天班，下午才回来。

姜醒在吧台看书，顺便帮孙瑜看店。

陈恕进来时，她以为是有客人来，没想到却看到他，不过不只他一个人。

姜醒往他身后看了一眼，是那个女孩，之前来帮他拿过手机的。

陈恕似乎也没有想到坐在吧台后的是她，愣了一下才对她笑笑，他身后的女孩也认出了姜醒，打招呼道："嗨！"

姜醒笑了笑："你好。"

陈恕转过身说："秦淼你等一下，我上楼拿给你。"

"好，你快点。"

陈恕上了楼，秦淼靠着吧台同姜醒说话："这是你家的书吧吗？"

姜醒摇头："不是，是我表姐的。"

秦淼"哦"了一声，仔细打量后，说："感觉挺有书香气的，上次匆匆忙忙，都没仔细看。"

她在椅子上坐下来，又跟姜醒聊了几句。

不一会儿，陈恕拿着资料袋下来了。秦淼接过来，感激又夸张地跟他道谢，急匆匆地走了。

陈恕回过身，见姜醒已经低着头在看书，便没有再跟她说话。

当天傍晚，陈恕就收拾行李出差了。

晚上，孙瑜发来短信，说跟那位何律师定好了时间，让姜醒周五晚上跟人吃个饭，还附上了具体的时间地点。

这是姜醒第一次相亲，孙瑜格外重视，当天还带了套新裙子过来，姜醒不好意思辜负她。临走前，孙瑜给姜醒发了何律师的手机号，叫她到了地方联系对方出来接。

相亲地点定在一个商务酒店的餐厅，在拾宜路，算这一区的新兴CBD（中央商务区）。对方约了六点半，姜醒早到了几分钟，便在楼下站了一会儿，准备到六点半再给对方打电话。

她站的位置显眼，且穿着与平常不同，孙瑜挑的裙子惹眼，把她身材上的优点都衬出来了——腰细腿长。

姜醒也不知道她这趟为什么会来，难道就真的是应付孙瑜吗？她觉得可能是，也可能还有点别的。或许内心里，她也在告诉自己：该有另一个开始了。

她这个样子站在外面，来来往往的人再匆忙也会看上一眼。

一个过路的男人不知是有意还是无意地撞了她，她往后退，又擦到身后的人，转身一看，却是熟面孔。

陈恕显然也是刚认出她，两人都愣了一下。

姜醒好几天没有见过他，突然在这看到，有些回不过神，过了几秒才说："是你啊。"

"嗯。"陈恕顿了顿，说，"在等人？"

"是啊。"

陈恕还要说什么，前头已经有人喊："陈工，怎么了？"

"没事。"陈恕低头对姜醒说，"我先进去了。"

Chapter 02 重逢

"好。"

姜醒打了电话，何律师很快就出来接她。

何律师外形与孙瑜描述的没有太大出入，个头高，脸不错，身材也不错，西装革履，很有律政精英的样子。

打过招呼后，何律师将姜醒上下打量了一遍，露出了笑容："姜小姐，你很美。"

姜醒说："谢谢。"

两人进了餐厅，点好餐，何律师开始找话题聊天。姜醒话不多，但始终保持礼貌，对方问一句，她答一句，态度看上去也算真诚。

几个来回之后，何律师笑了笑，说："姜小姐，就目前了解的情况看，我对你基本满意，但我认为有两件事我们有必要约定一下。"

姜醒咽下口中红酒，抬头看他。

何律师继续说道："第一，你知道，我是个律师，习惯凡事分得清楚明白，所以我希望你同意做婚前财产公证；第二，我认为你的工作十分不利于照顾家庭，所以我希望婚后你能放弃工作，至于经济方面，你完全不必考虑，我可以为你提供衣食无忧的生活，至少不会低于你现有的生活水平。"

说到这里，见姜醒没说话，他又说："如果对这一点你没有异议，那么我再问几个问题，纯粹只为加深了解，希望姜小姐如实回答。"

姜醒："你说说看。"

"第一，请问姜小姐你交过几任男朋友？"

"一任。"

对方似乎松了口气："这么说姜小姐感情史不算复杂，那么请问姜小姐您跟对方关系到了哪一步？"

姜醒看了他一会儿，忽然笑笑："你猜。"

何律师一愣，皱眉沉默了一会儿，试探着问："亲吻？"

姜醒笑出声："你真单纯。"她说完突然站起身，收起了笑，"何律师，我想我们也没必要再探讨要不要做婚前财产公证了，祝你成功，再见。"

话说完，脚刚迈出一步，过道里突然出来个女人，以迅雷不及掩耳之势冲上前。

姜醒不及反应，被撞了一下，那力道之大，令她骤然跌倒，膝盖一阵剧烈的疼痛。

只听到那女人哭喊："何盛明，你个浑蛋，我就知道你不干好事，这就是你微信里那个人吧！我等着你求婚，你居然给我找外人，你以为我不知道，你把我当傻子耍！"

被骂的何律师恼羞成怒："你胡说什么！"

那女人情绪激动地上前动手，被揪住手，两人推推搡搡。

看热闹的越来越多，有人带保安过来了，把两人拽出去。

姜醒被人扶起来。围观群众指指点点，伴随各种令人不适的探究目光。

"没事吧？怎么样了？要不要紧？"服务生一直问。

姜醒扶着桌角。

人群中突然跑来一个人，姜醒还未抬头，陈恕已经过来，托着她的手肘扶住她。

跟过来的同事惊讶道："陈恕，你认识？"

"是我朋友。"陈恕匆忙去看姜醒。

"姜小姐？"急于确认她是否还好，情急中没空思索称呼问题，拣了个最普遍的通用称呼。

他的嗓音落在头顶，姜醒抬起头，她的脸色不太好，膝盖的伤看着也不轻，破了皮，红红的一片。

陈恕皱了眉。

姜醒伸手揪住他衬衣下摆："我不想再待在这。"

陈恕低声问："能走吗？"

"嗯。"

陈恕不再顾忌，一手揽住她，一手握她手腕，带她往外走。

一旁同事急忙跟上，边走边对陈恕说："哎呀，要去医院吗？我去取车，送你们去。"说着急忙跑出了门。

Chapter 02 重逢

姜醒腿疼得厉害，脚步趔趄，大半身体倚在陈恕怀里，几乎全靠他的支撑。

陈恕看出她在强忍，走到一半，顾不得是否唐突，急匆匆将她打横抱起，快步出门。

陈恕要带她去医院，姜醒不愿意："我自己能处理。"她有经验，这伤虽然疼，但没大问题，药膏、药油她都有，没必要去医院折腾。

陈恕不放心，但姜醒坚持不去，他只好请同事送他们回豫河路。

车一路前行，姜醒倚着窗。

陈恕又看一眼她腿上的伤。她的脸色有些苍白，神色未定，情绪也低落，似乎未从刚刚的处境里出来。

陈恕想开口说些话，却无从说起。

半晌，他侧过身，握住她一只手，温和而认真地安慰："没事了。"他的手掌宽厚，覆住她紧攥的拳头，不算用力，却让姜醒微怔了一下。

这安慰十分诚恳。

她抬眸看他，他的眼睛专注认真。

时间过了太久，人事已非，唯有眼前这双眼睛和从前一样，坦荡、干净。

陌生的情绪从心底腾起，姜醒喉头微痒，没说出话。

回去后，姜醒要去洗澡，陈恕说："先处理伤吧。"

"洗完再处理吧。"姜醒从他手臂间退出，靠着门站稳，"能不能帮我拿一下衣服和毛巾？"

陈恕只得点头，快步去小阳台取下晾晒的衣物，一件白色家居裙，深蓝色文胸和同色内裤，还有白色大毛巾。

姜醒同他道谢，接过衣物挪进了卫生间。

陈恕站在外头，有些担忧，她腿伤那样明显，万一不小心再滑一跤，无疑是雪上加霜。

好在除了水声，没有听到其他动静，大约过了二十分钟，姜醒穿好衣服出来了，她的头发湿漉漉地披在肩头，腿有些跛，陈恕伸手扶她。姜醒借力站稳,由他搀扶着到床边坐下。

姜醒慢慢擦头发,陈恕却有些着急:"药油在哪里?"

"那边抽屉。"姜醒指给他看。

陈恕找了找,看到一个小瓶子,上面确实标有"活血化瘀"的字样。

他立刻拿过来。

"你放着吧,等下我自己处理。"姜醒仍在擦头发。

陈恕捏着瓶子踟蹰不定。

他朝她的腿望了一眼,唇角微微下压,几秒后,蹲下来,拧开瓶盖。

姜醒一愣,陈恕略不自在地抬头说:"如果你不介意,我可以帮你。"

他在询问她的意见。

姜醒垂目看他,片刻后,轻轻说:"好啊。"

得了允许,陈恕低头倒了药酒在掌心,手盖在她腿上伤处,控制着力度慢慢揉按。

他掌心本就温暖,揉了几下更升了温,姜醒感觉腿上烫起来,似乎有些麻痒,这感觉甚至盖过疼痛。她抿紧了唇,视线落在陈恕挺拔的鼻尖,往下,是两片唇,再下移,便看到他忙碌的手掌。

一股怪异的感觉在全身游走。姜醒怔了怔。这感觉不陌生,却已经很遥远,远到她几乎以为再也不会有。

姜醒默默看了一会儿,喉头干涩,她别开脸吸进一口气,捏紧毛巾继续擦头发。

陈恕认真抹完伤处。

屋子里极安静,却并不让人难受。

姜醒开口:"陈恕。"

"嗯?"

姜醒问:"今天在餐厅你看到了?"

没料到她提这个,陈恕略怔:"没有。"他只看到她被人从地上扶起，腿上受伤了。他听到旁边人在说什么，但他并没有弄清楚，当时的状况也让他来不及多想。

姜醒望向陈恕，说："我在那相亲。"

"……相亲？"陈恕惊讶。

"嗯。"姜醒点点头，"第一次相亲是这情景，很戏剧化是吧？"

陈恕不知怎么回答。

姜醒也没等他回答，兀自笑了笑。

几秒后，听到陈恕低低的声音，他说："没事了。"

姜醒看了看他，应了一声："嗯。"

"你好好休息。"

他离开床边，刚走一步，手被拉住。

"别走。"她的声音在背后，轻到可以忽略。

陈恕怔了一秒，转过身。

"再待一会儿。"姜醒说。

这个"一会儿"有多久，姜醒不知道，她醒来时，天已经大亮，屋里没有陈恕。他应是在她睡着后离开的。

天光透过窗帘缝隙钻入，在地上投下一道明亮细线。已经是新的一天。

昨晚的一切分毫不留，唯有疼痛提醒她那不是梦境。

姜醒挪进卫生间洗漱，之后准备爬下楼找点东西吃。她打开门，看到门口放着一个蓝色保温桶，下面压着一张纸。

她蹲下身，看清纸上的字——没要紧事的话，就不要下楼了，等孙小姐过来吧。

姜醒看完了，拎起保温桶进屋，打开一看，里面是喷香的菜粥和煎蛋。

她吃得干干净净。

孙瑜来得比平时早，一进门就兴奋地上楼找姜醒问情况，却看到姜醒腿上的伤。

"这怎么回事？"孙瑜脸色一变。

姜醒说:"说出来你都不相信。"

孙瑜急火火地问:"到底怎么回事?昨天不是去见何律师吗,怎么搞成这样?"

姜醒把事情说了一遍,末了表达自己的意见:"我觉得我运气大概有问题,以后还是不要相亲了吧。"语气淡淡的,似乎已经不在意昨天的事。

孙瑜却气得要死,二话没说拿出电话把那位牵线的朋友骂了个狗血淋头,接着还感觉不够,冲下楼开车走了,一直到下午才回来,七月书吧因此莫名其妙地关了一天。

大约是对姜醒感到愧疚,孙瑜再也没提这事,只是关心姜醒的伤。

姜醒成了伤患,一整天歇在楼上,稿子赶完了,她无所事事,傍晚时瘸着腿走到后面小露台看落日,一直待到天黑。

陈恕回来见露台灯亮着,过去一看,见她蹲在石板上,不知在发呆还是在干吗。他走过去问:"伤怎么样了?"

姜醒陡然回神。

"回来了?"她抬头。

"嗯。"

姜醒试图站起来,无奈脚麻了,她朝陈恕伸手:"拉我一把。"

陈恕微微一顿,目光碰上她的,有奇怪的感觉从心里升起,他抿了抿唇,握住她的手。姜醒借着他的力量站起来,挪到栏杆边靠着,陈恕也走过去。

姜醒突然问:"昨晚什么时候走的?"

"你睡了就走了。"

姜醒看着他,忽然向他走近了一步。

距离骤然拉近,陈恕脸庞绷紧,下意识地往后退了一点。

"你做的早饭我吃完了。"姜醒说,"很好吃。"

陈恕笑了笑,没有接话。

姜醒沉默了一会儿,轻轻问:"你为什么给我做早饭?"

Chapter 02 重逢

陈恕说:"你腿伤了,下楼不方便。"

"可是和你有什么关系?"

陈恕一愣,不明所以。

姜醒又说:"我腿伤了,又不关你的事。"

陈恕仍不太明白:"我……"唇瓣嚅了嚅,没说出话。

姜醒一直看着他,目光直白,毫不避讳,这令他紧张,他已察觉到心跳异于平常。

姜醒许久没说话,两人沉默地对视,谁也没有移开眼。

夜风吹来,远处灯火渐亮。姜醒突然问:"陈恕,你有女朋友吗?"

陈恕脸一滞,摇头:"没有。"

"知道了。"

应完这一声,她靠过去,踮起脚。

陈恕蒙了,起先是后背绷紧,当柔软唇瓣贴上脸颊的一刻,他的身体僵住了。

这个吻极淡,仿佛羽毛拂过。

姜醒的嘴唇轻贴一下便退开,踮起的双足落回原地,但脸仍离陈恕极近,微热气息落在他颈侧。

陈恕紧贴栏杆,未从惊愕中回神,连双手也因紧张攥成了拳头。

远处霓虹连成一片,红红绿绿,夜风暖得醉人。分明仅过了几秒,却漫长得像看了一场大电影。

姜醒平定了过快的心跳,吸入一口气,仰起脸:"如果你不讨厌的话,我想再试试。"

昏黄灯光下,陈恕的脸红掉一片。

他迟迟未反应,空气仿佛凝固了。

姜醒等待片刻,退远了一步。或许是太唐突了,她想。

可那当下的冲动的确强烈,她想亲吻他,并不想抑制,也想借此验证之前莫名的感觉,但这似乎令他很不自在。看得出,他很紧张,紧绷的身体迟迟未松弛。

姜醒想了想，说："算了，我回去了。"

她转身往回走，腿脚不顺畅，跛得明显。走了近十步，身后的人突然拔足跟来，扶起她手臂。

姜醒转头看他，他低头看地下，像是关注她腿脚，又像刻意避开她目光。

姜醒抿着唇，头转回，不再看他。

两人沉默地走过半截走廊，到姜醒房门口，陈恕收回手。

"谢谢。"姜醒说了一声，慢慢进屋，转身关门。

门快合上的那一瞬，她透过缝隙望向外面，与那漆黑眼眸对上，他的目光深沉安静，直直落进她眼里，直至房门合上。

交汇的视线被截断，姜醒背身靠在门上，双肩松松地垮下来，脑子里却回忆起刚刚极短暂的亲吻。

她只是想尝试一下而已。没想到，感觉出奇地好。

陈恕回到房间，随意地放下包，在工作台前坐下。他解开衬衣袖扣，仍觉难受，索性连前襟衣扣也解掉。

静静待了一会儿，身上热度退了些，他捏捏眉心，从公文包中取出笔记本电脑，准备继续未完的工作，然而仅过了五分钟又停下来。

脑子里什么都进不去，那里已被其他东西涨满。

他靠到椅背上，闭眼，几秒后，不自觉地抬起手摸左边脸颊。

Chapter 03
亲密

第二天,姜醒睡到九点半,起来后走了走,利索不少。洗漱完打开门,再次看到熟悉的蓝色保温桶。只不过这一次没有字条。

他还是给她做了早饭,但一个字也没留。

今天的早饭与昨天不同,换成了肉丝面和烙饼。肉丝面已经有点软了,但姜醒觉得比之前的鸡蛋面更好吃,烙饼也很有特色,里面掺了萝卜丝和青菜,很香。

虽然都是简单的食物,但并非每个人都会做,而且他做得这样好吃。

饱餐之后,姜醒把保温桶洗干净就下楼了。孙瑜刚过来,正在收拾吧台,看到她下来,丢掉抹布过来扶她:"你跑下来干吗?"

"我快要发霉了。"姜醒说。

"伤还没好呢。"孙瑜扶她到小沙发上。

姜醒说:"差不多了,就是有些青紫,不好看。"

孙瑜在对面坐下,想到了什么,转身去吧台的抽屉里取出一个信封,放到姜醒面前。

"这是什么?"

"给你要来的医药费。"

"找那个何律师要的?"

"嗯。"

"他这么好?"姜醒摇头笑,"不是个小气鬼吗?"

"他好面子,怕把事情弄大丢丑吧。"孙瑜神情颇沮丧地叹了口气,"这回真是够了,我也是眼瞎,什么人哪?"

姜醒没说话。

过了会儿,孙瑜又振作精神,问姜醒:"吃过早饭了吧?我昨晚托陈先生关照一下,他早上有给你送饭吧?"

姜醒一愣:"你跟他说的?"

"对啊,他早上都自己做饭吃,多做一份给你也不耗工夫,我知道他人好,不会拒绝这点小事。"

"原来是你说的……"

"什么?"孙瑜没听清她嘟囔,皱了皱眉,"你怎么有点不在状态?在想什么?"

"没什么。"

孙瑜狐疑地盯着她看了两眼,起身说:"我给你煮点牛奶,等着。"

喝完牛奶,姜醒便在楼下看书,十点后有几位附近的老客进来,都是刚退休的老人家,与姜醒也认识,于是打了招呼,坐着闲聊起来,孙瑜忙完也过来了。

这时,其中一位姓王的老阿姨跟孙瑜打听:"孙老板,住你家楼上的那位陈先生可谈朋友了?"

姜醒正喝着牛奶,闻言顿了一顿。

孙瑜也挺惊讶:"这我可不大清楚,不过倒是没看过他跟女孩子一块儿。"说完又笑道,"王阿姨怎么问起这个了?"

"是这样,我看小陈不错,想着了解一下,合适的话想介绍给我侄女呢,两人年纪挺合适。"王阿姨笑了笑,又继续打听,"那你晓得他什么情况吧,哪里人啊,家里是做什么的?"

姜醒听孙瑜说道:"不是很清楚,只听说他做建筑的,读了研究生,好像马上就毕业了……"

孙瑜想了想,又道:"哦,去年年底听他讲要回江西,这么说老家应当是在那吧,家里情况就不清楚了。"

"江西啊。"

王阿姨琢磨了一会儿："那有点远哪，他在你这租房子住，这么讲家里条件应当不怎么样吧。"

孙瑜笑笑说："是有点远，不过他在这边工作，也不会再回老家吧，而且他做这行也不错，现在才刚开始，可能条件没多好。您要真有想法，我倒能帮着打听一下他是不是没谈朋友，看他有没有想法。"

王阿姨拍拍她，笑得有些精明："那你打听一下好了，反正我那侄女条件也一般，找太好的人家还看不上她呢。我看小陈模样不错，讲话也听着好有礼貌的样子，这种年轻人讨人喜欢，家里不太差的话能考虑。"

孙瑜点头称是。

两人又互相将陈恕评价了一番，王阿姨笑呵呵地说："那麻烦孙老板问问啊。"

中午吃饭时，孙瑜跟姜醒聊起这个，问道："你看这个陈先生怎么样？"

姜醒说："挺好的。"

孙瑜点点头说："我也觉得，那王阿姨眼睛挺厉害的啊。"

姜醒没接话，孙瑜兴致勃勃地问："你住的这些天，有没有碰见过陈先生带女孩子过来？"

"没有。"姜醒说。

孙瑜又说："他经常回来得很晚，我有时碰不上他，你跟他也熟悉了吧，找机会帮忙套个话？"

姜醒顿了顿，说："孙老板，这活儿你接的。"

"帮个忙都不行？"孙瑜嗔怪，"王阿姨是常客了，帮个小忙怎么了？"

姜醒低头吃菜，瓮瓮龃龃回一句："你帮。"

孙瑜拗不过，认输："好好好，我来问，不麻烦姜大小姐。"

就为这个任务，孙瑜破天荒地等到晚上八点半。

陈恕加完班回来，见楼下书吧灯亮着，正惊讶，孙瑜迅速迎至门口:"陈先生回来啦?"

"孙小姐。"陈恕走进来,略疑惑,"还没回家吗?"

话出口的同时,目光瞥到坐在书吧一角的姜醒,她在看书。

陈恕脚步一顿,双手微握了握。

孙瑜没注意到他脸上微小的变化,笑着回答:"哦,马上就回了。"说完状似随意地打趣道,"那个……这么晚了,陈先生是刚约会回来吧?"

陈恕一愣,立刻摇头否认:"不是。"

孙瑜眉目微挑,装听不懂:"啊?陈先生都不用陪女朋友吗?"

"我没有女朋友。"

陈恕低声解释,目光似有似无地朝姜醒望了一眼。

孙瑜意味深长地"哦"了一声,仍旧是开玩笑的语气:"现在小姑娘眼光这么高了?陈先生你条件这样好,居然还没女朋友,也真是奇怪啊,对了,陈先生今年有二十五岁了吧?"

陈恕只当她是闲聊,因此老实应道:"嗯,快二十五了。"

"那么有想过找女朋友吧?"

"我……"陈恕不知如何回答,下意识地想往姜醒那儿看,但最终还是克制住了。

他以前没想过,但现在……说不清。

说想了,不对;说不想,也不对。

他抿了抿唇,视线微移。在那个角落,姜醒仍安静坐着,不曾抬头,好像根本没注意到他回来。

陈恕微握的双手慢慢攥紧。

孙瑜却误会了他此刻的犹豫,趁势问道:"我这边倒有一个女孩,陈先生如果有意向,说不定可以见一下。"说完见他没反应,喊了一声,"陈先生?"

"什么?"陈恕回过神。

孙瑜笑笑:"我是说,陈先生你对相亲不排斥吧?我认识一个女孩,跟你差不多大,长得也蛮好看,性格也好,要不要帮你介绍?"

陈恕一愣，忙摇头："不用。"

他拒绝得太干脆，孙瑜很诧异，却听他又沉稳地说了一遍："不用的，谢谢孙小姐。"

"那个，陈先生啊，你……"孙瑜还想再说什么，角落里突然传出一道声音——

"他都说不用了。"

孙瑜和陈恕同时一怔，目光转过去。

姜醒不知何时站起来了，脸上没什么表情，仿佛刚刚那句语气严厉的话不是出自她口中。

孙瑜满目诧异："姜姜？"

姜醒将手中书本放下，走过去对孙瑜说："你根本连那女孩样貌都没见过，又怎么会知道她好不好看，性格怎样？"

孙瑜说："王阿姨不是说了，长得蛮漂亮，待人也好，挺懂事。"

"人家自己侄女，当然会夸。"

"我……"

孙瑜还要再说，被姜醒一口打断："做媒这事不是你强项，别勉强。"

孙瑜不满："我是好意……"

姜醒再次打断她："你看我这腿。"

孙瑜立时噎住，往姜醒白皙的腿上一瞥，看见那一块青一块紫，愧疚感卷土重来。她泄了气，反驳不了姜醒的话。

这时后头小书房跑出个人影，委屈兮兮地抱住孙瑜的腿："妈妈，什么时候回家？"

孙瑜没辙，跟陈恕笑了笑，带小西离开。

店里只剩下两个人，陈恕站在吧台边，与姜醒仅三步之隔。

姜醒慢慢走到门边拉好遮光帘，回身往楼梯走。陈恕一愣，见她已走上一级台阶，张了张口："姜……"

姜醒眼睫微动，扶着墙又上一阶。

"姜小姐。"他喊道。

Chapter 03 亲密

姜醒驻足，回过身，她站在台阶上，目光往下，落在陈恕身上。

陈恕快步过去，说："我扶你上去。"

他手掌有力，仍和先前一样托住她手肘，姜醒看着他，四目相对，彼此都沉默，唯有眼神交汇，陈恕耳根红了，但这次没有再避开。

片刻后，姜醒移开视线，任他搀扶。

楼道灯已换过，冷白光线照亮脚下台阶，两人安静走完短短路程。

姜醒打开门，摁亮屋里顶灯，对陈恕说："你等等。"她从屋里拿来保温桶递给他，"早餐很好吃，谢谢你。"

"不客气。"他问，"你什么时候吃的？"

姜醒说："九点多。"

那么起码过了两个多小时，面肯定糊掉了。

陈恕想了想，说："明天你想吃什么？"

姜醒眸光一动，深深看了他一眼。

陈恕说："明天不煮面。"

姜醒低头像在思考，但好一会儿没动静，陈恕问："还吃粥吗？"

姜醒抬头："不用了，我已经能下楼了，我自己做吧。"她表情极淡，却像已经打定主意。

陈恕手握紧，又松开，垂眸应一声："哦。"

简短的对话围绕早餐，讲完没再继续，陈恕低声说："那你早点休息。"

姜醒进了屋，把门关上了。

陈恕脚步停下，回头看了一眼，走廊里空荡荡的。他打开门，进了自己的屋子。

第二天早上，保温桶没有在门口出现了。

姜醒下了楼，准备煮汤圆吃，却发现小锅里温着皮蛋瘦肉粥，电饭煲也插着电，显示在保温状态，打开一看，里头装了水，还有一小碗炒熟的开花肠和蔬菜杂烩。

这种保温方式，真是……

姜醒摇摇头，轻轻笑了，把手里的半袋汤圆放回冰箱。

陈恕很忙，又加班到晚上八点。

书吧早就打烊了，但他到门口的时候，发现厅里的灯和昨天一样，还是亮着的。

他推开门，没看到吧台边有人，视线一转，在角落的沙发里看到了姜醒。

她也在这一刻抬起了头。

陈恕怔了怔，心跳突然有些失序。他意识到自己的紧张，但他不太明白这紧张是因为什么。

陈恕站着没动，姜醒还坐在沙发上，手里的书从腿上滑下来。她没再看他，弯着身子捡起书，起身放到书架上。放好了书，她仍然站在那，眼睛扫过一整排，似乎在认真挑选想看的，没有要和他说话的意思。

陈恕看着她的背影，过了几秒，垂了眼眸，把大门锁好，往楼上去了。

快走过姜醒的房门时，听见背后的脚步声，转身一看，她也上来了。

陈恕停步，姜醒走过去，说：“今天的早饭，还要谢谢你。不过以后你真的不用给我留了。”

陈恕一顿，低声说：“我刚好也要做饭，只是顺便多做一点。”

姜醒轻轻皱眉：“可是总吃别人的，我会不好意思，而且还要想办法保温，也挺麻烦你的。算了吧，我自己做也没问题，就是不那么好吃而已。”

陈恕没有说话，只低头应了声"嗯"，然后往自己房间走去。

姜醒倚着门看他。几秒后，她轻轻喊："陈恕。"

陈恕转过身，见门边人站直身体，乌黑长发随她动作在瘦削肩头荡了一荡。

她似认真思考过,面色略微严肃,但她脸庞白皙,五官也柔和,再严肃也不至于吓人,然而陈恕心口却一紧。

姜醒清清喉咙,说:"如果我之前的做法让你困扰,甚至讨厌,那很抱歉。"

话至此,似乎没完,理应再说点什么,譬如叫他不必放在心上、趁早忘了等等。但姜醒没再继续,抿紧唇退进屋,伸手要关门。

然而陈恕毫无预兆地开口,喊的仍是那个礼貌却生分的称呼——"姜小姐。"

他紧走几步,返回门口。

"我并不讨厌。"他语气微急,讲完再强调一遍,"你做的事,我、我没有讨厌。"这一句已紧张许多。

胸口闷响,那里有东西已然失了节奏,不顾理智地乱跳。

他耳郭泛红,但仍竭力保持平静,两片薄唇抿了又抿。

姜醒站在门内,手仍捏在门把上,唯有一双明亮眼睛笔直专注地凝视他。片刻后,她嘴角一弯,眼里笑意涤荡,仿佛死寂的海起了浪。

陈恕眼眸一动,几乎看怔。

"那么你记得后半句吧。"姜醒似笑非笑地看他。

……如果你不讨厌的话,我想再试试……

陈恕脸颊陡热,脊背绷了起来。

姜醒却未给他缓和的时间,几步走来,伸手钩住他脖颈,同时踮脚,与昨夜一样,唇瓣碰他左脸颊,这次不再是浅尝辄止,亲了又亲。

距离如此之近,以致鼻前萦绕的尽是他的气息,这感觉不赖,甚至好过昨晚。

彼此呼吸相闻,暧昧至极,陈恕呼吸愈重,心跳更是急促剧烈。他紧紧抿着唇,而她在亲他唇角。

从未与谁有过亲密,更不曾经历此刻的处境,昨晚蜻蜓点水的一吻令他失眠至深夜,更不用提这样的旖旎。

血液好像迷了路，在浑身乱撞，他从来不晓得夏天有这样热。

不知何时，捏着公文包的手松开了，包落在地上，一声轻响，但谁都没有听到。

姜醒忽然被揽住了，年轻男人的手臂紧实有力，稳稳扣着她的背。

意识到他给了回应，姜醒不知是松了口气还是有了成就感，莫名想笑，将这情绪化作力量，更加专注地与他亲吻。

或许是男人天生具有攻击性，又或许是陈恕学习能力强，几下之后，姜醒陷入被动，单纯享受成果。

她认识到陈恕是多么认真的人。便是亲吻这件事，他也做得比别人虔诚专注。

这是个太干净的男人。

姜醒迷失在这纯粹的亲吻中，意识沉浮不定。

许久之后，陈恕退开，他没有松开手，姜醒仍被圈在他怀里。她低头，而他垂目看她，呼吸落在她头顶。

姜醒慢慢平定气息，抬头对上他灼热眼眸。他脸庞仍是红的，气息也未稳下，但此刻极认真地看着她。

这一瞬，谁也未开口，头顶廊灯光线温和，薄纱一样笼在身上。

姜醒忽然笑了一声，伸手摸他脸："可以煮虾了。"

陈恕怔了怔，随后也是一笑，漆黑的眉眼弯起，好看得不像话。

姜醒竟是第一次看他这样笑，莫名一愣。

"……怎么了？"见她笑意顿住，他立刻问。

"没事。"姜醒回过神，目光敛了敛，瞥见地上的公文包，"你的包。"

陈恕低头一看，想起刚才，略微局促。

姜醒笑笑说："还不捡起来吗？"

陈恕松开她，俯身拿起公文包，听到姜醒说："进来坐一会儿吧。"

进屋后，姜醒倒了一杯水放到茶几上，说："过来啊。"

陈恕过去坐下。

姜醒开了空调，抽了纸巾递过去："擦一下汗。"

陈恕抬手摸了下，果然一头的汗。

室内渐渐凉下来，陈恕坐了一会儿，觉得没有那么热了，看见姜醒站在那，问："你怎么不坐？"

姜醒在旁边坐下。

"你每天都加班吗？"她突然问。

"不是，只是最近这段时间比较忙。"

姜醒"哦"一声，又想到什么，问："你现在做建筑？"

陈恕愣了一下，随后点头。

"没记错的话，你以前学的好像是法律。"

"对。"陈恕说，"后来转了专业。"

姜醒点点头，表示知道了，并没有再问他为什么转专业。

她对他的了解很浅。

她只知道他快二十五岁，可能是江西人，曾经学法律，跟着沈泊安做过项目，现在做建筑类工作。除此之外，没有更多的了。

但有一样，她十分了解且确定——此时此刻，她的确对他动心。

陈恕不知姜醒在想什么，但见她沉默，他莫名紧张："你怎么不说话了？"

"啊？"姜醒抬头一笑，目光微深，"我说完了，不如你来说说？"

"……说什么？"

"什么都可以。"她问，"你没有什么想说的吗？"

陈恕认真看了看她，默了两秒，说："那明天我可以给你做早饭吗？"

"……"

姜醒顿时失笑，凑近，盯着他的眼睛："想给我做饭？"

她靠得过近，乌密的睫毛都看得清楚，陈恕脸上温度回升，喉咙动了动，最终点点头。

姜醒心里一热，凝视一会儿，忍不住凑上去，嘴唇在他下巴上印了一下。陈恕微微瞠目,隔了两秒反应过来,仿佛礼尚往来一般,立刻垂首亲了一下她脸颊。

姜醒愈发想笑。从来不知道男人逗起来这么有意思。

她牵起他的手,轻轻捏了捏。

陈恕有些紧张地看着她,手掌的温度也上升了,姜醒感觉到了,更觉得好玩。

陈恕想了想,手掌收起,反握住她的手,但他握得很轻,带了点试探的意思,见姜醒没有反感,才放心地攥进手心。

这一晚,隔着一堵墙的一对男女都没怎么睡好。

姜醒心情很好,不知是不是过于高兴了,她精神抖擞,无事可干,便看电视到很晚,而陈恕则感觉自己的心跳一直到后半夜才正常,他不知不觉想了很多,想起了以前的事,在火车上,在学校里,在修手机的小铺子里……然后时间轴忽然就跳到了现在,这几天的事在眼前晃了很多遍,最后全都定格在今晚。

他在黑暗里摸了摸嘴唇,闭着眼笑了。

第二天早上,姜醒居然醒得很早,下了楼,果然在厨房见到陈恕,他已经煮好粥,正在炒蔬菜。

姜醒开口喊他。陈恕转过身,对她笑了:"再等一会儿。"

仍旧是简单的早饭,但也许是心境变了,吃起来比往常更有滋味。

饭后姜醒问陈恕今天要做什么,陈恕原本没有其他打算,他接的活一向最多,最近在跟一个社区公共服务中心的项目,甲方要求颇多,效果图一改再改,至今没完成,他本想留在家里加加班,但现在姜醒问他,他却没有这样说,反过来问:"你想做什么?"

姜醒想了想,说:"你平时喜欢玩什么?"

陈恕:"不玩什么。"他的确很少出去玩,除非遇到推不掉的应酬,比如明天就有个聚会,事务所同事过生日,喊大家一起庆祝,这种是不好推辞的。

除掉这些集体活动，他大部分时间都在工作，即使放假，也不过是换个地方继续而已。

他的生活一向忙碌而单调。至少，在遇见姜醒之前是这样。

他们两人对彼此都了解得太少。姜醒不再问他，提议道："那我们去看电影吧。"

陈恕看了看她，说："腿方便吗？不疼了？"

"不碰就不疼了，这个没那么快好，但不妨碍走路。"

陈恕答应了。

出发时没到十点，孙瑜没来，姜醒发短信同她说了一声。

出了门，陈恕要去拦出租，姜醒说："时间还早，坐公交好了。"她指指不远处的公交站，"就在那里。"

姜醒朝那走过去。

她今天把头发扎起来了，简单的马尾十分清爽，朝阳落在她头顶，乌黑发丝蒙上光芒。

陈恕走在后头，莫名觉得这情形有一丝不真实。

姜醒走到了站台，转身冲他招手："快点。"

陈恕跟上去。

姜醒问："有零钱吗？"

陈恕一愣，正要从口袋摸出公交卡，姜醒笑着塞了两个硬币到他手中："我存了很多。"

这时车来了，姜醒率先上去，发现空座，很快走过去坐下，把手袋放到旁边位子上替陈恕占位。

虽是周末，不受早高峰影响，但公交车还是坐满了，叽叽喳喳的说话声很有生活气息。

姜醒望着窗外，身后两个年轻女孩的谈话不时钻进耳里。

一个说："你们到底怎么回事啊？"

另一道声音气呼呼地说："你说怎么回事啊，他另寻新欢了！"

"你们不是异地吗，你是怎么发现的？"

女孩"哼"了一声，语气愤愤："很多迹象啊，从微信运动就能看得出来,他平常的步数就那么点,从家到车库也就八十步左右,到了公司下车也不用走多少,中午、晚上随便吃吃饭也就六百步的样子,要是和同事有活动最晚到九点了,如果晚上十点之后步数还噌噌噌地从一千步往上走,那绝对不是跟同事吃饭,一定是陪女生散步逛街轧马路啊,一星期持续三四天都这样绝对是勾搭了别人!果然,分手不到五天他就换了微信头像!"

这番分析让同伴目瞪口呆:"这都可以啊?你、你福尔摩斯啊。"

当事人却不以为然,口气凄凉道:"……这很正常,你要是有男朋友也会变成这样,谁知道自己遇到的是不是个渣。"

她们的声音虽然不大,但坐在前面一排还是听得很清楚。

陈恕侧过头看了看姜醒,她脸朝着窗外,不知在想什么。

过了一会儿,她突然转过头:"对了,加个微信吧?"

陈恕点头:"嗯。"

于是理所当然地存了对方的电话号码并互加了微信。

陈恕的微信名就是本名,头像也很省事,是一棵树,绿色的,看不大清楚,姜醒看了半天没认出来,问他:"这是什么树?"

陈恕说:"刺槐树。"

"哦。"刺槐树姜醒知道,很大很高,厚重苍老,开白花的那种,她在很多地方见过。

但姜醒觉得,陈恕不像刺槐树,他像水杉,年轻,笔直,挺拔得令人惊叹。

姜醒闲着没事,翻了翻他的朋友圈,只有几条,都是专业类的文章和公众号,没有一条是关于他自己的生活。

半个小时后,公交车到了拾宜路。

下了车,对面就是商场,四层有电影院。

陈恕问姜醒想看什么,姜醒挑了个喜剧片,陈恕买好票,看看四周,过来问姜醒:"你想喝什么?"

"都可以。"

陈恕买了两杯果汁,看到旁边人在买爆米花,他也要了一桶。

他们的座位在中间，上午看电影的不多，里面只坐了一半人，这样一来，他们实际上就坐在最后面。

电影没什么意思，披着喜剧片的皮，实际是个中年励志片，笑点少得可怜。

姜醒吃着爆米花，听那些干巴巴的对白，身边的男人安静地坐着，有时转头看一下她。虽然电影没看头，但这感觉还不错。她已经很久没有跟男人看电影。

散场时，身后一个声音喊陈恕。是他事务所的同事，两男两女，其中一个男人姜醒也见过，相亲被打那天是那人送他们回去的。

几人看到陈恕和女人来看电影都挺惊讶，一个女同事笑道："陈恕，什么时候有女朋友了？怎么瞒着大家呢。"

陈恕不知怎么回答，只笑了笑，对姜醒介绍："是我同事。"

同事也了解他性格，没多问，夸了一句："女朋友很漂亮啊。"

姜醒说："你们好。"

寒暄了几句，另一个女同事说："那刚好，明天可以带你女朋友来玩了。"

同事走后，陈恕说："明天我同事过生日，有个聚会，大家一起去做东西吃，你想去吗？"

"都是你们同事，我去不会很尴尬吗？"

"没关系，大家都会带家……"后面一个字陡然停在舌尖，他意识到自己说了什么，略窘迫地别开脸，调整了一下，才说，"你可以去的，不只是同事在，也有同事带去的朋友。"

姜醒忍着笑说："好啊。"

他们在外面吃了中饭，又坐了一会儿才回去。孙瑜看到他们一起进来，惊讶地"咦"了一声："……路上碰到的？"

姜醒没解释，含糊地应了一声。她热得一头汗，走到空调边吹风，陈恕在吧台旁等着。

孙瑜打量了一下，说："陈先生，要不你也坐下凉快一会儿？"

"谢谢，不用了。"陈恕往角落挪了挪，尽量不影响别人。

姜醒吹着风,见陈恕还站在那,愣了一下。他是在等她吗?

她立刻冲陈恕招手:"过来坐啊。"

陈恕走过去,在她对面坐下。

这一幕看在孙瑜眼里就有点不对了。她请他坐,他不坐,姜醒一招手,他就过去了。咋这么听话呢。

孙瑜再朝姜醒看,白净小脸马尾辫,细腰长腿小翘臀,哪里像快二十九岁的样子。

看着看着,孙瑜眼皮一跳,一个完全没有想过的顾虑蹦进脑中。

糟糕!这下坏了。

孙瑜惊了惊,愣愣地看了他们一会儿。

她虽然不动声色,但多了个心眼,越观察越觉得像那么回事,等到第二天看到姜醒和陈恕一起出门,她的脸都黑了。

当初租房子时,打死也没想到会有这事。那时陈恕刚从学校搬出来,孙瑜知道他是刚毕业的学生,姜醒又不在,她便想先短租试试,后来发现陈恕很不错,是个特别让人省心的房客,这才签了长约。

哪里想到姜醒才回来没多久,这两人居然牵扯上了。

简直光速啊!

孙瑜无法理解姜醒的脑回路,明明跟沈泊安分开后单了这么久,一副心如死水的样子,怎么突然跟陈恕这种年轻男孩子扯在一起,这明显不是她的菜呀。

该不是在沈泊安那受的伤害太深,对年龄大的有阴影了吧?

那也不应该找陈恕吧。

孙瑜越想越觉得这事糟透了,姜醒怎么老做这种事呢,当年是沈泊安,现在是陈恕,一个能喊叔叔了,一个还是刚出社会的男生,没一个靠谱的。

这如果是真的,别说姜醒父母不可能同意,就是她也觉得姜醒疯了,用那么多年青春在沈泊安身上买一次教训还不够,现在还想再来第二次吗?已经是奔三的人了,还有几个十年够这样挥霍?

孙瑜在这边忧心忡忡,另一头姜醒和陈恕已经到了地方,在择菜了。

陈恕这个同事在近郊有一套空房子，是栋以前家里自建的两层小楼，后来翻新了一下，很宽敞，去年就曾邀请他们来吃过烧烤，今年过生日还是定在这里。

来的都是这两年新进的年轻同事，有几个单身，剩下的都带了伴。

大家第一次见陈恕带女孩子来参加聚会，惊奇地问东问西，八卦了很久，姜醒也没觉得不好意思，与他们一一打招呼。她平时工作也是在外面跑，跟各种人打交道，有时要蹭顺风车，有时要与当地人沟通，只要她愿意，就能很快融入人群中。

大家一起择菜、洗菜、切水果，忙了一会儿，也就熟悉了。

有人问："姜醒，你做什么工作的？"

"旅行记者。"姜醒洗完了最后一个番茄。

旁边人都很惊讶。

"就是能免费旅游的那种？"

"那一定很有意思吧。"

"不过也很累，一直东奔西跑……"

"有假期吗？"

姜醒一一回答——

"也不是都免费。"

"有时候也没意思。"

"确实挺累。"

"没接活的时候就可以放假。"

讨论声没停，女孩子们清脆的嗓音一句接一句地说着。

不远处，正在择青菜的陈恕顿了一下。他现在才知道原来她是做这个工作的，难怪没有看到她上班。

陈恕朝那边看了一眼，姜醒正跟别人说话，脸上笑容淡而温和。

快要开饭时，陈恕接到一个电话，是秦森打来的，刚一接通，那头就是秦森风风火火的声音："陈恕，你们不会已经在吃了吧？"

"还没有。"陈恕说。

"哦,那你们等等我啊,我总算逃脱母亲大人的魔掌了,正在赶来,你叫宋姐他们再等我半个小时!"

"好。"

半个小时后,秦淼准时赶到。

陈恕正在门口收拾菜叶垃圾,刚好看到秦淼的车在小河边停下了。

"陈恕!"秦淼关好车门,心情大好地喊了一声。

"你来了。"陈恕话说完,秦淼已经跑过来坐到小木凳上大吐苦水,"你不知道我妈多变态,她亲自押着我跟那个什么经理相亲,还好我借机上厕所成功跑掉了,否则我现在还在听那个讨厌鬼吹牛呢。你说我妈是不是有病,她是不是脑子缺——"

"陈恕?"一道声音打断秦淼的吐槽。

秦淼一抬头,看到门口出来两个人,一个是同事小余,另一个人让她愣了一下。

姜醒也看到了秦淼。

秦淼惊讶:"咦,你、你不是……陈恕的邻居吗?"

姜醒还没说话,一旁的同事小余已经开口:"什么邻居啊,她是陈恕女朋友哦。"

"女、女朋友?"秦淼瞪大眼睛,愣住了。

小余笑道:"你没想到吧,我们大家都没想到呢,陈恕这保密工作做得可真好。"

话说完,屋里有人喊:"秦淼来了没?要吃饭啦。"

小余说:"哦,我差点忘了,陈恕,我们来喊你吃饭呢。"又对秦淼说,"快点啊,就等你了。"

"进去吧。"陈恕对姜醒说。

"好。"

三个人都进去了。

秦淼脸色有些白,怔怔坐了一会儿,也起身进了厅里。

大家已经摆好了盘子，碗筷也分好了，一个大圆桌刚好能坐下所有人。

有人看到后头的秦淼，打趣道："小秦，相亲怎么样了，那男的帅吗？"

秦淼神色怏怏，闷声答道："丑，丑死了，我就没见过那么丑的男人。"

周围人都笑起来，有个男同事笑道："那当然了，你天天在咱们事务所熏陶着，来来回回都是帅哥不说，坐在你对面的又是陈恕，这天天看着，审美能不提升吗？人家男的跟你相亲也是吃亏了，多帅都成了普通人，那普通的就是丑男了！"

大家又笑起来。

秦淼偷偷瞥一眼陈恕，心底一片凉。她捏着手指，为了掩饰情绪，假装生气地与那个男同事斗嘴。

气氛乍一看还挺欢乐。

吃饭时，姜醒坐在陈恕身边，陈恕不时帮她夹菜，旁人又开起玩笑："陈恕，你家姜醒干脆都不要动手了，你喂人家好了。"

陈恕颇尴尬，看一眼姜醒，见她也在笑，顿时更窘，耳根红了红，转回脸闷头吃饭，然而眼睛里却有难以掩饰的笑意。

他因为这个玩笑困窘，却也因此愉悦。那几个字眼在脑袋里荡了几荡，始终不退。

你家姜醒……

他心热乎乎跳着，这些感觉以前从未有过。

这一幕几乎看呆了秦淼。她跟陈恕认识六七年，从没有见过他这个样子。她喊他"闷葫芦""大木头"，怎会想到他在另一个姑娘面前这样？

秦淼心头发酸，莫名想到一个词：情窦初开。

对，就是这个。原来像陈恕这样的男人情窦初开时是这个样子的。

旁边人还在说笑，可秦淼一句话也说不上来，碗里的菜也是无滋无味。

她抬头又望向陈恕的方向，正巧看见姜醒夹了一块皮蛋给陈恕。她不知怎的，心里一把火烧着，脑子一热，张口道："陈恕不喜欢吃凉菜，你不知道吗？"

一桌人都一愣，气氛陡然变得有点尴尬。大家都看向秦淼，而秦淼却看着姜醒，又说道："他以前胃不好，吃凉的会疼，所以他不吃凉菜。"

话音一落，姜醒还未接话，陈恕便说："没关系，我胃已经好多了，吃凉的不要紧。"

秦淼脸色不佳地说："胃本来就是要好好养的，你又忘记以前的教训了？"

陈恕刚要再说，姜醒已经把皮蛋夹回自己碗里，对秦淼说："对不起，我不知道，谢谢你提醒。"

这时旁边有同事打着哈哈帮忙缓解气氛："毕竟是老同学啊，小秦记性真好！"

"是啊，是啊，说到这个养胃啊，其实……"另一个同事及时转移了话题。

一顿饭总算吃完了。

饭后玩了会儿牌，聊聊天，到傍晚就各自散了。

陈恕和姜醒搭一位同事的顺风车回去，六点不到便到书吧了。

孙瑜坐在吧台前，看到他们同时出现，脸色变了变。

互相打过招呼，孙瑜说："姜姜啊，小西有几道题不会，你过去教教他。"

"哦，好。"姜醒对陈恕说，"你先上去吧。"

"嗯。"

姜醒刚进了房门，还没跟小西说上话，孙瑜就进来了，面色严肃地看着她。

姜醒一顿："你干吗？"

小西也吓一跳："妈妈你样子好凶啊，我有好好做作业啊，我也很乖啊。"

"嗯,你确实乖,明天妈妈带你去吃好吃的。"孙瑜摸了摸小西的头,等看向姜醒时又恢复了凶神恶煞的脸。

姜醒想了想,说:"这么看来小西没做错事,是我做错事了?"

"你跟我来。"孙瑜将她拽出房间,到书吧一角坐下,"你老实交代。"

"什么?"

孙瑜说:"别装傻,我眼又没瞎,你跟那个陈恕怎么回事?"

姜醒眉微挑:"你看像怎么回事?"

孙瑜敲敲桌子:"你还跟我卖什么关子?你们怎么扯上的?"

"就这么扯上了,你不是都看到了。"

孙瑜无语:"我看到什么了?"

"近水楼台,日久生情。"

"……"

孙瑜想说点啥都不知道从哪说起,匀了口气,说:"近水楼台我是看到了,可怎么日久生情的,你俩认识了才多久,你逗谁呢?"

姜醒也不想绕来绕去了,直接说:"好吧,是我空虚寂寞,忍不住勾引他的。"

"……"孙瑜简直想吐血。

姜醒:"你这是什么表情?"

孙瑜咬咬牙:"别扯了,你都空虚寂寞这么多年了,怎么就没找别人啊,偏偏勾引人家一个弟弟?"

"你没觉得吗?他长得挺好看的。"

孙瑜简直无法跟她交流,一忍再忍,脸都黑了:"姜醒,拜托你给我正经点。"

"哦。"

"你老实说,你是怎么想的?"

姜醒没说话。

孙瑜叹口气:"你多大了你知道吧,他多大你也清楚吧,那天我问了,你也在场,人家不到二十五岁啊。姜姜,你已经不小了,现在是找结婚对象的时候,不是当年十八岁可以瞎玩的时候,难道沈泊安没给够你教训吗,你不要任性。"

姜醒抬起头:"我没有任性,你不也说他人挺好的吗,你不是还想帮他介绍对象吗?肥水不流外人田,既然他好,我为什么不能跟他谈恋爱?"

"是,他人是挺好的,我也愿意帮他介绍,但不是跟你,你俩根本不合适。他这么年轻,刚出社会,一无所有,未来有无限可能,而你呢,你还耗得起吗?你有没有想过,他对你可能只是一时新鲜,青涩小男生一个,没有谈过姐弟恋,所以感觉很刺激,并不是你想的那种爱情。就算你们真在一起了,你能保证他始终一心对你?"

"我不能保证任何人对我始终如一。"姜醒说,"这一点不足以作为考量标准。"

孙瑜见左右说不通,只好搬出撒手锏:"姜姜,这么说吧,你觉得你爸妈能同意吗?你们俩能结婚吗?你已经快三十了,能等多久,他拿什么跟你结婚?"

姜醒皱眉:"你为什么想这么多?我又没说跟他结婚。"

"那你什么意思?玩玩?"

"不,我的确喜欢他,至少现在是。"姜醒说,"既然谁也没有办法保证以后的事,那么我不想去想,也许什么时候我就不喜欢他了,也许什么时候他喜欢上了别人,没法控制就不要控制好了,这事情可以很简单。"

孙瑜总算听明白了:"所以姜姜,你这是得过且过了?"她不敢相信地看着姜醒,"你消极成这样?因为跟沈泊安的感情失败了,现在就不抱希望了?喜欢谁就谈,也不管适不适合,走不下去就分?难道你要这样耗掉一辈子?"

姜醒说:"我不知道以后会怎样,但我很难遇到一个动心的人,我不想后悔。"

"如果他将来跟沈泊安一样,那样重地伤害你,你还能再承受一次？"

姜醒沉默了一会儿，诚实地说："我不知道。"

姜醒不发一语，孙瑜担忧地看着她："姜姜，你已经迷糊了，你一点也不用理智考虑问题。"

"也许吧。"

孙瑜无话可说，只低声讲了句："你这样很自私，你爸妈不会同意的，他们希望你找个适合的人来依靠，不可能接受你胡来第二遍。"

"他们不是还不知道吗，以后再说吧。"

孙瑜无奈，放弃了沟通。

姜醒上了楼，看到陈恕靠在门口等她。

她走过去，陈恕上前两步："好了？"

"嗯。"姜醒问，"在等我？"

陈恕笑了笑，没回答。

姜醒靠过去，他立即伸手揽住她："累了吗？"

"还好。"她脑袋搭在他肩上，闭上眼睛。

陈恕仍会紧张，手轻轻放在她腰上，不敢抱太紧。静了片刻，听见姜醒喊他。

她嘴巴贴在他肩头，声音闷闷的。

陈恕应了一声，问："要回屋里休息吗？"

"嗯，去你那儿，好吗？"

"好。"

陈恕的房间很简单，比她那间少了很多东西，没有沙发，也没有电视，最显眼的家具除了床就是他的工作台。其实那张工作台也很简单，一张半旧的长木桌，像从旧货市场淘来的，漆掉得很厉害，斑斑驳驳。书桌上面放着一台笔记本电脑，一摞图纸以及很多书。

陈恕指着工作椅说："没有沙发，你想坐这儿还是床上？"

姜醒在椅子上坐下，看了看桌上的书，全是专业书籍。

她突然问："陈恕，你为什么转专业？"

陈恕正在倒水，闻声一愣，抬头看了她一眼。

姜醒说:"你为什么不学法律了?"

陈恕低下头,将水倒满,端到她面前,说:"我最想读的本来就是建筑。"

"没录上?"

"嗯,那年分数线突然高了很多,第一志愿没报上。"

"所以一直想转专业?"

"不是。"

"那是为什么?"

陈恕看着她,目光有些复杂。

"不想说吗?"

陈恕摇头:"不是。"顿了顿,低声说,"跟沈老师有关。"

"……什么?"

"我最想读建筑,但对法律也有兴趣,我最初有转专业的打算,但后来听了沈泊安的讲座,发现法律是一门很有意思的学科,所以决定不换专业,想多跟着他参与一些社会实践项目,但后来……"他说到这里就停了,目光沉沉地望着姜醒。

他没说完的话,姜醒也能猜到了。说来说去,居然跟她也有关系。如果当年陈恕没扯进那件事里,说不定他学的还是法律,现在可能在沈泊安的律所做事,而她和陈恕大概再也不会相见。

不知这算缘分还是命运。

姜醒没再问下去,点点头:"我知道了。"

她看了看工作台上的图纸,看不太懂,陈恕见她有兴趣,给她讲了讲:"这个是浮山岛的项目,我们要在那建一个宣教展示中心,这是初步的效果图。"他指给她看,"这里有三层,这里更高一点。"

他弯着身子,一只手撑在桌子上,将她环在狭小的空间内,他说话时声音微低,气息就在姜醒侧脸边,热乎乎的,让她的脸有点痒。

他像个老师一样,讲得十分认真:"这里会有一个很大的展厅,差不多有三个电影放映厅那么大,这里有个观景台,还有这里……唔。"

Chapter 03　亲密

声音断掉，因姜醒突然扭头，吻住了他的唇。

陈恕愣了一下，接着就开始回应她。

这个吻与之前不同。

大四时孙程和其他室友在宿舍热烈讨论过，那时陈恕在写论文，并没有注意去听，但还是有一些字眼进了耳朵。而此刻，他正在做这件事情。

陈恕脸上滚烫。他慢慢闭上了眼睛，听到自己的心跳声，好像也听到了她的。

这一点生涩的回应取悦了姜醒。他像一杯冰凉的水，清澈、平静，无端地令人生出冲动，想将他煮沸，看他沸腾的样子。

姜醒气喘吁吁，陈恕红着脸问："还好吗？"

话一出口，才发觉嗓音有些哑了。

姜醒微抬着眼看他："你看我好吗？"她的脸颊有淡淡红晕。

陈恕不说话了，想了想，伸手轻轻抚她背心，似乎想帮她顺气。

"以前没跟别人吻过吗？"姜醒语气很随意地问。等了一会儿，才听到一声"嗯"。

姜醒冲他一笑："很荣幸。"

陈恕的耳朵慢慢红了。

陈恕上班的日子里，姜醒就待在书吧，有时帮孙瑜的忙，有时无所事事，坐着看书，或闷在屋里睡觉。她的生活似乎没有规律，又似乎很有规律，每天都是老样子，陈恕还是每天给她做早饭，他们从来没有明着说什么，"喜欢"或是"爱"都没有提过，也没有说"在一起"之类的话，但好像已经形成了稳定的关系。

他出门时，他回来时，她如果在，就会抱他，或者亲他。这不像女朋友，倒更像新婚妻子。

但不管像什么，陈恕都很享受。

繁忙的工作，黑白电视一样单调的生活，突然多了一抹彩色，这只会令他珍惜。

一周仿佛过得比从前快。六点一刻,陈恕拔掉电脑充电器的插头,收拾了资料,把这些都放进公文包里,离开了事务所。

他的脚步很快,到了楼下,他站在路边拦了辆出租车。坐上车时,摸出手机给姜醒发了条短信,但没收到回复。

晚高峰路上堵得厉害,到书吧已经七点多了。

书吧门没锁,陈恕进去后听到厨房有动静,他没放下包就去了厨房。

排骨的香味飘过来,陈恕有些惊讶,站在门口喊了一声:"姜醒?"

灶台前的人在热腾腾的油烟中转过身,脸上露出了笑:"你回来啦?"

"嗯。"陈恕点点头,快步走过去,"你做饭?"

姜醒捏着锅铲笑了一声:"不然呢?角色扮演吗?"

陈恕也笑了,望着她被热气熏红的脸庞:"我没想到。"

"不好意思一直吃你做的饭。"姜醒凑近,把左半边脸对着他。

陈恕脸微红,抿着笑低头亲了一下。

一股焦煳味儿突然弥漫,姜醒惊呼:"糟糕!"赶紧转身关火,然而锅里的四季豆还是焦了。

姜醒拿锅铲翻炒了几下,贴锅底的那些焦得最严重。

"这还能吃吗?"姜醒皱着眉。

陈恕走近看了一眼,说:"没事,焦的不要吃,其他的还行。"

"那我盛起来了。"

"嗯。"陈恕说,"还有菜吗?你等一下,我来炒。"

"只有两个素菜了,你去歇着,我来。"

陈恕没有听她的,他出去把公文包放到吧台上,又回来了。

他卷起了衬衫的袖子,对姜醒说:"去凉快一下,你的脸都热红了。"

"做饭肯定会热的。"姜醒把一篮豆芽从水池里拿出来,陈恕顺手接了过去。

"你休息一下。"他揽了揽她的肩,没有让她靠近灶台。

姜醒看他打着了煤气灶，火焰跳起来，他倒了油进去，热烟升起。

"出去吧。"陈恕转过头对她说。

姜醒只好点点头，去了外面。

陈恕做菜很快，没过多久，豆芽炒好了，番茄蛋汤也好了，恰好姜醒炖的老黄瓜排骨汤也能喝了。

他们把菜端到厅里，一张小圆桌几乎摆满了，陈恕数了数，有六个菜，很丰盛。

姜醒虽然手艺生疏，但并不是不会，除了四季豆焦了，其他都还马马虎虎，陈恕吃了两碗饭。

饭后收拾了一下厨房，时间就不早了，姜醒上楼洗澡，陈恕也回了房间。

洗完澡，姜醒端了一盘葡萄去隔壁，陈恕也洗完了澡，正在洗衣服。

"你坐一会儿。"他对姜醒说。

姜醒看着他走进了洗手间，里面传来搓衣服的声音。她走过去，看到衣服泡在盆里，他坐在小凳子上搓洗。

洗手间没有窗户，也没有冷气，很闷热，外面的空调对这方空间影响不大。姜醒再一看，发现没有洗衣机。

她原本以为这间屋子和她那间差不多，卫生间里都会配备洗衣机的，然而并不是。她想起上一次，他洗床单，她对他说脱水会干得快，那时他说没关系。

姜醒站了一会儿，意识到他没有开卫生间的灯，而她站在门口刚好挡住光了。

她走进去，站在他身边。

陈恕抬起头说："出去坐着吧，这里热。"

姜醒没有走，她的目光落下去，停在他手上，他刚刚从肥皂水里拿起了一件衣服，灰色，短短的。

是他的内裤。

陈恕注意到她的视线，低头一看，顿了顿。他重新把这件泡进水里，换了条毛巾。然后他就听到姜醒低低地笑了一声。

他不自在地抬起头，姜醒揶揄地看着他："要不要我帮忙？"

"不用的。"

姜醒看到他的脸红了。她想，还是别逗他了，让他好好洗完衣服吧。

"那我出去了。"她说。

"嗯。"

姜醒出去后，陈恕莫名地松了一口气，他静下心把衣服搓好，用水清洗了几遍。

姜醒坐在床角翻一本建筑画册，走马观花，很快翻到末页，见他端着一盆洗好的衣服出来，她朝他笑了一下。

陈恕说："我晾衣服。"

"晾吧。"

陈恕去阳台把衣服都晾起来了，姜醒盯着他的背影看了一会儿，收回视线。

陈恕把盆放到角落，走过来说："还有一本画册，你要看吗？"

"不看了。"姜醒伸手牵他。

陈恕正准备坐下来，有人打来电话。

"我接个电话。"他拿过手机看了一眼，接通后说，"秦淼？"

秦淼说："陈恕，你干吗呢，我敲你半天都没反应，你快去群里看一下，修好的毕业照发上去了，每人可以选三张大合照免费冲印，多选就要自己补缴费用了，你快去看看你要哪三张，选好敲我一下。"

"好，我等一下跟你说。"

陈恕挂了电话，姜醒问："怎么了？"

陈恕说："要选照片。"

"照片？"

"嗯。"陈恕走过来，点开手机上的QQ软件，一堆群消息跳出来，他找到消息记录里的照片，给姜醒看，"就是毕业照，要选三

Chapter 03 亲密

张冲印。"

姜醒从前往后看了看,全是合照,有穿硕士服的,也有没穿的,有正经的,也有搞怪的。

姜醒在人群中找到了陈恕,他站在最后一排,表情大多是严肃的,只有搞怪的那一张有点不同,他的脸上露出了笑,眉眼是弯弯的。

姜醒看了一会儿,说:"笑起来的样子,很帅。"

陈恕不知道怎么回应这夸奖,便说:"你帮我选吧。"

"好。"

姜醒选了两张穿硕士服的,一张正经,一张搞怪,又选了一张别的,陈恕记下编号,给秦淼发过去了。

姜醒在一旁看着,说:"原来你跟秦淼是同班同学啊。"

"嗯。"

他发完了,把手机放下,听到姜醒问:"陈恕,上次好像听你说,你快二十五了?还没到吧。"

陈恕愣了下,回答:"嗯,我二十四岁。"

"哦。"姜醒说,"好年轻。"

陈恕没接话,静静看着她。

"怎么了?"姜醒问。

陈恕摇摇头。

姜醒忽然凑近,笑了笑:"怕我嫌你小吗?"

问完,感觉到他顿了一下,她收起了玩笑的心思,低声说:"你想什么呢?"

她仰着脸,靠得很近,似乎能感觉到他心跳的频率。

陈恕张了张嘴,想要说什么,姜醒忽然贴过去,嘴唇碰到他的下巴,接着亲他的嘴。陈恕抱住了她。

姜醒心里烧了股热火。她想起孙瑜说的话,她觉得孙瑜讲得很对,她的确是迷糊了,一直像在梦里,从没彻底醒来。那么就趁着梦还没醒,先抓住一些,否则以后没了,她会遗憾,会后悔,会切齿拊心。

她一向是这样的人，不计后果。

两个人身上都烫得很，姜醒突然站起来，将他用力一推。

他身后便是床。陈恕倒下去，喉间滚出低沉的声音："姜醒……你、你会不会后悔？"

"不会。"

两个人都很累，不知时间过了多久，陈恕仍搂着姜醒，彼此呼吸缠绕。

许久之后，姜醒气息平顺，低声开口："等一下去帮我买点东西行吗？"

陈恕一惊："什么？"

问完陡然想到什么，心头一跳，翻身坐起，一脸紧张地盯着她。

姜醒吓了一跳："你干吗？"

陈恕眉心紧拧，懊恼至极。

陈恕沉声道："对不起。"

姜醒笑笑道："没事。"

陈恕不说话了。

姜醒拉他躺下："再歇一会儿。"

陈恕沉默了一会儿，轻声说："下次不能这样了。"

"下次？"她又笑着看他。

陈恕一愣，有些尴尬。

姜醒："好了，下次就听你的。"

两人躺了半个小时，陈恕先起来，重新洗了澡，下楼去买东西，回来时给姜醒买了点水果。

姜醒已经冲完身体，正靠在床上。她没回去拿衣服，找了件陈恕的衬衣套在身上，拿了本书在看。

陈恕一进屋就看见这情景，他低头平静了一会儿，倒了杯水，走过去把东西给姜醒。

姜醒吃完后说:"我今天在这儿睡,行吗?"

陈恕一愣,接着点头,眼里已经有了笑。姜醒看他一眼,也低头笑了。

陈恕从衣柜里拿出新床单被套,说:"我换一下被子。"

"哦。"姜醒放下书准备起身,陈恕却弯腰抱起她,将她一直抱到椅子上。

"你坐一会儿。"他低头避开她含笑的目光,转身去换床单。

这晚,姜醒睡得很好,或许是累到了极致,又或许是身边多了可以依偎的人。

Chapter 04
相伴

接下来的日子陈恕依然很忙，但他上班时会抽出时间给姜醒发微信，下班后便陪她。两人有时出去看电影、吃饭。

除了偶尔看见孙瑜担忧的脸，姜醒大部分时间都很愉快。

这样的生活持续到六月下旬，陈恕回了趟学校，把一些遗留的毕业手续办完，领了证书，之后立刻又接到新的案子，出差一周，要到二十九号回来，而姜醒月末要回家一趟，姜母过生日，她必须得回去。

陈恕出发那天，姜醒去送他，两人在机场简单说了几句道别的话就分开了。

这中间他们通过几次电话，有时发几条微信。

二十八号晚上，姜醒到了家。姜母的生日宴在第二天，所以晚上没事，姜醒好好睡了一觉，第二天在附近餐厅吃饭，一家人再加上几个交好的亲朋凑了一整桌，帮姜母庆祝生日。

结束后时间还早，姐姐姜梦约她散步。

两姊妹沿着小广场走了几圈，姜醒猜到姜梦肯定是有话想说，便主动问："聊点什么吧。"

姜梦也没再犹豫，直接说："你准备什么时候回来？"

"我也不知道。"

"要不，今年就别跑了吧，你总在外面，爸妈很担心，我在这边公司里给你找个位子也就是一句话的事，还有爸……"姜梦说到这里顿了顿，笑着说，"你别看爸现在还对你冷眉冷眼的，其实他一直拜托人帮你在电视台打听有没有职位，当年他狠心说不再管你，那都是气话。你偏偏也这么倔，这么多年一个人漂着，东奔西跑的，也不要家里帮忙，过得这样惨兮兮的，谁看着心里能好受？"

姜醒笑了笑："我也没有多惨，这工作没你们想得那么糟糕。"

"那你也不可能跑一辈子吧，哪有那么多精力？"姜梦说，"总之我们都希望你回来，那套房子爸妈一直给你留着，都是按你喜欢的风格装好的，你回来就住进去，爸拉不下脸来说，我就来开这个口了。"

姜醒眼里一热，捏紧了手，低声说："是我对不起爸妈。"

"一家人说什么对不对得起，以前的事过去就过去了，家里人都是想你好的，你回来我们可以照顾一下，而且你婚姻大事爸妈也着急，妈相了很多男孩子，就等着你回来让你看，估计明天就要跟你说了，你做个心理准备。"

姜醒没再应声，她知道姜梦的意思。

第二天，姜母果然在饭桌上提了相亲的事，虽然说得很委婉，但意思是直白的，姜醒没有应声，沉默好久，表示不想去见，姜母劝了几句，姜醒一声不吭。这样的态度令人生气，姜父摔了筷子，火气一上来，说出的话必然伤人。

他又提起姜醒跟沈泊安那一段，姜醒始终低着头不作声。她知道，那些旧事全是刺，一根根杵在那儿，谁都不可能忘记，所以一言不合就会戳到。

疼的不只是她，她的父母也一样。所以，她不再顶嘴，以沉默应对。

姜母怕伤了她的心，在一旁劝，但最后还是闹了个不欢而散。

这个晚上，姜醒整夜失眠。

陈恕没有发来微信，也没有打电话，她猜他很忙，便也没有联系。

隔天家里依然阴云笼罩，吃饭时，姜父看到她，"哼"了一声就丢了筷子出门了。

姜醒觉得，好像只要她在，父母都是不开心的。不知从什么时候起，她似乎已经成了他们的耻辱、忧虑、痛苦。孙瑜说得对，她真的很自私，勉强不了自己，便总是为难别人，伤害亲人。

她也待不下去了，下午就收拾东西上了飞机。

傍晚六点到南安，姜醒从机场打车回去，没通知孙瑜，也没告诉陈恕。

到店里时快七点，天已经黑了，孙瑜不在，店里黑漆漆的。

姜醒摸出钥匙开了门，径自上楼。她先去敲了敲陈恕的房门，没有动静。他可能在加班，姜醒这样想着便回了自己房间，洗完澡，下楼煮了面吃，再回房间看电视。到九点半，她再次过去敲陈恕房门，仍然没有人开。

她给陈恕打电话，提示关机，一直等到快十二点，陈恕也没有回来。

姜醒终于觉得不对，没有耐心再等下去。她拨了孙瑜的电话。

孙瑜从睡梦中惊醒，迷迷糊糊接通电话。

姜醒劈头就问："陈恕没有回来吗？"

"姜姜？"孙瑜蒙了蒙，反应一会儿，才说，"你在哪呢，这大半夜的？"

"我回来了，在店里。"

孙瑜一惊："啊？你回来啦？回来怎么不说一声。"

姜醒没耐心多说，又问她："陈恕昨天不是回来了吗？"

"对，回来了啊。"孙瑜打了个哈欠，说，"我让他搬走了。"

"……搬走了？"

姜醒怔住，半晌明白过来："你把他赶走了？"

"没有。"孙瑜平平淡淡地说，"我就是收回了房子，不租了，我还赔了违约金给他。"

"他去哪了？"姜醒尽力让自己声音平稳。

"我哪知道？大概是重新找房子了吧，姜姜，你听我说，我这是为你好，你……"孙瑜没说完，那头已经死寂。

Chapter 04　相伴

姜醒把电话挂了。

姜醒一口气跑到楼下，拉开门后一股狂风灌到脸上。

夏天多暴雨，这里昨天刚下过一场，姜醒虽然没看到，但此刻这样的大风给了她预兆，很快又要下雨了。

她拿出手机看了一眼，零点刚过。

她在门口站了片刻，折身进来，把门关上，摁亮吧台小灯，倚着高脚凳坐下，心绪逐渐平定。这时，手机响了，是孙瑜打来的电话，姜醒看一眼便挂掉了。

她趴在冰冷吧台上，慢慢理清思路，竭力回想之前看过的图纸。那天他给她讲浮山岛的项目时，那张图纸边沿印有几个字样，当时没太注意，但至少瞥过一眼。

想了许久，姜醒直起身，拿过吧台左角的便笺卡和笔，写下几个字，之后用手机依次搜了一遍，找到一个匹配的：有方建筑设计事务所。

姜醒迅速点开，看到地址：拾宜路433号鑫原大厦16F。

暴雨下了快三个小时，凌晨四点多，雨终于停了。

姜醒转头看一眼外面，天色昏茫，但有不少灯火亮着，有一些人已经早起开始为生计忙碌。

姜醒动了动发麻的胳膊，扶着吧台起身。她没有洗澡，上楼换了身衣服，简单洗漱完就出了门。

时间还早，没有公交车，出租车也极少，等了半天才拦到一辆。雨刚停不久，有部分道路积水严重，需要绕远路过去，这个时间出行唯一的好处是不会堵车。

姜醒上车报了地点，一路畅通，到达拾宜路不到五点。

鑫源大厦附近还很安静，值夜班的保安在一楼大厅里走来走去，偶尔电梯里出来几个通宵加班的年轻人，面容憔悴，行色匆匆。

姜醒在外面台阶站了片刻，走进大厦左边通宵营业的便利店，从货架上拿了一罐咖啡、一袋牛角面包。昨天没要飞机餐，一晚上就吃了点面，现在才觉察到饥饿。

窗边有几张高脚椅，姜醒坐下来吃面包。

填饱肚子后看了下手机，五点半多一点。时间不知为何过得这样慢。

姜醒歪着头趴在手臂上，目光凝视窗外。不知不觉中天渐渐亮了。

便利店里客人进进出出，门外车流人影不断。

姜醒揉揉眼睛，发现已经七点了，她起身离开便利店，走进鑫源大厦，靠在电梯旁的角落，望向每一个进门的人，直到七点半才看到一张熟面孔，是陈恕的同事小余，上次聚餐时见过。

电梯刚好来了，小余一手拎包一手拿牛奶，急匆匆冲进电梯，并没有注意角落的姜醒。

姜醒却松了一口气。可以肯定没有找错地方，陈恕就在这里工作。

过了一刻钟左右，陈恕来了。

他踏进大厅，姜醒直起了身体，目光落在他身上。

陈恕穿着白衣黑裤，拿着公文包，很精神的上班族打扮，但他整个人却不是有精神的样子，他的脸色很差，有些苍白。姜醒注意到他走路也不如往常那样快。

姜醒从角落出来，往前走了几步，一下子就站到了显眼的地方。

陈恕不可能看不见她。他的脚步骤然止住，整个人震了一下。

姜醒站在那没动，视线凝在他脸上。

外面不时有人进来，从他们身边走过，去等候电梯或者进了电梯。匆忙的早晨，没有谁得暇分心去看一对沉默相视的男女。

陈恕一瞬间以为自己头晕看花眼，等回过神再看，她还在。他吃了一惊，急步走过去："你、你怎么……"

他的嗓子是哑的，姜醒皱了皱眉，不答反问："你怎么了？"她认真盯着他脸庞，猜测道，"生病了？"

"没事，有点感冒。"陈恕脸上明显有几分欣喜，"你回来了？不是要多住几天吗，怎么……"

Chapter 04　相伴

姜醒打断了他，拉他到一旁角落："你为什么关机？"

陈恕立刻明白了："你给我打电话了？对不起，我忘了给手机充电。"

他昨天所有空闲时间都在找房子搬家，忙到很晚，感冒又严重了，半夜发起烧，他铺好床刚坐下歇了一会儿，不知怎么就睡过去了，早上醒来才记起手机没充电。

姜醒看出他不像说谎，松了口气，至少确定了他并非故意让她联系不上。

"你昨天住在哪？"

陈恕一愣，猜到她已知晓，便说："我找到房子了，在宁山路。"

姜醒点了点头，没再问这个。

这时进来的人越来越多，也有不少陈恕公司的同事，他们看到陈恕和一个女人在角落说话，都很诧异，但也没过去打扰，只是多看了两眼。

姜醒意识到现在并非说话的恰当时机，他正赶着去上班。

她问："中午几点吃饭？"

"十一点半。"

"好，你上去吧，我中午来找你吃饭。"

没等陈恕反应，姜醒已快步离开。

离开鑫源大厦，她走了两百米找到一家刚开门的药店。她进去买感冒药，药店柜员推荐了两盒，她都拿了，结完账走到门口忽然又返回，说："麻烦再给我一盒润喉片。"

陈恕上午要处理的工作很多，基本都在会议室，虽然头一直晕，但他一刻没歇，一直忙到十一点，会议间隙总算得空回办公桌看了眼手机，电已经充满了，他去了茶水间，拨出姜醒的电话。

响了一声，那头就有人接了。

"陈恕。"姜醒的声音传过来。

陈恕面朝着小窗外，视野中高楼林立，暴雨过后的阳光依然亮得炙眼。

他低着嗓子说:"姜醒。"

"嗯。"姜醒压低声音走出书屋,靠在外面墙上,"你出来了?"

"还没有,大概再过一刻就开完会了,你在哪?"

"我就在附近,等会儿在大厅等你。"

陈恕攥着手机,轻轻说:"好。"

"那待会儿见。"

"待会儿见。"

那头没有声音了,陈恕才将手机移开,转身往外走。

秦淼端着杯子进来,见到他就问:"陈恕,你嗓子怎么样了?"

陈恕说:"还好。"

秦淼盯着他微白的脸看了看,皱眉说:"你脸色太差了,这样不行,我去跟老板请假,你得回去躺下休息。"

陈恕立即阻止道:"不用,感冒而已,已经好多了。"

"你总是这样。"秦淼埋怨地看着他,"生病总是硬扛,都不知道买点药吃,工作有那么重要吗?"

"没这么严重。"陈恕笑笑,"只是小感冒,过两天就好了。"说完就出去了。

秦淼朝他背影瞪了一眼,一脸惆怅。

会开完,正好是午餐时间,陈恕平常都在事务所的小餐厅解决午饭,但今天一到时间,他立刻下了楼。

姜醒已经等在楼下。

陈恕快步走过去:"对不起,你等久了吧?"

"还好。"姜醒看了看他,发现他脸色还是不好,她眉眼凝了凝,说,"走吧。"

走到门口,姜醒指指对面一家粥店,说:"我们去那吃吧。"

陈恕自然没有异议。

中午喝粥的人不多,一进去就有空位。姜醒点了单,服务员先过来倒了两杯茶水,姜醒说:"请帮我换杯白水。"

很快一杯温开水送了过来,姜醒道了谢,又对服务员说:"我们的粥过半小时再上。"说完从手袋里拿出两盒药推到陈恕面前,"先吃药。"

陈恕握杯子的手一顿。

他抬头看着她,姜醒起身,将他手里的茶水换成白水,见他没反应,又说:"吃药吧,每种两粒。"

"你去买的?"陈恕低头看向药盒。

姜醒应了一声,端起茶水喝了一口。

陈恕看了好一会儿,慢慢拆开药盒,按照她说的量吃了药。

"谢谢。"

姜醒这时又取出润喉片递给他:"放口袋里,带回去吃。"

陈恕眸光低下,看到她白皙的手指捏着一板润喉片。他伸手接近,姜醒正要放到他手心,他却微一用力,将她的手连同药一起握住了。

他的手掌宽厚,姜醒的手很小,他这样一握,便全攥进了掌心。

他的手越收越紧,姜醒感觉到那力道,她没有动,只是看着他,陈恕回望过来,漆黑的眼里浮起一些看不清的情愫。

他一语不发,表情却极郑重。

姜醒不知他在想什么,他始终没有松手,她便一直任他握着。

这样的气氛令她感到一丝难言的安心。经历了分别以及昨夜起伏的心绪,此刻她珍惜这样单纯的相触。

不知过了多久,姜醒感觉他的手心都出汗了,笑着说:"松开我吧。"

陈恕松了手,不大自在地低咳一声,然后喝了口水。

半个小时不短,足够他们好好说一会儿话。姜醒问陈恕新住处的情况,陈恕简单说了一下,又问她回家怎么样,姜醒含糊地回了声"还好"。

姜醒想了想,又问:"我表姐有没有跟你说什么?"

陈恕:"孙小姐讲她有另一个亲戚要过来,没有地方住,所以不能再把房间租给我。"

"她是这么说的？没讲别的？"

"嗯。"陈恕肯定地点头，见姜醒神色不对，问，"有什么问题吗？"

"没有。"

姜醒低下头，陈恕看不清她的表情。

她暗暗舒了口气，庆幸孙瑜没有对陈恕讲那些难听的话。陈恕这样的男人，她一点也不想看到他受伤害。

午饭后，陈恕回去上班，姜醒仍在附近书店消磨时间，到了下班时间再过去等他。

两人一道回陈恕新租的住处。

到了附近，陈恕说："我买点菜。"

"去哪买？"

陈恕指指不远处："那里有小菜场。"

"好，一起去吧。"

菜场的确很小，从头走到尾也只有五分钟。陈恕问姜醒："晚上想吃什么？"

"想吃豆角。"

"长豆角？"

"……嗯，干煸豆角用的是长豆角吗？"

"长豆角可以，四季豆也可以。"

"哦，那买四季豆吧。"

"好。"

买完素菜，陈恕问："想吃肉还是吃鱼？"

"我都可以，你呢？"

"我也都可以，那今天吃鱼吧。"

"好。"

两人挑好菜就回去了。

陈恕住的小区很老了，房子外观不好看，里面也有些旧，但清扫得很干净。姜醒跟着陈恕去了最边上的一栋楼，爬上二楼，陈恕打开门,说:"有点乱,还没来得及整理。"

姜醒进去看了看,并没有觉得乱。是个挺小的一居室,有一些旧家具,陈恕显然已经打扫过了,地板和家具都是干净的,只有两个行李箱还摆在桌边没有收好,桌子上有些杂物。

陈恕过去把桌子收拾了一下,又把行李箱拖到墙边摆好,然后进了房间,打开空调,喊姜醒进去。

"你坐一会儿。"他指指床,"我先做饭。"

他挽起袖子,拿过两袋菜进了厨房。

没过一会儿,姜醒也进去了。

陈恕正在洗菜,姜醒走近把水龙头关了。陈恕转头看她,姜醒说:"别做了,我来吧,你在生病。"

"没关系,不用你做,我很快就做好了。"

姜醒想了想,说:"要不这个菜你留着明天给我做吧,晚上订个外卖吃。"

"不用,我……"

"就这么定了。"她低头在手机上点了几下,很快就订好了外卖。

"好了,大排饭,你不挑食对吧。"

"嗯。"

姜醒把菜收拾了一下,塞进墙角的小冰箱里,牵住他湿漉漉的手进了房间。

两人在床边坐下,姜醒没有松手,他手上的水珠将她的手也弄湿了。

"陈恕。"姜醒喊他。

"嗯?"

"你有没有想我?"她问,"不在一起时,有没有想我?"

陈恕捏着她的手指,轻轻点头。

姜醒笑起来,另一只手搂住他脖子,人靠过去,却感觉到他身上异常的温度。

她心下一凛,伸手摸他额头。烫得吓人。

陈恕发烧了,而且烧得很厉害,但他自己没太多感觉,只是头晕,见姜醒匆匆忙忙地找手机叫车,他忙拉住她。

"不要紧,昨晚也烧过,早上就退了。"

他长这么大,还没有因为感冒发烧上医院的。

姜醒正要说话,她的手机响了。

电话是送餐员打来的,跟她确认具体地址。姜醒不记得这是哪一栋楼,陈恕在一旁听她讲话,听出是送外卖的,便说:"我来讲。"

他讲完挂了电话,见姜醒皱着眉看他,宽慰地对她笑笑:"别担心,你不是买了药吗?我现在去吃。"

说完,发现姜醒脸色未缓和,又说:"我身体很好的,真不用为这个特地跑一趟医院。"

姜醒没再说话,转身从手袋里拿出药,又出去倒水。

陈恕跟出门说:"差点忘了,我没有烧水。"

他往厨房走,被姜醒拉住,她轻轻将他推回房间:"去躺着。"

她手上力量不大,面色却是少见的严厉,陈恕愣了愣,几乎以为她生气了,然而她转瞬又换了表情,温和地说:"你去休息。"

说完轻轻拍了拍他的手,嘴边露出笑,与她担忧的眼神一比,那笑有些僵硬。

陈恕回到房里,想起她的样子,觉得她刚刚好像在哄他。像哄小孩一样。

陈恕哭笑不得,再想一想,便只想笑。

姜醒找到水壶烧了热水,但是太烫,她有点急,用两个杯子来回倒了好多次,总算凉了点。

陈恕靠在床上,听到她进屋的声音,睁开眼。

"吃药了。"

"嗯。"陈恕坐起来。

姜醒把药和水送到他手上,看他服完药,说:"躺下休息。"

陈恕头晕得厉害,什么都听她的,姜醒调高空调温度,正要出去,他突然喊:"姜醒。"

姜醒转过身，陈恕睁着眼睛问她："今天你还要回去吗？"

"不回。"

"哦。"他很安心地笑了笑，眼睛都弯了。

姜醒看着他，没忍住，一步迈近，俯身埋头，猛地亲了一下他脸颊。她还要亲他嘴，陈恕急忙偏头躲开。

"我感冒了。"他解释，"会传染。"

姜醒没说话，又亲一下脸颊，转身出去。

过了二十分钟，姜醒叫的外卖到了。

她想喊陈恕起来吃一些，但陈恕已经睡得很沉。她摸他额头，还是很热，只好弄了湿毛巾给他擦脸，擦完后，坐在床边看他，脑子里慢慢静下。

想起这一整天，她觉得有点奇怪。

这几年她一个人过，管好自己就行，不用为谁操心，也没有太多照顾人的经验，没想到现在却十分自然地做着这样的事。

晚上姜醒留在了这里。

陈恕清早醒来，头上都是汗，烧已经退了，脑子清楚很多。

他看看身边，姜醒还在睡。她睡觉很规矩，安安静静占下小半边床铺，身体微蜷，长发铺了半张枕。

陈恕朝她挪近，盯着她的脸看了一会儿，抬手轻轻碰了碰，手指往上，摸她眉眼。

姜醒睡得很熟，呼吸均匀，不知有人注视她许久。

醒来时，身边已经没有人。

姜醒从床上爬起来，身上还穿着陈恕的衣服，是她昨晚随便找的一件长袖汗衫。她换回自己的衣服，走出卧室，陈恕刚好从厨房出来，看到她就笑了："你起来了？"

"嗯，你怎么样？"

"好多了。"陈恕说，"可以吃饭了，你先去洗漱，洗手间里有牙刷。"

姜醒见他脸色恢复了些，放心地去了卫生间。

洗脸台上放着新的牙刷和漱口杯,还有毛巾,一看就知道是陈恕买来的。

早饭吃蛋饼和粥,饭后陈恕要去上班,姜醒不让,劝道:"请半天假,行吗?"

陈恕说:"我已经好多了。"

"虽然烧退了,但你身体还是虚弱,休息半天是应该的。"

"可是……"

"陈恕,你这样不顾身体,我会担心你。"

陈恕看了看她,点头说:"好,我下午再去,你不要担心。"

"嗯。"

陈恕请了假,歇了一上午,中午吃完饭,和姜醒一道出门。

分别前,姜醒叮嘱他吃药,并说之后再来找他。

姜醒昨天一整天没回去,孙瑜打了几个电话,她没有接,只回了一条信息。

回到书吧时间还早,姜醒洗了澡,换掉脏衣服,在屋里歇了一会儿。

孙瑜姗姗来迟,门一开便有客人来,忙了一阵才闲下来,正要去找姜醒,附近几个老阿姨推门进来,打完招呼落了座,那位姓王的阿姨冲她招手:"孙老板!"

姜醒下楼看到的便是孙瑜与王阿姨在吧台边交谈的情景。

两人压着嗓音说话,不知在感叹什么,王阿姨摇摇头,一副惋惜的样子。

姜醒看了一眼,转身去厨房倒水喝。

王阿姨聊了一会儿终于走了,孙瑜舒了口气,转头看到姜醒从厨房出来,脸色一沉。

姜醒问:"那王阿姨还没死心吗?你没跟她说清楚?"

孙瑜没好气地说:"说什么?"

"说陈恕有主了,被我定了,让她给她侄女另觅郎君吧。"

孙瑜白她一眼:"你正经点。"

"我认真的。"

孙瑜不理她,语气严肃地问:"昨天去哪了?一整天不见人。"

姜醒毫不隐瞒,很老实地说:"去找陈恕了。"

孙瑜的脸色顿时更难看。

"我就知道。"她说,"你这个人撞了南墙都不愿回头,哪里会听人劝。"

"你为什么要赶他走?"

孙瑜一愣。

"那个房间本来就空着,你也知道这样的屋子不好租,你还说过他是很好的人,但就因为我跟他在一起,你就要赶走他?"

"我……我哪有赶走他,我是跟他商量!"孙瑜有些心虚,"我可是征求了他的意见,他自己答应了。"

"你说有亲戚要住,他能不答应吗?"姜醒皱眉,"你就欺负他是老实人。"

"是。"孙瑜索性承认了,"我就是不想看你越陷越深,这样下去,怎么收尾?"

"你为什么想得这么复杂?"姜醒说,"我很清楚我在做什么。"

孙瑜并不相信:"我没觉得。"

姜醒笑了笑,低声说:"我很清楚,我喜欢他。"

孙瑜顿时没话说了。

七月天气炎热,姜醒缩在屋里不出门。她回来半个月了,与陈恕只见过两面。陈恕感冒还未痊愈就去了浮山岛,两人只能依靠电话和微信联络。

等浮山岛的事终于忙得差不多,陈恕给姜醒打了电话,说二十号回来。

二十号是周一。

姜醒照例接小西放学,路上小西问她知不知道陈叔叔为什么搬走,姜醒说不知道。

小西很惆怅:"妈妈说他有大房子住,不想住我家书店里了,可我好久没看见他了,很想他。"

"为什么想他?"

小西说:"陈叔叔对我好。"

遇上红灯,姜醒停车等待,问小西:"那么小西想见陈叔叔吗?"

小西眼睛一亮:"想啊。"

下班前的几分钟,陈恕整理好办公桌,给姜醒发了短信:我马上下班了,我来找你。

姜醒回道:好。

陈恕下楼走出大厦。

正要去拦车,一个小小身影跑过来,伴着一声"陈叔叔",他一条腿已经被抱住。

"小西?"陈恕惊讶地弯腰。

"陈叔叔,是我哦。"小西仰着脑袋说。

"你……"他说了一个字,似有所感地抬起头。

姜醒果然站在不远处,脸上笑容很淡,但一直延伸至眼里,显露了她此刻的愉悦。

"姜醒。"陈恕也笑了。

他半弯着腰,一只手将挂在腿上的小西捞起来,朝她走去。

他身高腿长,抱着个七岁的孩子走路依然很快,几步到了姜醒身边。

目光交汇间已将对方仔细看过一遍。

陈恕瘦了点,也晒黑了。

姜醒没多大变化,她一直待在屋里,还是那张白净细腻的脸。

陈恕想伸手摸摸,但周围人来人往,臂弯里还有个小西在,实在不合适。

两人互相望着,小西被冷落了,转着脑袋看看这个,又看看那个,觉得这两个人真奇怪:"陈叔叔、小姨,你们为什么不讲话?"

陈恕咳了一声,略略别开脸。

Chapter 04 相伴

姜醒说:"不累吗?他都胖五斤了。"

陈恕还未反应,小西已经不满地纠正道:"是四斤半!"

"那你还让人抱?"

"是陈叔叔要抱我的!"小西扭头对陈恕说,"小姨笑我了,陈叔叔快放我下来。"

陈恕笑着放下小西,揉揉他脑袋,对姜醒说:"先吃饭?"

"嗯。"

姜醒开车,陈恕和小西坐后面,一大一小说个不停,姜醒默默听着,偶尔从后视镜里看一眼陈恕。他认真同小朋友讲话的样子很讨人喜爱。

晚饭遵从小西的意思,吃的是比萨,还是之前带小西吃过的那家店。吃完后,小西又要去抓娃娃。

姜醒头疼,问他:"家里不是有一堆吗?"

小西说:"我送给张甜甜两个,又给赵子涵三个,还给了我的新同桌李茵茵一个,现在只剩两个最小的了。"

"……"姜醒无语,这么小就如此卖力讨好女孩子,长大还得了。

小西还在央求:"小姨,陈叔叔没玩过那个,我们带他玩一会儿。"这回连陈恕都搬出来了。

姜醒看了一眼陈恕,他正笑着看她,仿佛在等她做决定。

姜醒有些无奈地问:"你想去吗?"

陈恕还没回答,小西立刻转过了脸,仰着头,殷殷切切望着陈恕。

陈恕笑了笑:"想去。"

姜醒松了口,说:"就玩十分钟。"

小西高兴不已:"都听你的。"扭头看陈恕,"陈叔叔,我们都听小姨的,哦?"

"嗯。"陈恕应了一声,眼里笑意隐约。

陈恕第一次玩抓娃娃机,前两次都失败了,小西在一旁着急,"哎呀"了好几声,喊:"小姨你快教陈叔叔。"

姜醒示范了一次，陈恕认真看完一遍就明白了诀窍，后面再也没有失误。

小西高兴得直夸"陈叔叔好厉害"。

姜醒也觉得陈恕是个很聪明的人。

离开时，小西又抱走一堆娃娃，笑得小嘴都合不上。

夜色初起，霓虹已经亮了，城市的夜生活刚刚开始。

原本打算和陈恕多待一会儿，无奈孙瑜打来了电话，姜醒只得带小西回去。

道别时，她先将小西塞进了车里。小西忙着比较一堆娃娃，也没注意车外两人。

姜醒牵着陈恕的手，拉他到车尾。不等她动作，陈恕已经张开手将她抱进怀中。姜醒立刻环住他的腰，脸埋入他肩窝。

一见面就想做的事，因为一个小电灯泡，一直拖到现在。

不远处是车水马龙，喧闹声不绝于耳。但他们的拥抱这样安静。

短暂的几十秒一闪而过，陈恕松开手。

姜醒说："明天我找你。"

陈恕应道："好。"

话说完了，姜醒转身走，手却被拉住。

她回头，陈恕紧走一步，又抱回她，迟疑了一下，轻轻在她左脸印下一个吻。

七月书吧已经打烊了，但门还是开着的。

孙瑜站在门口，看到人回来了，埋怨道："买个比萨人都买没了。"接着注意到小西怀里的娃娃，便明白了，"又跑去玩了？"

"是啊。"小西欢喜地汇报，"妈妈，陈叔叔好厉害，你看好多娃娃。"

孙瑜一顿，脸黑了黑，问姜醒："你又去见他了？"

"嗯。"姜醒应了一声，往店里走。

孙瑜却叫住她，指指厅里，姜醒转头朝那方向看去，蓦地一愣。

书架前，一个男人侧站着，手里捧着书。厅里灯光明亮，她看清他的侧脸，也认出来了。

这时孙瑜走近，低声说："人家等你很久了。"

久到孙瑜已经全方位考察了一遍，想了解的信息全都问到了，包括姓名、工作、学历以及和姜醒的关系等等。除此之外，她还抽空给姜梦打了电话确认。

见姜醒没反应，孙瑜又说："你姐说给你发了邮件。"

这句话说了也是白说，姜醒现在哪有时间看邮件，她连多想一下的空隙都没有。

厅里的男人已经放下书，隔着落地窗看过来。

姜醒顿了顿，走进门。

小西奇怪地看看里面，仰头说："妈妈，那个叔叔是谁啊？"

孙瑜弯腰捏了捏儿子的脸："小孩子别问那么多。"

心里却叹了口气：但愿是你未来小姨父吧。

姜醒推开门，屋里的男人也走过来。

"林时。"姜醒率先打招呼。

林时却没有开口，一直走到她面前。

姜醒觉得他似乎长高了很多，而她自己大三之后再也没长个子，现在只到他肩膀。

两人上次见面还是八年前，算起来的确有点久远了，但姜醒对林时现在的样子不陌生，去年春节还看过他的照片，在姜母的手机上，是林时母亲发来的。

但林时却不同，一别八年，这是他第一次看到她。那年匆忙出国，或多或少带着些许逃避的意味，这些年不再见她，也不再关注她的任何事。

八年不短，足够令人事皆变，姜醒变了多少，林时不确定，但他看得出，她已经不是当年意气风发的小女孩。这令他百感交集。

林时突然伸手，紧紧地抱住了她。

姜醒先是一愣，过了几秒才抬起手回抱了一下："林时，好久不见。"

"姜姜……"林时的嗓音已是成熟男人的醇厚低沉。

几秒后林时依然没有松手,姜醒意识到这个久别重逢的拥抱好像太久了点,她拍拍他的背,说:"松开我吧。"

平复情绪后,两人坐下来。

孙瑜送来两杯咖啡就带小西回去了,给他们留出空间。

姜醒问:"什么时候回国的?"

"上周回来的,"说完补了一句,"探亲。"

姜醒"哦"一声,又问:"阿姨也回来了?"

林时点点头说:"就是我妈很想回来。"

"也是,她肯定住不惯吧。"姜醒接了一句,低头搅拌咖啡。

"嗯。"林时垂眸,脸色略沉,"如果没回来,我可能永远也不知道你的事。"

姜醒顿了一下,听见林时说:"我以为是我妈不告诉我,没想到她也不知道。"

姜醒抬起头:"我妈要面子,她觉得丢脸,没跟你妈说吧。"

这是事实,姜醒刚离开沈泊安那一年,姜母都不愿去见朋友。姜醒跟沈泊安的事亲戚朋友都知道,只怪她当年赌气闹了办酒席那一出,后来跟家里关系坏了,谁都知道姜家小女儿不听话,为一个大她快十岁的男人跟家里闹翻了。

姜醒因此成为亲友茶余饭后嚼舌根的谈资。

那两年姜醒很少回去,大家渐渐有了新的话题,很少再聊她,谁也没想到姜家这个作死的小女儿又突然跟那男的断了,一个人回了家乡。

这种事瞒不住,只要一个亲戚知道,半天内就能传遍整个亲友圈。

刚回家那两个月,姜醒面对过各种目光,同情的、惋惜的、幸灾乐祸的、看热闹的,什么样的都有。

她成了别人口中被抛弃的离婚女人。

姜母觉得丢脸，一有亲友来便跟人澄清姜醒不是离婚，只是分手，没领证呢，谁知这样一解释人家更有话聊了，好好一个小姑娘跟个老男人，连酒席都办了，浪费多年青春，到头来顶个离婚的名声还分不到半毛钱，老实讲，还不如人家真离婚的女人。

后来姜母再也不提了。

林时的母亲与姜母是多年闺密，六年前搬去美国与儿子生活，但两人一直保持联系，林母时常发一些她和林时的生活照，说说林时近况，然而姜母从来不提姜醒。

这几年，看到姜醒一年比一年大，眼看要进三字头了，姜母心态也改了一点，开始积极给姜醒相看对象。毕竟是亲生的女儿，心里再埋怨，也不能真不管。

母女两个虽然很少交流，但姜醒不傻，这些心理都能明白。只是没想到，姜母连亲密的老朋友都瞒着。

想起这些，姜醒笑了一声，林时看着她，觉得那笑容有点苦，再看一眼后，又觉得看错了，她眼里淡淡的，似乎不是很在意那件"丢脸"的事。

林时一直很清楚，姜醒是个直接的人，她不会装模作样，碰到在乎的事会倔得吓人，但若是不在意的，怎么样也进不了她的心。

这是林时的切身体会，是经验，也是教训。

说起来，林时和姜醒算青梅竹马，穿开裆裤时就在一起玩了，后来长大一点，到了青春期，就有人开玩笑。姜醒心大，从来不理。林时也不理，因为他都认同。懵懵懂懂时，就觉得要一辈子跟姜醒那丫头玩在一块儿。

哪料到半路杀出个沈泊安。他是她小舅舅的同学，暑假过来旅游，姜醒那两周寄居在外婆家，小舅舅举荐沈泊安给她辅导数学，就这么认识了。

后来的事林时也控制不了。姜醒上大学后，二人迅速确立了恋爱关系。林时一度不看好他们，默默等他们分手，一直等到大四。

结果，毕业的第三天，他等来了一道请柬。

几天后，他出席了姜醒的婚礼。她穿着漂亮的婚纱站在沈泊安身边，竟也十分般配。那一刻，林时觉得这辈子再也没有机会了。

第二年春天，他去了美国，和她断掉所有联系。那时他怎会料到她会离开那个人。

绕了一圈，他白白错过好几年。

不管怎样，林时都庆幸回来了这一趟。

姜醒不知林时在短短一瞬已经想了许多。她没兴趣聊以前的事，便问：“你怎么来了这里？”

"你姐姐给了地址，我来看看你。"

姜醒笑笑：“我都不知道你回来了。”

林时说：“本来想给你打电话，想想又算了，还是给你个惊喜好了。”

"惊喜谈不上，惊吓倒有点。"她难得开了个玩笑。

林时盯着她眉眼，好一瞬没说话。

"怎么了？"姜醒有些诧异地看着他，“我开玩笑的，你没听出来啊。”

林时说：“还真没听出来，没想到你讲笑话的水平还是这么糟糕。”

姜醒不客气地反击：“我也没想到你讲话还是这么刻薄。”

说完两人都笑了，也想起了从前，小时候一起上学，有时他们会比赛讲笑话，看谁先把对方逗笑，十次有八次都是姜醒输，每到这个时候，林时总会毫不留情地嘲笑她，说她没有幽默细胞，讲的笑话冷死人之类的。

那时无忧无虑，留下的都是快乐的记忆，如今想起来，也觉得轻松自在。

过了会儿，姜醒问：“这次回国准备待多久？”

林时沉默了一下，若有所思地说：“现在不打算走了。”

姜醒惊讶：“想回国发展？”

"是有这个想法。"林时说，“但还没有决定，我师兄之前推荐了他们公司,也在这边,我可能会去看看。"

姜醒点头:"哦。"

他没有多说,姜醒也不多问。林时是学经济的,来这里也很正常,毕竟脚底下这座南安在内地也是排名前几的金融中心,有大批海归精英想往这拥,多一个林时也不奇怪。

两人坐了一会儿,聊了一些无关紧要的话题,姜醒看看时间不早了,问道:"你有地方住吗?"

"我订了酒店。"

"哦。"

见她没有再说,林时站起身,低声说:"明天你有时间吗?我对这里不熟,能不能陪我转转?"

姜醒想了想,说:"当然可以,白天我有空的,不过晚上我有事。"

"那好,我明天找你。"停了一下,林时拿出手机点了几下,姜醒的手机响了。

林时微微一笑,说:"我的电话,存好。"

临睡前,姜醒查了邮箱,果然有姜梦的邮件,很短,只有几句话,问了她的近况,后面几句话的主要意思是叮嘱她接待一下林时。

姜醒对此也没有异议,毕竟她跟林时是一起长大的小伙伴,交情匪浅,接待一下是应该的。

第二天上午,姜醒接到电话,林时来了,在楼下。

姜醒下了楼,孙瑜正在跟林时说话,见她来了,笑着说:"姜姜,今天车借给你用,小西也不用你接了,我早点打烊自己去,你们好好玩。"

姜醒直接忽视了她殷勤的笑容,道了声谢,跟林时出去了。

林时是第二次来南安,上一次还是小时候,过了这么多年,城市发展迅速,早就大变样了。

姜醒开车载他溜了大半天,去了几个区的工业园,连最远的金融区都去了。她知道以林时的专业背景,以后八成是在投行圈混,所以带他去看看，不管怎么说，她这个地陪做得也算尽心了。

逛完后，林时要请她吃饭，姜醒一看四点不到，离陈恕下班还有段时间，便说："我请你吧，我是东道主嘛，当给你接风了。"

两人去了一家西餐厅，吃饭时聊了不少，林时说起童年糗事，姜醒笑得挺开怀。

林时一直看着她，直到她站起来说要去洗手间。

林时回过了神，松松地靠到椅背上，吸了一口气。

桌上的手机突然响了。林时一看，不是他的，是放在对面的那只白色手机。

他朝洗手间的方向看了一眼，姜醒还没回来。他没打算接，但对方似乎十分执着，铃声一直没停，旁边餐桌有人看过来，皱了眉头。

林时只好起身拿起手机接通。

听筒里的声音传进耳："姜醒，我今天早下班。"是男人的声音。

林时心头微紧，蹙了蹙眉，顿了一会儿才说："抱歉，姜姜不在，请问你有什么事？"

那头的人显然愣了一下，过了一会儿才略微迟疑地说："请问她去了哪里？"

林时说："她在洗手间。"

那头又静了几秒。

就在林时看到姜醒朝这边走来时，对方说："谢谢，那我等下再打给她。"

林时没吱声，把电话挂了。

姜醒刚坐下，林时就说："刚刚有人打你电话，我接了，他说过一会儿再打给你。"

"是吗？"姜醒拿过手机，低头翻了一下通话记录，看到是陈恕打来的，猜到他可能要说什么，便回了条短信：在公司等我吧。

陈恕很快就回了：好。

林时看见姜醒低着头认真发短信，眼神微暗。

姜醒发完短信抬头问他："你吃饱了吗？"

林时问:"你赶时间吗?"

"也不算赶。"

林时对她笑笑:"那我还想再吃一会儿。"

"好。"

没人界定这个"一会儿"有多久,林时足足吃了半个小时。

姜醒没有催促他,也没有表现出着急的样子。

到了五点半,林时终于吃好了,对姜醒说:"我们走吧。"

结完账,姜醒送林时回酒店,正赶上晚高峰,路上堵了大半个小时,姜醒给陈恕发了条短信,叫他先在附近吃晚饭。

到达酒店已经快七点了。

林时下车后,姜醒隔着车窗说了声"再见"。林时朝她点点头,目送那辆车重新启动,驶入夜晚的车海。

他站了好一会儿,不知怎的,又想起那个电话。她是去见那个男人吗?林时不确定。

一路上,姜醒尽量提高车速,但在这个时间并没有什么用,路上很堵,她紧赶慢赶还是耽误了很久。

到了拾宜路,她立刻给陈恕打电话,那头很快接通了。

"陈恕,你在哪?"

"在公司门口。"

"好,你等我。"

一路开到目的地,远远看见台阶上的身影。身后大厦灯光明亮,四周高楼霓虹环绕。他独自站在阑珊灯火里等她。

姜醒隔着车窗看他,几秒后停妥汽车,快步走去。

陈恕看到了她,也走过来。

很快到了彼此跟前。

"陈恕,"姜醒道歉,"对不起,我来晚了。"

"不要紧。"陈恕仔细看了看她。

夜晚起了风,她的头发被吹乱了,他伸手帮她理好。

他站在背光的位置,脸上的表情看不清。

姜醒问:"吃过饭了吗?"

"还没有。"

姜醒皱眉:"我不是说让你先吃饭?怎么没去?"

陈恕说:"想等你一起吃。"

"可我已经吃过了。"

陈恕"哦"了一声,没再说话。

姜醒说:"怪我没跟你说清楚,我刚跟朋友一起吃了,那现在陪你去吃。"

她牵起他的手。陈恕没再说话,默默地走在她身边。

附近餐馆很多,他们去了一家比较小的私房菜馆,拿到菜单,姜醒发现这里大多是四川菜,她以前在四川待过一阵,基本上都吃过,知道很多菜里都放辣椒,她看了一会儿,指给陈恕看:"这几个是不太辣的,你看看想吃哪些。"

陈恕说:"你点吧,我都可以。"

姜醒怀疑地看着他:"你胃吃不了辣吧。"

"已经好很多了,没关系的。"陈恕这样说着,心里却有点开心,原来她还记得这个。

姜醒仍然不大相信,又看了他一眼,低头点了几个菜,最后还是对服务员说:"这些还是别放辣了。"

菜上桌后,姜醒吃了几口就放下了筷子。她之前吃得不少,还喝了酒,肚子很饱,这会儿的确吃不下了。

陈恕也猜到了,没有劝她再多吃一点。

他低着头默默吃饭。姜醒无事可做,便看着他。

陈恕吃饭的样子很认真,也很安静,只有一点咀嚼的声音。但他吃得不慢,很快就吃完了一碗饭。

姜醒看了看手机,已经八点多了。

他等了很久,一定很饿了。

姜醒将自己没动过的米饭推到他面前:"多吃一点。"

"谢谢。"

Chapter 04 相伴

陈恕一共吃了两碗饭，菜也吃了大半。

从餐馆出来，陈恕问："你要回去了吗？"

姜醒说："不，今天去你那儿。"

不过，去之前姜醒先去了一趟便利店，拿了点必需品。陈恕看清她选的东西，脸红了一下，但还是接过来付了账。

到了陈恕住的小区，姜醒找不到停车位，只好把车停在对面麻将馆门口。

上了楼，两人进屋，陈恕拿了一双拖鞋过来。

"换这个吧，会舒服点。"

姜醒今天穿的鞋是中跟的，确实不是很舒服。她低头看了一眼地板上的拖鞋，那是一双崭新的女士塑料拖鞋，粉蓝色的，上面有只长耳兔子。

姜醒笑了笑，抬头说："这什么时候买的，太可爱了吧。"

陈恕的表情有点不自在："昨天买的。"

姜醒看了看他，又笑了一下，然后换了鞋，软软的鞋底，踩着挺舒服。

陈恕说："你去房里坐，空调遥控器在床上。"他进了厨房，从墙角的旧冰箱里拿出一罐果汁。

姜醒看到果汁，愣了一下。

"你还买了这个？"

"顺便买的，不知道你喜不喜欢这个口味。"陈恕拉开易拉罐，递给她。

姜醒接过来一看，葡萄味。还好，不讨厌。

她喝了两口，舔舔唇："挺好喝。"

"是吗？"陈恕看着她水润润的唇，喉咙发干。

"要不你试试？"她把罐子递到他面前。

陈恕确实觉得渴，他伸手去接，姜醒却突然收回手，将果汁放到一边，站起身搂住陈恕的脖子。

她个子没他高，身材没他壮，却一副霸道模样。

陈恕尝到了葡萄汁的味道。

姜醒亲了一会儿,突然盯着他的眼睛问:"甜的还是酸的?"

陈恕哑声答:"甜的。"

"是吗?"姜醒扬着唇角笑,"不对,你再尝尝。"

她又来一遍,故意问:"这回呢?"

"甜的。"

姜醒挑了挑眉,仍说:"不对。"

陈恕眼眸幽深,想看明白她,却又觉得怎么都看不明白。

"那我再试试。"他说完抬手抱紧她。

谁也没有再管那罐葡萄汁,它究竟是甜是酸一点也不重要。

姜醒感觉到了陈恕与以往有些不同。这个吻里似乎多了一点别的什么,姜醒想不清楚,但她知道自己的心急剧地跳着。她几乎站不住。

他的身体很有力量,而她喜欢这种力量。

陈恕忽然抱起了姜醒,将她放到床上,接着转身拿了一样东西过来。姜醒看清他手里的盒子,低笑了一声。

灯光照在脸上,姜醒眨眨眼,视线清晰了。

"陈恕。"她突然开口。

"嗯?"陈恕手臂收紧,将她揽得更近。

姜醒却没有了话。

陈恕侧过头。

"怎么了?"他轻轻问,声音仍有一丝沙哑。

"没事。"姜醒伸手搂他的腰。

两人沉默了很久,屋里格外寂静。

姜醒的手机突然响了,陈恕起床拿过来给她。

打电话的是林时,他问姜醒明天有没有时间,想约她去浮山岛。姜醒回答说有点累,明天想休息,林时没有勉强,叮嘱她好好休息,末了又说之后再找她。

姜醒敷衍地"嗯"了一声。

Chapter 04　相伴

　　陈恕就在旁边，电话里的声音都听见了。

　　姜醒挂掉电话，转头发现陈恕正看着她。目光对视了一会儿，陈恕低下了头。他什么话都没说，也没有问她什么，但姜醒气息微滞，心口有点异样的感觉。

　　她看着他的侧脸，从额到眼、鼻、唇、下颚。他的轮廓很俊。

　　姜醒撑着手肘坐起来，凑近了，轻轻亲了他的脸。

　　"陈恕。"她叫了他的名字，然后抬手扶正他的脑袋，"你在想什么？"

　　陈恕一言不发地看着她。

　　姜醒说："告诉我。"

　　陈恕喉咙动了动，慢慢说："我听见了，他约你出去。"

　　"对。"

　　陈恕眸光更深，又说："他叫你'姜姜'。"

　　姜醒目光一顿，接着挑了挑眉，仍说："对。"

　　陈恕嘴边的肌肉绷紧了，他直直地看着她。姜醒迎着他的目光，没有躲避，她眼睛里坦荡荡，一点别的东西都没有。

　　陈恕没有再说别的话，他看了她一会儿，转开了脸，盯着灰白的墙壁。

　　姜醒突然挪了位置，再次占据他的视野，不等陈恕有反应，她捧住他的脸："听我说。"

　　陈恕沉默着。

　　姜醒说："他三岁就叫我姜姜了。"

　　陈恕惊讶地看着她，眼睛微微瞪大，姜醒慢慢说："我家里人都叫我姜姜。"

　　"那……他是你哥哥还是弟弟？"陈恕有些震惊地问。

　　姜醒一笑："差不多算是哥哥吧，其实也没比我大多少。"

　　陈恕立刻发现了不对："差不多？"

　　"嗯，不是亲的。"姜醒解释，"我妈妈和他妈妈是好姐妹那种，我们从小就差穿一条裤子，懂？"

陈恕若有所思地点了点头。

姜醒又笑了笑,凑近亲他嘴唇,陈恕任她亲着。

"现在高兴了?"姜醒好整以暇地问。

陈恕没说话,只对她笑了笑。

姜醒一看:哎呀,不行,太诱人了。

她又忍不住凑过去亲。亲完后姜醒靠进他怀里,休息了一会儿,说:"我想去洗澡了。"

"好,你等一下。"陈恕起身去衣柜里挑了一会儿,拿出一件灰色的T恤问她,"这个可以吗?"

姜醒笑:"有什么不可以,睡觉穿,你不心疼滚皱了就行。"

姜醒洗完澡,陈恕再进去洗。

姜醒闲下来没事,在桌上拿了本杂志看。陈恕看的书籍大多是跟他专业相关的,这本杂志也是,就叫《建筑》,挺厚的一大本,配图丰富,姜醒以前没怎么关注过这个领域,看了一会儿竟觉得挺有意思,翻到第三页时听到手机振动的声音。

她抬头看了一眼,是陈恕的手机在桌上。

房门开着,能听到浴室的水声还没停,姜醒没有去接。

陈恕的手机振了好一会儿终于停了。

几分钟后,陈恕洗完了澡,一边擦头发一边走进房间。

"刚刚你手机响了,应该是电话。"姜醒说。

陈恕"哦"了一声,走过去看了看,手机这时恰好又振起来,陈恕拿着手机出了房间。

姜醒翻着书,没留意他。

陈恕在厨房接通电话,对方噼里啪啦讲了一长串,陈恕耐心地听完,隔了两秒认真地说:"我说话很算数,你知道的。"

那头的人不知说了什么,陈恕皱了皱眉,仍旧用同样的语气说:"你不能老是这样。"

又说了几句后,陈恕说:"我要睡觉了。"然后挂了电话。

进了房间,见姜醒还在看书,他坐到床边。

姜醒指着书上一幅图给他看:"原来这个馆是梁思成设计的,我以前从那边走过,都不知道原来它这么牛。"

陈恕低头看了看,笑着点头:"嗯,现在中科院在用。"

"哦。"姜醒应了一声,又往后翻了一页,看到一段话,指着几个英文字母问陈恕,"这个CIAM是什么?"

"是一个国际性的建筑协会。"

姜醒又"哦"了一声,继续往后看,看到不明白的,就问一句。陈恕耐心地给她讲。

看完小半本,姜醒合上杂志,对他说:"我觉得你很适合做老师。"

陈恕垂眸一笑:"是吗,那么我想教你这样的学生。"

姜醒挑眉说:"那你要愁死了,我很笨。"

陈恕说:"不笨。"

姜醒眼睛弯了弯:"嗯,你居然会哄人了。"

"不是哄你。"陈恕伸手揽住她,"没人说你聪明吗?"

"没有。"姜醒摇摇头,"说我蠢的倒有。"

话一出口,她略怔了一下,陈恕没意识到,仍笑着问:"谁说你蠢?"问完才发现姜醒脸上的笑容没了,像有点走神的样子。

他微微一顿。

姜醒很快回过了神,抬眼对他笑了笑,说:"是一个无关紧要的人。"

陈恕仔细看了她一眼,没有再问。

姜醒又说:"有机会带我看看你设计的建筑吧。"

"你想看?"

"嗯。"

陈恕点头:"好。"

时间不早了,两人说了几句话就睡了。

临睡前,姜醒想起一件事,孙瑜今天一整天都没有打电话来探问,倒是挺少见的,难道转性了?

姜醒显然想多了,第二天早上她一回到店里,就发现孙瑜居然已经来了。

"你居然这么早?"

孙瑜笑嘻嘻地说:"我送完小西就顺路来了,刚好给你做个早饭。"

姜醒狐疑地看着她,总觉得她的笑有点不怀好意。

果不其然,没等她吃完早饭,孙瑜就憋不住了,露出了八卦面目:"你这是早上出去了一趟,还是昨晚没回来啊?"

姜醒低头喝牛奶,装作耳聋,孙瑜见她不想回答,又迅速换了个话题:"忘了跟你说,我昨天想了想,想起来我小时候去你家好像和你那个发小见过呢,但他变化太大,我记性又不好,都没想起来,"说到这里话锋一转,"对了,你昨天带他去哪里玩了?"

姜醒头也没抬,答了一句:"去了很多地方。"

"那他喜欢这里吗,有没有打算来这工作?"孙瑜问完想起人家是海归,又说,"他在国外赚得多,回来有点吃亏,不过这边毕竟有熟人,大家在一块儿也不孤单。"

姜醒任她唱单簧,半句都不接。

孙瑜没辙,只好直接道:"姜姜,我觉得你这个发小挺不错,长得一表人才,条件也好,你看呢?"

"你觉得好就好吧。"

孙瑜一噎,脸上不太好看:"你们从小一起长大的,了解得比我清楚吧。"

姜醒喝完了牛奶,抽出纸巾擦完嘴,慢条斯理地说:"是挺清楚,他中班时尿裤子,大班时被狗咬,七岁和人打架,八岁学人逃学……他所有的黑历史,我比他亲妈还清楚。"

孙瑜听得一愣一愣,转瞬不敢相信地说:"他小时候这么皮?看不出来啊。哎,对了,你俩这青梅竹马的交情,在一块儿那么多年就没擦出点火花?怎么被沈泊安给祸害了?"

话音一落才意识到自己失言,笑了笑:"我就是觉得奇怪,青梅竹马多浪漫啊,简直偶像剧标配啊。"

顿了顿,见姜醒不搭话,又试探地问:"我猜他现在长得比以前还好看吧?"

姜醒老实点头:"嗯,那倒是。"

孙瑜干脆直白地问出口:"那你们有没有发展的可能?"

姜醒看了她一眼,站起身离开座位,到她身边时拍拍她的肩,一句话没说就上楼了。

"……"孙瑜蒙了片刻,摇头叹气。

这天晚上,陈恕留在事务所加班,除了他,还有秦淼和另外一个男同事。

中途,秦淼去茶水间,听到陈恕在讲电话。

陈恕挂了电话转过身,看到秦淼站在门口,不由愣了一下。

秦淼走进来说:"刚刚打电话的是谁?"

陈恕一顿。

秦淼皱着眉问:"是不是你那个小堂叔?"

陈恕:"你听到了?"

秦淼的火气一下蹿上来了,她气愤不已:"就是以前打你的那个讨厌鬼叔叔?他怎么又来找你了?"

陈恕摇头:"没有,他没来这里。"

秦淼看着他这么平静的样子,气呼呼地说:"我借钱给你,你赶紧一次性都还给他,搞得这样麻烦干什么?那种人,别再跟他打交道了。"

陈恕拒绝:"不用的,本来就定好的,我每个月都准时还他,到明年四月就能清了。"

秦淼无话可说,瞪了他一眼:"你总是这样,要我说,当初就不应该跟他借,都怪你什么都不说,人家那么大一个坑你还往里跳,他到底是不是你叔叔啊,你这些年又上学又打工的,什么时候闲过,他还跟催命鬼似的追债,高利贷都没他坑!"

说完，越想越心疼陈恕："你看你才工作多久，出的差最多，加的班最多，你还要不要命啊。"

陈恕说："没有这么严重。"

"怎么不严重？"秦淼瞪了他一眼，"你大四没毕业，他都能去学校追债，还打你，这是人干的事吗？"

陈恕不知怎么说，只好笑笑："没关系，反正我很快就能还掉了。"

秦淼"哼"了一声，憋着气看他。过了一会儿，问："你那个女朋友知道吗？"

这话转得快，陈恕一时没懂："什么？"

秦淼说："你这个事情，你那个女朋友知不知道？"

陈恕一愣，然后摇头："她不知道。"

秦淼仔细审视了他两眼："你没告诉她？"

陈恕点头。

秦淼仿佛窥破了什么一般，语气怪异地说："你怕她跑掉吗？怕她知道你欠人钱会嫌弃你，不跟你在一起？"

"不是。"

"那你为什么不说这些？"

"没必要说。"

"怎么没必要？"

"只是小事，我很快就能解决了。"

这晚陈恕加班到十点，没有跟姜醒见面。第二天依然如此。

到周六傍晚，他终于有了空闲，便在微信上找姜醒。

他没问她在不在，一上来就发过去两个字——姜醒？

等了好一会儿，没有收到回复。

陈恕想了想，拨了个电话。但只响了一下，就被那头摁掉了，电话里传来冰冷的提示音："您拨打的电话暂时无法接通……"

陈恕有点失望，但也没有再打过去，他猜她可能有事，现在不方便接。

陈恕在办公室歇了一会儿,还是不太想回家,便趴在桌上睡觉。

醒来时,天已经很黑了,他看了一下时间,发现八点半都过了。

他简单收拾了一下,下楼随便吃了点东西,沿着街道往公交站走。

这时,有个骑车卖花的小贩从身边经过,陈恕看了一眼,觉得那些花很好看,他突然想买一束。

陈恕喊住卖花人,从一堆花中挑了一些看起来最好看的,又听了卖花人的建议,总算选好了。

花包好后,他仔细看了一遍,没什么可挑剔的,每一朵都很漂亮。她应该会喜欢。

陈恕拿着花坐上车,心想她如果不在家也不要紧,他可以等等她。

Chapter 05
波折

姜醒做了一个梦,她被一只女鬼抓住了,女鬼带她跑了很多地方,她帮女鬼打探消息、问路,跟人打交道,再看着女鬼挖坟。找了很多座山以后,女鬼找到了一具尸骨。女鬼在坟头号啕大哭,她在一旁看着,隐约觉得自己大概要死了。

恐惧蔓延至最高点时,陡然醒了。

身边一道温和的声音:"做噩梦了?"

姜醒茫然转头,林时递来一张餐巾纸:"冒冷汗了吧。"

姜醒看到林时的脸庞,混沌的脑袋逐渐清晰,她接过纸巾,含糊地"嗯"了一声,看看窗外,发现是在河边,脑子一时转不过来:"这是哪啊?"

"新白河,离你那不远了。"

姜醒揉揉眼睛,又看了看,认了出来。这条路她平常不走,不大熟。

"我好像睡了很久。"她从座位上找到手机看了一下,已经九点多了。

"你睡得很熟。"见她看手机,林时顿了一下,说,"你睡着时手机响过,有微信进来,也有一个电话,我怕吵醒你,摁掉了,也取消了微信提示音。"

几句话平淡地说完,随意得像当年打完球跑进她房里说"哎,姜姜我早上看了你那篇日记,还给你改了俩错字"。

但她不再是十二岁的姜醒，他也不是十三岁的林时，距离感早在她一心追着沈泊安奔跑时就已经产生了，更不必提这些年的分离。

独自生活了很久，姜醒早已形成了一套令自己舒服的社交习惯，即便是对亲姐姐姜梦，她也会在潜意识里划一条界线，保持合适的距离。

林时的行为让她本能地皱了一下眉头，但她没有说什么，低头将手机翻到通话记录界面。

找她的果然是陈恕。

林时一直在看她，他隐瞒了一点，他还看了她的微信。他知道她或许会生气，但无意间看到消息提示上"陈恕"的名字，令他想起了前几天那个电话，他心里很不好受，忍不住就点开了。对话不多，都是普通的日常交流——"有没有吃饭""要不要加班""我来找你""早点睡觉"之类的，没有看到多明显的暧昧话语，但林时就是有一种感觉，他觉得这个人跟姜醒的关系没有这么普通。

林时有些心慌。

姜醒看完了微信，给陈恕回：我回去给你打电话。

发完信息，她抬起头，对上林时的目光。

"姜姜？"林时声音微沉。

姜醒说："不早了，该回去了。"

林时没有说话，看了她两秒，发动了车子。

这辆路虎是他特地跟师兄借的，今天载姜醒去了浮山县，他们在浮山岛玩了玩。照理说，姜醒没有拒绝他的邀约，还尽心地陪了他一整天，他应该高兴满足才对，但一切好像被那个人的电话毁了。

车开到豫河路上，离七月书吧很近了，姜醒说："就在前边把我放下来吧。"

"送你到门口。"

"别送了，到门口你还得再掉头。"

林时没有接话，姜醒看了看他，说："我走到对面也就几步路。"

话刚说完，林时踩了刹车，车停在书吧对面的路牙边。

"你早点回去休息。"姜醒推开车门。

"姜姜,等一下。"林时喊住了她。

"怎么了?"

"打电话的那个……是你男朋友吗?"他终于问出了口。

姜醒说:"对。"

林时额角绷紧,默了默:"我能不能问一句,"他低缓地说,"……是什么时候开始的?"

"上个月。"

"哦。"林时应了一声,笑了笑,不知还要说什么。

姜醒看了看他,林时敛了情绪,没再问别的,对她说:"没事了,你下车吧。"

姜醒觉得有点奇怪,但她也没有多问:"好,再见。"

她说完就下了车,林时摸出一根烟,放到唇间,点着了,吸了一口,看着车窗外的身影,她已经走了好几步,离他越来越远了。

林时蹙着眉,突然摁灭烟,下了车,跟过去拽着姜醒的手臂将她拉回来。

姜醒没有防备,等到反应过来,林时已经抱住了她。

他用了十分的力气,将她圈在怀里,头埋在她肩颈处。

姜醒脑子里一滞,身体微僵,转瞬挣扎起来,林时不松手,他的声音低沉压抑,慢慢地说:"姜姜,你不能这样……"

"林时……"姜醒两手用力推着他坚硬的身体,她终于知道那点奇怪的地方在哪里了,她有点愤怒了,"林时,你在干什么,放开我!"

她的话轻易刺痛林时,他低笑了一声:"姜姜你不懂吗?"

他直起身,但双手仍扣着她的肩膀,不允许她逃脱。

车辆不断从马路上驶过,附近咖啡馆、便利店的音乐远远地飘着,林时脑子里乱极了,很多情绪已经难以压制,过往飞快地闪过,那些喜悦的、痛苦的、遗憾的、嫉妒的感受,一点一滴,都像昨天的经历。

他的心情仿佛回到了那一天。她的眼泪一直掉，她说她喜欢上了一个人，他震惊得像个傻子。

这样的事，他绝不想再来一遍。

林时突然将她扣近，抱得更紧。姜醒用手肘用力撞他胸口，没什么用，好一会儿林时才松开了她。

"你应该懂了吧。"

姜醒很生气，一言不发地看他一眼，转身就走。

林时靠在车门上。等她走过了马路，他出声喊："姜姜，我会等你！"

昏黄路灯下，她的身影顿了一下，但还是恍若未闻地走进了路边的树影。

林时兀自看着她的身影消失。没关系，姜姜，来日方长。

姜醒始终没有回头。

不远处咖啡馆的音乐不知什么时候停了，好像突然起了夜风，姜醒感觉身上一阵凉，紧接着就顿住了脚步。

乌漆漆的树影里站着一个人。光线不足，几乎看不清彼此的脸庞。

姜醒愣了半分钟，眼前的人也没有动静，默默地站在那，像另一道树影。

夜晚让一切都变得冷清疏离。

有牵手轧马路的情侣从边上走过，诧异地回头看了他们几眼。

姜醒思绪凝定，慢慢走过去，隔着很近的距离看他。

"什么时候来的？"她问。

他没有回答。

"干吗不说话？"

"来了一会儿。"

"一会儿是多久？"

"一个小时。"

姜醒低下头，看到他左手上的花束。

她没有再问，径自往门口走。走了几步，回过头："你不来吗？"
身后的人从树影里走出来，跟着她。

姜醒开了门，摁亮厅里的灯，转过身。

陈恕站在吧台边，他的视线一直追随着她，漆黑的眼里有一些难以辨清的东西。姜醒看了他一会儿，视线又落在那束花上。

香水百合、勿忘我、黄莺，蓝色的印花纸，很漂亮的一束。

他就这么站着，一手握着花，一手拎着公文包，不讲话，没有把花给她，也没有放下包。

姜醒也不讲话，她嘴巴很干，想喝水。站了一会儿，她转身往厨房走，等她在厨房喝完一杯水出来，陈恕还是那样站着。

厅里空荡荡，他独自在灯光下。他的嘴唇抿得紧紧的，像使劲忍着气似的，不知是跟自己较劲还是跟她较劲。

姜醒又看了他一眼，随后往楼上走。

刚跨上第一级台阶，身后的人突然开了口："他是谁？"

姜醒停住了脚，半侧着身子看向他。

他的声音很低，说完又抿紧了嘴，像从来没有开口一样。

姜醒抬了抬眼，说："你觉得呢？"

"我不知道。"

姜醒笑了一声，问："你看到他抱我了，是不是？"

陈恕不讲话，眼睛却更沉了，姜醒在那里面看到了类似于难过的情绪。她心里一紧，却又有一些别的，忽然有点烦躁，后面的话脱口而出："因为看到这个，所以就觉得我跟他有什么，就觉得我骗了你，是不是？"

她心里没来由地升上一股气："你既然看着生气，为什么不过来阻止，因为你以为我是乐意与他亲近的？那你有没有看到我不情愿，你有没有看到我推他？你既然没有看清楚，凭什么这样质问我？"

姜醒突然觉得很累，或许是长久的压力蓄积至今，也或许是今天发生的事太多，且都是令人心烦的，早上孙瑜跟她唠叨陈恕不如林时，上午接到姜母电话，催她回家过二十九岁生日，中午收到姜梦邮件，问她接待林时的情况，晚上又碰上林时毫无预兆的告白、强迫的举动。陈恕是最后一根稻草，她喘不过气，耐心告罄。

然而话说完，却又立刻后悔，他等她到半夜，给她买了花，看到别的男人抱她，弄不清情况，难过又生气，问出这样的话实在太平常。

她居然对他恶声恶气起来。果然，坏情绪会毁掉一切。

姜醒转开脸，盯着墙壁吸了口气。

陈恕有些无措地看着她，左手虎口不自觉地收紧，更用力地握着花束。

姜醒转过头，看了他一眼，说："抱歉，陈恕，我今天很糟。"

陈恕张了张嘴，想说什么，姜醒却抢先说了话："要不你先回去吧，我再找你。"

陈恕一震，紧紧地盯着她。他往前走了两步，有些急切地说："对不起。"

姜醒顿了一下，然后摇摇头："你不要道歉。"

"我……"

"回去吧，"她勉强笑了笑，说，"花留下，我很喜欢。"

她说完就慢慢上楼了。

陈恕一个人站在那里，看着她的背影消失在楼梯转角。

姜醒上楼后在房门口靠了一会儿，接着拿钥匙开门，进屋后摁亮了顶灯。

早上忘记开窗通气，屋里炎热又室闷，姜醒没有开空调，走到前面小阳台拉开上面两扇窗户。

风吹到脸上，头脑立刻舒服了很多，她默默站了一会儿，有些疲倦地将胳膊搭在窗口。

外面灯光虹影，她漫无目的地望着，什么也没想。脑子空了几分钟，人渐渐静下来。

她闭着眼睛揉了一把脸，再睁眼时目光一落，凝在路灯下某一点。

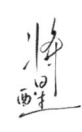

那里有一个人影，独自沿着路牙往前走。他走得很慢，走到一处停下，转过身站了一会儿又继续走。

他走到了树影下面，看不见了，姜醒没有收回视线。过了一会儿，他从树影里走出来，在路灯下又回头看了一眼。

他身后空荡荡的，什么也没有。

他站在那里，也像一盏夜灯，孤独的，属于黑夜，但却不是阴暗的。

他明亮得像太阳。

姜醒突然就明白了他在看什么。

她的心像被什么用力打了一下。她忽然觉得，她是一块泥巴，在这个太阳底下被照得一清二楚，所有的污脏丑陋都显现了出来。

姜醒紧紧捏着玻璃窗的边沿，在那个身影突然移动时，她血液一热，转身冲出了门。

楼梯的灯还是亮的，姜醒一口气跑下楼，拉开门跑出去，风迎面灌到脸上，她没有停，但等她跑到路灯下，那里已经没有人影了。

她靠着灯杆蹲下来，仰着脸大口喘气。视野尽头，一辆出租车彻底融进夜色。

姜醒直起身走回店里，看到吧台上的花束。

她拿起来，静静看了一会儿，觉得真的很漂亮，老实说，这束花搭配得很令人喜欢。

她将花抱进怀里，去厨房找出一个闲置的瓶子拿上楼，认真地将花养在里面。做完这一切，姜醒没有去洗澡，也没有睡觉，她松松地坐在小沙发上。

窗外的灯渐渐少了，夜晚越来越安静。

姜醒保持着同一个姿势坐了很久，突然想找个人说几句。

姜醒拿出手机，从头到尾翻了一遍，发现能说话的居然找不到。过了一会儿，她找到齐珊珊的号码，拨了出去。

响了好几声，那头才有人接通。

"喂……"懒懒的一声，有气无力。

姜醒问:"珊珊,你在外面浪吗?"

"没呢,"齐珊珊说,"刚浪完回来,这么晚了,你怎么突然打电话,没出什么事吧?"

"没什么,好久没联系了,想说说话。"

齐珊珊很惊讶,姜醒很少做这种事。那年姜醒跟沈泊安分开,一声不响地走了,几个月后才通知她,两人后来很少见面,联系也少了,而且大多是她主动联系姜醒,姜醒在这件事上比她还懒,像今天这样的情况很少。

齐珊珊试探地问:"姜醒,你怎么样了?发生什么事了吗?"

"没有啊。"

齐珊珊松了一口气:"那就好,你现在在哪呢?还在休假吧。"

"嗯,我在南安,这个月没有出去了。"

"那最好,这种大夏天,要晒死人了,你可别乱跑。"

"我知道。"

"还有啊,你……"

"珊珊。"姜醒突然打断了她。

齐珊珊一惊:"……怎么了?"

姜醒轻声说:"我……我喜欢上了一个人。"

"什么?!"齐珊珊的大嗓门隔着手机炸进耳朵,"真的假的?"

"真的。"

那头静了一秒,紧接着传来齐珊珊魔性的笑声。

"哈哈哈哈,这是好事啊,姜醒!"齐珊珊似乎有些过分激动了,"我都怕你这辈子对雄性生物绝望了呢。"

姜醒笑了一声,说:"你想到哪去了。"

齐珊珊放心了,语气轻松地问道:"你已经拿下了?"

"嗯。"

齐珊珊笑起来:"厉害啊,那他是个什么样的男人啊?高吗?帅吗?对你好吗?"

姜醒沉默了一下,缓缓说:"是个很好的人。很高,很帅,对我好。"

"那太好啦！"齐珊珊兴奋地说，"姜醒，我就说吧，你不要心灰意冷，总会有个人命中注定是你的，沈泊安就是个临时码头，他才不是你真正的归宿，就供你歇歇脚而已，看，我一点也没说错，现在全都成真啦。"

姜醒应道："是，你没说错。"

齐珊珊说："那下次有机会，我来看你，你要带给我瞧瞧啊。"

"好。"

又说了几句，两人道了晚安。

姜醒挂掉电话，默默坐了一会儿。她想着齐珊珊说的那句话。

命中注定……

她不知道有没有"命中注定"这回事，但有没有，都没什么关系。

天亮之后，姜醒给姜梦回了一封邮件，表示之后不会再接待林时，不必再发电邮问这方面情况。

点了"发送"之后，看了下时间，六点五十，这个时间父母都起床了。

她拨了家里的电话，是姜母接的。

姜醒同她讲清楚不回去过生日了，让她不要准备什么。姜母在那头抱怨许久，表达了不满，姜醒沉默地听完，然后说："对不起。"

挂了电话，她认真编辑了一条信息，选择发送人：林时。

做完这些，姜醒翻到通话记录，手指落在陈恕的名字上。想了想，她放下了手机，快步去阳台拿衣服进了浴室。

七点一刻，姜醒换好衣服出门。

半个小时后，出租车到了地方，下车看到不远处的菜市场很热闹，她走过去逛了逛卖早点的摊位。

大锅里的豆腐脑正冒着热气，姜醒要了两份，又买了包子。

进了小区，找到陈恕住的那栋，上楼敲门。

敲了三遍，屋里没有动静。姜醒愣了一下，今天是周日，他昨天加完班了，不应该不在。

她又敲了两遍，仍然没有人开，姜醒的眉头慢慢皱了起来，他是不是知道是她，所以不愿意开门？

这样想着，心里也皱了。

站了一会儿，她摸出手机，拨他的电话，刚响了一声，那头就接了。

她立刻就说："陈恕，你在不在家？"

"……什么？"那头的声音有些哑。

姜醒说："我在你家门口，你是睡着了还是不在？"

那头静了一下。

姜醒心里紧巴巴地难受："你不想见我？"

"我不在家。"他的语气幽幽的，很不真实。

姜醒顿了一下，问："你在哪？"

"……在你家门外。"

姜醒一愣，还未开口，那头的人却像发完呆回过神一样，声音陡然抬高："我现在回来，你别走，你别走。"连说了两句还觉得不够，最后再强调，"姜醒，你别走。"

姜醒眼眶发涩："我不走，你不要急。"

过了不到半个小时，陈恕回来了。

他还没有到眼前，姜醒就听到了楼道里传来的脚步声。她从墙角站起来，他的身影就出现了，两人目光不偏不倚地撞上。

她低着头，他站在下面楼梯上，仰着脸。

看了一会儿，姜醒说："上来吧。"

陈恕走完剩下的台阶，到了她面前。情况一下子变了，仰着脸的变成她。隔着这么近的距离，什么都看得更清楚，他额头、脸颊都是汗珠，眼睛里有点不正常的红，像没休息好的样子。

姜醒说："你吃过早饭了？"

"没有。"

"我买了早饭。"她右手抬起来给他看包子和豆腐脑，说完，发现陈恕的眼睛动都没有动,他不看她手里的食物,只看她。

姜醒突然不知道说什么,她低头静了一下,指了指门。

陈恕终于收回目光,低头找钥匙。

他开了门,让到一边,姜醒走进去把早点放到桌上,径自进了厨房拿了两个碗,将两袋豆腐脑分别放进碗里。她低头解塑料袋,身体却突然一僵。

陈恕从背后紧紧地抱住了她。

他的身体很硬,也很热,姜醒像被烫了一下,心激烈地一跳。客厅里没有空调,她的鼻尖沁出了汗。

陈恕抱了一会儿,手臂慢慢松了一点,姜醒转过身体,与他对视了一下,两手搂住他的腰,陈恕环住她肩膀。

这个拥抱持续了好一会儿,两人脸上的汗都更多了。

陈恕终于松开了手,姜醒站直身体,抬头看了看他:"汗擦一下。"

陈恕抬起一只手抹了把脸,满手的汗。

姜醒说:"去洗把脸吧。"

陈恕点点头:"好。"

他进了卫生间,里面传来水流的声音,姜醒进房间开了空调,把早点拿进去。过了一会儿,陈恕进来了,手里捏着一块湿毛巾。

姜醒转过头,他伸手过来,毛巾碰到她脸庞,姜醒怔了怔。

陈恕没有说话,轻轻地给她擦脸。

姜醒看着他,过了一会儿,她抬起手,盖在他手背上。毛巾贴着脸,触感湿凉,然而他手背却滚热。

姜醒说:"陈恕,吃完饭我有话跟你说。"

"好。"

两人安静地吃了早饭。

姜醒说了昨晚的事。

陈恕沉默地听着,到最后,姜醒说:"我已经拒绝了他,但你觉得生气是应该的,昨天……是我的错,我让你难受了,但我不会骗你，你信不信？"

陈恕看了她一会儿，点了点头。

姜醒问："那你还难受吗？"

陈恕低头想了想，认真地看着姜醒："我不想骗你，我还有点难受，但应该很快会好的。"

姜醒一愣，想再问他，但再一想，又好像了解了。

他与她不同。他没有和谁在一起过，没有经历过这些纠结复杂的事，这是他的第一段感情，他纯粹、一心一意，没有七窍心、玲珑肠，他理应得到最好的对待，但她做了什么？

他一定难过了整夜。

姜醒没有再说，握住他的手："对不起。"

陈恕说："我已经知道了，你没有对不起我，你是不情愿的。"

姜醒摇摇头："不是为这个。"

她也没有再解释是为了哪个，陈恕察觉到她情绪不好，低声问："你还是不开心吗？除了昨天的事，还有没有别的让你烦恼，可以告诉我。"

姜醒低下头，脑袋抵进他怀里："没有了，陈恕，你不要担心。"

两人安静地待了一会儿，陈恕说："我今天不去公司，可以一直陪你，你有没有想玩的？"

"不想出去，和你待着就好。"

"好，那就不出去。"

姜醒在陈恕家里待了一整天，中午两人一起买菜做饭，下午窝在床上看了一部电影，晚上姜醒也没有回去。

孙瑜给她打了电话，林时也打了，但她都没接，只给孙瑜回了短信，之后就关上了手机。

洗完澡后，他们躺在床上说话。

他轻轻抚着她的头发，说："我过两天又要出差了。"

姜醒问："出差这么频繁，会不会很累？"

"还好，不觉得很累。"陈恕想了想又加了一句，"就今年会多一点，以后我会有多一点的时间陪你。"

姜醒"嗯"了一声，问："这一次去哪里？"

"去山西。"

"是要建什么？"

陈恕说："那边有一个客户找了我们设计一栋欧式建筑。"

"很急？"

"客户以前没有钱，所以拖了很久。最近筹集到了一些，他希望能早点拿到效果图，所以比较急，我要先去看看。"

陈恕解释得很清楚，姜醒点了点头。她正趴在他身上，点头时下巴来回蹭了蹭他胸口。

陈恕摸了摸她的脸，说："你别动了。"

"怎么了？"

陈恕脸上的红晕还没退，这下更红了一点。

第二天早上陈恕要上班，姜醒与他一道起床，两人一起在卫生间洗漱，刷完牙，姜醒洗了脸，陈恕递毛巾给她擦干。姜醒擦完脸就往外走。

陈恕想起什么，说："你平时用什么擦脸的？"

姜醒愣了愣。

陈恕解释："我可以准备一个放着，你来了不会没得用。"

"不用了，偶尔不用也没关系，"姜醒说，"或者我以后过来带着就行了。"她说完就出去了，陈恕却因此想到了很多别的方面。他看了看洗脸台，又看了看浴室，忽然觉得她每次来这里住也许并不是很舒适，就像她昨天没带衣服来，今天就没得换，还得穿原来的。

陈恕想了一会儿，就走出去找姜醒。到了房门口，听到她在讲电话。

电话是姜梦打来的，也是赶巧，姜醒一开机，电话正好进来。

姜梦先问了林时的事，姜醒没有多解释，只说最近很累，没精力再招呼人家，就不做地陪了。姜梦没有多说，接着说起姜醒的生日，姜梦说："妈真的很想你回家，你每年生日都赶不上，现在正好休息，就回来过吧。"

姜醒并不想回去，推脱道："生日过不过都没什么，我回去了，总是会惹爸不高兴，还是先不回了。"

"你不听话，爸当然不高兴，但不管怎样，他心里肯定也是想你的，这你总该知道吧，你想想你小时候过生日，哪个生日愿望他没满足你？"姜梦一向好脾气，现在言语间似乎也有点烦躁了，"姜姜，你已经这么大了，怎么还是体会不到家里人的心意？"

姜醒在床边坐下，说："姐，我知道的。"

"你知道就回来，上次你在家闹了不开心，没待两天就走了，妈懊恼死了，后悔她自己弄砸了事情，姜姜，你不知道，他们也很难做。"

姜醒说不出话了，沉默了一会儿，妥协道："好吧。"顿了顿，又补上一句，"但你别跟妈说，这还有一周呢，她别又早早准备一堆。"

那头姜梦却不赞同："不准备怎么行，要提前订位子。"

"订什么位子，我又不是过寿，在家里随便吃个饭就行了。"

最好一个亲戚朋友都不要叫，舅舅、舅妈、小姨那些千万不要来，否则会被烦死。

姜醒心里这么想着，却不能说出口，她也不想再跟姜梦多讲什么，抢着拍板了："姐，就这么说了，你别跟妈提，没意外的话我二号回来。"

她挂掉电话站起来，转身看到陈恕站在门口。

"你生日要到了？"他有点惊讶地问。

姜醒"嗯"了一声。

陈恕走过来，猜测着说："是八月三号？"

看来是听到她打电话了。姜醒点了点头："对，三号。"

陈恕低头想了一下，说："那天我好像在出差。"

"没关系，我姐正催我回家呢，我到时也不在这。"

陈恕看看她，还想说什么，她已经去桌边收拾东西了。

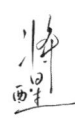

之后两人一道出门，在小区外面找了家面馆吃早饭。

早上人多，店里空间不大，店里店外都坐满了人，陈恕在屋里和外面棚子底下都找了找，可是空位子很少，最后陈恕进去跟人协调了一下才凑出两个在一块的座位。他点了两碗雪菜肉丝面，加了煎蛋。

两人吃了一会儿，门口进来一个老大爷，坐到他们附近喊了一声"小陈啊"，陈恕一看，是住在一楼的老伯，上次凑巧碰到，陈恕帮他搬了点东西，就这么认识了。

陈恕打了声招呼，没想到老伯看了看姜醒，笑着问道："小陈有对象啦？我这还琢磨着给你介绍我大侄女呢。"

姜醒听到这话朝陈恕看了一眼，陈恕也是一愣，很快对老伯点点头："嗯，这是我女朋友。"

姜醒朝老伯笑了笑。

老伯哈哈笑了两声，点头道："姑娘长得俊，很配你。"

姜醒听完一愣，感觉很奇特。这还是第一次有人说她跟陈恕很配。

虽然是个陌生人，但也很难得了。

想了想，她兀自笑了笑，抬起头，发现陈恕正看着她。

他的眼睛很亮，里面有笑，也有光。

和陈恕分开后，姜醒没有立刻回去，她一个人去静云塔走了走，时间还早，又是周一，附近人不多，她在广场上坐了很久，中午才回去。

孙瑜正好做了午饭，看到她回来，喊她一道吃。

饭桌上，孙瑜问起昨天和林时玩得怎么样，姜醒敷衍了两句。

孙瑜趁机又夸了夸林时，姜醒听了几句，把筷子放下，说："昨天林时跟我表白了。"

孙瑜一惊："真的？"

姜醒忽略她眼睛里的喜色，点点头说："我已经拒绝了。"

孙瑜提起的肩膀立刻耷下去，姜醒没等她开口，继续道："我不知道他为什么会有这个心思，但我对他没有感觉，你知道我现在喜谁，当然，就算没有这回事，我跟林时也没有可能。"

孙瑜脸色都灰了，看了她两眼，略无奈地说："你信不信，你爸妈要知道这事，一定会劝你跟林时在一块，你俩一起长大，知根知底，这种组合风险最低。"

"风险还能这么计算？"姜醒有点无语，"你现在讲话越来越偏我爸妈那一挂了。"

孙瑜坦然承认："对你这种有前科的，青梅竹马最保险，否则看走眼了都没处说。"

姜醒摇头笑笑，只说："我爸妈那边，我自己会努力。"

之后便不跟孙瑜多争论，孙瑜也觉得再说这个没意思，索性说说眼前的。

"你拒绝了，人家林时就放弃了？我看他不像那么玻璃心的人。"

孙瑜这话说得一点没错，晚上她就见证了。

林时是吃晚饭的时候来的。

孙瑜早早吃完了，姜醒碗里还剩下一口，她刚咽下去，就听到外面孙瑜的声音："姜姜，林先生来了。"

姜醒顿了一下，把嘴里的饭吃完，喝了口汤才出去。看来有些事还是要当面讲个清楚明白。

林时半靠在高脚凳边，见姜醒出来，微微抬了眼，目光落在她脸上。等她走近，他直起身："姜姜。"

姜醒看了他一眼，没有讲话。

孙瑜还在一旁，见这状况便讲道："要不你们俩出去喝点东西，好好聊聊？"

"好。"

"不用了。"

两人同时回答，却是相反的答案。

林时眉一皱，脸色有点差，语气几乎带着恳求："姜姜，别这样。"

姜醒却也说："你别这样，林时。"

孙瑜感觉气氛闷得吓人，不好再待下去，找了个借口，临走前劝道："那里有沙发，你们坐下来慢慢讲，慢慢讲。"说完去小书房把小西拎走了。

姜醒给林时倒了一杯白水，说："到那边坐下说吧。"

话虽然这么说，但她其实没有太多可讲的，准确的意思已经在昨天的短信里说得够清楚，只是林时好像完全忽视了，他不提那些，坐下来便同姜醒说已经确定了要去的公司，过两天回去处理一些事情，就真正到这边落脚。

姜醒听完沉默了一会，抬起头说："其实你不用跟我说这些，你的决定、打算都是你自己的事，我作为朋友都支持你，但其他的，没有了。"

"我没有要你现在给我什么。"林时说，"我只是想要你清楚，我就在这里。"

怎么说不通呢。

姜醒觉得头疼，却又听见林时说："我看到你的信息了，你说你有喜欢的人了，你们已经在一起了，你对我没有那方面的感情。"

姜醒点点头："对。"

林时无谓地笑了笑："姜姜，你还记得吧，你以前也说过你有喜欢的人了，你们在一起了，你看现在呢。"

见姜醒顿了一下，林时收起了笑，认真地看着她。虽然他说的话可能戳到她的痛处，但他还是要说："我已经明白了一个道理，但你还没懂。如果一开始选的就是不适合的人，那么这肯定不是结局。我不知道你现在选的这个人是怎么样的，但我不会再跟以前一样早早放弃，我会等。"

姜醒静了一会儿，似乎仔细想了他讲的这些，然后慢慢说道："你说得对，我也不知能与他走多久，但我会努力。另外，你根本不用等，就算没有他，我的结局也不会是你。"她郑重地看着林时，"你如果了解我就该知道，我不喜欢的，没法勉强。"

林时苦笑一声："姜姜，这话真伤人。"

Chapter 05 波折

"对不起。"

"别道歉,你怎么想是你的事,我等是我的事,咱们往后看吧。"

言尽于此,多说无益。

林时走后,姜醒不再想这事。晚上,她去了一趟商场,给陈恕买床单被套,因为昨天注意到陈恕新换的床单很旧,中间都有点磨坏了,又想起她每次去都害他换一次床单,所以想到给他买这个。

姜醒买了四件套,一共两套,不一样的颜色,但都是深色调,普通格子的,典型的冷淡风。

她想象陈恕躺在上面,觉得好笑,又有点脸热,还有点想立刻过去找他。

不过这只是一瞬间的事,理智很快回炉了。

她买回来就立刻塞洗衣机里洗了,晾了一晚上。

早上收到陈恕的信息,说傍晚来找她。

姜醒便将床单被套都收回来,仔细叠好、装好,打算见面时给他。不想,到了五点却接到陈恕的电话。

"姜醒,"陈恕的语气有点着急,匆忙地说,"对不起,我有点急事要处理,现在不能来找你。"

姜醒怔了一下,问:"出了什么事,很麻烦吗?"

"不,不麻烦,处理一下就好。"他直接略过了前面一个问题。

姜醒没再多问,只说:"好,那你去忙。"

陈恕说:"我之后再找你。"

"好。"

挂了电话,陈恕匆忙从楼上下来,取了钱,打车去了派出所。

他到门口说了情况,人家给他指了地方,到里面,看见走廊里有人,他一提"陈立冬",那人就说:"我知道,地铁上打人的那个是吧,在里头。"

说着领陈恕过去了,路上跟他吐槽:"你是他什么人呢,嘿,那人横的,地痞流氓似的。"

陈恕只答了一句:"是亲戚。"

一进门,就看到陈立冬被一个穿警服的人摁着坐在一边,另一边坐着三个人,一男一女,一个七八岁大的小孩,男的头上挂彩,眼睛也是青的,女人和小孩脸上还能看到泪迹。

一个穿警服的人走过来说:"是陈立冬家属吧。"

陈恕点点头。

那边凳子上佝着头的陈立冬听到声音猛地抬头,看清陈恕,立时横眉竖目青着脸骂:"臭小子,你来这么慢,我都快被扔进监狱了!"

骂了两句,就有要站起来的趋势,被旁边警察一肘子摁下去。

"干吗,还想打架?坐好!"

陈立冬骂骂咧咧坐下来。

陈恕没跟陈立冬说话,只问警察是什么情况,警察把情况说了,又指指对面那一家三口,说:"人都在这儿,你们这个打人的说要私了,他们也同意了。"

陈恕看了看他们,男人脸上的伤确实明显。陈立冬这人打架不分轻重,他拳头厉害,真打起来是不顾后果的,陈恕被他打过,知道情况,也没多说,就问人家要赔多少。

结果人家还没开口,陈立冬又坐不住了,直嚷嚷:"赔多少?赔一千给他们了不得了,你钱多啊,钱多把欠我的债全还来,送给别人干吗!"

陈恕不理他,只跟对方交涉。

对方夫妻俩互相看了一眼,男的说:"你给四千吧。"

陈立冬又炸毛了,吼起来:"四千,抢钱啊,你有本事到街上抢抢看!"

"坐下坐下,你安静点。"警察把他按下去了。

陈恕当他不存在,掏出钱点了一下,递给受伤的男人:"你数一下。"

对方接过去数了数,这时旁边的小孩突然扁着嘴,带着哭音说:"他……他还把我的葡萄砸坏了,好大一箱呢,要赔我的葡萄……"说着眼睛里滚出一泡泪。

孩子妈妈立刻低声去哄。

那头陈立冬又吼一句:"两颗臭葡萄还想讹我!"

"你闭嘴。"陈恕脸色冰冷,对陈立冬讲完这一句,就走到小孩身边说:"对不起,叔叔给你道歉。"

小孩还在呜咽着,看样子十分伤心。

陈恕想了想,又拿出一百递给孩子妈妈,不顾一旁陈立冬哇啦大叫,对孩子妈妈说:"今天的事很对不起,麻烦你再给他买点葡萄。"

事情解决了,警察也放了人,离开派出所时天已经擦黑了。

陈立冬一路骂骂咧咧。

陈恕只当没听见,坐上车后陈立冬大概是骂累了,总算安静了一会儿。

车在小区外面的菜市场边停下,陈立冬打量了一下四周,有点失望的样子:"你就住这儿啊?破破烂烂,这还不如我广市老窝,你这也就城中村吧。"说着,"嗬"了一声,嘲讽地说,"不是高才生,大建筑师吗,我指望你住高楼大厦开豪车咧,现在就这破地方?早知这样,我那时才不放款给你咧,等了这么多年,也没赚多少,还要拖我债!"

陈恕只当他自言自语,一句话不接,走了几步,陈立冬看到小饭店就不走了,吆喝着要吃饭,说完人就进了店里。

陈恕站了一会儿,走进去,陈立冬已经点完菜了,都是大荤,要了五个。

陈恕一句话没说,坐在一旁等他吃完饭,把账结了。

回去后,陈立冬又是一副领导下乡视察的姿态,站在门口四处看了一下,"啧啧"两声,叹了口气:"读那么多年书有什么用啊,投资失败。"

陈恕没理他,进房间写了一样东西,拿出来放他面前:"签字。"

"签啥字啊。"陈立冬嚷了一句,低头一看,气炸了,"我是你叔,你这还跟我算账,你欠我那么多钱,还敢算这个!"

陈恕任他骂,面不改色地说:"你贪得无厌,你自己清楚。这些从账里扣,我不会再像以前那样退让,你不签,我下个月不会给你打钱,你现在也立刻出去,你要有意见就去法庭讲,这笔账派出所那边能证明,当初条子上怎么写的我就怎么还,今天的钱是我帮你垫付的,理应扣掉。另外,你只能在这住一晚,明天必须走。"

陈立冬被他说得一愣一愣,好一会儿才反应过来:"好啊,你现在翅膀硬了啊!"

"你签不签?"

"行,算你小子狠!"陈立冬气归气,但他现在处境差,身无分文,只能屈服一下。

陈恕收好单子进了房间,陈立冬气呼呼地"哼"了两声,喊道:"我要洗澡。"

陈恕拿了旧衣服出来,放到桌上。

陈立冬捏起来看看,又"哼"了一声,去了浴室。

没过两秒,里头传来一声"哎哟",陈恕走到卫生间门口,陈立冬捏起洗脸台上未拆封的女士沐浴露,又指指墙边的兔子拖鞋,怪声怪气道:"了不起啊,你这是有女人了?"

陈恕皱眉,拿过他手里的沐浴露:"你别碰。"

他直接拿进房里,关上了房门。在客厅站了一会儿,他过去对陈立冬说:"我要出去一下。"

"我又不是你爸,管你爱去不去。"陈立冬回了一句,走进浴室,悠闲地吹起口哨。

陈恕出去了。他明早就要出差,今晚不去,就会有好多天见不到她。

陈恕到了姜醒楼下才给她打电话,姜醒有点意外,但还是立刻就下楼开门。

"你怎么来了?"

"来看看你。"

姜醒牵住他:"进来吧。"

书吧里没有人了,姜醒只开了吧台顶灯,从冰箱里拿了两罐凉茶。

一人一罐，并排坐在吧台边。

陈恕侧着脸看她。

姜醒问："你做完事了？"

陈恕点点头，说："对不起。"

姜醒一笑，摇头："你正事要紧，道什么歉？"顿了顿，问，"明天一早就走吗？"

"嗯。"

姜醒"哦"了一声，端起凉茶罐子说："那当给你践行了，祝工作顺利。"

陈恕握着罐子与她碰杯："谢谢。"

两人同时喝了一口，清凉感直入心脾，通体舒畅。

头顶灯光暖黄，身边是喜爱的人，喝茶、聊天。

这个夏夜难得的静谧美好。

夜渐深，临道别时，姜醒想起什么，对陈恕说："你等一下。"说完快步上楼。

没过一会儿，陈恕见她抱着一个很大的袋子下来，忙过去接她。

"这是……"

"买给你的，你看一下。"

陈恕打开一看，愣了愣。

"这颜色不讨厌吧？"姜醒问。

"挺好看的。"陈恕抬头说，"但你为什么给我买这个？我有被套用的。"

话刚问完，他陡然意识到一个问题——她是不是觉得他的床单被褥睡起来不舒服？

姜醒好像猜到他在想什么，解释道："多备两套比较好。"然后凑近，带着笑低声说，"我怕下次不够换。"

她笑得不怀好意，陈恕再迟钝也领悟了其中的意思，耳根有一点点难以察觉的红。他避开了这个话题，同她道谢。

姜醒踮脚亲了他嘴角,轻轻说:"不客气。"

时间已经不早,再晚回去可能会耽误他收拾东西和睡觉,姜醒不好再留他,只说:"那你回去吧,早点休息。"

她准备送他出门。然而陈恕却将手中袋子放下,倾身搂住了她。

他的拥抱很温柔。几秒之后,找到她的唇,贴上去轻吻,同样温柔得叫人难以抵抗。姜醒察觉到了他的不舍,他不善表达,此刻的举动说明一切。

姜醒心腔里腾起热气,她同样用温柔回报,回应他的亲吻。

过了片刻,两人分开来,陈恕低缓地说:"我会给你打电话。"

姜醒看着他郑重的样子,露出一丝笑:"嗯,不打我就不理你了。"

陈恕也笑了笑,两秒后笑容又淡下去,认真叮嘱:"你好好的。"

姜醒也严肃起来,抬手蹭了蹭他脸颊:"你也是。"

陈恕回到家已经十点多了,进屋就听见陈立冬一声骂:"臭小子你死哪去了,待这么久!"

陈恕不回答,陈立冬"嘿"了一声,一脸怒气,捡起拖鞋就砸他,陈恕闪身躲开了。

"你再这样就出去。"陈恕放下手里袋子,找出房间钥匙。

陈立冬气得要命:"你一出去就俩小时,还把房门锁着,我没地儿睡觉,待这儿热死了,你这拿我当贼防呢!"

陈恕一声不吭,开了房门,把姜醒送的四件套拿进去收好,接着取出一张凉席铺到卧室地板上,在上面放了条被。

陈立冬走进来一看,又"嘿"了声,说:"还算你有点良心,知道把床让给你叔。"

"你睡这儿。"

陈恕一句话浇灭了他的幻想,陈立冬气得牙痒痒:"你这小子,脾气还真是硬了啊,我可是你叔!"

"你不是。"陈恕冷冷地说了一句,"睡完今天,你明早就走,账我只会按月给你,其他的不要想。"

Chapter 05 波折

"嘿,你来真的啊?"

陈恕没再搭理他,转身去收拾明天的行李。

陈立冬看出他不是以前好拿捏的小孩子了,琢磨一会儿,软了语气说:"小恕啊,叔跟你打个商量呗!"

见陈恕连头都不回,陈立冬觍着脸跑近,游说道:"你看你这屋子也不小,一个人住怪浪费的,咱俩一起住,这样,我每月给你缴一百房租,你从账里扣,够意思了吧?"

没想到陈恕不为所动。

陈立冬没辙,想来想去,又磨了半天,陈恕还是一点反应都没有,收拾好行李就去洗漱了。

陈立冬心里气炸了,却不好发作,又跟过去说:"你放心,如果你女朋友要来,我就出去,给你们让地方,这样总行了吧。"

"不行。"

陈恕洗完脸又出去了。

陈立冬抓抓头,又有了新的打算,横着声说道:"既然你不让我住,那总能给点钱吧,我现在没钱,你就得提前还债!"

"我按规矩做事。"陈恕说,"你这样爱赌,我提前还你多少都没用。"

这话戳到了陈立冬痛处,他刚在广市老窝输了个精光,这才兜兜转转跑到这来,想着从陈恕这儿抠点,没想到这小子这么不上道儿,陈立冬一拍桌子,怒不可遏:"你这小浑蛋,果然有爹生没娘养,陈大林没教过你吧,欠债还钱,天经地义,讲到哪里我都有理!"

"你闭嘴!"陈恕也有点生气了,"我大伯不是傻子。"

"对,他不是傻子,他是神经病!"陈立冬嘲讽地说,"你不承认也没用,全镇的人都知道!你知道啥,他以前发病差点把你丢河里了,这可是别人亲眼看见的,要不是我把他打晕,你都活不过三岁,你还拿我当仇人!"

见陈恕冷着脸不说话了,陈立冬又换了一副和气脸:"好歹看在叔救过你的分上,你先还点钱来吧,你本来就应该还的,就是早一点嘛！难不成你还想赖账？你要是打着这个主意，我可有得是法子招呼你！讲到底，都是你没理！"

陈恕平静地说："你自己清楚，你定的利率远远超出法律保护的范围，但我那时既然签了字，现在就不会反悔赖账，我按承诺给你还账，你逼得我没退路，对你也没有好处。"

陈立冬一怔，没料到当初那个任他欺负的小侄子如今变得这样硬气。他咬牙切齿，眼睛都瞪成牛了。陈立冬很想揍人，但他不傻，陈恕现在长高长壮了，真要揍起来保不准要还手，他单枪匹马估计也捞不着便宜。

真是虎落平阳被犬欺，改天找着机会一定要好好教训一顿。

陈立冬心里一边唉声叹气，一边将陈恕祖宗十八代都诅咒了一遍。

陈恕虽然嘴上说得不留余地，但第二天临出门还是放了一千块钱在桌上，陈立冬眼睛一溜，立刻就揣兜里去了，一声谢都没说，还嫌陈恕给得少，"哼"了两声，大摇大摆地走了。

陈恕锁好门，拎着行李包去赶飞机。

姜醒八月二号回家，没想到林时也在同一天回去了。

她是当晚才知道的。

姜母知道她回来，很高兴，做了一顿丰盛的晚饭，还邀了回国探亲的老姊妹过来，林时也随他母亲一道来了。

林母多年不见姜醒，一时百感交集，拉着她说了半天的话。

姜醒小时候没少受林母照顾，对她一向敬重，于是乖乖地坐着陪聊天。偶尔抬起头，便看到坐在沙发那头的林时面容带笑地看着她们。

他的目光令姜醒不舒服，但她此刻却不能回避，只能低头当作没看到。

饭后大家坐在客厅聊天，林时突然透露了要留在国内的意思，大家都是一惊，就连林母都是第一次听他提起。不过她一直想回国，对于儿子的这个决定倒是挺满意，便问他想在哪工作，是要去北边还是留在南边。

林时说准备去南安。

大家又是一愣，姜母看了一眼林母，状似随意地说："姜姜也在那呢。"

林母没接这话，只看了自家儿子一眼："怎么这么突然，你这孩子，这样大的事也不跟我商量一下。"

林时笑笑没说话，眼睛却若有若无地看了一眼姜醒的方向。

这点小细节被姜母抓住了，她没动声色，眼底却有了喜色，聊天时也更精神了。

姜醒全程当自己是哑巴，只在一边陪坐，偶尔笑笑，不插嘴，不接话，却也将母亲的小心思都看进了眼里。

晚上，林家人离开之后，姜母的情绪还是很高涨，看向姜醒时表现更甚，总把话题往林时身上引，一会儿说林时品性好，一会儿说林时学历高、能力强，在国外的公司做得很好，回来肯定吃香，好像已经忘了她以前还说过林时调皮、淘气，跟人打架不学好。

姜醒无奈地听她夸来夸去，就是不接话。

姜母有点急眼，不大高兴地端着果盘进了厨房。

姜醒沉默一会儿，觉得这样下去不是办法，如果这样三不五时地把她跟林时拉在一块儿，以后越来越讲不清。她想了想，很快做了一个决定。

姜母洗好盘子，一转身看到姜醒在跟前，吓了一跳："你这孩子，不声不响地吓死人啊。"

姜醒抬起头说："妈，我有话跟你说。"

姜母心一提："什么话？"

"我有男朋友了。"姜醒平静地道。

"什么？"姜母先是一惊，随后又一喜，不敢相信一样，"真的？"接着脸一垮，"你这骗我的吧？"

姜醒说："不是，是真的。"

姜母看了她一会儿,觉得不像撒谎,眼睛里都闪了光,忙问:"是真的啊?什么时候的事?"

"就是最近。"

姜母嘴边笑意渐渐显露,高兴劲儿掩不住:"哎,你这孩子,有男朋友了也不早说,快告诉妈,是个什么样的人啊。"

"是个很好的人。"

这话显然太笼统,不是姜母想要的答案,于是她挨个问道:"是南安那边的吗,什么学历,做什么工作的?"

姜醒只答:"硕士,做建筑设计。"

姜母"哦"一声,点点头,似乎有点满意,又继续问:"那是在设计院吧?"

"不是,在事务所。"

"事务所啊。"姜母脸色敛了敛,"是外资那种还是国内的?"

姜醒吸了口气,强迫自己保持耐心。

"不大清楚,国内的吧。"

"不清楚?怎么都不清楚呢?"

"认识不算久,没问太多,我也没关注这些。"

"你这孩子……"姜母没再问,低着头琢磨了一会儿,姜醒不知她在想些什么。

等了一会儿,姜母像突然想起重要大事一般,急声问道:"姜姜,那个……他多大年纪啊,没比你大太多吧?"

姜醒一怔,喉咙咽了一下,然后摇摇头。

姜母松了口气,却听姜醒说道:"他比我小。"

姜醒的声音分明很轻,但此刻却像一道雷炸开来。

她抬头清楚地看到了母亲的表情。

"妈?"姜醒喊了一声。

姜母回过神来,忐忑地问出一句:"……比你小多少啊?"语气中显露出明显的不安和紧张,竟有提心吊胆的意味。

姜醒看着她,突然觉得好像说错一个字就会天塌地陷。

她已经从沈泊安的阴影里走出来了，但她的亲人却没有，那段失败的感情在她身上贴了标签，以至于他们百般担心着，担心她盲目，重蹈覆辙。

这种担心令人难受，却不能苛责，甚至还应该保持感激之心并照顾他们的心情。

没什么好说的，这就是道理。

姜醒硬生生咽下喉咙里的话，换了另外一句："比我小一点儿，我还不知道他生日。"

"怎么这个都不知道？也不多了解了解。"姜母皱了皱眉，但心却落下了一点。

小一点儿，又说不知道具体生日，那可能就是小月份了。

这样倒不算问题，只要男方性格成熟一些，人可靠一些就行。

姜母想到这里表情也缓和了，说："他人还靠谱吧，性格怎么样？"

姜醒说："挺好的。"

"那你们好好处，要不国庆或中秋带回来我们看看。"

姜醒愣了愣："妈，太快了吧。"

"哪里快了？你都不小了，上点心。"

姜醒没话说了，姜母又强调了一遍，她含糊应着就出去了。

第二天就是姜醒的生日，早上起床看到了陈恕发的短信。他写生日祝福都跟别人不同，认认真真打了一长段，字里行间透出一股子执拗的诚恳。

姜醒笑着看完，给他回了"谢谢"。

晚饭定在附近餐厅，姜醒本想在家里简单吃吃，但她的意思没人会听，姜母还是照从前的规矩，邀了几个亲戚过来，大家一道吃饭。

不用猜也知道来的就那么几个人，大舅和舅妈，再加小姨，几家都住得近，来往多，一点小事也要聚一聚。但没想到，今年居然多了小舅舅。

姜醒好几年没见过小舅舅，乍然看到还有点惊讶。当年因为沈泊安的事，小舅舅也被连累，挨了不少骂，后来她跟沈泊安分开，姜母旧事重提，怨气严重，无辜的小舅舅再次被殃及，有几年回家探亲都不敢上门，去年才缓和了一点。

姜醒幼时跟小舅舅最亲近，没想到后来因为这事连累他，心里一直很抱歉。这次生日过后便找了个机会去看望他，顺道聊了几句。

原本是要表示歉意，没想到小舅舅却反过来同她说"对不起"。

姜醒有点意外，又有点好笑："你不会被我妈洗脑了吧，那事跟你有什么关系啊，是我自己喜欢他，是我自己要跟他在一起，跟别人都没关系吧？"

"多少都有点责任吧。"小舅舅摇头笑笑，"姜姜，我有时想，那年我如果没让沈泊安住家里，没让他教你数学，你们两个肯定八竿子打不着，这辈子都不会碰上，哪有后面这一堆事啊。说来说去，当初我一失足，害你栽进坑里，好好一个小姑娘吃这么多苦。"

"小舅舅，你说得太严重了。"姜醒说，"就是谈了一段恋爱而已，虽然结局不好看，但我也没后悔过，只是一段经历。虽然是你让我认识了他，但谁能想到后面？那些都跟你没关系。"

小舅舅却说："怎么说也是我交友不慎。沈泊安那个人是挺出色，但感情上……啧，实在不怎么样。两年前听说结了婚，上个月又听说离了。"

姜醒微顿了一下，没接话茬，端起杯子喝了口水。沈泊安的一切，她已经没有兴致了解。

都过去了。

小舅舅似乎也看出她不关心，没有细说，转而问她现在的情况。末了，只说希望她以后过得好。

姜醒又在家住了几天。本想与陈恕同一天回去，无奈姜母挽留，只好继续留着。

自从她透露了有男朋友的消息，家里的气氛莫名地变好了，姜母不再愁容满面，连一向冷着脸的姜父这两天脸色似乎也好了一点。

有几次陈恕打电话来，她走到一边去接，都能感觉到姜母的视线跟过来，好像比她还要高兴。

姜醒不知该喜还是该忧。

周末，姜醒陪姜母逛商场，买了几件衣服。在一楼休息时，姜母去卫生间，姜醒在门口等她，没想到碰见了一个高中同学，对方先认出姜醒，喊了她一声。

姜醒转身一看，一个牵着小孩的女人正惊喜地走过来。

姜醒觉得有点眼熟，但一时想不起名字。

"我是李蓉蓉啊！"对方说了一句。

姜醒记起来了："哦，是你啊。"

"你想起来啦！没想到在这里看到你。"李蓉蓉似乎很高兴，"那时候我坐你后面的，我老借你作业抄，记得吧？"

"记得。"姜醒看了看她，"你变了挺多，我刚刚没认出来！"

"是吗，我生了孩子之后就胖了，一直瘦不下来！"李蓉蓉说，"这是我儿子多多。"接着对孩子说，"多多，快叫阿姨！"

小男孩乖巧地喊："阿姨好！"

姜醒笑了笑："真乖。"

李蓉蓉笑得很灿烂："在家里可皮了，这是没见过你，怕生呢。"

姜醒问："几岁了？"

"快满五岁了，都要上大班了。"李蓉蓉笑着说，"你呢，你孩子也不小了吧，这几年我都没怎么回来过，咱们高中的群你也不在里头，我都没你的消息，以前好像听说你大学毕业就结婚了啊！"

姜醒顿了一下："哦……分开了。"

李蓉蓉一愣："啊？怎么……"

"蓉蓉！"身后一道男人声音，李蓉蓉扭头喊："在这！"

男人走过来，小男孩立刻过去牵他的手，糯声糯气喊："爸爸……"

男人将孩子抱起来，一手揽着李蓉蓉："怎么跑这儿来了？"

"碰到老同学了。"

李蓉蓉对姜醒说："这是我老公。"

"你好。"男人率先打招呼。

姜醒回道:"你好。"

李蓉蓉看了看姜醒,想起之前被打断的话题,虽然心里惊讶,但也不好再多问什么,感觉到气氛似乎有点尴尬起来,她只好道:"姜醒,那我们先走了。"

"好,再见。"

"再见。"

Chapter 06
家人

一家三口走远了。

姜母不知什么时候出来了，姜醒一回头就看到她，吓了一跳："妈，你干吗呢？"

"你同学娃都那么大了。"

"哦，她结婚早。"

姜母看了看她，想说什么，最后只是叹了口气，回去的路上又催促一句："国庆把人带回来看看啊，你也该定下来了。"

"妈，你别老催我这个。"

"不催，你会放心上？"姜母埋怨，"我跟你爸年纪大了，顾不了你一辈子，你总要有个依靠。你姐从来不让人操心，你也学学，别老跟个孩子一样，妈说的话，你正经考虑一下。"

姜醒不想反驳什么，低头应："知道了。"

这样过了一周，姜醒很不自在，恰好接到杂志社的电话，说旅游频道有一个采风活动，要去青岛，让她也跟着过去完成一些采写拍摄任务。姜醒终于找到理由定了回南安的机票，谁知陈恕又接到新的项目，等不到她回来就要去河北。

虽然姜醒没说什么，但陈恕有点内疚，没能陪她过生日，准备了礼物要补送给她，没想到这一趟却见不上。等他从河北回来，她的生日都过去一个月了。

陈恕想了想，临走前去了七月书吧，想托孙瑜将礼物转交给姜醒。

　　陈恕去得晚，临近打烊，店里已经没客了。他将来意说明，谁知孙瑜却不愿帮这个忙，而且言辞也不如从前客气和蔼。

　　陈恕再迟钝也感觉到孙瑜似乎不喜欢他跟姜醒在一起，因此也没有再请求，礼貌地告辞离开。

　　孙瑜看着他的背影，莫名地有点矛盾。坦白说，陈恕的确是个不错的人，很难让人讨厌，仔细想想，姜醒会喜爱他也不奇怪。但人到了姜醒这个年龄，考虑的不应该只是喜不喜欢。

　　孙瑜仿佛已经看到了这段感情的未来。

　　她吸了一口气，叫住陈恕。等他转过身，她说："你到这边来，我有几句话跟你讲。"

　　孙瑜请陈恕坐下，还给他倒了一杯水，态度与刚刚很不一样。

　　陈恕有点意外。

　　孙瑜坐下来，说："陈恕，你喜欢姜姜吗？"

　　陈恕毫不犹豫地点头。

　　"有多喜欢？"

　　陈恕微愣了下，一时不知怎么回答这样的问题。想了一下，他认真讲："很喜欢。"

　　"那你打算什么时候娶她？"

　　陈恕一顿。

　　"你不打算娶她？"

　　"不是。"陈恕立刻否认。他皱着眉，十分严肃。

　　孙瑜将他的反应看在眼里，无声地叹了口气，问："那你怎么想的？准备过几年娶她，三年？五年？"

　　没等他回答，孙瑜又说："你知道姜姜多大年纪了吗？你了解她经历过什么吗？一段多年的感情，失败的结果，再加五年疗伤期，直到碰见你。她不是二十出头的小女孩儿了。不像你，刚刚读完书，事业才开始，可以全力打拼，遇到喜欢的人就谈一段不问结果的恋爱，圆不圆满不重要，能不能结婚更不算一回事。"

停了一下，她笑了笑："对你来说，她漂亮，又愿意跟你在一起，虽然大了点，但谈个恋爱也没什么，失败了不过是增加一段经历而已，这几乎不花成本，所以也不担心是赔是赚。我知道，男人这么想很正常，但我们姜姜跟你不一样，她又傻又倔，前一段感情已经吃够了亏，再输一次，真赔不起。"

一番话说完，孙瑜认真看着陈恕，见他低着头坐在那，唇紧紧抿着。

她觉得，她说到了他的心里。

然而，等了一会儿，陈恕却抬起头，他的眼睛漆黑，看不到一点动摇的意思。

"可能你不相信，但我想的不是你说的那样。你问我什么时候娶她，我现在的确不能回答，因为这不该是一个轻率的答案，而是承诺。你说得对，我刚出学校，一无所有，也许你认为我没有资格承诺什么，但我不会因为这个就放弃，除非……"

"除非她不要我。"

孙瑜微微震住，有些错愕地看着他。

陈恕站起身："今天的谈话只会让我更加努力，谢谢你，孙小姐。"

陈恕出了门，孙瑜仍在惊讶中，小西忽然探头探脑地跑出来，说了一句："妈妈我去买个棒棒糖。"

等孙瑜回过神，"哎"了一声，小西已经出了门。

陈恕正往前走，身后一道声音喊："陈叔叔——"

"小西？"陈恕停下来，小西一骨碌跑过来。

陈恕弯腰扶住他的小肩膀："你怎么出来了？"

"我来帮你啊。"小西着急地说，"快一点，买个棒棒糖不能超过三分钟的，超过了妈妈要来抓我。"

"什么？"陈恕不明所以。

"礼物！礼物！"小西说，"给小姨的礼物啊，我帮你送，快给我。"

陈恕惊讶："真的？你可以吗？"

"当然啦，我会藏好的，小姨一回来我就给她。"

陈恕想了一下，拿出一个小盒子递给他："那交给你了。"

小西重重点头，拍胸脯保证："陈叔叔放心啦。"说完，扯扯他衣袖，"陈叔叔，我听不懂你们大人说话，但你说喜欢我小姨，我听到啦，谢谢你啊。"说完把盒子揣进裤兜里，往回跑了。

陈恕直起身，笑着看小西跑进店里。

他站了一会儿，看着七月书吧的玻璃门，想起上次分别和姜醒在这里亲吻，她给他买了四件套。

她那样温柔，对他那样好。

孙瑜说她又傻又倔，前一段感情已经吃够了亏，再输一次赔不起。可他怎么舍得让她输？

姜醒八月十二号回到南安，孙瑜开车带小西从游乐场过来，接姜醒一道回去。

小西许久没见姜醒，很黏她，坐在车上也不安分，一直抱着姜醒的胳膊。他一路唠到家，背账本似的把分开后的事情都讲了一遍，去哪里玩过啊，作业做到哪里了，跟张甜甜打过几次电话……

当然，小西还有一件最重要的事要跟他小姨讲，可惜妈妈坐在前面，没办法讲悄悄话。但他不是笨小孩，想一个好办法出来也就是分分钟的事。

到了店里，小西一边拉着姜醒，一边对后面的孙瑜说："妈妈，小姨一定好饿了，你快煮面给她吃，我先带小姨去看我暑假作业，谢谢妈妈了！"

嘴甜总是有好处，一句"谢谢妈妈"就让孙瑜笑着接受了儿子的使唤。

孙瑜一进厨房，小西便将姜醒拽去了小书房。

姜醒以为小西真让她看作业，谁知小西神神秘秘地从书柜里面拿出小书包，跪在地板上摸了半天。

"不是看作业吗，你找什么呢？"

小西不理姜醒的问话,专心地在包里摸索,过了一会儿终于摸出一个长方形的红色小盒子,立刻跑过来。

"这是什么?"

"礼物。"小西把盒子塞她手里,小声说,"陈叔叔送给你的,是生日礼物哦。"

说完朝门口看一眼,有点担心地说:"你快点拆开看,不能让妈妈发现。"

姜醒看了看盒子上的英文,有点不相信:"真是陈叔叔给的?"

"是啦,快一点,看看是什么。"小西显得比她还要着急。

姜醒拆开盒子,小西凑近了,眼睛睁大:"喔,这个链子好好看!"

姜醒却皱起眉头,和她猜的一样,是条手链。这个牌子的手链都用这种大小的盒子装,以前沈泊安送过,她虽看不出这款的价格,但也知道不会很便宜。

姜醒盯着手链入神,小西发现了她的不对。

"咦,小姨,你不喜欢这个吗?"

"没有。"姜醒说,"我很喜欢。"

她虽这样说,却没有拿出来试戴,反而把盒子盖上了。

小西觉得很奇怪,还想再问,却听到敲门声。

孙瑜在外面喊:"姜姜,可以吃了。"

小西吓了一跳,忙小声说:"小姨快藏起来。"

姜醒将盒子放进了手袋,朝外面答了一声:"等会儿就来。"

外面没了动静,姜醒问小西:"陈叔叔什么时候来的?"

小西想了想才说:"前天下午。"

"他让你把这个给我,有没有说什么?"

小西摇摇头,很小声地给姜醒解释:"陈叔叔叫妈妈给你,妈妈不愿意,他们说了好多话,后来陈叔叔就走了,我去外面找他要的。"

姜醒一顿:"他们说了好多话?"

"嗯。"

"你听到了？说了什么？"

小西挠着脑袋回忆："妈妈问陈叔叔喜不喜欢你，陈叔叔说喜欢，妈妈又问他多喜欢啊，陈叔叔说很喜欢……"

"后来呢？"

"后来……后来我就听不懂了，妈妈讲了好多我不明白的话，陈叔叔又讲了几句，后来陈叔叔就走了。"

小西说完看着姜醒："小姨你不高兴？陈叔叔说喜欢你，你不高兴啊！"

姜醒揉揉小西脑袋："很高兴，走吧，去吃东西。"

吃饭时，姜醒什么都没问，等到晚上便给陈恕打电话。陈恕似乎在吃东西，接通电话时声音瓮瓮的。

姜醒看了看墙上小钟，说："现在才吃饭？"

"嗯，今天忙得有点晚了，刚刚吃完。"

姜醒皱了皱眉，有点担心："不是胃不好吗，别总是这样，身体要紧。"

"嗯，你别担心，只是今天晚了。"陈恕说，"你已经回来了吧。"

"回来了，我收到了礼物。"

"你喜欢吗？"

"挺好看的。"姜醒摩挲着手里的红盒子，慢慢说，"但你没有必要送这个给我。"

陈恕一愣："你不喜欢？"

"不是。"姜醒说，"我只是不在意这些，你不用刻意在这方面花钱。"

电话里静了一下。

"陈恕？"

"嗯。"那头的人应了一声。

姜醒："我讲的话让你不高兴了？"

"不是。"他顿了一下，说，"姜醒，我没有刻意花钱，我只是想选个你会喜欢的礼物，但我看了很多东西都不能确定，所以问了同事,她给我看了这个,说你肯定喜欢,所以我……"

他的声音低下去,末了只剩一句:"我没有刻意花钱。"

姜醒听懂了。他其实在说,这跟钱没什么关系。

倘若这话是别人说,姜醒可能不大信,但到了陈恕这里,不知怎的,寥寥几句也显得极认真,没有一丝花言巧语的意味。

姜醒无话可说了。她在这头轻轻笑了,认输似的:"服了你了。"

那头陈恕听到她的笑声,心也松了。

姜醒说:"下次不要问别人了,反正你送的我都喜欢,不必纠结。"

"好。"一个字也能透出愉悦。

气氛转好之后,两人聊了一些别的,姜醒说起过两天去青岛的事,陈恕问她具体的行程,姜醒同他仔细说了一下。

陈恕想了想,说道:"那你比我早两天结束,我二十号上午回来,刚好周六。"

"周六不加班是吗?"

"嗯,刚出完差,没有急事的话,不会安排我加班。"

姜醒"哦"了一声,心里有了打算,对陈恕说:"这样吧,我在青岛多待两天,十九号下午我来秦皇岛找你,周末我们去北戴河玩,怎么样?"

她思路跳得太快,陈恕还有点跟不上:"你来找我?"

"对。"

"好。"陈恕的语速突然快了,"那我到时去车站接你。"

"嗯,如果你忙完就来接,没忙完就给我地址,我来找你。"

"好。"

两人说好了一切,竟都有点激动,好像明天就能见上一样。

人一旦有了期盼,连时间都过得飞快。

姜醒在青岛待了四天,完成了所有的采写拍摄任务,等其他记者离开后,她留在酒店把图文稿件整理完,发给了编辑,之后就没事了。想到要去海边,她出去逛了逛,给自己买了两件裙子,给陈恕买

Chapter 06 家人

了大短裤。

姜醒乘坐十九号早上的高铁,青岛北到秦皇岛,历时近六个小时,中午十二点到站。

陈恕已经等在那。

姜醒出了站,一眼看到人群中的他。

陈恕也在同一刻望见她,几步跑过来,接下她鼓囊囊的旅行包,挂到自己背上。

"累了吧?"

"还好。"姜醒抬头看他,发现他比一个月前黑了,也瘦了一点。

她低声问:"没好好吃饭?"

陈恕看了看她,说:"是你吧,你都瘦了。"

"说的好像你胖了似的。"姜醒微微踮脚,亲他一下,很快退开。

陈恕笑了一声,牵起姜醒的手,发现她手腕上戴了手链,是他送的那一条。

注意到他的视线,姜醒笑了:"好看吗?"

"好看。"

姜醒:"你眼光好。"

陈恕:"你戴着好看。"

姜醒:"你嘴巴甜。"

"……"

陈恕接不上话,索性握住她的手:"走吧,去吃午饭。"

沿路牙走了一小段,他们去了一家看上去最干净的小饭店。姜醒的确饿了,点了四五个菜,陈恕又点了两个,最后都吃完了。

姜醒问:"你事情都做完了?"

"嗯,这两天赶着做了,上午刚好结束。"

"难怪累成这样,黑眼圈都出来了。"

"有吗?"陈恕笑了笑,"我怎么没看出来。"

"嗯,黑成这样了,当然看不出来。"姜醒说完,与他对视一眼,两人都笑了。

陈恕说:"下午没事了,你想今天去北戴河还是明早去?"

"那就今天去吧。"

两人回了一趟宾馆,拿上陈恕的行李就走了。

到了北戴河,时间还早,第一件事自然是找住处。北戴河最不缺的是家庭旅馆,便宜宽敞,老乡也热情。

他们选了离海最近的一家,因为是旺季,住客不少,只剩二楼最边上的一间家庭房,一天一百房费,在旺季不算贵了。

上了楼,陈恕开窗通气,姜醒从背包里翻出裙子和裤衩,喊陈恕。

"我买了这个,你比比看。"她捏起一件大短裤递给他。

陈恕比了比,说:"应该正好。"

"嗯。"姜醒从他手上拿回短裤,又拿起裙子,往卫生间走。

陈恕突然紧跟一步,伸手搂住她。

气温高,屋里还未开空调,他身上火一样烫。

"谢谢。"他贴着她的耳朵说。

姜醒耳垂一麻,身体颤了颤。她转过身,将头靠在他肩窝,只过了几秒,便觉得浑身都热了起来。

"很热。"她说。

"我知道,等下就能开空调了。"他仍未松手,低缓地说,"我就抱一会儿。"

陈恕小小的愿望也没能满足,刚短暂地抱了几秒,就听见了敲门声。是旅店老板娘送热水上来了。

陈恕接过水壶,道了谢,一转身,姜醒已经进了卫生间。

姜醒将裙子和短裤都过水洗了一遍,晾到外面公用的阳台上。

陈恕开了空调,房间里慢慢凉了。外面太阳正烈,这个时间出去玩不会很舒服。

陈恕问姜醒累不累,要不要先睡一会儿。姜醒本来没有感觉,他这么一问,倒真觉得有点累了,早上起得很早,又坐了五六个小时的火车,不疲惫才怪。

Chapter 06　家人

她想了想，说："行，我们先睡午觉，傍晚去海边。"

"好。"

"我先冲个澡。"姜醒往卫生间走。

大约十分钟后，浴室的水声停了，陈恕听到姜醒喊他。

"帮我拿一下毛巾和睡裙，在背包里。"顿了一下，加一句，"哦，还有内裤，黑色袋子里找。"

"好。"

姜醒的旅行包装得很满，里面的东西分门别类放在不同的小袋子里，陈恕先拿出睡裙和毛巾，然后找黑色袋子，打开一看，他愣了一下，脸微热。

"找到了吗？"浴室传来姜醒的声音。

"找到了。"陈恕几步过去，敲了敲卫生间的门。等了一下，门开了。

姜醒伸手："给我。"

陈恕将衣服递进去。

过了一会儿，姜醒吹完了头发走出来，见陈恕坐在床边。

她走过去拍拍他肩膀："发呆呢？"

"你好了？"陈恕抬起头。

姜醒看了看他，说："很热吗？你脸有点红。"

"还好。"陈恕移开视线，站起身说，"你先睡，我也去冲一下。"

陈恕洗了挺久，等他洗完出来，姜醒已经睡着了。他怕弄醒她，便在旁边的小床上躺下了。昨晚睡眠不足，本应该很困，但他现在却没有睡意，凉水澡似乎不管用，尤其是她就睡在眼前。

这感觉很熬人。陈恕背过身，盯着雪白墙壁，然而也不管用，满头满脑都是她的样子。

很久之后，他的呼吸才渐渐平定。

姜醒一觉醒来，时间已经不早了，翻了个身，看到对面小床上的男人，他还在睡着。

姜醒看了一会儿，起身去洗漱。等她从卫生间里出来，发现陈恕已经醒了。

"吵醒你了？"

陈恕摇头说"不是"。

姜醒："睡好了吗？"

"嗯。"

陈恕起身走过来，姜醒说："去洗脸吧，洗完我们去吃饭。"

"好。"

旅馆附近就有吃饭的地方，但东西不是很好吃，他们随便吃了点填饱肚子，就去了海边。

傍晚天气不热，风吹在身上很凉快。

陈恕穿着姜醒买的大短裤，露出长长一截腿。

他走在沙滩上，姜醒仔细看了几眼，觉得他的身材很好。她看惯他穿衬衣长裤，如今见他穿这样花哨的大裤衩，觉得别有味道。

陈恕捡了贝壳拿来给姜醒看。

姜醒看了一眼，说："好小。"

陈恕说："好像只有小的。"

"是吗？以前我来的时候找到过一个大的。"姜醒伸手比给他看，"这么大。"

陈恕拉住她："那再去找找。"

两人跟在一群孩子后边，一路沿着沙滩走，但找了很久也没看到像样的大贝壳，倒是找到一块大石头可以歇脚。

他们坐在石头上，姜醒捡了小石子往水里丢着玩。

陈恕问："上次你在哪里找到的？"

姜醒想了想，说："好像在老虎石那边。"

"那这里可能没有。"他笑了一下，又说，"也可能被人捡光了，你上次什么时候来的？"

"毕业的时候，班上组织毕业旅行就是来这，原本沈泊安不让我来，但——"话断了一下，隔了两秒，她慢慢说完，"我想来，就来了。"

她扔掉掌心最后一颗石子,转头看陈恕。

陈恕也看着她,没有说话。

在这一瞬间,陈恕想起了孙瑜的话:多年的感情,失败的结果,五年的疗伤期……

两人在沉默中对视了一会儿,姜醒的手忽然被握住了。

她低头,看见陈恕慢慢攥紧她。他没有开口说什么,但姜醒已经明白了。

她淡淡地笑了笑,顺势靠到他身上。

夕阳渐渐隐去,天色暗了。

回到旅馆,两人洗完澡躺在床上看电视。其实并没有好看的节目,但这样靠在一张床上就很好。

也许是因为下午睡过一觉,两人都不觉得困,一直看到很晚。姜醒看了下时间,说:"不早了。"

陈恕"嗯"了一声,问:"那我关电视了?"

姜醒点头。

陈恕把电视关了。

姜醒伸了个懒腰,躺下来。陈恕看着她,没有说什么,也没有躺下来。

姜醒终于感觉到了他的目光,她的视线挪过来,落在陈恕脸上。

"怎么了?"

陈恕摇摇头,又看了她一眼,也躺了下来。

姜醒说:"我关灯了。"

隔了两秒,听见一声"嗯"。

姜醒伸手摁了开关,灯灭了,房间陷入黑暗。

不知过了几分钟,听见陈恕低咳了一声,姜醒在黑暗中睁开眼。

夜晚寂静,遥远的地方传来两声狗吠,这一处除了彼此的呼吸,再没有别的声响。陈恕的手握紧、松开,反复几次,终于开口:"你睡着了吗?"

"没有。"姜醒立刻回答了他。

陈恕默了一下,说:"我也没有睡着。"

"我知道。"姜醒有点想笑,但忍住了。

她似乎听到他深深吸了一口气。

过了一会儿,低沉的声音传过来:"你……想做什么吗?"

姜醒平静地说:"我没什么想做的。"

他似乎有点失望,应了一声:"哦。"

"你呢?"她忽然问。

回答她的,是身边陡然加重的呼吸声。

过了一会儿,她的手被握住了,他的手掌很热,掌心已经被汗浸湿了,明明开着空调,却好像对他一点作用也没有。

正这样想着,身边的人却忽然挪近,微一翻身,滚烫的呼吸落在她颈边。

两人的心跳叠在一起,一声一声,全都乱掉。

灯亮了之后,再也没灭。

时间在他们的感知里失去了概念,似乎过得快,又似乎过得慢。

昏天黑地里,姜醒陷入混沌,仿佛被旋涡吞噬。将梦将醒之际,听到男人闷沉的声音:"姜姜……"

姜醒掀了掀眼皮,忽略了陈恕亲昵的称呼,只"嗯"了一声,算作回应。

两道温热的呼吸汇在一块,姜醒的脑袋贴近陈恕颈窝。他更紧地搂抱她,再次唤她小名,两个普通的字到他喉中转一遭,换了个样,格外好听似的。

姜醒闭着眼回味。

半晌,心跳渐稳,呼吸也平了。

第二天两人醒得都晚,姜醒坐起身活动了一下,陈恕替她捏了捏腿,问:"还难受吗?"

姜醒:"不难受了,比昨天好多了。"

Chapter 06 家人

"那今天想出去玩吗？"

姜醒想了想，说："看看天气，太热了就晚点出去。"

"好。"

天公作美，恰巧是个多云天，没有太阳，外面凉爽很多，正是出门玩耍的好时机。

上午，姜醒和陈恕去了鸽子窝公园。那里风景虽好，但游客不少，比较影响观景体验，不过他们既然已经去了，只好多待了一会儿，中午回来吃完东西，两人轻轻松松，沿着小街散步。

这里沿街都是小店铺，卖海产品的、纪念品的，比比皆是。

到了一个卖鱿鱼丝的小摊前，陈恕想起什么，说："要不要买点给小西吃？"

姜醒说："不用买这个，我以前给小西买过，他不爱吃。"说着指指旁边的饰品店说，"我们去那里看看，要不给他带两串贝壳项链吧。"

姜醒走进了店里，陈恕跟进去，见她真的挑起项链来，便提醒说："小男孩应该不喜欢这些的。"

姜醒头也没抬，回答："我知道。"

"那……"

"买来给他讨好女同学。"姜醒抬起头，冲他微微一笑，"他的副业就是干这个，你送项链他肯定高兴。"

"……"

陈恕无言以对，姜醒拎起两串给他看："漂亮吗？"

陈恕点头说漂亮。

姜醒又拎起另外两串问他，陈恕也说漂亮。

姜醒又仔细看了看别的，发现每一个都很好看，各有各的特色，看了一会儿还是挑不出来，最后递给陈恕："你来选吧。"

陈恕比较了一会儿，选定了两串，问老板价钱。

老板很慷慨，粗粗看了一眼，讲："一串九块，两串十八块，算你十五了。"

陈恕给了钱，老板递了个塑料袋过来，陈恕将项链装好提在手里。

两人继续逛街,再往前走了走,看到有出租自行车的店。

姜醒想起以前跟齐珊珊骑双人自行车,突然起了兴致,对陈恕说:"我们租个自行车骑骑吧。"

陈恕往店里看了看,发现有单人车、双人车,还有三人的,便问:"想骑哪一种?"

"双人的。"

陈恕过去跟老板谈了价钱,交好押金,推了一辆双人自行车过来。

姜醒说:"你在前面,我坐后面。"

"好。"陈恕在前面坐下,两脚撑稳,对姜醒说,"上来吧。"

姜醒坐上去,陈恕扶稳车头,踩上脚踏,车轮滚动。

街道上人多,陈恕骑得很慢。等转过弯,离开小街,上了沿海公路,陈恕才骑得快了起来,姜醒在后头坐享其成,只有到了上坡的时候才出脚帮忙踩一踩。

车一路前行,海风跟着一路吹。骑了很远之后,他们停下休息了一会儿,到傍晚才骑回去。

晚饭后,两人返回旅店,在楼下被旅店老板喊住,问他们要不要加入明天的山海关一日游。

姜醒和陈恕商量了一下,决定不去了,他们早上已经订好了机票,是明天下午的,估计时间不够。

晚上,两人查好天气,讨论了一下,决定第二天清早起来去老虎石看日出,然后回来补个回笼觉,如果天不热,那么吃完饭再去海边玩玩水、散散步,下午收拾东西赶飞机。

行程定好之后,陈恕下楼向旅馆老板借了摩托车。

第二天清早,四点一刻的闹钟一响,两人都醒了,迅速地穿衣洗漱,带上备好的早餐面包和水出发了。

外面天还未大亮,街巷里很静,只看到几个同样早起看日出的人,不过那些人都是去鸽子窝的。

Chapter 06　家人

　　作为观日出的最佳地点，鸽子窝是游客首选，姜醒正是想到这一点，才选择了不算热门的老虎石公园。

　　果然，比起鸽子窝的热闹，老虎石就显得冷清多了。到那里远远一看，只有零星几道人影分布在不同的地方。

　　陈恕锁好摩托车，两人沿着架在石头上的木板路往前走，转了个弯，找到一块视野很好的大石，并排坐下。

　　遥远的天边已经泛了红。

　　早晨温度低，风也不小。姜醒出门一向准备充分，去青岛时带了件外套，现在刚好穿上了，但陈恕这趟只带了衬衣，虽然是长袖的，但在阴凉的早晨还是有点单薄。

　　姜醒看了看他，问："你冷不冷？"

　　陈恕摇摇头："不冷。"

　　姜醒摸摸他的手，还好，温温的。

　　也许是因为身边有了陪伴的人，等待的过程变得愉悦轻松。两人靠在一块儿，拉拉杂杂聊了一些话，再抬眼时，就看到红日已经冒出头。

　　他们看着太阳慢慢升起，变得明亮、温暖、耀眼，光芒笼在海面，也罩在他们身上。

　　这一方小小世界美丽非常。

　　风裹着浪声，还有远处木头广场上几位游客的欢呼声，一齐飘过来。

　　姜醒眯眼望向远方，天高，海阔，太阳挂在那。一切都如新生一般。

　　陈恕站起身，往后猛跑几步，上了木桥，站定。姜醒的背影和日出一齐定在取景框里。

　　她坐在石上看日出，他站在桥上看她。

　　几秒之后，手指一点，画面定格。

　　下午五点，飞机抵达南安。姜醒和陈恕从机场出来，打车回去，

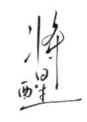

到陈恕住处已经过了六点。

八月末的天气仍然很炎热,两人爬上楼后都出了汗。

陈恕将阳台窗户打开,又去房间开窗开空调,换了换气,再关上窗户。

他叫姜醒先进房间:"你进去坐一会儿,我收拾一下。"

姜醒说:"我跟你一起收拾吧。"

陈恕说:"不用,你歇着。"

"没关系,两个人干活快一点。"姜醒一边卷衬衫袖子,一边往外走。

陈恕见她坚持,就没有再说。

屋里有一阵没住人,桌椅积了灰尘,地板也要重新拖一遍。两人分工做事,陈恕拖地,姜醒擦桌子。等他们忙完之后,屋里又恢复干净了。

陈恕下楼去买了几样菜,回来做了一顿简单的晚饭,三菜一汤。

姜醒好久没吃他做的饭,一时胃口大开,不小心吃撑了,直到陈恕洗好碗,收拾了厨房,她还坐在餐桌前没动。

陈恕建议她起来走动一会儿,姜醒摆摆手拒绝:"不想起来,让我再坐一会儿,你先去洗澡。"

陈恕只好听她的,先去洗澡了。

过了大半个小时,姜醒感觉舒服了一点,去浴室冲完澡,顺手把自己的衣服洗了,然后进了房间。

陈恕在整理明天要带去公司的材料。

姜醒走过去看了看那一摞文件袋,说:"连着出两次远差,不会过两天又叫你出门吧。"

"应该不会。"陈恕将资料都装进公文包里,抬头笑了笑,"就是出差也没关系,会有奖励,可以多挣一点。"

姜醒微微一顿,看了他一会儿,说:"别太辛苦,身体要紧。"

"我知道,我身体很好。"陈恕走到床边,从床底拉出一个盒子。

姜醒走过去一看,是没拆封的吹风机。

陈恕打开盒子,取出电吹风插上电试了试,示意姜醒坐下。

Chapter 06 家人

他耐心地帮她吹头发。

吹风机嗡嗡响,姜醒默默坐着,安静了一会儿,喊:"陈恕。"

陈恕眼睛仍看着她的头发,问:"怎么了?"

姜醒组织好措辞,说:"你刚工作不久,其实不必太着急挣钱,可以慢慢来。"

陈恕手上的动作停了,他似乎想了一下,然后应道:"嗯。"

虽然他答应了,但姜醒不确定他有没有把话听进去,她还想说一些,但思考了一会儿,又没说。他这么年轻,有上进心,有拼劲,很正常,也不是坏事,只是以后要多提醒他休息,别累垮才好。

第二天一早,陈恕叫了车,先送姜醒回去,之后再赶去公司上班,忙碌的一天又开始了。

八月的尾巴很快过去,转眼进入九月,前半个月天气还很热,到了中旬开始转凉,下了几天小雨,二十号一过,便感觉夏天已经完全过去了。

这期间陈恕接了好几个案子,每天忙忙碌碌,偶尔有时间,他会陪姜醒吃饭,这段时间他们只有一个周末是在一起过的,其余时候陈恕都在加班。

姜醒觉得,他好像比以前更忙了。

二十一号,林时来找姜醒,问她要不要回家过中秋,说到时可以一道走。

姜醒拒绝了。她知道林时已经在这定下工作,买了房,买了车,大有扎根之势,而且这个月他经常过来,目的性十分明显。

姜醒明着说了几次,都没有用,便随他去了。只是对待他的一切邀约,她一律拒绝。

过了几天,临近中秋,姜母打来电话催促姜醒回家过节,其实主要意图是想让她带男朋友回去见见。

姜醒敷衍了两次,只说陈恕工作忙,中秋节没有假,要加班出差,谁料姜母又提议国庆节,姜醒没法打消她的念头,只好想了一个最不能反驳的借口,说已经定好了国庆节先去男方那边见家长。

姜母一听这话,关注点立刻换了,不再介意她中秋回不去的事,忙着问对方家在哪里,得知在江西,便觉得有点远,但也没有讲什么,接着又叮嘱姜醒准备礼物,告诉她到时见了人家父母要注意哪些事情,怎样给对方家长留下好印象,等等。

姜醒一一应下,难得的乖巧听话。

姜母心里舒坦了,第一次觉得小女儿终于长大了。想着想着,竟欣慰地红了眼睛。

姜醒听到电话那头的哽咽声,心里咯噔一下,忙问:"妈,怎么了?"

"哎,没事,没事……"姜母揩了揩眼睛,百感交集地说,"妈高兴,姜姜,你现在听话了。"

姜醒一怔,没作声。她捏着手机,感觉喉咙里像塞了棉花似的。

姜母一高兴,话就更多了,絮絮叨叨,很多都是刚刚已经交代过的,她又重复了一遍,换作以往,姜醒已经烦躁地找借口挂电话了,但此刻她却傻傻站着,一动不动,安静地听完母亲的一通啰唆。

姜母讲完话,发现电话里没动静,急忙"喂"了一声。

"妈。"姜醒回了一声。

姜母松了一口气:"我还以为断线了呢,你都记住了吧,先跟人了解一下,看他父母比较喜欢什么,买礼物用心一点,还有你们一号出门人肯定多,路上要注意,对了,到那边有什么拿不定主意的,就打电话来问妈,知道吗?"

"嗯。"除了答应,没有别的回答。

挂了电话,姜醒坐下想了一会儿,几分钟后,她拿起手机拨通陈恕的电话。

原本只是一个谎言,但她现在想让它成真。或许是累积的愧疚到了难以逾越的点,又或许是已经意识到没有退路,姜醒开始切实地思考和行动,希望找到一条路,能使亲人安心,也能使这份感情得以存续。

Chapter 06　家人

电话打通了，听筒里传来熟悉的声音："姜姜？"

姜醒说："是我，陈恕，你还在加班吗？"

"对，我还在赶图。"陈恕顿了一下，说，"对不起，不能陪你……"

姜醒立刻说："没关系，我只是有件事想问你。"

"什么事？"

"你中秋放假吗？"

"嗯，和国庆连在一起应该有四五天。"

"那你有安排吗？"

陈恕愣了一下，说："假期安排？"

姜醒："对。"

陈恕说："还没有想过，怎么了，你想出去玩吗？"

"不是。"姜醒说，"我想去你家。"

陈恕一愣："老家？"

"对。"话说出口，竟有些紧张，"……你愿意带我去吗？"

听筒里很安静。

姜醒捏着抱枕一角，等了几秒，没有回应，她突然觉得太鲁莽了。也许他还没准备好，也许他想的和她不一样，这样贸然提出来，会带给他压力。

她想了想，说："陈恕，我只是在和你商量，如果你觉得不方便的话，那就算了，我……"

"姜姜，"陈恕突然打断她，"没有不方便，你想哪天走？"

"十月一号，行吗？"

陈恕没有犹豫地说："行。"

几句话就谈妥了，姜醒松了口气，感觉心里舒服了。一来，谎言销掉了；二来，陈恕愿意带她回家，这本身就令人高兴。

至于到他家会遇到怎样的问题，那是她必须面对的，现在担心也没有用。她想，不管怎样，都不会比她的父母更难说服。

姜醒本以为事情就这样定下了，哪料突然横生枝节。

中秋节那天，姜梦带着姜母来了南安，事先并没有通知姜醒。

接到电话时，姜醒正在跟陈恕吃晚饭，听说她们已经到了书吧，惊得一愣，差点碰落汤勺。

陈恕忙问："怎么了？"

姜醒稳了稳心神，没有瞒他，说："我妈和我姐过来了，我现在得回去。"

陈恕微怔了下，很快说："我送你回去。"

"不用，你不是还要加班吗，别耽误了。"

"没关系，晚上回去再做。"

姜醒没再拒绝。接到电话那一瞬，她的确有些心慌意乱，但很快缓过来了。

原本打算先见陈恕家人，给自己一点缓冲时间，现在觉得无所谓了。躲不过的事，早面对也好。

出租车行驶了半个钟头，在七月书吧门口停下。

下车后，姜醒问陈恕："你要进去吗？"

陈恕点点头。

姜醒看了他一会儿，微微一笑，牵起他的手："走吧。"

姜醒带陈恕进了店里，没想到不只姜母和姜梦在，林时也来了。他们正坐在那聊天，孙瑜在一旁陪着。

姜醒来不及多想，姜梦已经看到了她。

"姜姜！"

姜梦一开口，其他人都看过来，孙瑜原本正笑着说话，抬头看到陈恕和姜醒一道出现，面色一滞，惊得站了起来。孙瑜想过姜醒会把陈恕介绍给家里人，但没想到会这么快，竟然现在就把人带来了。

这么有勇气，一看就没过脑子想，这不是作死嘛。

孙瑜心急火燎，赶忙朝姜醒使眼色，想提醒她千万要悠着点，别跟当初一样实诚，又跟家里人杠上，一下子闹个天翻地覆的。

无奈姜醒顾不上看她，径自走过去，当着众人的面介绍了陈恕的身份。

姜母和姜梦对陈恕的第一印象还不错，觉得他面庞看起来虽然偏年轻了点，但长相周正，讲话也礼貌沉稳，挺踏实的样子，再加上姜醒看着也显小，两人这么一站，倒挺般配。

母女俩着实松了口气，有沈泊安那个前车之鉴在，她们一直很担心姜醒的眼光，生怕她又找个离谱的人。那天姜母挂了电话，把事情跟姜梦说了，母女两个一合计，觉得保险起见，还是暂时先瞒着姜父，赶在姜醒去男方家之前过来看一眼。

不管怎么说，看过这第一眼，她们稍稍放了心，寻思着接下来几天再仔细考察一番，以免姜醒识人不清，以后又要吃亏。

孙瑜看这场面，跟着松了口气。看来姜醒学聪明了，不该说的还知道先瞒着。

在场几人心思各异，林时则在一边不动声色地打量陈恕。

等她们又说了几句话，他走近一步，恰当地提醒姜醒："姜姜，阿姨和小梦姐还没吃晚饭，不如先去吃饭吧。"

姜醒意识到自己的疏忽，立刻说："妈，先吃饭吧。"

这时林时说："我已经订好了位子，现在过去不晚。"

姜醒没想到他已经安排好了，当着家里人的面也不好拒绝，只能说好。

林时又同姜母说："阿姨，那家是粤菜，很不错的。"

"好好好。"姜母心情不错，连连应声，都听他的安排。

孙瑜问起餐厅的名字，林时一讲，她便知道是哪家，也说那家不错，很好吃。

陈恕插不上话，默默站在一旁。

到了门外，林时对姜醒说："我去取车，你看怎么安排好，阿姨是坐我的车还是……"

姜梦插话道："这样吧，小时，我跟阿瑜坐你的车，妈和姜姜坐小陈的车。"

陈恕怔了一下，正要开口，姜醒已经抢先说："姐，陈恕他没有……"话说一半，孙瑜突兀地开口打断了她："哎，没开车来也不要紧，我载你们好了。"

说完也不给姜醒机会，掏出钥匙丢给她："姜姜，快去取车。"

姜醒没辙，接过钥匙，临走前看了一眼陈恕，光线不好，没看清他的表情。

林时和姜醒一道去取车。

路上，姜醒同他道了声谢。林时边走边说："没关系，我分内事。"

姜醒瞥他一眼，林时笑了笑："别误会，我不否认对你有企图，但不至于在这事上图嘴上爽快，以我妈和阿姨的关系，我接待她们的确应该。"

姜醒没同他多说，开了车门坐进去，林时却走过来，一手扶住车门，弯腰看她："男朋友不错。"

姜醒抬眼，等他后半句。

林时唇角一扬，低声说："不过，我不觉得我会输给他。"

姜醒一言不发，伸手拉车门。林时灵活地往后一让，隔着车窗朝她笑。

姜醒开车走了。到了书吧门口，一行人分成两拨，姜母和姜梦上了林时的车。

那辆车一上路，孙瑜就过去瞪了姜醒一眼，也不叫陈恕上车，直接拉开副驾车门坐了进去。

姜醒打开车门，叫陈恕坐后面。

路上，陈恕明显感觉到孙瑜不高兴，想了想，开口说："孙小姐，给你添麻烦了。"

孙瑜轻哼了一声，似笑非笑地说："我算发现了，你这个人话说得最好听。"

陈恕一僵。

姜醒皱了皱眉，制止孙瑜："你别这么讲话。"

"那我怎么讲话？"孙瑜本来就不赞同她的做法，这下更气了，"难道不是吗？他现在不是也就能讲讲话？其他的呢，一样都没有，还想学人家往丈母娘跟前凑，你再看林时，你这不是分分钟送上去让人碾压吗？你今天就不该带他来，要我说，你——"

"嗞——"一声，车子猛地停下。

姜醒开了车内灯。孙瑜一怔，转头看到姜醒的表情。

姜醒一句话也没说，只是看着她，但孙瑜觉得那道目光像刀子一样，锋利冰冷。

孙瑜愣了一愣，大约也觉得当着人家的面讲这种大实话多少显得刻薄了，便忍了忍，憋回了后面的话，讪讪地说了句："我又没说错，真要见，现在这个时机也不适合呀……"

车子停了一会儿，姜醒一直没说话。

陈恕比她还要沉默，他僵着身体坐在后座，微低着头，姜醒从车内镜里望了一眼，什么也没看出来。

到了餐厅，落座后开始点菜，林时坐在姜母旁边，跟她介绍哪些是招牌菜，哪些好评最多，孙瑜看着这一幕，瞥了一眼陈恕，心里叹了口气。

好在吃饭时气氛不错，姜母待陈恕也不算冷淡，偶尔问他几句，陈恕都仔细回答，语气恭敬认真。

姜醒中途去洗手间，孙瑜跟她一道去，见她脸色还没缓，便好声好气喊她："姜姜，跟我生气呢？"

"没有。"姜醒低头洗手。

孙瑜叹了一声，说："还说没有，看也不看我，你怪我说话狠，伤着你心上人了。"

姜醒转过头说："本来是有点气，不过想想也没什么。"

孙瑜诧异。

姜醒说："你不讲那些话，大概也会有人讲，我堵不住别人的嘴，也捂不了他的耳朵。"顿了顿，她轻轻一笑，"这些都躲不过的。不过你放心，我这回会好好跟我妈讲，还有我爸，我慢慢说服他们，不会胡来。"

孙瑜半信半疑地看着她："你认真的？"

姜醒"嗯"了一声。

孙瑜低头想了一会儿，摇摇头，说："我看有些事你还是先瞒着，能拖就拖会儿，要是能等他条件好点再说，难度肯定也要小一些，你现在把他晾出来，实在没什么竞争力，你还是太急了。"

姜醒无奈地笑笑："我不急，急的是我妈，我也想不到她们突然来了，迟早的事，没办法。"

孙瑜沉默了一会儿，在姜醒转身走时说了一句："在车上我说的那些话虽然难听，但也是事实，我也看出来他对你认真，或许他也会为你努力，但这年头，怎么说呢，认真、努力这些东西……"

……顶个啥用啊，没人稀罕。

孙瑜没把这残忍的话说出口，但她听到姜醒回答："我知道。"

我知道，他有多认真，多努力，你们都不在意。

他有多好，你们也不知道。

没关系，我在意，我知道。

包厢里，姜母正同陈恕讲话，问到他工作情况，得知他在这个事务所已经待了三年，但六月刚转正，便很奇怪，一问，得知他才毕业不久，更是震惊。

姜醒和孙瑜到了门口，正要推门进去，就听里头传来姜母惊异的声音："……六月才毕业的？那你多大了？"

姜醒伸出去的手一僵，落在门把上。

里头静了一下，接着听到陈恕的声音："阿姨，我就快二十五岁了。"

门外，孙瑜扶额：坏了。这人坦诚得有点傻了，不会撒谎，好歹也四舍五入一下吧，还"就快"？

"就快"有什么用啊，再快也比人家闺女小了四五岁啊。

孙瑜正想着，姜醒突然开了门，像什么都没有听见似的走进去坐下。

一屋人都看着她，面色各异，姜母和姜梦神色震惊，陈恕有些紧张，只有林时面不改色，平静地望着她。

姜母毕竟年纪在这，又看到大女儿姜梦朝她使了个眼色，心里波涛再大，现在也不可能当堂发难。再说，还有林时和孙瑜在呢。她硬生生压住情绪，勉强缓和了脸色，"哦"了一声，说："那很年轻啊。"

这一句讲完，就没有别的话了。这时孙瑜也坐下了，劝大家吃菜，试图缓和气氛。到八点半，一顿饭总算吃完了。

Chapter 06　家人

临收尾时，林时赶在姜醒之前出去结账。

前台收银员问："刷卡还是现金？"

林时正要拿皮夹，陈恕突然过来了。

"林先生，我来。"他说了一声，便将卡递给收银员。

林时看了他一眼，突然笑了一声，说："行，你来。"他笑得很随意，是那种不放在眼里的随意。

账结完，陈恕接过小票。林时已经转身往包厢走了。

出了餐厅，姜梦说要去酒店，林时便打算送她们去，这时姜母说："姜姜也跟我们一道去。"

林时说："行，刚好坐三个人。"说着为她们打开了车门。

姜母和孙瑜道别，转身进了后座，像没听见那声"阿姨慢走"，倒是姜梦回过身跟陈恕说了声"再见"。

她们都上了车后，林时打开副驾的门，喊："姜姜，走吧。"

姜醒走到陈恕跟前，握一下他的手，笑了笑："你先回去吧，晚上别熬太晚，我再找你。"

陈恕看着她，头点了一下。

车开走了，陈恕还站在原地。

一旁的孙瑜摇头叹气，走过来说："人都走了，你还看什么？"

陈恕没说话。

孙瑜看他这样，没好气地说："真是不好说你，说什么大实话？你不知道姜姜多大了？你都没到二十五岁，工作又刚转正，人家一听就觉得不靠谱了，更不要说等姜父母知道你没房没车会怎么想了，姜姜压力比天大，你还傻成这样，撒个谎不会啊？"

陈恕的脸色有些差，最近连日的加班已经让他的身体有些疲惫了，但他依旧站得笔直。

"我不想骗人。"他说，"她是姜姜的母亲，我更不想骗她。"

他说话永远是那样的语气，分明是普通的话，但他说出口，总让人觉得那是难以撼动的信念。

孙瑜突然不知道说什么。她又想起姜醒的话，心里竟有点发酸。

这两个人，都有点傻。

孙瑜想着想着，好像忘了自己的立场，竟试着帮他出起主意来："我多问一句，你别觉得我多事啊。"她对陈恕说，"你家里怎么样，父母能帮得上忙吗？要是能帮衬一点，让你能快点在这边定下来，哪怕是有个房子也好，姜姜那边也好跟她父母争取，你看呢？"

孙瑜期待陈恕的回答是肯定的，但等了很久，只看到陈恕摇了摇头。

"真帮不上吗？"她有点失望，又问了一遍，"一点也帮不上吗？"

陈恕低下了头，双手微微攥着："我没有父母。"

孙瑜一愣。

陈恕说："我要回家了，孙小姐。"

他沿着街道往前走，走了一段，站在路边，有辆空出租车经过他身边停了一下，司机摇下窗问他走不走，他上了车。

陈恕坐出租车回家了。其实也不能说是家。在这个地方，他没有家。严格说来，在别的地方也没有，要带姜醒回去的江西老家，也不能算是家了。那里，没有什么人在等他。一个也没有。

然而，此刻有一个人在陈恕租住的小区等着他。

陈恕的身影一出现，陈立冬就从小花坛边倏地站起来，冷不丁地出现在他面前。

"臭小子，你还晓得回来，我都要饿扁了！"

陈恕在想事情，有点失神，过了两秒才反应过来，不自觉地皱了眉头："你在这干什么？"

陈立冬"嘿"了一声："怎么说话呢？叔来看你，你就这态度？"

陈恕不想同他多说，抬步就走。

陈立冬不依不饶地跟过来，一路絮叨个不停，一直跟到楼上。

陈恕开了门，陈立冬也要跟进去，陈恕将他一推："你到底要干什么？这个月我已经打过账了！"

陈立冬一愣，不懂他怎么凶成这样，奇怪地说："你小子这是吃炮子儿了？怎么着，跟你女人吵架了？"

Chapter 06 家人

陈恕不回答,脸色很难看。

陈立冬肚子叫了一声,饿得实在难受了,只好暂时装模作样服软:"小树啊,叔真的快饿破肚皮了,不是这样真不会来找你,要不先吃饭再说?我保证,填饱肚子就走,绝不赖在这,行了吧?"

陈恕一言不发,拿出一张纸币给他,陈立冬伸手接过,陈恕进了屋,砰地关上了门。

陈立冬一震,猛踢了下门板:"喂!臭小子!"

里头没有动静,陈立冬愤愤地呸了一声,啐骂道:"一百块就想打发我,当我要饭的呢!我迟早逮着机会好好拾掇你一顿!"

陈立冬赶着吃饭,骂骂咧咧地走了,到楼下接到一个电话,烦躁无比地吼:"找我干吗?要不是你,我会输光?现在好了,场子被砸了,我要睡桥洞了,滚蛋!"

门外安静了,楼道里也安静。

屋里,陈恕抬手按了按眉心,双肩放松地在椅子上靠了一会儿。他没有进房间,也没有开客厅的电扇,天气闷热,他身上、脸上的汗慢慢流了出来。但他一直坐着,甚至没有抬手擦掉汗水。

很久之后,手机响了。陈恕仿佛被惊了一下,身体微微一颤,从口袋里摸出手机。

电话是秦淼打来的。

陈恕接通了,秦淼急急火火地问:"陈恕,那个图你赶完了吗?我跟你说,现在糟糕了,我这边出了点问题,明天根本就不可能交差,你能不能帮我做一下,我这个月奖金全归你,好不好?"

陈恕集中了一下精神,说:"我不要你的奖金,你发过来吧。"

秦淼松了一口气,愁苦的心情立刻一扫而空,高兴地道:"就知道你够朋友,全靠你救命了啊,这次算我欠你的,改天帮你干活!"

这个电话让陈恕的思绪回到了正途,他意识到不能再这么坐下去,也不该有任何一丝沮丧的情绪。

他还有很多事要做。只有多做事,才能更快地清掉那笔债,然后他就可以攒钱了。

陈恕去浴室冲了冷水澡，洗完之后他就精神了，开始赶图。今天的工作不少，赶完自己那份，还要帮秦森。

卧室的灯亮到深夜。等所有事做完，已经深夜两点多了。

陈恕洗了把脸，拿手机定闹钟，看到一条未读短信。是姜醒发来的，时间是22：45，很短的两句话：睡了吗？没睡的话看到这个记得早点睡，明天我给你打电话。

陈恕看完短信，心里一暖。他想着姜醒说这句话的样子，又想起今天分别前她的笑，她还握了他的手，虽然很短暂，但他满足了。

陈恕将手机放下，关灯睡了。

第二天清早，不到六点半，姜醒就睁开了眼，记起自己是在酒店里。她摸到床头柜上的手机，看了一下，有一条短信，是陈恕今早回过来的：好，我等你电话。后面打了括号，是一句解释：昨晚睡了。

姜醒看了一下时间，是半个小时前发来的。他现在应该在煮面，或者在小区外面的饺子馆吃早餐。再过一会儿，他就要去上班了。

姜醒默默看了一会儿，把手机放下，闭着眼。她想起了昨天，心里有些闷。

昨晚，姜母说了很多话，有一大部分她都记不清原话了，但有一句到现在都很清晰——"姜姜，别再伤我们的心了，妈受不住，你爸也受不住了。"

姜醒的心紧紧地揪了起来。她有点迷茫，不知道该怎么做。但有一点是明确的，她不可能因为这些就放弃陈恕。

这一整天，姜母的脸色都不好，也不愿意同姜醒说话，虽然有姜梦在中间帮忙打圆场，但气氛还是很沉闷。

下午林时来了。姜母的情绪总算好了一点，傍晚吃过饭，林时问她们要不要去附近广场走走。姜梦也觉得去散散步挺好。

一路上，林时陪姜母聊天，话题不断。姜梦感觉到母亲的心情好了很多，不由松了口气，到姜醒身边拍拍她肩膀，安慰道："妈就是一时气急了，话说得不好听，你别真放在心上。"

姜醒抬头看了看前方的背影，说："我知道。"

姐妹俩并排走着，姜梦想了想，又问："真的很喜欢那个人？"

姜醒"嗯"了一声。

姜梦说："看起来是不错，但没想到会比你小了好几岁，妈说的都是实话，确实不大合适。"

"可我觉得很合适。"姜醒说，"跟他在一起，我很舒服。"

"我知道。"姜梦说，"放心，反对你的人已经够多了，我就不站队了，我中立，行了吧。"

姜醒笑了笑："你不能中立。"

"怎么？"

"姐，你得帮我。"

姜梦诧异地挑了挑眉，有点不相信地说："真是奇了，姜姜，没记错的话，做姐妹这么多年，你还从没主动求我帮过忙。"

"是啊，现在求了，你答应吗？"

姜梦摇头失笑："我怎么帮啊？"

姜醒说："帮我多讲讲好话吧，我真不想看他们气坏身体。"

"可你总做惹他们生气的事儿。"

姜醒无奈："姐，要是换姐夫在陈恕的位置上，你就能明白我了，有些时候，心不由己。"

姜梦却不认同这假设，说："你姐夫要真换在这位置上，我估计都不会去接触他，更别提喜不喜欢了，哪来的心不由己？"

姜醒一愣。

姜梦说："姜姜，咱俩从小就不一样。有些事我知道爸妈肯定不会赞同，那么我一开始就不会去做，但你呢，你不考虑这些，先做了再说，最后一发不可收拾，直到把自己逼到了绝境，左右为难，不是伤人，就是伤己，我看着都疼……"顿了顿，她笑，"但我有时又羡慕你，羡慕你敢这样活。"

最终，姜梦说了一句："你自己把握吧，爸妈那边，我看着说话。"

回到酒店，时间还早，姜醒给陈恕拨了个电话，响了一声，他就接了。

"陈恕。"

"姜姜,我在。"他的声音有点急。

姜醒心头一热:"你在哪呢?"

"刚出公司。"

姜醒"哦"了一声,听见他说:"我来找你好吗?"

姜醒轻轻一笑:"别来找我了,你往家走,我也过去,在小区门口见。"

"好。"隔着话筒都能听出他的高兴。

姜醒没耽搁,给隔壁房间的姜梦发了条短信就出去了。四十分钟后到了陈恕住的小区。

车一停,隔着车窗就看见保安亭旁站着个人。

看到他的那一眼,她的心跳陡然加快了,也许是激动,也许是兴奋,也许是别的什么。她不想去追究,很快下了车,几乎是跑着过去的。

陈恕也看见了她,快步走来。

两人的距离急剧缩短,终于到了彼此眼前。

陈恕紧紧地抱住了姜醒。

几秒后,姜醒从他怀里挣出来,捧住他的脸,对着嘴唇亲上去。陈恕没有躲避,扣紧她的腰。

门口路灯坏了一盏,剩下的那一盏孤独地照着,光线却不算暗,将紧拥的两个身影照得清清楚楚。

好在这个时间点没什么人进出,小区保安也趴在亭子里打瞌睡,没有人打扰他们的亲吻。

气息交缠时,两人都生出一种感觉——恨不能令这一刻永久停下,再也没有下一秒。

Chapter 07
险祸

不远处的行道树下,三个人鬼鬼祟祟蹲着,看了许久。

其中一个舔了舔口水,嗓子都哑了:"冬哥,这啥情况?你这大侄子厉害啊!"

另一个横他一肘子,恶声说:"别忘了咱来干啥的!冬哥,现在上怎么样?连女的一起揍?"

不远处,拥吻的人终于分开了,而树底偷窥的三人仍没有现身。

其中急躁的胖子已经按捺不住,撺掇道:"冬哥,还要等到什么时候?再不去揍,人就要走了!"

陈立冬撸了撸袖子,刚想喊一声"上",却被旁边的瘦子拉住。

"冬哥,别急别急,再看一会儿!"

陈立冬一巴掌拍他头顶:"看什么看,瞧你这馋相,没见过人泡妞啊!"

"不是不是,"瘦子拽住陈立冬,压低声音说,"冬哥你想哪去了,我想到个好主意,保准比你现在揍人有用,说不准能把你大侄子的账一股脑儿全收回来!"

陈立冬不信,鄙夷道:"就你那脑,能想主意?"

"冬哥冬哥,你先听我说,说完了你再骂我!"瘦子硬凑到陈立冬耳边把主意说了。

陈立冬听完一愣,摸着下巴想了一会儿,啧啧两声:"真有你的!"

Chapter 07 险祸

胖子看这情形，蒙了："咋回事，冬哥，这架还打不打？"

陈立冬胳膊肘一杵："就知道打架，走走走，收工喝酒去！"

说是喝酒，其实是在酒桌上商量大计。

陈立冬闯荡江湖多年，脑子不算好，但也不傻，瘦子的主意听起来是挺好，但万一闹大，后果不得了，偶尔进去"喝茶"他不在乎，但他可不想天天吃牢饭，所以这事得好好安排。

酒过三巡，陈立冬满脸黑红，情绪高涨，又听瘦子打包票道："这事儿我帮人干过好几回，特别有效，每回都能把债要回来，关键是冬哥你那大侄子没爹没娘，没法从别的地方下手，就晚上那情形，我看他挺在乎那女的，这法子保准有用！"

这时，胖子却不以为然："你哪只眼睛看出他在乎的，路边拉个姑娘给你亲，我保准你也亲得欲火焚身！"

"你别打岔！"瘦子又说，"真没用，到时咱再把人放了嘛，又不是真绑架，就吓唬吓唬他，不闹大，反正又没损失，碰碰运气，万一人家是个情种，保准被咱牵着鼻子跑，还怕他不筹钱还给冬哥？说不准连银行都敢抢来还你债！"

瘦子说到这里，陈立冬一拍桌子："好，就这么干！小兔崽子总装穷，我倒要看看他是真没钱还是装没钱，这回能把账收回来就放他一马，收不回就给他来顿狠的，他当我吃素！"

瘦子连连应和，胖子一看陈立冬都拍板了，也赶紧表示决心："都听冬哥的！"

接下来讨论的是具体的计划。

陈立冬再次听从了瘦子的建议，说："就这么办，赶紧把小五跟泥鳅叫上，这几天先盯盯看，摸清情况，找着机会就把人给弄过来！"

胖子："怎么弄？用迷药？"

"哪有钱搞那东西？"

陈立冬抬手做了个动作，胖子心领神会。

回到屋里，姜醒洗完澡，陈恕还在处理没有做完的工作。

姜醒走到桌边看了看电脑屏幕，陈恕侧过头说："就快做完了，你先休息一会儿。"

姜醒说："不急。"

她不再打扰他，独自去床上躺下。

从这个角度，微微侧头，看到的便是陈恕的背影。他坐在书桌前，肩膀宽阔，脊背挺直，这个背影看起来已经像成熟男人，坚定可靠。但姜醒知道，他还不满二十五岁。

大约过了一刻钟，陈恕做完事，出去洗了澡，回到房间里擦头发。

姜醒看着他的身体。她的目光太直接，陈恕一抬头，就与她的视线对上了。

她躺在床上，静静地看他。陈恕在她眼里看到了温柔。

陈恕走过去，姜醒一只手抬起，递到他面前，陈恕将她握住："我有话和你说。"

"说什么？"她淡淡笑，不等他说话，低头堵住他的嘴。

不知过了多久，一切才结束。

两人静静躺了片刻，谁也没有打破这份寂静。

过了一会儿，房间里响起了铃声，陈恕一伸手，刚好够到床头柜上的手机。他递给姜醒。

"是我姐。"姜醒看了一眼，说，"她问我回不回去。"

陈恕说："那你回去吗？"

"你说呢？"

陈恕看着她："你想回去的话，我送你。"

姜醒没应声，与他对视了两秒，问："你不是有话跟我说吗？"

陈恕一顿。

姜醒笑笑："这就忘了？"

"没忘。"陈恕沉默了一下，姜醒笑容收起，轻轻问："你不会是想跟我说……分手吧？"

陈恕愕然愣住，接着猛摇头，紧紧捉住她的手："不是！"

姜醒一笑："我就知道不是。"

陈恕紧绷的身体松了松，定定看着她："姜姜。"

"嗯？"

静了几秒。

"我不会让你等很久的。"

"我不急。"

"……我说真的。"

"我也说真的。"

姜母和姜梦在南安待了几日，姜醒没有再提陈恕，她知道母亲还在气头上，这时候听不进去她的话，也不会愿意再看到陈恕，她只能先拖着，避而不谈。

到了国庆节前一天，姜母准备回去了，便把姜醒叫过去，提出让她一道回家。

姜醒没想到她会有这个要求，愣了愣，本想说已经讲定了国庆要去江西，但想到这事一提必然又要引起矛盾，只好说："我过阵子再回去。"

姜母一口否决："谁晓得过阵子是什么时候，你反正也没有事做，一道走。"

"妈……"

"又不在工作，有家不回是要干什么？"

"我国庆有安排了。"

姜母脸色顿时更难看："有什么安排？你还真要跟人回家？"

姜醒皱眉："已经说好了，他连票都订了。"

"多大的事，退了就是了。"

姜醒忍着气："妈，你别这样。"

"我怎么样了？我想自己的孩子回家过节都不行了？养你这么大，你年年在外跑，我不指望你天天在身边，现在连个节假日都不能顺顺妈的心意？"

"我……"

"好了，姜姜，这次就别去了，先回家吧。"姜梦插话道。

姜醒默了一会儿，说："那明天走，我今天得去跟他说一声。"

姜母一听她还要去找陈恕，很不高兴："电话里不能讲，还非要去一趟？"

姜醒抿着嘴不作声，姜梦忙着打圆场："妈，就明天走吧，又不急这一会儿。"一边说一边使眼色，姜母忍了忍，总算不再说了。

傍晚，姜醒跟姜梦说了一声，就去找陈恕了。到了拾宜路，还没到陈恕下班的时间，她在附近逛了逛。

赶上中秋国庆，商场里正好做活动，新上架的秋装都在打折，姜醒看了两家男装店，给陈恕挑了一件开衫、两件休闲外套。

一看时间差不多了，便往外走，走到外面，才发现出错了门。后面道路维修，全被高高的障碍物遮挡了，绕不到她要去的那条路。

正准备回头，后头突然冲过来两个人，一左一右抱住她胳膊。姜醒来不及反应，后颈挨了一下。

最先发现姜醒出事的，是姜梦。

姜醒晚上没回来，姜梦没在意，她知道姜醒去见陈恕，很可能在那过夜，便等到临睡前给姜醒发了信息，通知她出发的时间。

第二天早上，没看到回信，等到七点，也不见姜醒回酒店。

姜梦这才觉得要催一下，便打了个电话，但响了好多声，那头都没有人接。

其实姜醒早就醒来了，但她手脚都被绑着，嘴被贴了宽胶带，动不了，更不可能接电话。而且，她也不清楚现在身在何处。

对面的破沙发上睡着一个胖子，还有另外两个人在隔壁房间里呼呼大睡，鼾声震天，隔着一堵墙都能听见。

姜醒在水泥地上躺了一夜，现在浑身发酸，后颈疼痛也未消，昨天晚上温度低，她冷得发抖，神经一直紧绷，总算熬到了早晨，此刻已经很疲惫，而且感觉头昏昏沉沉，有些难受。

音乐声响起时，她猛地惊了一下，听出是她的手机铃声。

Chapter 07 险祸

昨晚那个冬哥收走了她的手机,后来临睡前又交给了胖子。现在手机就在胖子裤兜里响着,姜醒看到屏幕亮了起来。

铃声响了好久,她知道有人打电话来了,猜测应该不会是陈恕,他并不知晓她昨天去找他,没有急事的话,他不会在清早打电话扰她睡眠。

这样一想,就只可能是姜梦。

铃声停了,接着又响,胖子终于被吵醒,翻了个身,庞大的身体从沙发上滚落,"砰"的一声,栽到水泥地上。人顿时摔醒了。

姜醒听到他骂了一句脏话,再一看,胖子已经捂着后脑勺坐起来,手伸进裤兜掏出手机。

屏幕亮光一入眼,胖子顿时清醒了,意识到这是谁的手机,他手忙脚乱爬起来跑进房间。

姜醒听到他的声音——"冬哥冬哥,醒醒,醒醒!"

房间里鼾声停了,胖子急火火地说:"这妞有电话来了,咋办?"

陈立冬睡得脑子不清醒,一脚踢他腿上:"吵啥吵啥,谁电话?"

"那妞的……"

"我问谁打的!是不是那小子?"陈立冬又来一脚。

胖子忙应:"好像是她姐!"

陈立冬不耐烦了:"挂掉挂掉,你傻不傻,出去出去!"

"好好好!"胖子佝着头往外走。

陈立冬还在骂着,这时瘦子也醒了,跟着骂胖子傻,胖子急着挂掉电话,谁料越急越出事,手倏地一滑。

胖子慌得一怔,陈立冬和瘦子还在骂着:"快点快点,出去看着人,挂个电话磨蹭什么!"

胖子回过神,抖着手指点了一下。

电话挂断了,胖子大喊:"冬哥,这下糟了!"

姜醒听到里头又骂起来,没过一会儿,见那个冬哥和瘦子一路把胖子踢出来。

胖子捂着屁股问:"冬哥,现在咋办,他们会不会报警啊,要不咱现在把人放了……"

"放你个头！"陈立冬暴躁不已，"合着老子兜一圈白搞了一顿！"吼完对瘦子说，"什么馊主意？非要吊吊那臭小子，早晓得出岔子，我昨晚就找他要钱了！"

瘦子辩解："我就是想先让他着急着急，到时候更好要钱嘛！"

陈立冬懒得听，只说："少说废话，赶紧的，把人带上！"

姜醒刚听了个迷迷糊糊，就被带走了。

她被塞进一辆破旧的面包车里，头上布袋被拿掉，她猛吸了几口气，但鼻子通气不畅，喉咙发痒，想咳嗽，嘴巴却被贴着，憋得脸发红。

缓了一会儿，仔细看看车里，一共四个男人，胖子和瘦子一左一右制着她，那个发号施令的冬哥坐在前面副驾，开车的是个没见过的光头，冬哥喊他"泥鳅"。

她的手机现在被冬哥拿在手上，一连来了几个电话都被他挂掉了，他不知拨了谁的号码，电话占线，没有接通，他暴躁地骂骂咧咧，张口闭口都是"臭小子""兔崽子"。

姜醒把那些话都听进去了，隐约猜到什么，还要细想，喉咙里又痒起来，她咳不出来，难受得不行，忍不住挣扎，手肘撞向右边的胖子。

这一下用了大半力气，但胖子实在太胖，纹丝不动，倒是瘦子被惊动了，看了看她，"嘿哟"一声："这咋的了，小脸儿红的……"

姜醒手脚一齐挣扎，喉咙发出闷咳声，瘦子发现不对了，喊陈立冬。

陈立冬一看，不耐烦道："还贴着嘴干吗，撕开撕开！"

胶带被撕掉，姜醒猛咳了一阵。

瘦子看她咳得心肺都要蹦出来似的，有点不忍心："这没事吧？可别背过气去。"

胖子愤愤地白了瘦子一眼："就你会怜香惜玉！也不看看状况！"

瘦子反驳："本来就跟人家姑娘没关系，咱把人弄来用一把，要给人弄出啥事儿来，局子你去坐！"

胖子一噎，讪讪地不说话了。

瘦子还想再骂几句，被陈立冬一声吼："吵什么吵？我正经要债，坐啥局子！"吼完又拨了遍电话，还是占线，气得恨恨咬牙，"跟谁瞎嗑，半天还不挂，臭小子是不管这妞死活了吧！"

这几句对话让姜醒的心一起一伏，她确定了他们并没有加害她的意思，但听到的其他信息却让她震惊。

她咳得嗓子发哑，气息还未稳，立刻问："你们绑我要债？要谁的债？"

话刚问完，乍响的手机铃声打断了一切。

陈立冬一看来电，两眼冒光，激动了："终于来了！"

立刻接通电话，听到那头传来焦急的声音："姜姜，你在哪？"

陈立冬嘿嘿一笑，懒洋洋喊一声："小树啊！女朋友真靓！"

姜醒心一凛，怔怔然地听到他的语气突然变了："别说狠话，管你是偷是抢，我给你发地址，一个小时后你带钱来，你小子敢报警，敢耍花样，到时人没了可别哭，叔现在走投无路，局子也没少进过，什么都干得出来，没兴致跟你开玩笑，赶紧去筹钱！"

陈立冬不管那边说什么，干脆地挂掉了电话，发了短信过去，接着就关机了。

他心情大好地扭头对惊怔的姜醒说："小妹儿，别紧张，我不是坏蛋，杀人放火的事儿不干，只怪你眼神不好，找上那臭小子。不过你放心，我是他叔，说到底你也算小树他媳妇儿，将来进了咱老陈家的门，按道理还得喊我一声叔，今天别管拿不拿得到这钱，小树一来我就放你走，账我跟他算，我陈立冬最懂江湖道理，绝不对你们女人动手，你乖乖待着别坏事就行！"

姜醒已经回过了神，费了几分钟消化这些信息，平静下来，问陈立冬："他欠你多少钱？"

"没多少，也就十几万了。"陈立冬说，"他随便借借就有了，非要拖着！"

姜醒顿了一下,又问:"他为什么欠你钱?"

陈立冬哼笑了一声,说:"他傻呗,这事你问他去!"

车开到城中村一处拆迁地,姜醒被带进一间破房子,房顶拆掉了,只剩几堵墙。

陈立冬和瘦子出去了,剩下胖子看门。

过了很久,他们回来了,一人拿着一根钢棍,坐在门外抽烟,讨论着待会儿怎么做。

姜醒隐约听到他们说"别打死"什么的。她皱紧了眉,喊陈立冬:"喂,你过来,我有话说!"

陈立冬坐着没动,回头看了一眼,有点不高兴:"别吵吵。"

话音一落,光头男奔过来:"冬哥,人来了!"

姜醒一急,拼命想挣开绳子,可根本没用。

她一看陈立冬三人已经捏着钢棍出去了,急得大喊:"别动手,我还你钱,你们别动他!"

三个人已经出去了。

姜醒看不到外面的情形,也听不清动静,她喊了一声:"陈恕!"

没有人应。

过了一会儿,胖子突然跑进来,把她抓起来:"走!"

姜醒被拖到门口。她看到了陈恕。

他站在废弃的小广场上,大声喊:"姜姜!"

他往这边跑来,半途被陈立冬挡住。

胖子不知什么时候弄了把水果刀,抵在姜醒脖子上。他第一回做这事儿,手直抖,刀子也跟着晃。

陈恕眼睛通红,把怀里的黑袋子砸给陈立冬,大吼:"叫他放开!"

陈立冬把袋子接住,打开看了一眼,笑起来:"还是女人管用。"转身对胖子挥手,"快,给小妹儿松绑,带她走。"

胖子割断了绳子,拽着姜醒朝面包车走。

陈立冬一个眼神,瘦子和光头凑上来,一人一根棍子,围住陈恕。

陈立冬再一个眼神，瘦子一棍砸上陈恕后背。

姜醒瞳孔骤缩，那一棍仿佛敲在她心上。

"陈恕！"看到他跌倒，她全身血液一涌，挣开了胖子，朝他跑。

胖子一看人跑了，追上去要将她拖回来。姜醒不要命地推他，混乱之下，胖子手上的刀划到她手臂，血冒出来。

胖子傻了眼，慌忙扔掉刀，姜醒又要跑，胖子用力拽着她手腕，黏腻的血全沾到他手上，胖子看一眼那鲜红色，心一慌，手突然松掉，姜醒毫无防备，朝后栽倒，头磕上碎砖石。血沿着砖角淌出来。

一阵剧痛中，天旋地转，姜醒仿佛听见了警车的声音，也听见了陈恕的喊声。

她眼前一黑，失去了意识。

市二院。

姜梦从病房出来，关上门，一转身，看到林时来了。

"怎么样？做完笔录了？"姜梦问。

林时"嗯"了一声，从门上小窗口往里看了一眼，问："姜姜怎么样？"

姜梦说："血流了不少，有点发烧，我妈在照看着。"

林时："我进去看看。"

"别去了，你也跑了大半天，坐下歇会儿。"

两人在走廊长椅上坐下。

姜梦想了想，问："那个小陈呢？"

林时皱了皱眉："他还在警局。"

姜梦问："这种情况，他就算把那人打成重伤，也应该不用负责任吧？怎么还没完？"

"我录完就走了，不清楚这事怎么处理，但听说那个绑走姜姜的人是他堂叔，这里头好像有一笔乱七八糟的烂账，大概要问的内容太多。"

姜梦愣住："那个人……是他堂叔？"

林时点点头。

姜梦倒抽一口气，久久说不出话，把这事再一想，不由后怕："这什么人，对亲戚都狠成这样，主意打到姜姜头上了……"

林时脸色也沉重了："是啊，真不敢想，我们再晚点到，姜姜会怎么样。"

两人正说着，孙瑜拎着便当来了，一上前就急忙问："怎么样，她醒了没有？"

姜梦摇摇头："发烧了，还睡着。"

孙瑜脸一沉，把便当放下，也坐了下来。她不清楚具体情况，问了林时才得知跟陈恕有关，脸色顿时更沉了。

下午，姜醒迷迷糊糊醒了一瞬，没一会儿又睡过去，姜母坐在床边直抹泪，姜梦和孙瑜低声安慰。

门外突然传来林时带着怒气的声音。

姜梦走出去，看到了陈恕。他站在走廊里，一身狼狈，衬衣脏了，遍布血迹，脸上也挂彩严重，青青紫紫，额头破了皮，颧骨肿得厉害，嘴角也破了，眼睛里都是红血丝。

看得出，他的伤没处理过，应是刚从警局赶过来。

姜梦想起早晨看到的最后一幕——林时把姜醒抱走后，陈恕像疯了一样把那歹徒按到地上，不要命地打。虽然把那人打成了重伤，但看他现在这样子，自己大概也没有占到便宜。

姜梦看他一身伤，责备的话到了嘴边也说不出口了。她想了想，对陈恕说："姜姜发烧了，还没醒。"

陈恕垂着肩膀，唇色发白，站不稳似的颤了颤。

他眼睛更红了，声音喑哑："我能不能看看她？"

晚上，姜醒的烧终于退下去了，她从昏睡中醒来。

姜母很高兴，松了口气，眼泪却流了下来。姜醒看着她，张了张嘴："妈……"

姜母抹着眼角，哽着声："姜姜，你吓死妈了。"

姜醒头很疼，仍有些发晕，过了好一会儿才清醒点。昏迷前的记忆慢慢回到脑子里，她心里一怵，气息急促起来。

"妈，陈恕呢？"她皱着眉问，"陈恕怎么样？"

姜母面色一滞，按着她肩膀，道："别乱动，胳膊上好几道口子，别又弄流血了。"

姜醒很着急："妈，陈恕在哪……"

"你还问他干什么，也不看看自己弄成什么样了。"姜母很不满，但这时也不忍心对姜醒说狠话，只心疼地说，"流了那么多血，这脸都白成什么样了，别说话了，赶紧休息。"

姜醒哪有心思休息。恰好姜梦在这时进来了。

"姐！"姜醒喊了一声，姜梦快步走过来："姜姜醒了？"

"陈恕呢，陈恕怎么样？"姜醒涩哑的嗓音微微发颤。

"他没事。"姜梦坐到床边，握住她一只手，"你别担心。"

"他伤到了吗？"

"只是一点轻伤，没什么问题。"

高悬的心落了一大半，姜醒闭了闭眼，呼吸渐缓，姜梦问："你感觉怎么样？头很疼吧？"

姜醒说："还好。"顿了下，问，"陈恕不在这吗？"

"他在……"姜梦刚想开口，想起姜母还在这儿，只好改口，"他在这待了一会儿，我叫他回去了。"

姜醒没再问，视线往姜母那移了移，说："我没事了，你带妈回去休息吧。"

姜母一愣："那怎么行？"

姜醒说："我没什么事了。"

"怎么没事了，你……"

姜梦适时打断："好了，别争这个了，等会儿让阿瑜或是小时送妈回去都行，我留在这。"

正说着，孙瑜和林时拿着晚饭进来了。见姜醒已经醒过来，都松了一口气。

几个人就在病房里吃了晚饭，孙瑜熬了粥带来，姜醒没什么食欲，只喝了几口。

喝完粥没多久，她又晕晕乎乎睡过去了。

吃完饭，孙瑜送姜母走了，林时留到九点，也被姜梦劝回去了。

姜醒十点多醒来，没看到姜梦，倒发现手腕上插了管子，往旁边一看，还剩半瓶点滴挂在那。

她慢慢侧过头，看向床头柜，上面只有两只水杯，没有她想找的手机。

她想起手机被那个冬哥拿走了，也不知道现在在哪，想给陈恕打个电话都不行。

虽然姜梦说没事，但她还是想问问，她亲眼看他挨了几棍子，那个瘦子下手不轻，她看着都疼，不知陈恕究竟伤得怎样。

门外，陈恕独自坐在走廊的椅子上，他已经默默等了一天。

姜梦从楼下上来，发现他还没走。

看到姜梦，陈恕站了起来。姜梦走近了，说："你回去吧。"

见他不动，姜梦皱了皱眉："姜姜好多了，在睡着，你不用守在这。"

陈恕顿了一下，低声开口："我看看她，行吗？"

姜梦没应，听见陈恕又说了一句："……就一会儿，我很快就出来，不会吵醒她。"

姜梦看了他一眼，觉得他的样子比白天更糟糕了，脸上肿块都淤了血，颜色更深，看上去憔悴又落魄。从中午到现在，无论是谁开口，他都没离开过。

看得出来，他对姜醒的确很在意。

姜梦终究硬不下心，指了指门："你进去吧。"

陈恕立刻道了声谢，推门进去了。

他心里急得快疯掉，却在踏进病房的那一刻缓下脚步，极轻地走到床边。

病房里的灯没关，姜醒拿手臂盖着眼睛，正昏头昏脑地想陈恕的事，听见轻缓的脚步声，以为是姜梦回来了，她懒得动弹，瓮瓮地喊了一声"姐"，软着声说："帮我打个电话吧，我问问陈恕……"

话说完，没听见人声，又喊了声"姐"。

这时，插输液管的那只手突然一热。手掌被人握住了。

姜醒一震，手臂移开，看见了眼前的人，顿时瞠目。

陈恕沉默地看着她，一双眼红得厉害。他看到了她头上裹的纱布，也看到了她手臂上的伤。

最后，他埋下头，唇轻轻贴到她手背上。

"陈、陈恕……"姜醒舔舔嘴唇，喊他。

陈恕没有应，姜醒感觉到他滚热的呼吸落在她手背。

"陈恕。"姜醒又喊了一声。

陈恕应了声"嗯"。

"你抬头。"姜醒说，"你抬起头来。"

陈恕没动。

姜醒眼眶发胀："你怎么搞成这样了？你抬头，我看看……"

陈恕又"嗯"了一声，半响，抬头看向她，通红的眼睛有些许湿润。

"对不起。"他开口道歉。

姜醒愣了愣，盯着他青青紫紫的脸庞。

陈恕再一次说："对不起，姜姜。"

"你别说这个。"姜醒说，"你告诉我，还有哪里伤到了？背怎么样？"

陈恕攥紧了她的手指，摇头："没事，我没事。"

姜醒说："你去处理一下伤，现在去。"

"等一下。"

"等什么，你都快毁容了。"

陈恕心里分明难过极了，却被她这话弄得哭笑不得。

"毁就毁吧，没关系。"他摩挲着她的指头，只想待得再久一些。

姜醒却不依："这么好的脸，真毁了，我就不喜欢你了。"

"那就不喜欢我吧。"

话一出口,两人同时怔了一下。

陈恕抿着嘴唇,姜醒脸色苍白。

两道目光绞在一块,气氛僵滞。几秒后,姜醒扯着唇角笑了笑:"你说真的啊?"

陈恕默不作声。

姜醒看着他,慢慢地,笑容隐掉。她的脸更白了:"你说真的?"

陈恕直愣愣地看着她。半晌,他突然别开脸,睫毛颤了颤,两串泪珠滚下。但没等它们滚过面颊,他抬起手掌用力抹掉,仿佛它们从未出现过。

"你……"姜醒张了张嘴,声音发涩,"你干吗呢?"

陈恕竭力缓住情绪,沉着声说:"没干吗。"

姜醒不问了,任他握着手,过了一会儿,说:"还是去急诊处理一下伤吧,弄点药抹抹也好。"

陈恕顺从地点头:"嗯,等会儿去。"

姜醒松了口气,说:"你起来坐着吧,这样不难受吗?"

"我身上脏,就这样待会儿。"

姜醒看了看他的衣服,确实脏得可以。

"看完伤,你就回去吧,我没什么事,而且我姐晚上留在这。"她说。

陈恕"嗯"了一声。

姜醒看他这么听话,心情缓和不少,这才问起白天的事。

陈恕把后面的事情简单说了一下,最后说道:"没事了,他们还在警察局关着。"

姜醒皱了下眉,问:"那个人真是你叔吗?"

陈恕点点头:"嗯,是堂叔。"

姜醒迟疑了一下,继续问:"怎么会欠他钱?"

陈恕说:"以前借的。"

"是高利贷吗?"

陈恕顿了顿，应道："差不多。"

姜醒没再细问，猜测应该是他家里以前借的债，现在人家找他来还了。

思索了一瞬，她又问："今天带去的钱呢？"

"在警察局。"

"你哪来那么多？"

"跟同事借的。"

问到这，外面响起了敲门声。陈恕站起来，松开姜醒，转身看到姜梦走进来。

姜梦看了看他们，视线落在陈恕身上，说："不早了。"

陈恕点了下头，回身望向姜醒："姜姜，我走了。"

姜醒笑笑："你快去看伤。"

陈恕应了，弯腰捏了捏她的手指："你好好养伤。"

"嗯。"

陈恕深深看了她一眼，说："姜姜，再见。"

"嗯，再见。"

陈恕离开了病房，并没有去急诊室，他觉得他的伤没什么，而且现在他也没有心思。他没有立刻走，又在门外坐了一会儿。

姜梦走出来，看了看他，说："姜姜让你去看看伤，你还是去一趟急诊室吧。"

陈恕没有作声，像没有听见一样。

姜梦也不管他，又说："今天我妈讲的话不是假的，出了这样的事，我们对姜姜更不放心了，等她好一点，我们会带她回家，以我爸的脾气，如果知道这事，不可能再让她离家了。"

陈恕仍然低着头，姜梦心里叹息，但还是把该说的说完："我看你心里也清楚，你们两个是不可能了。姜姜性子轴，人又拗得厉害，无论我们说多少，她都不会听，只有你……"姜梦迟疑了一下，"你如果真在意她，就当……就当帮个忙吧。"

虽然姜梦尽力想表达得委婉，但这话里的意思其实已经很直白了。不管怎么说，都很伤人。

她叹了口气，等着陈恕的回答。

半晌，听到陈恕低声说："我不想帮什么忙，一点也不想。"他站了起来，蹙紧了眉，几乎是苦笑着说，"但你们说得都对，我有什么资格……"

姜梦不知说什么。他眼里的痛苦真真切切，很难忽视。

姜梦只好沉默着。陈恕也没有等她说话，他站了一会儿就离开了。

回到家已经过了零点。

陈恕到卫生间洗了把脸，在镜子里看到自己的样子，脸肿得厉害，又青又紫，的确难看极了，难怪她说毁容了。

……这么好的脸，真毁了，我就不喜欢你了……

这声音蹿进脑袋，陈恕怔了怔，接着俯下头，脸埋进盥洗池。

自来水兜头浇下，头发湿了，脸湿了，眼睛里也进了水，一路凉到心底。

他抬起头，再次看着镜子里的人，满脸的伤，满脸的水。他抹了把脸，扶着洗脸台站了很久。

这一夜，陈恕没怎么睡觉。他不知自己想了些什么，也不知天怎么就亮了。

他没有去上班，整个上午都躺在床上，他觉得没什么力气。

傍晚他去了一趟医院，但没有进病房，只从门口小窗往里看了一会儿。离开时，在医院门口碰到林时。

两人擦身而过，林时回头喊了一声，陈恕停下脚步。

"谈几句。"林时说。

见陈恕没动，他又讲："关于姜姜的事。"

说完，他率先走到住院部前面的大树下，看见陈恕在路边站了一会儿后也走了过来。

林时并不想跟他多话，直截了当地开口："其实你没有必要再来了。"

陈恕看了他一眼，没有接话。

"姜姜今天没发烧，她已经稳定了，过两天就会出院，这边有我和她的家人照看，不会有什么事。"林时把话说完，看了看住院部的大楼，说，"我想你也明白，阿姨不让你见姜姜，你这样白跑有什么意思，不如把精神放到别的地方，比如，想想怎么解决你那些麻烦的亲戚。我想昨天那样的事肯定不会是最后一次吧，这次是小堂叔，下次呢，可能是大表舅、二姨姐……这次是姜姜，下次，可不要再害了别人。"

"你说完了？"陈恕终于开口，他看着林时，目光罕见的阴沉。

林时笑了一声："别这么看我，我纯粹出于好意给你忠告，不属于你的东西，别浪费时间，及时止损才够明智。"

陈恕紧抿着唇，目光更加阴冷，他对林时说："你心里想什么，我知道。"

林时故作诧异地挑了挑眉："哦？说说看。"

陈恕说："她也不是你的。"

林时的脸色蓦地变了，眉眼瞬间冷凝。

陈恕盯着他，缓慢地又说了一遍："她不是你的。"

林时双目发红，猛地揪住陈恕的衣领："她是不是我的，还轮不到你来说。"

陈恕没有挣扎，平静地看着林时，又说了一句："她喜欢我。"

林时心口郁气氤氲，愤怒至极："她喜欢你又怎么样？你害她伤成这样，再敢靠近她试试？"

他又想起姜醒流血昏迷的情景，胸中火气攀升，理智灭顶，不等陈恕开口，一拳砸过去。

陈恕没躲，这一拳砸在左脸，他嘴里立时尝到腥甜。

林时又出一拳，陈恕偏头闪开，捏住林时手腕猛地一推，从钳制下挣脱。

林时趔趄了一下，站定身体："知道还手才有意思。"

陈恕说:"我不跟你打架。"

"懦夫。"林时冷笑,"我警告你,滚远点,别再招惹她。"

"这是我跟她的事,我不需要听你的话。"陈恕不再理他,转身走了。

林时去了病房。护士正在给姜醒换输液瓶。

林时走近病床,看到姜醒的手背还是肿的。

林时眉心紧蹙,护士出去后,他在床边坐下来:"头还很痛吗?"

"好多了。"姜醒说,"你吃过饭了吗?我姐带我妈去吃饭了,你要不要也去吃点?"

"我吃过了。"

"哦。"姜醒点了点头,顿了顿,说,"我姐说昨天多亏了你,谢谢。"

"为什么要道谢?"林时苦笑,"难道我知道你有事,赶过来救你不是应该的吗?阿姨和小梦姐都吓坏了,但她们也知道要找我,姜姜,我们什么时候需要这么客气了?"

"林时,我……"

"不愿意跟我在一起,连好朋友都算不上了?"

"不是。"姜醒说,"林时,我没有这个意思。"

"我们从小一起长大,你想什么,我也能猜到一点,你想同我保持距离,不想太亲近,想让我死心。"林时缓缓说,"如果那个人不是陈恕,我也许会放手,但姜姜……把你交给他,我根本不可能放心。"

"可是,这是我的事。"姜醒的语气有些生硬。

林时知道,她不喜欢听这些,但他还是要说:"昨天那样的事,你还想再经历?"

"那只是意外。"

"那不是意外。"林时严肃地看着她,"你选择跟那样的人在一起,会吃苦头,你不知道他家里什么情况,也不知道他还会给你惹多少麻烦,他欠了债,还有那样凶狠的亲戚,他甚至没有告诉你这些,连坦白都做不到,你还对他有什么期望?"

姜醒皱眉："你并不了解他。"

"那你呢？"林时低头笑了笑，"你确定你了解他？你确定他不会是第二个沈泊安？"

"够了，林时。"

"姜姜，我也不想提那个人，但是，你发现没有，你现在还是和以前一模一样，一样的盲目。"

姜醒沉默了片刻，轻声说："你不明白，他不一样。"

林时看着她，很想问有什么不一样？但他不再说了。他知道，她什么都听不进。

姜醒在医院住了三天，没有再发烧，除了还有些轻微的脑震荡症状，其他都有好转。她想出院，但姜母不让，只好又留了一天。

这期间，姜醒没有再见到陈恕。她已经觉察到不对，心静不下来。

之前警察做笔录时带来了她的手机，但摔坏了。等到第三天，姜醒求姜梦帮忙买了新的，晚上，她给陈恕打了个电话，响了好多声才接通。

"陈恕？"

"姜姜，我在。"

听到熟悉的声音，姜醒松了口气："你还好吗？伤怎么样了？"

电话那头静了一下，接着听见他说："我没事。"顿了顿，他问，"你呢，姜姜，你怎么样？"

"我好多了。"姜醒笑了笑，"你别担心，我明天要出院了。"

"……那就好。"

他说完这句话就沉默了，姜醒没听到声音，想了想，问道："明天，你来吗？"

电话里仍然寂静，姜醒心突突地跳，她捏紧了手机，再一次问："陈恕，你来不来？"

"……我可能来不了。"陈恕的声音在听筒里显得格外低沉。

姜醒顿了一下，说："不是说有几天假吗，你加班？"

陈恕"嗯"了一声。

姜醒不再说话了。但她也没有挂电话。两个人在电话两端静默了许久，分明觉得有千言万语，却又好像都说到了头。

姜醒觉得后脑勺又疼了起来，心里闷堵，有些想吐。

这是脑震荡恢复期的常见症状，但这一次似乎比之前要难受得多。

她胃里发酸，连着嗓子眼也酸。

这时，听到陈恕说："姜姜，你要休息了吧，我……"

"陈恕，"姜醒打断了他，"你是不是不想跟我说话？"

"……什么？"

"我很想你。"姜醒轻轻说。

那头沉默了。

"明天我来找你。"姜醒说，"你什么时候加完班？"

陈恕一愣，回过神后立刻道："不要乱跑，你的伤……"

姜醒说："我想见你。"停了下，声音抬高了，"陈恕，我真的想见你。"

陈恕讲不出话了。他站在桌边，一只手捏着椅背，这个电话持续到现在有几分钟了，椅背上的黄漆被他的手掌捂得滚烫。

半晌，他开了口，对她说："明天，我接你出院。"

挂上电话，陈恕抹了把脸，十月天，他竟一头汗。

他在椅子上坐了一会儿，终于意识到，他根本拒绝不了她。

第二天下午，姜醒的出院手续办好了。姜梦在病房收拾东西时，陈恕来了。

姜梦看到他，愣了愣："你……"

她本想说"你怎么又来了"，碍于姜醒就在洗手间，她只好硬生生憋了回去。

姜醒从洗手间出来，一眼看到陈恕，她目光一亮："你来了？"

陈恕走过来，仔细看了看她，点头："嗯。"

姜醒见他脸上瘀肿好了很多，放下了心。

因为姜梦在场,两人没有多说,东西收拾好之后就接到了孙瑜的电话,说已经到了。

三人下了楼,在大厅里看到孙瑜。

一看陈恕在,孙瑜的脸色不大好看,但她和姜梦一样,顾及姜醒,也忍住了。

陈恕将姜醒送到孙瑜的车上,他没有跟着坐进去,只说:"姜姜,我再找你。"

姜醒一愣,手伸出车外,牵住他:"你现在就走吗?"

"嗯,晚上我给你打电话。"

姜醒看了他一会儿,点了点头:"好。"

孙瑜直接将车开到酒店。姜母站在门口等着她们,到了酒店放好东西,几个人一道吃了午饭。姜母又说起回家的事,姜梦提议买后天的机票,接着问姜醒的意见。

姜醒默了一会儿,也同意了。

晚上九点,姜醒果然接到陈恕的电话。

两人说了几句,姜醒听到他那头的汽车喇叭声,问:"你还没有回家吗?"

陈恕"嗯"了一声。

姜醒问:"在路上?"

"不是。"他的声音顿了顿。

姜醒正要再问,却听到他说:"我在酒店门口,你……能不能来一下?"

姜醒怔了怔,转瞬回过神,倏地起身,从床上跳下来。

眼前一阵眩晕,她扶着床缓了缓,低头找鞋。

"你等我。"她一边穿鞋一边说。

陈恕叮嘱:"姜姜你慢一点……"

姜醒挂了电话,随手拿起床尾的风衣套上,飞快地跑出门。

电梯停在10层,她等不及,转身进了楼梯间,忍着头昏,一路跑下去,到了大堂,绕过休息厅,看到门口的身影。

"陈恕！"她喊了一声。

"姜姜……"陈恕紧走过来，姜醒一伸手，搂住了他的腰。

他的胸膛坚硬，衬衣上有淡淡皂香，这个怀抱熟悉而温暖。姜醒不想撒手。

大堂里不时有人进出，他们站的位置太过显眼，引人侧目。姜醒松开手，抬头说："先放开我吧。"

陈恕怔了一下。她开口说了这句话，他才意识到，他的手臂紧紧地箍在她的背上。这几乎已经成了本能的反应，她跑过来，他就抱住了她。先前的心理建设和自我告诫都成了浮云，早已不知飘到哪里。

姜醒拉陈恕站到大堂一角，认真看了看他，说："你从公司来的？晚饭总该吃过了吧？"

陈恕"嗯"了一声，低头看她脑袋。

姜醒问："你看什么呢？"

陈恕良心微戳："还疼吗？"

姜醒摇摇头，面色轻松地说："不疼了，已经好多了。"

陈恕的眉眼仍未舒展，有些失神地看着她。

姜醒问："你在想什么？"

陈恕眸光微微动了动，回过了神，姜醒突然踮脚，凑到他嘴边轻啄。

啄一下觉得不够，还想再来，不料脑袋突然又有些眩晕，她的身子往前栽，幸亏陈恕及时出手，将她扶住。

"怎么了？"陈恕着急地问。

他一手搂着姜醒的肩膀，一手托起她脸蛋，仔细看她："难受了？"

姜醒闭了闭眼睛，下巴贴着他掌心，稍微缓了缓，感觉好了一些。

她轻轻摇头，安抚他："没事，别担心，只是正常反应，一会儿就好。"

陈恕听明白了。那天在医院他找护士问过她的情况，护士说姜醒有轻微脑震荡,可能会有不舒服的反应,需要一小段恢复期。

这大概就是恢复期的反应。

他心底愧疚丛生,那天的事似乎又在眼前过了一遍,她突然没了声音,一头的血,没有生气地躺着,任他怎么喊,她都没有反应。

此刻再想起,陈恕背心仍然一片透凉。

他看着姜醒的脸庞,轻轻问:"我送你回房间休息?"

"不,"姜醒靠着他胸膛说,"去你那,好吗?"

陈恕微顿,姜醒眼睛弯了弯,淡淡地朝他笑:"我想跟你多待一会儿。"停了下,又说,"后天,我要回家了。"

陈恕听完久久不动,姜醒以为他没听明白,解释道:"我回去,可能要晚点回来,会有好多天见不到你。"

她从他怀里出来,站直身体,等他回答。

陈恕看了她一会儿,点点头。

两人走到门口,姜醒突然想起一件事,对陈恕说:"我要上去一趟,你在这等我。"

姜醒上了楼,陈恕在酒店门外等着。

夜晚偏凉,风从背后吹来,陈恕冷不丁打了个哆嗦。

他望着空落落的酒店大堂,心里盈满复杂滋味。翻来覆去斟酌了一天的措辞,仿佛已经不知不觉地烂在腹中,他不知自己为何这样矛盾,这样优柔寡断。

事实上,他的执行力一向很强,做了决定的事,从来都会在计划好的时间内付诸行动,读书时没有拖过一次作业,工作了,也力求以最快的进度完成任务,他的日程本满满当当,逐条逐件都按时完成,每一个日期下的每一项都打上对钩,唯有这……写上去三天了,毫无进展。

短短的六个字,每次翻开日程本都会看到,利刺一样戳在眼里。

今天来找她之前,他看了很久,再一次下了决心。但现在看来,都是徒劳。见到她,什么决心、计划、执行力,都没有了。

姜醒很快下来了,握住陈恕的手:"走吧。"

这个时间，即便是繁华的城区，道路也相对通畅很多，出租车很快将他们送到了地方。

上了楼，屋子里有些闷，姜醒脱掉了风衣。陈恕倒了一杯热水给她。

姜醒喝了一口，说："你先去洗澡吧，我已经洗过了。"

陈恕洗澡时，姜醒没事可做，就在卧室里翻书看，仍然是那些建筑方面的杂志，她随意拿起一本，走马观花地翻了翻，翻到第九页，手停住了。

她看到了陈恕的名字。

那是一个关于绿色建筑的采访，一共介绍了三个建筑和它们的设计者，姜醒看到陈恕设计的是一个体育馆，那时他还在读研二，半工半读，却已经在事务所独立做这样的工作了。

姜醒看完整篇采访，想起很多事，有最近的，也有以前的，她甚至想起了五年前与陈恕初相识的时候。

林时有一句没说错，她对陈恕的事知之甚少。

她没有刻意问过，陈恕也不曾主动与她谈起。就像这次，如果不是她被人绑了，也许他根本不会跟她说欠债的事。

姜醒合上书，起身往外走，陈恕刚好洗完澡进来，两人在门口碰上。

陈恕穿着灰色的长袖衫，头发湿漉漉的，姜醒看了一眼他的脸，觉得他似乎瘦了不少，棱角更加明显。

她回身从床上拿了毛巾给他："头发擦擦。"

陈恕擦头发时，姜醒去客厅拿回自己的风衣。她从风衣口袋摸出一张卡，进屋递给陈恕。

陈恕愣了愣，不明所以地盯着她手里的蓝色银联卡看了一会儿，抬起头。

姜醒说："密码是我生日，860803。"

陈恕一顿，问："你干什么？"

"你不是借了别人的钱吗？这里有，你先还了。"姜醒把卡塞进他手里，但只过了一秒，就被陈恕捉住了手。卡又回到她手里。

姜醒疑惑地看他。陈恕的眼睛乌沉沉的。姜醒不明白他为什么这样严肃。

她想了想，觉得他可能误会了什么，解释道："我没有别的意思，你不是欠了钱吗，我这里刚好有，先还掉比较好。"

姜醒虽然挣钱不多，但花销也不多，没买房，没买车，除了基本生活，没有别的开支，这么些年过下来倒也攒了一笔，不算太多，但还掉陈恕的债还是绰绰有余的。

然而陈恕没有说话，他紧闭着嘴，很多声音一齐跳了出来，把他的脑子搅得乱哄哄。

"……你害姜姜伤成这样，怎么还有脸来？"

"我是不可能把女儿嫁给你这样的人的。"

"你能给她什么，你只会拖累她……"

"……你真的在意她，就当帮个忙吧。"

……

姜醒看到陈恕的脸色变得更难看了。

"陈恕，你……"

"我们分手吧。"

姜醒手一颤。

屋子里静到极致。

几秒之后，姜醒的手垂下来："……我没听错吧？"

陈恕垂着头，沉默许久，低声："嗯。"

姜醒有一瞬没说话，等思绪平稳一些，才说道："给我理由。"

陈恕紧攥着手，不说话。

姜醒看了他一会儿，慢慢说："我不大懂，是因为我给你这张卡？可我已经解释了，我没有看轻你或侮辱你的意思，这是一笔闲余的钱，我用不到，而我知道你需要，老实说，我不想看你因为这些债着急工作、每天加班，我会心疼。但你如果真的不愿意接受，那就算了，我不会勉强你。"

她的声音低缓却郑重,每个字都像千钧大石。

陈恕被这几句话敲得生疼。他抬起了头,看向姜醒的眼睛,她的目光看上去很平静,但这平静里裹挟了种种复杂的情绪。

"你还有别的理由?"姜醒问。

陈恕脸色微白。

姜醒猜测着说:"或者,是因为我家人?他们对你不满意,你觉得有压力?如果是因为这个,那是我的问题,让我去操心。"

"不是。"陈恕终于开口。

"那是什么?"

陈恕默然。

姜醒说:"你不喜欢我吗?如果是这个,你说一句,我立刻就走。"

陈恕一震,惶然地看着她。他自己都没意识到,但眼里的惊慌有多明显。

姜醒一步上前,一手搂他脖颈,一手摸他胸口。

几秒后,她眉眼上扬,唇瓣翘了翘。陈恕颅顶一热,后知后觉地往后退。姜醒却得寸进尺,流氓恶霸似的,一把揪住他胸前衣衫。

"别退了。"她眸光锐利,对着他已然泛红的脸轻笑一声。

"你喜欢我吗?"

陈恕绷着脸,看她半晌,浑身力气仿佛都被她执拗的目光抽走了。

他认输似的别开脸,隔一秒,点了点头。

姜醒抱住他,低低地笑了一会儿,脸贴着他胸口。

他的心跳落入她耳中,一声接一声,急促剧烈。

"傻子。"她说。

夜里落了一场雨,清早的气温又低了几度。

陈恕将毛毯往上拉,都盖到姜醒身上。她仍在睡梦中,眸子阖着,面容安静。

陈恕看了一会儿,轻轻离开床。

他走到窗前将窗帘拉上,晨光被阻隔在外。他在桌边坐下,桌角放着他的公文包。

陈恕从包里取出日程本,翻开,目光定在十月三号那天。

他看了一分钟,从笔筒里取出圆珠笔,脱下笔帽,轻轻地划掉了最后一条。

今天不用上班,陈恕洗漱完就去了菜市场。早市最热闹,菜也丰富新鲜,他仔细挑选,买好了一天的食材,经过豆腐摊时想起姜醒上回买过豆腐脑,猜她应该爱吃,就给她买了一份。

回到小区,刚爬上楼,就看到一个身影倚在门口。她没换衣服,身上穿着他之前买的女式睡衣,脚上套着他的蓝色凉拖,白皙的脚趾光溜溜的,袜子都没穿。

陈恕皱了眉,几步走过去:"怎么站在这?不冷吗?"一边说一边腾出手拉她进屋。

姜醒问:"去买菜了?"

陈恕"嗯"了一声,把手里的袋子放在门边,对她说:"穿上袜子吧,别着凉。"

"不冷。"姜醒弯腰看了看他买的东西,问,"买了这么多,这要吃几天啊?"

"一两天吧。"

陈恕将豆腐脑放到桌上,去卧室拿来一双袜子,说:"穿好袜子就吃早饭。"

姜醒看了一眼他手里的小熊袜子,笑出声:"这给小孩儿穿的吧。"

陈恕低头看了看,肯定地说:"这是女式的,我看到有很多女人在买。"顿了一下,问,"你不喜欢这种?"

"没有不喜欢,就是有点幼稚了。"姜醒伸手拿过袜子,在椅子上坐下,一边往脚上套,一边说,"人家都是买给女儿穿的,以后还是给你女儿买吧,她肯定喜欢。"

她随口说完这话,把两只袜子都套上了,一抬头,发现陈恕脸庞微红,定定地看着她。

愣了一下，她反应过来，意味不明地笑了笑，起身走近："你喜欢女儿还是儿子？"

陈恕盯着她的眼睛，低声说："都喜欢。"

"哦。"姜醒眉眼微挑，了然地点点头，指了指桌上的豆腐脑，"那我去吃了。"

"……"陈恕抿抿唇，没有说话，低头进了厨房，给她拿来碗和勺子。

他刚要转身，手被姜醒拉住。她舀了一勺豆腐脑，送到他嘴边："快吃。"

姜醒笑意吟吟地看着他，陈恕心里一热，望着姜醒的眼睛，张嘴吃掉这一口，问："鸡蛋饼想吃吗？我买了面粉。"

姜醒点头："好啊，很久没吃过了。"

陈恕进了厨房。

姜醒很快吃掉半碗豆腐脑，留了一半端进厨房，陈恕正在忙着和面，姜醒见他腾不出手，便端碗在一旁，不时喂他一口，陈恕起初不大自在，吃了几口就习惯了这样的亲昵。

陈恕想起了大二的时候，孙程谈了女朋友，有时会带来宿舍，两人围着书桌吃饭，他碰见几回，有一回看见那个女孩子给孙程喂饭，孙程吃得乐呵呵的。那时陈恕有点搞不懂，为什么风风火火的孙程谈了恋爱会变成这样，好好的人，明明有手，却要让女生喂，这样吃起来又慢又麻烦，孙程居然还吃得那么高兴。

直到现在，陈恕才真正了解了。因为是喜欢的人，所以很平常的事都变得不一样。她喂的豆腐脑，明显更香一些。

早饭后，陈恕收拾了一下屋子，姜醒要帮忙，陈恕不让，她只好在一旁歇着。

九点多，姜梦打来电话，姜醒一接通就听见姜梦焦急的声音——

"姜姜，你跑哪去了，你没出事吧？"

姜醒愣了愣，不知她怎么急成这样："没什么事，我在陈恕这。"

"……什么？"姜梦似乎有些惊讶，停了一会儿，才说，"伤没痊

Chapter 07 险祸

愈还乱跑，也不说一声。"

姜醒低声解释："我本来要发短信的，不小心忘了。"

"行了，你没事就好。"姜梦道，"快点回来吧，妈一会儿看不到你，又要胡乱着急了。"

姜醒说："我晚点回来。"

姜梦："晚点是什么时候？明天要走了，妈说晚上叫上阿瑜和小时一道吃个饭。"

姜醒说："知道了，那我下午回来。"

打完电话，看到陈恕站在卫生间门口看她，姜醒说："我们出去逛逛吧，看看衣服。"

"你的伤……"

"不要紧，我想跟你一起逛个街。"

"好。"

他们去了商场。

姜醒并不喜欢逛街，她叫他出来，其实是想给他挑几件衣服。上次给他买了几件上衣，谁知道她突然被人绑走，衣服也不知被那些人弄到哪里去了。

商场的打折活动还没结束，很多衣服都有优惠。他们坐扶梯到了商场二层，姜醒一看，都是女装店，便拉陈恕继续往上走。

陈恕有点奇怪，问："不去看看吗？这一层都是女装。"

"不看了，我衣服还有很多，我们去上面看看。"

上面卖的都是男装，各种风格都有，还有专门的运动品牌店。陈恕这才明白，她说的"看看衣服"，是指给他看衣服。

姜醒很快就看中一件藏青色的薄毛衣，她请导购取下来，对着陈恕比了比，感觉有点小，便问："有大一号的吗？"

导购看了看领标，问："请问有多高？"

姜醒愣了下，发现她并不清楚陈恕具体的身高，这时陈恕走过来说："182。"

导购换了一件过来，给他们指了试衣间的位置。

姜醒说:"穿上看看吧。"

陈恕进了试衣间,几分钟后换好衣服出来,一旁的导购连声称赞:"您先生身材真好,穿这件特别好看,这毛衣长度也刚刚好,显得腿好长。"

陈恕微怔了下。

姜醒笑笑,懒得同导购解释陈恕还不是她的先生,大大方方收下了这赞赏,对陈恕说:"很好看,这件要了。"

导购见她这么爽快,又借机推荐了几件外套和裤子,姜醒挑了两件,让陈恕试了,都很合适,也要了。

结账时,陈恕拿出皮夹,姜醒按住他的手,笑着说:"我想送你这些。"

说完,摸出卡递给收银员。

"不用。"陈恕握住她的手。

收银员是个年轻活泼的小姑娘,一看两人这样,红着脸笑了笑,对陈恕说:"先生,您太太一片心意,怎么能不收呢?"

姜醒也朝他笑,话里有话地说:"是啊,连这个都拒绝我?"昨天拒绝她的银行卡,今天连几件衣服都不愿意接受?

陈恕受不住她这样的目光,收回了手,他的耳郭泛起一抹红,谁也没注意到。

明知道她们误会了他和姜醒的关系,他却一点也不想解释。

离开店里,两人自然地牵起手,坐扶梯到了一楼,经过儿童活动区时,姜醒随意地朝那边望了一眼。

这一望,脚步停了下来。

"怎么了?"陈恕有些奇怪,顺着她的视线看过去,也顿住了。

不远处,一个男人牵着小女孩从一池泡泡球里走出来。

他没有穿西服,一身休闲打扮,面容俊朗,但表情却很严肃。他走得有些急,小女孩才三四岁模样,跟不上他的步伐,急得眼里冒出泪珠,小脸湿漉漉。

男人停下来,将女孩儿抱起来,皱着眉哄了一句:"宁宁别哭,

Chapter 07 险祸

爸爸抱。"

那声音清楚地传进耳内，姜醒蓦地一震。

陈恕下意识地攥紧了她的手。

姜醒回过神，转头看陈恕，这时，那边的男人抱着小女孩走出了活动区，抬头时视线落到这边。

姜醒没再往那看，对陈恕说："走吧。"

陈恕仔细看着她的脸庞，有点不安："姜姜……"

"走吧。"

姜醒又说了一遍，陈恕不说话了，拉着她就走。

刚迈出两步，身后一道声音追过来："……姜醒？"

没人应声。他抱着孩子跟上去，更大声地喊她："姜醒！"

陈恕和姜醒停下了脚步，转过身。沈泊安愣住了，震惊不已地看着他们。

仅隔三四步的距离，姜醒看清了沈泊安怀里的孩子，双眼皮，大眼睛，虽然脸上泪涟涟，但看得出是个漂亮可爱的女孩儿。

姜醒面无表情地看向沈泊安。

五六年没见过这张脸，乍然看到，她有点恍惚。不过，沈泊安的声音很快将她从这恍惚中拽了回来。

"真是你？"他的声音一如既往的低沉，他微蹙着眉，深黑的眼睛笔直地望着姜醒。

姜醒没有接话。

沈泊安定定看她半晌，视线移到陈恕脸上，停了半秒，落在他们交握的手上。

姜醒始终没有说话。

沈泊安的眉心越蹙越紧，怀里的小女孩扭头望着他，小声地喊"爸爸"。

沈泊安犹似未闻，神情复杂地望着姜醒。小女孩似乎很失望，乌黑的眼里又涌出一泡泪，她抽了抽鼻子，小手抠着沈泊安的衣扣，扁着嘴又喊："爸爸……"

姜醒意识到她根本没有必要像傻瓜一样站在这里。只是偶遇前任而已，既然避不开，看一眼也就罢了，寒暄叙旧就太假了。

她拉拉陈恕的手，说："我们走吧。"

"好。"陈恕应了一声。

Chapter 08
旧爱

沈泊安看着那两个人走出商场的大门。他没有迟疑地跟上去，在门外看到他们穿过马路，到对面拦了一辆出租车，沈泊安顿了一下，朝车牌看了一眼，然后快步走到停车点，将怀里的孩子放到后座，上车发动。

出租车开得不快，沈泊安一路跟着，后座的女孩儿可怜巴巴唤了数声，他无心应答，心不在焉地哄了两句，紧盯着前面的车。

车行了半个小时左右，到了老城区，弯弯绕绕，走了两条旧街道，在一个老式小区门口停下。

沈泊安没有跟近，在对面路牙边泊车，看着那两人从车里下来，牵手走进了小区。不知不觉中，他的脸庞又恢复了一贯的阴沉冷峻。

视野里的两道身影渐走渐远，转了个弯，看不见了。

沈泊安沉默地坐了一会儿，心里烦躁，没理小女孩儿的呼唤，拿了个布娃娃递给女孩儿。

女孩儿被布娃娃吸引，独自玩起来。

沈泊安开门下车。一阵风吹到脸上，他恍了恍神，靠在车门上。

兜里手机响了。

打电话的是沈泊安的老伙伴宋宇，宋宇先抱怨一通，沈泊安垂着眼听完，一句也没应。宋宇觉得奇怪，不满地"喂"了声，说："老沈，你在不在听啊，跑哪去了？不是说好等我的嘛，我和方琦答应宁宁带她去玩呢，你快把小丫头送来！"

沈泊安侧头朝车内看了一眼,小丫头一个人玩得不亦乐乎。

沉吟一瞬,沈泊安抬头看看附近,报了个地址给宋宇:"我走不开,你过来接宁宁。"

"我说,你跑那忙什么呢?还走不开?"宋宇疑惑不解。

沈泊安没解释,只说:"你过来吧。"

那头宋宇骂了一声,却还是屈服了:"行,我过来!"

没过多久,宋宇开了辆拉风的越野车来了,他刚从东郊影视城接女朋友回来,开了导航才找到这个地方。

宋宇让女朋友待在车里等,自个下去跟沈泊安抱怨:"这地儿可真难找,真搞不懂,你跑这儿干吗来了?"

沈泊安没多说,从车里抱出女儿:"宁宁,今天宋叔叔和方阿姨带你去玩。"

宁宁一看宋宇,张手让他抱,喊:"干爸!"

宋宇笑得合不拢嘴,逮着机会揶揄沈泊安:"看,小丫头比你有心多了,这回你不同意也不行,从今天起,我和方琦荣升干爸干妈了。"

沈泊安没心情跟他贫嘴,把宁宁交给他,道了声谢,指指大路:"走吧。"

"你在这干吗呢?"宋宇又问了一遍。

"没什么。"沈泊安拉开车门坐进去,显然不想多说。

宋宇翻了个白眼:"你这人真是……"啧了啧,懒得理,抱着宁宁走了。

沈泊安独自坐在车内,大半天过去了。

过去的几个小时中,沈泊安回想了一些信息,几年前曾听孙程提过一嘴,陈恕在建筑系名列前茅,保研,算下来,应该今年毕业。

至于姜醒……

那年她孤身离开,与他断了所有联系,隔天给她打电话,已经无法接通,所有社交账号她再也没用过,似乎连用了多年的固定邮箱也抛弃了,他零星发过几封邮件,全都石沉大海。

她是铁了心要跟他断个干净。

他从此歇了心思,再也没找她。她遗留在屋里的东西,他封装好,一股脑塞进了储物间。

有一回年关,江沁宁请阿姨来做大扫除,不知怎么翻出了那些东西,同他大吵了一架。第二天,那两箱东西不见了——都被江沁宁扔了。

他下楼找,垃圾桶早已被清理干净,一片纸都不剩。

她在他身边那么多年,最后走得干干脆脆,连一点痕迹都没有了。

沈泊安看了看手表,四点过了,还没看到人出来。他按了按眉心,难抑心头躁闷。

他们是什么时候在一起的,已经到了哪一步?恋爱、同居,还是结婚了?

什么都不知道。

他盯着窗外,又坐了半个小时,终于看到熟悉的身影出现在视野中。

他看到陈恕牵着她,走到路口站着,过了一会儿,出租车来了。车门打开,姜醒回身抱住陈恕,踮足亲了陈恕的脸颊。

她上了车,陈恕站在路边挥手。车开远了,陈恕才转身回去。

沈泊安双手捏在方向盘上,薄唇紧抿。几秒后,发动汽车。

在车上,姜醒接到了姜梦的电话,通知她吃饭的地点,叫她直接过去。

到了附近,天已经快黑了,道路拥堵,出租车堵在离餐厅一百米远的路口。眼看要等很久,姜醒只好就地下车。走了一半,接到林时的电话,问她在哪,他来接。

姜醒拒绝了,说两分钟就到。

刚挂掉电话,身后一道人影跟来,她的手腕猛然被人一握。

姜醒陡惊,本能地挣扎反抗,却在下一瞬看到了那人。失神间,沈泊安将她拉到一旁路灯下。

柔黄灯光照亮彼此，姜醒看清了沈泊安的脸庞，隔了两秒，她恍然回神，用力抽回手，转身就走。

没走两步，他又来扯住她。

他握得很紧，姜醒挣脱不了，气怒道："你干什么！"

沈泊安看着她，深目微凝："方便吗？说几句话。"

"没话说，也不方便。"姜醒道，"我赶时间，你放开。"

沈泊安默然看着她。

姜醒吸了口气，说："你干吗呢？"

"说几句话。"

"有什么好说的？"姜醒火大，"我们有什么好说的！"

沈泊安皱着眉，再次重复："找个地方吧，我们说几句。"

姜醒气笑了，没跟他多说，不管不顾地将他一推，另一只手用力抽回，岂料动作太猛，脑袋发晕，差点栽倒。

沈泊安伸手将她扶住，沉声问："怎么了？你不舒服？"

姜醒甩开他的手，趔趄了一下。

"你离我远一点。"她退了两步，扶住旁边的路灯杆。

沈泊安站在几步之外，没再碰她。

缓了几秒，姜醒头也不回地走了。

一顿晚饭吃了一个多小时，姜醒没什么胃口，随便吃了一点。

饭后，林时送姜母、姜梦回酒店，孙瑜带姜醒回七月书吧收拾明天要带的行李。两辆车在十字路口分道。回到书吧已经不早了，小西直打瞌睡，孙瑜没作停顿，带小西先回去了。

姜醒拿钥匙开门时，身后一道声音叫住她，姜醒一惊。

沈泊安居然跟来了。

姜醒着实顿了几秒，只觉无语："你到底要干什么？"

沈泊站在暗处，漆黑的一道身影清清冷冷，他沉默了一会儿，不知想些什么。姜醒耐心告罄，转身开门，进了屋，沈泊安突然紧走两步，一手抵住门，脚迈入。

"我有话问你。"

姜醒冷着脸:"你走。"

沈泊安伸手握住她按在门上的手,用力拿开,身体瞬间挤进去。

"说几句话都不行?"他一脚将门踢上,借着外面的灯光,找到开关,一手摁亮灯,一手拽着姜醒手臂将她拉近,"有你这么绝情的?"

姜醒一巴掌甩上他脸庞。

沈泊安被打得一僵,姜醒再次抬手时,他猛地扣住她的手腕,将她搂紧,压到吧台边。

脸上火辣的疼痛提醒他,她下手有多狠。

"沈泊安,你立刻松手!"

"我松手,你会好好说话吗?"

"我叫你放手,"姜醒说,"沈泊安,你什么时候变得这么不要脸了?"

沈泊安紧紧皱着眉。

姜醒用力推他,沈泊安用足十成力气,将人困在怀里,姜醒气得胸闷,手肘猛地一撞:"你滚开。"

"你跟他什么时候在一起的?"

"关你啥事?"

"我问你,是什么时候?"他铁青着脸,似乎非要问出一个答案来。

姜醒一阵头晕,她放弃了挣扎,白着脸说:"我跟他的事,为什么要跟你交代?沈泊安,我们早就一点关系都没有了。"

沈泊安定定地看着她,眼角越绷越紧。

姜醒头又开始疼了,她不想再耗下去,低声说:"沈泊安,你放开我吧,我们……"

她的话没有说完,沈泊安将她扣得死紧,低头堵住了她的嘴。

报复性的亲吻不可能令人愉悦,但姜醒无力反抗的样子最让他舒服,手机在她口袋振个不停,但她的两只手都被禁锢。

这一整天,只有这一刻,他占了上风。

心头邪火得以暂时释放，沈泊安腾出一只手按住姜醒后脑，在她唇舌间吮吻，力量上的悬殊太明显，她像只快窒息的小猫，所有挣扎皆是徒劳，于他而言不过是挠痒。直到她几乎吸不进气，他才放开，默然地看她苍白脸庞。

他的胸膛起伏，像个疯子一样执着于一个没有意义的问题。

"你是什么时候跟他……"胸口某个地方绞住，他额角再度绷紧，冷着声，"你们究竟是什么时候……"

是不是那一年？或者更早？是不是和他在一起时就已经……

所以那年毫不留恋，从他生命里消失得干干净净，却跟陈恕保持联系？所以陈恕放弃建筑系，跑来南方读研是因为她？

已知的线索连到一块儿，这几乎是最好的解释，沈泊安不得不怀疑那年宾馆的一幕不只是江沁宁的设计，更是事实。

眼底阴霾重重，他的声音更加冷凝："姜醒，你回答我！"

姜醒头晕目眩，一言不发地弯腰喘息，几秒后捂着嘴冲进卫生间。

沈泊安一怔，大步跟过去。

姜醒跪在卫生间里呕吐。

沈泊安震愕地看着，脸色难看至极。

姜醒晚上没吃多少，这一下全吐了个干净。她身体一松，坐到瓷砖地上，眼里水雾弥漫。

沈泊安一步步走近，到她跟前，居高临下地望着。

姜醒没动，也没看他。

手机突然又响起来，姜醒微微一颤，手伸进口袋拿出手机。电话是陈恕打来的，他说过晚上会给她打电话。姜醒看了几秒，眼前水雾更重。

一遍铃声响完，她没动，他又打来一通，姜醒挂断了，给他回了条短信，刚点了发送，沈泊安突然将她拉起来，手机掉到地上。

沈泊安捏着姜醒的肩膀，面容青白："就这么恶心我？"

姜醒点点头："对。"

"姜醒……"沈泊安的怒气似乎到了顶点,一句话也说不上来。

姜醒也沉默着。

两人僵峙半晌,姜醒眸光愈冷,沈泊安的脸色始终未缓和,一双眼黑沉沉地凝在她脸上,过了许久,他突然松了手,低声说一句:"你这个人,比我狠多了。"

姜醒神色漠然地看着他。

沈泊安站了几秒,转过身,头也不回地走出去了。

姜醒全身松懈,脱了力一般,她扶墙缓了一会儿,胃里却越发难受,忍了几秒,压不住那股恶心,又开始呕吐。

这一次更严重,呕到最后,眼泪直涌。

这时,外头传来声音,转瞬姜梦匆匆跑进来,见她跪在地上,大惊失色:"姜姜!"

姜醒双眼通红,脸上一片湿漉。

姜梦搀起她,惊急交加:"怎么回事,你怎么了?"

"没事……"姜醒抹了把眼睛,"你怎么……"

话未讲完,外头一声巨响,好像什么东西翻倒,接着就听到打斗声,姜梦到门口一看,林时和沈泊安在外面打起来了。

姜梦没想到这两个人会打架,惊得一滞,等回过神来,担心林时出事,出声制止,但已经来不及了,林时像疯了似的,充耳不闻。

沈泊安本就郁气难泄,林时的拳头刺激了他,他毫不留情地还手。

两个男人仿佛都失去了理智,在厅里打得一团混乱。

外面的声音清楚地传过来,姜醒靠着墙,只觉得疲惫到了极点。她弄不明白,为什么她的生活总会变成这样,糟糕、混乱、狼狈。

这些人……一个一个地绕进来,有关的,无关的,爱她的,恨她的,好像绳索一样缠住她,绕不开,躲不掉。

姜醒闭了闭眼,想起了陈恕。

只有他……只有在他面前,她才觉得,她是自由的、舒服的。

"姐……"姜醒喊了一声。

姜梦顾不上看外面，急步进来，扶住她："姜姜！"

"报警。"

"……什么？"

姜醒低着声重复："报警。"

宋宇接到电话时，已经快十一点了。宋宇差点以为警察打错了，反复问了几遍，确定是真的，惊得眼珠子都要掉下来。他怎么也没想到沈泊安居然会跟人打架。

卧室里，方琦已经哄宁宁睡着了。

宋宇走进去，冲方琦招了招手。

方琦走出来，舒了口气："总算睡着了，她爸还没回来？"

宋宇叹道："能回来才怪呢，人把自个儿弄局子里去了！"

"什么！"方琦一惊，"怎么回事？"

"我也不清楚，说是跟人打架了，得过去才知道情况。"宋宇搂着她亲了一口，说，"对不住了，我得过去看看，晚上还得麻烦你照顾一下小丫头，回来给你奖赏。"

方琦拍了他一下："你赶紧去吧，别贫嘴了！宁宁醒来要是还看不见她爸爸，我可真没法哄了！"

宋宇："好好好，我这就去。"

宋宇赶到派出所，见到沈泊安，也见到了跟他打架的林时，两人看起来都挺糟糕，脸上头上都挂了彩。问清情况后，宋宇震惊半天，压根没想到这事居然跟姜醒有关系。

吃惊归吃惊，事情总要先解决，宋宇提议和解，谁知林时却不愿意，这样一来，两人都要被拘留。好在姜梦也在，宋宇看林时这边说不通，便跟姜梦交涉了一番，姜梦劝了半天，最后总算签了调解书。

离开派出所时，已经是半夜了。

宋宇开车，沈泊安坐在后座一言不发。

宋宇没好气地问："你这样子，要不要去医院？"

沈泊安说："不用。"

宋宇翻了个白眼:"这眼睛都成熊猫了,真不用看看?"

沈泊安还是说不用,宋宇也懒得理他,直接将车开回酒店。

上了楼,沈泊安进了房间,宋宇没走,坐在厅里看了他一会儿,摸出烟递给他:"缓缓。"

沈泊安接了烟,在沙发上坐下,点着火,吸了一口。烟雾笼罩下,他脸上的伤更显狼狈了。

宋宇摇摇头,哂笑一声:"我还真想不到你会在这儿遇到小姜醒……"说完叹道,"搞不好你们俩真是几世怨偶,当初分得不明不白,这么多年了,居然还能碰上。不过我说句大实话,你这个人越来越颠三倒四了,我看你这脑子是糊涂了吧。"

沈泊安阴沉着脸,宋宇没顾他的情绪,继续道:"当初小姜醒无怨无悔跟着你,为了你跟家里人闹翻,你倒好,不声不响找了别人,辜负了人家小姑娘不说,现在居然又跑去招惹人家,你要真放不下,早干吗去了!难不成你还指望现在把人追回来,让人给你女儿当便宜后妈?"

沈泊安皱着眉:"我没这么想。"

宋宇不相信地看他:"那你倒说说,你怎么想?"

沈泊安垂头,片刻后,沉声说:"你不懂。"

宋宇"嚆"了一声,道:"我是不懂,搞不明白你绕这么一大圈是要干吗。跟小姜醒是这样,跟沁宁也是这样,白白耗了人家几年,还整出个孩子,居然一个名分也不给。这也就算了,结了婚也不安分,你也不想想,你这个年纪,还带着个拖油瓶,为啥谭真蓉要跟你结婚?人家不图钱,难不成还图你感情?你这人感情上就一笔烂账,有什么可图的,你还好意思怪人家出轨?我说你俩就不该离婚,凑合过完这辈子得了!"

宋宇数落得正起劲,沈泊安脸绷不住了,压着怒气道:"说够了吧。"

"还真没说够,但我也懒得说了,"宋宇道,"好歹跟小姜醒相识一场,她那性子我也看出几分,我劝你有什么想法都趁早歇了,没啥可能！"

宋宇说完起身走了，到门口回过头交代了一句："老陆说机票订好了，大后天的。"

门关上了，屋里陷入死寂。

沈泊安安静地拿出手机，进了邮箱，点开收件箱，拉到最底下，点开，一张照片跳出来——一男一女，女孩穿学士服，帽子歪歪戴着，趴在男人背上，笑成了花。

照片右下角记录了拍照时间：2007/5/25。

沈泊安看了许久，突然丢开手机，仰头靠在沙发上，一只手盖住了脸。然而，眼前反反复复都是姜醒跪在地上呕吐的那一幕。

他终于意识到，她再也不会对他笑了。

第二天清早，沈泊安去了豫河路。他的车还停在七月书吧附近。

沈泊安在车里坐了许久。书吧的门紧闭着，他有些恍惚，昨晚分明在这里打了一场架，此刻却觉得十分陌生，仿佛是醉酒后的一场大梦。他甚至有些怀疑，昨天的一切也是梦，停在记忆里的，仍是二十三岁的姜醒。

沈泊安侧目望着窗外。一辆红色出租车驶来，在书吧门口停下，年轻男人下了车。过了一会儿，门开了，穿着毛衣裙的女人走出来，她喊了一声，脸上露出笑。男人走过去，抱住了她。

沈泊安静静看了一会儿，闭上眼。

几分钟后，车开走了。

姜醒的航班在下午，陈恕今天要工作，中午就得去浮山县，所以赶着早上来看看她。两人就在门口说了几句话，昨晚的事姜醒一句没提，休息一夜，她的状况好了不少，陈恕也没看出什么，只是觉得她的脸色有些苍白。

他将她抱在怀里叮嘱了一番，姜醒笑着应下，抬头讲："我发现你今天比我妈还啰唆。"

陈恕也笑了，拿手摸摸她眼睛："那我不说了，你回去睡会儿回

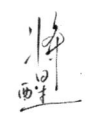

笼觉，眼睛有点肿。"

"好。"姜醒在他胸膛贴了一会儿，直起身。

陈恕说："进去吧，我走了。"

姜醒点点头，说"好"，转身进了门，走了几步，到吧台边回身往外看，陈恕还站在那。

见她回头，他笑着挥手。

姜醒停了几秒，突然快步返回，握住他一只手。

陈恕惊讶，姜醒没有停顿地开口道："陈恕，我这次回家，会尽力跟我父母谈谈我们的事，如果顺利，下次回来我可以带上户口簿，之后去你家也顺利的话，我想……"

停了一下，她抿抿唇，竟有些紧张，不自觉将陈恕的手指捏得更紧，斟酌着措辞："我想，如果你愿意的话，也许我们可以先领个证……"

语落，看到他的神情，她略微一顿，立刻又说道："如果你觉得不好，那就算了，我没别的意思，只是不希望你一个人承受这段关系带来的压力，你更不用因为这个着急挣钱。在我这里，这事很简单，你想结婚，我们现在就可以；如果你不想，那就不要，都没关系……"

"你这个年纪，该是什么样子，就是什么样子，不要急……"

话到这里，听起来好像就没得说了，但姜醒却觉得词不达意、言之未尽似的，不知他能不能明白，末了问上一句："你懂了没有？"

懂了没有？

回答她的是陈恕的拥抱。他将她带进怀里，头埋进她颈窝。

过了一会儿，姜醒脖子里一热，感觉到几滴湿漉漉的液体顺着皮肤滑了下去。

怔了怔，她想开口，却听到陈恕似乎闷闷地笑了一声："我懂了，"他嗓音瓮沉，贴着她的颈窝回答，"你跟我求婚了。"

姜醒一听，皱了皱眉，觉得他没明白重点，想再跟他解释一遍，谁知陈恕抱着她不撒手，又在她耳边来了一句："好突然，我都没有准备，像做梦一样。"说着，竟又笑了起来。

男人温热的气息，低醇的笑声，萦在耳畔，令人身心发痒。

姜醒颤了颤，感觉耳垂都麻了。

不知是不是被他的笑声感染，姜醒的心情也变得愉悦，懒得多解释了，抬起手拍拍他的背："这么高兴？"

陈恕"嗯"了一声，鼻息熏在她颈侧，姜醒心头一荡。

姜醒稳了稳呼吸，轻声说："你再不放开，我要做坏事了。"

陈恕的身体因为这话僵了一下，过了两秒，他松了手，目光落到她的脸上，嘴边带着笑，不像从前听到这类话后那般局促的神态，而是安静的、愉悦的笑。

他的眼睛还有一丝红，姜醒想起刚刚脖子里的几滴泪水，心里的柔软一下子冲散了欲念，说："头低一点。"

陈恕不明所以。

姜醒做了个手势："低一点。"

陈恕依言低下头，姜醒踮脚，两手捧着陈恕的脸，郑重地在他前额印了一个吻。

她的动作温柔，淡淡的一下，转瞬就退开了，陈恕微微瞠目，漆黑的眼睛巴巴地望着她。

姜醒笑："放过你，快走吧。"

陈恕明白了她的意思，终于觉得尴尬，拾起她的手捏了捏，低声说："你说的话，我都记住了。还有，求婚……"他唇角轻抿，眼里又浮了笑，脸庞却泛红，"嗯，求婚我也答应了。"

姜醒忍住笑，一挑眉，拍他的手："谁求婚了，我怎么不记得了……"

陈恕将她两只手都攥住，把人拉近，低笑着说："不能反悔。"

姜醒不戏弄他了，仰脸望着他眉眼，只觉得这人眉梢眼角都是温柔，能溺死人。再腻下去，真要耽误他上班了。

姜醒收了收笑，正正经经道："好了，快走吧，等我回家给你打电话。"

陈恕"嗯"了一声,手扣到她腰上,将人往怀里一送,垂首吻她,松了手,认真道:"回去好好休息,至于户口簿……"他眉心微凝了一下,"我现在的情况确实没办法让你家人放心,你在家里好好的,如果谈不好,别因为这个弄得不开心。给我些时间,我总会努力让他们放心的。"

姜醒应声:"好,给你很多时间,别急。"

陈恕走后,姜醒回了房间,姜梦已经起来了,正坐在床上处理邮件,姜醒过来时,她刚好回完最后一封,抬头看了一眼,说:"回来了?"

"嗯。"姜醒应完,觉得不对,看了看姜梦。

姜梦说:"你打电话时,我就醒了,全听见了。"

姜醒"哦"了一声,走过去在她身边坐下,解释道:"他今天要走了,所以来看看我,顺便告别。"

"还知道跟我解释了?"姜梦淡淡道,"太阳打西边出来了。"

这话带了点讽刺,姜醒自然听出来了,但她现在心情极好,听什么都觉得悦耳,趴在床尾,拍了拍姜梦的腿,难得露出几分做妹妹的撒娇姿态:"谁让你是我姐呢。"

姜梦故作嫌弃地道:"手拿开,好好说话。"

姜醒"哦"了一声,果真坐正经了。

姜梦觉得稀奇,竟觉得像回到了小时候,姜醒一闯祸,总要找她帮忙,每次到了这种时候,姜醒就乖得跟小白兔似的,说什么都应。

不过后来姜醒长大了,脾气也硬了,做错了事宁愿挨打挨罚也不愿软一下,越长大越如此。偏偏又遇到沈泊安,丢了魂似的,怎么打怎么骂都拉不回来,脾气犟到了天边,不像她,也不像母亲,真要说起来,倒像继承了父亲的性子。

这一对父女犟到一块儿,可就火星撞地球了,那些年只要姜醒回家,家里连一顿安稳饭都没吃过,每次都是以姜醒甩手走人收场。

没想到过了这么多年,今天的姜醒竟有些不一样了。

姜梦心里滋味复杂,默了默,叹口气,低声道:"姜姜,今天咱们好好说话吧。"

姜醒抬眼，略疑惑地问："说什么？"

"说说你和沈泊安，再说说陈恕。"

姜醒微愣了下，说："说我和陈恕可以，说沈泊安干什么，跟他还有什么关系？"

"真没关系？"姜梦不认同地看了她一眼，"你什么时候认识陈恕的，他跟沈泊安没关系吗？"

姜醒一顿。

姜梦垂眸道："昨天那两个人打架时，吼了几句，我都听到了。"

见姜醒沉默不语，她又问："沈泊安说的是真的？你跟陈恕那时候就……"

"没有。"姜醒打断她，"我不会那样，陈恕更不是那种人。"

姜梦松了口气："没有就好，我看陈恕也不像那样的人，挺踏实的。"

姜醒笑了笑："他本来就很好，是你们不知道。"

"是是是，就你眼光好，"姜梦斜了她一眼，"那当初怎么还瞧上了沈泊安？"话音一落就后悔了。

姜梦拍拍额，摆手："当我没说，收回。"

谁知姜醒却不在意，仍淡淡笑着："没事，是事实啊。我当初确实爱过他，这个否认不了。"

姜梦微微惊讶："现在呢？那一段全放下了？"

"嗯。"

"那就好，昨天再看到他，我真是要吓死了，"姜梦摇头失笑，"那时想，你想跟谁在一块都行，可别再跟沈泊安牵扯上，你看，真是被你弄出阴影了，估计妈要是看到了，也得跟我一样想。"

听到这样的话，姜醒不是没有愧疚的，她的一段感情害亲人忧心多年。虽然都过去了，但现在有了陈恕，似乎又一次走到两难关头。

姜醒苦笑："你一说，我有点后悔了，早知道就让妈看到他，说不定她就同意我跟陈恕了。"

"你想得倒美,我能同意就不错了,跟你讲句实话,妈还琢磨着把小时拉给你呢。"

"我知道。"

姜梦摇摇头,说:"小时是不错,但我看得出,你俩不合适,就看昨天他跟沈泊安打架那模样,我就觉得你俩真在一块儿,往长了处,真处不好。"

姜醒重重点头:"姐,我以前没发现你眼力这么好。"

"我以前也没发现你嘴这么甜。"

姜梦敛了敛神色,又说:"本来你受了伤,我是反对你跟陈恕再有牵扯的,但昨天才知道你们早就认识了,他对你以前的事也清楚,他不介意这些,也挺难得。我想了想,觉得你们两个性格上也许真的很合适,你这种硬邦邦的脾气,大概只有他那样的能容着。"

姜醒笑起来:"你这是彻底站我这队了?"

"你说是就是了,谁让我是你姐呢。"

姜醒更开心:"先谢了。"

"少贫嘴,你这才第一步呢。"

"我知道。"

九点多,孙瑜带着早餐来了,一进店,觉得哪不对,一问,才知道昨晚发生了什么。虽然姜梦和姜醒已将沙发桌椅重新摆放好,但打碎的落地灯却没办法还原。

姜醒跟她道歉,主动表示要给店里重新添点东西补偿一下,被孙瑜一口拒绝。

孙瑜对灯不心疼,她在意的是昨晚没在这堵到沈泊安,否则就能跟林时一道动手,把沈泊安狠揍一顿。

姐妹三个吃过早饭,正准备赶去酒店和姜母会合,店里突然来了一个人。

姜醒看了两眼才认出来。

宋宇却是一眼认出她,率先打招呼:"小姜醒,好久不见了。"

姜醒有些惊讶："你怎么……"

"老沈托我还东西给你。"宋宇从口袋摸出个东西，姜醒一看，愣了愣。

宋宇晃了晃手里的蓝色 U 盘，递过来："喏，拿着吧。"

宋宇等了一会儿，没见姜醒有动作，叹了口气说："是你的东西，真不要了？"

"我没有东西在他那里。"姜醒说。

宋宇走近一步，劝道："不管怎样，你留着看看吧，如果不是你的，丢掉就好了，反正老沈也叫我别拿回去了。你不要，他也叫我丢掉。"

"那你丢掉吧。"姜醒说。

"你看了再丢，隔了那么久你肯定记不清了，万一有啥重要的资料，丢了可就找不回来了。我就负责跑个腿，就算看在我的面儿上，你先收着。"

姜醒没再多说，接过 U 盘，跟他道了谢。

宋宇却没走，打量了一下四周，笑了笑："你现在住在这里？"

"嗯。"

"你那年走了，就到这儿来了？"

姜醒点点头。

宋宇笑："那不请我进去坐坐？都多少年没见了。"

"进来随便坐吧，没好东西招待你，喝口白水好了。"

"行。"

宋宇大剌剌走进来，找了个靠窗的位子坐下，问："这书吧今天没开张？"

姜醒说："对，昨晚弄得一团乱，刚收拾好，你等会儿。"说着，去后面跟孙瑜和姜梦说了一声，端了两杯水出来。

宋宇随意问了问她的近况，姜醒没细说，只答还好。

宋宇说："那就好，我就说，你这样的姑娘，离了老沈也一样过得好。"

姜醒："谁离了谁还不是一样过，我也没什么不同。"

"那可不一定。"宋宇摇头叹气，"老沈那家伙就把自个过得一团糟……"

姜醒像没听到似的低头喝水，宋宇看了看她，慢慢说："老沈是做错了很多，不过这些年他也没捞着什么好儿，沁宁后来也走了，还丢了个女儿给他，他结个婚也没好结果，那前妻是个人精，老沈被坑得挺惨，钱也被坑走不少，现在他自个带着个孩子，过得乱糟糟的。"

姜醒静静听着，没插话，也没问什么。

宋宇停顿了一下，说："行吧，小姜醒，你也别记恨他了，往后你好好的，把老沈那家伙给忘了。"

姜醒淡淡说："我早就忘了。"

宋宇愣了愣，转而摇头笑叹："难怪老沈昨儿夵毛成那样，挺好，他活该。"

宋宇站起了身："咱们好歹认识一场，以后恐怕也没机会再碰面了，抛开老沈不谈，我也想你好好儿的，找个靠谱男人依靠，过舒服日子。"

姜醒同他道谢，送他到门口，她低头看看手里的U盘，顿了几秒，上楼打开电脑，将U盘插入接口。

屏幕上显示U盘存储几乎是满的。

姜醒点开，看到一个文件夹，名字是"jx"，点开后，出现一堆视频文件，按日期命名，最早的是"2003/10/10"，姜醒一路拉到底下，最后一个是"2007/6/29"。

姜醒点开第一个开始播放，画面上是十七岁的她，正在参加新生演讲比赛，化了淡妆，梳着整齐的马尾，身上穿着沈泊安为她准备的正装，黑色套裙，里头是蕾丝领的白衬衫。

一段演讲只有四分钟，姜醒没有快进，默默看完，关掉。

第二个是2003年12月31日的，学院元旦晚会暨迎新庆典，她上去表演了独舞，那时才刚从高中出来，舞蹈底子还留着一点儿，沈泊安给她找了个老师，紧急训练三天就上台，表演很成功，获得满堂彩，晚会结束后的一周，不具名的短信来了一堆，宿管阿姨每天打电话通知她下楼拿花，沈泊安为此黑脸两周。

这段视频拍得不算清楚，拍摄的位置不好，隔得远，噪声也多，旁边说话的人声都清晰地录了进去。

姜醒关掉这个，依次往后看，里面记录的都是她大学四年的经历，以前都存在沈泊安那里，他们一起看过，她总说要拷过来，说了好几年，一直拖到毕业都懒得拷，后来工作了，渐渐地就把这事儿忘了，也再没有回顾这些视频。

如果不是今天看到，姜醒早就想不起这件事。

现在再看，那时的自己简直太稚嫩，脸也比现在圆润，看着没长开似的。

虽然每段视频都不长，但从头看过来，也花了不少时间。姜梦在楼下等了很久，没见姜醒下来，便上楼找她。

姜梦进来时，姜醒的鼠标正好停留在最后一个文件上。

姜梦走过来问："看什么呢？"

"看我自己。"姜醒抬头冲她笑笑，鼠标点了两下。

视频跳开，穿着学士服的姜醒出现在画面里——是毕业典礼那天，在大礼堂前，沈泊安给她录的一段毕业感言。

那天很热，太阳特别大，她坐在绿油油的草上，脸晒得通红，在视频里更加明显，像个圆圆的红富士。但她兴高采烈，亢奋得不行，连酝酿的时间都不需要，催促沈泊安快点选好角度，对着镜头张口就来。

视频里那段话讲得十分流畅，语速先快后缓："那个什么，国际惯例，先来，时光如箭，岁月如梭，转眼四年就这么过去了，我要毕业了，现在心情很复杂，要说的话太多，可惜存储卡空间有限，长话短说，很高兴来到这里，很高兴度过四年，我从来没有后悔，虽然离别季很伤感，但我的高兴绝对大于悲伤，毕竟这一天我期待了很久……今天之后，我就可以光明正大地走在你身边了。你高不高兴？"

男人的声音带着低笑,一道录了进去——"高兴。"

播放结束。姜醒关掉播放器,接着关掉了文件夹。

姜梦沉默地看着她,见她十分平静地点了几下鼠标,将U盘格式化了。

姜梦一愣:"这拍的都是你吧,干吗都不要了?有些删掉就是了。"

姜醒说:"该记的都在脑子里,没必要留着。"

她取下U盘,扔进了垃圾桶。

Chapter 09
羁绊

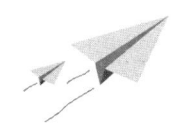

十月份,江城的气温仍然居高不下,一下飞机,姜醒就脱掉了风衣。

姜梦早就通知了自家老公来接,手机一开就接到电话。

"许衡,你在哪呢?"姜梦问了一句,那头答:"在你后面呢。"

姜梦一回头,就看到了人。

许衡朝她一笑,快步走过来,姜母和姜醒也看到了他。

"妈。"许衡先喊了一声,接着对姜醒笑了笑,"姜姜也回来了?"

姜醒点点头,喊了声"姐夫"。

说了几句话就坐上了车。许衡将她们送到家,姜父也刚好回来了,看到姜醒,微微一愣,没说什么。

姜梦拍了拍姜醒,将她推到前面。

姜醒走到姜父跟前,低头喊了一声"爸",姜父别着脸,闷闷地应了声,却没开口问她一句。

姜醒没想好要说什么,讪讪地站着。

这时,许衡提议出去吃晚饭,姜梦也跟着附和,总算缓和了略微尴尬的气氛。

在外面吃完晚饭,许衡又把人送回来,带着姜梦回去了。家里只剩下三个人。

姜醒上楼洗完澡,在房间歇了一会儿,正准备给陈恕打个电话,姜母却在外面敲门:"姜姜,妈进来了啊。"

"进来吧。"姜醒从床上爬起来。

姜母进门就说:"窝房里干吗?下去陪你爸看会儿电视。"

姜醒顿了一下,说:"我怕惹爸不高兴。"

"你怕什么?"姜母皱眉道,"你乖乖的,他怎么会不高兴?上回闹得不愉快,他还憋着气呢,你不主动跟他讲话,还指望他能跟你低头啊?"

姜醒犹豫了一会儿,点头:"那好,我下去了。"

姜父正在看一个法制节目,讲的是个盗窃案。

姜醒走过去,在沙发上坐下,姜父像没看到她一样。

姜醒盯着电视看了几分钟,踌躇再三,转过头小声地说:"小偷是这个男的吧?"

话一问出口,顿时就有些后悔,这个男的看着就不像小偷啊。

搭话的手段拙劣成这样,显得很没有诚意,虽然是亲爸,大概也不想理她吧。

姜醒转回脑袋,安安稳稳坐着,不作声了。

"这个是失主。"闷闷的一句。

姜醒一愣,转头看了看,姜父仍是那副严肃的样子,眼睛盯着电视,看都没看她。

姜醒"哦"了一声,视线转回来,这回看得认真多了。

节目看完,快九点了,姜醒主动道:"爸,我上楼睡了,你早点休息。"

姜父的回答还是一声闷闷的"嗯"。

姜醒上了楼,关上门给陈恕回电话。陈恕很快就接了:"姜姜?"

"陈恕,你忙完了吗?"

"嗯,已经歇了,不过还在浮山岛,明天回去,"陈恕问,"你怎么样,回家还好吗?"

"好啊。"姜醒翻了个身,身体放松,说,"今天我爸跟我说话了,我觉得他好像也没有那么难沟通,我想等他心情好一点,再跟他好好说我们的事。"

陈恕笑了："好，那你跟叔叔好好说话。"

"知道。"姜醒望着天花板，轻声问："你想我吗？"

电话里静了一下，接着听到低低的一个音："嗯。"

和姜醒打完电话，陈恕没有休息，耗了三个小时把遗留的工作处理完了，总算赶在十二点前睡下了。

第二天的事情就很少了，陈恕下午三点就离开了浮山岛，到事务所六点不到，还有些同事在加班，陈恕在的那组只剩秦淼没走。

见他回来，秦淼洗了一盘葡萄过来，往他桌上一放："陈工，辛苦了！犒劳你的。"

陈恕笑笑："谢谢，你自己吃吧。"

秦淼把椅子拉过来，坐在桌角，说："我买多了吃不完，赶紧的，帮我解决点。"

"好吧。"陈恕将日程本合上，吃了几颗葡萄。

秦淼一边吃一边问道："怎么样，要改动的多吗？"

陈恕说："还好，图没有问题，是他们施工时自己改动了一些，结果出了点差错，我重新做了调整，后面应该没什么事了。"

秦淼抱怨道："这些人就喜欢乱改动，谈方案的时候不提，不懂还装懂，一点也不知道尊重别人的心血。"

陈恕说："这种情况很多的，尽力去处理好就行了。"

秦淼点点头，有些无奈地说道："以前在学校心比天高，想着要坚持自己的梦想，要对自己的设计图忠诚，现在工作了才发现，太难了，设计师算个啥啊，金主一开口，叫你改就得改，你不改，人家还给你偷偷改，跟那些人简直沟通不来，心累啊！"

秦淼难得流露这样沮丧的情绪，陈恕有些惊讶，猜她最近可能压力太大了，便安慰了几句。秦淼看着他，说："陈恕，我有时真羡慕你，你好像从来没有烦躁的时候，谈师兄都说你心态爆好，女娲把你捏出来，就是丢下来做我们这种苦行当的。"

陈恕失笑："这一听就不像谈师兄说的。"

"好吧，我稍微润饰了一下。"秦淼坦白，"他说你耐心好，毅力也好，很适合做这行。"说完，顿了一下，想起什么似的，问道，"对了，前天视频会议谈师兄问我你是不是遇到了什么麻烦，你最近没什么事吧？"

"没什么事了。"陈恕说，"之前跟他借钱，还没来得及说清缘由，可能让他担心了。"

"借钱？"秦淼微惊，"发生什么事了，你借钱干吗？"话一说完就想起了什么，急声问，"是不是你小堂叔？"

陈恕点点头，秦淼眉头一皱："上次你不是说按月还给他吗，他又闹事了？是不是又打你了？"

"不是。"陈恕想起这件事，心里仍觉得愤怒心疼，脸色不知不觉凝了起来。隔了两秒，低声说："他绑了姜醒。"

秦淼闻言一震，惊诧地睁大了眼睛，过了一会儿才反应过来，问："那姜醒……她没事吧？"

"她受了伤。"陈恕声音低沉，"现在已经出院了。"

秦淼点了点头，心情复杂地看了他一会儿，低头慢慢说："没事就好。"

沉默了一会儿，听见陈恕说："我特别后悔。"

秦淼抬起眼。

陈恕微垂着头："那时应该听你的，早早把钱都还给他。"

秦淼看着他，心头不大好受，顿了顿，僵硬地安慰："你也不知道会发生这种事啊，都怪你小堂叔，是他太坏了，关你什么事。"

陈恕没说话。

秦淼也不知道说什么了，过了会儿，迟疑地问："她知道你欠钱的事了？你们现在……还好吧？"

陈恕点了一下头。

秦淼不知他回答的是前一个问题还是后一个，想再问一句，又有些犹豫，最终还是闭上了嘴。她心里五味杂陈，有些失落地想，他应该是把两个问题都答了，姜醒知道了他欠钱的事，但他们现在还是好好地在一起。

秦淼忽然又觉得无比沮丧，不想再问跟姜醒有关的事，开口道："既然已经过去了，你就不要想了。还了钱，你那个小堂叔就没理由再找你麻烦了，他要是再闹事，你就直接报警，没必要再纵容他。"

"他已经被抓走了。"陈恕说。据上次在警局了解的信息，陈立冬应该会坐牢，肯定不会一下子出来的。

秦淼一听就明白了，大概是因为绑架的事被抓了。她点了点头，说："那就最好了，他那样靠拳头说话的人，早就该进去关关了，也是活该。"

陈恕"嗯"了一声。

秦淼没再继续这个话题，说起了另一件事："你收到李郝的邮件没有？"

"收到了，他发了请帖来。"

"嗯。真想不到这小子动作这么快，"秦淼说，"你要带姜醒去吧？周六我开车，带你们一道吧。"

陈恕摇摇头："她回家了。"

秦淼"哦"了一声，挑了挑眉，说："那就咱俩去了，周六下午走？"

"好。"

李郝和陈恕、秦淼是本科同学，当初在班里，他们的学号是连着的，每次小组作业都是按学号分组，他们总是被分在一组，共事次数多了，也算有了革命友谊，而且几个人都是南方人。毕业后，陈恕和秦淼到南安读研，李郝家就在邻市，家里找了路子，给他在当地的设计院谋了个职位，于是李郝一毕业就工作了，这几年时常到这边出差，每次都会找他们聚聚，同学感情一直都在。

他要结婚，陈恕和秦淼不能不去。

婚礼定在本周日，但李郝通知他们周六到，说要弄一个单身夜，老朋友先聚聚，祭奠他即将结束的单身岁月。

没想到，周六这天下雨，路上多耗了一个多小时，到酒店时天都黑了。李郝早已等在门口。

Chapter 09 羁绊

进房间休息了一会儿,李郝带他们去了订好的餐厅,没过多久,陆续有几个老同学赶到,都是以前一个圈子里的,彼此都熟悉。

老同学聚餐,难免喝些酒。

一堆大男人,只有秦淼一个是假小子,虽然她酒量不错,但大家都照顾她,不让她多喝,倒是秦淼自己兴致高昂,一顿饭下来,灌了不少,脸都红了。

酒足饭饱,便是聊天的时候了,曾经一起念书的同窗,如今天南海北地聊,回顾当年糗事,吐槽工作辛苦,抱怨人生艰难。

李郝讲到了兴头上,开始掏心窝子:"人跟人真是不一样啊,咱们这种小康家庭出来的,不是啥官二代、富二代,活着真不容易,单说这结婚吧,费了好大劲,花一大笔钱,人家女方还嫌我小气,嫌彩礼给得不够多,红包包得不够大,酒店不够豪华,拍个婚纱照没两万块钱,人家连婚纱都不愿穿,要不是被逼到这一步,我可不想结婚……"

"敢情你结婚是被逼的啊。"秦淼叹道,"不想结别结啊,瞧,你还这么年轻,急什么!"

"唉,"李郝长叹一声,"不结不行啊,再拖儿子都要落地了,我那丈母娘非得把我撕了不可!"

这话一出,席上几人都露出了然的神情,一人笑着指指李郝,说道:"好家伙,这速度,你这不是才跟人认识三个月吗?闪婚也就算了,你这是要闪生啊!"

李郝摆摆手:"我也不想啊,这不是意外吗?谁想那么早当爹啊,现在的生活本来就一地鸡毛了,以后肯定还要加上鸭毛、鹅毛、老鼠毛了!"

秦淼又灌了半杯酒,托着下巴问李郝:"你这意思是,你老婆要是没怀孕,你还没打算娶她呢,你俩这感情不怎么样啊!"

李郝点头承认,略有些苦恼:"讲老实话,相亲认识的,几个月能有多少感情,凑合呗。"

秦淼皱眉:"你们男人难道都是这么想的吗?你不爱她的话,怎么跟她过一辈子？那得多难熬。"

"有什么难熬不难熬的，搭伙过日子罢了，现在跟以前不同了，念书的时候都说情啊爱啊，那时候是真单纯，现在嘛，谈不了这个，谈这个都是假的，骨子里不知道打什么主意呢。"李郝"啧"了一声，有些沮丧，"我算是发现了，这女人一出学校就现实多了，你人再好，感情再真，都没啥用。"

李郝这话一出，另外几个男人都深有同感地点头。

秦淼瞥了一眼陈恕，见他握着酒杯，没什么表情。柔黄的光线将他脸庞的轮廓勾勒得极温和。在其他男人的说话声中，他微低着头，安静坐着。

秦淼脑子里发热，心口也热，她捏起杯子，将剩下半杯酒灌下，入喉清凉，到胃里，再烧起来。

不知是喝多了，还是李郝说的话太悲观，她突然觉得心里格外难受。难道婚姻真的只能是凑合，就算是不喜欢的人，也要过一辈子？如果永远都没办法跟自己喜欢的人在一起，那结婚有什么意思呢？她一个人也能过日子，何必去跟别人凑合？

越往深里想，心越凉，甚至有一种难以言喻的绝望。她才不想走到李郝这一步。

秦淼心情差极了，男人们还在互相诉苦，她倒了杯酒，又灌了下去，等她再倒第二杯时，酒瓶被人握住了。

"你别喝太多。"陈恕说，"喝点茶吧。"

秦淼看着他，脑子晕乎乎的，眼里似乎也热了起来。她半眯着眼，扯扯唇："我还想喝，你干吗管我？"

陈恕一愣，秦淼抽回了酒瓶，倒出一杯，喝完，打了个酒嗝。

陈恕皱眉说："再喝要醉了。"

"醉就醉吧。"秦淼趴到桌上，含糊地应了一声。

果然是醉了。

话题聊尽，大家也都喝得差不多了，单身聚会总算结束了。

此时已经十点多了。

Chapter 09 羁绊

  几人都喝了酒,只好找代驾先将李郝送回去,再各回酒店。
  一共六个人,只有陈恕和秦淼的房间在同一层,于是其他几个男人把秦淼丢给陈恕,各自回了房间。
  秦淼醉得厉害,没法站稳,陈恕扶她上楼,送她回房间。
  开了门,陈恕扶秦淼到床上躺下,摊开被子给她盖好。正准备离开,秦淼迷迷糊糊喊了一声:"陈恕?"
  陈恕以为她清醒了,回过头说:"你休息吧,明天早上十点得过去。"
  秦淼迷蒙中睁开眼看着他,又喊了一声"陈恕"。
  "还有什么事吗?"
  秦淼脸颊通红,眯着眼说:"我好难受……"
  陈恕严肃地说:"你下次别喝这么多酒了。"
  秦淼一句话都没说,突然撑着手肘半坐起来。
  陈恕:"你……"
  话没说完,胳膊被人一拽,秦淼突然将他抱住。醉酒的人意识不清,像落水者抱住浮木一样,特别用力,陈恕毫无防备,一下就被她拽倒了。
  秦淼的手搂着他的颈子。
  陈恕立刻扣住她的手推开,迅速从床上起来,站到了一米之外,惊怔地看着床上的人。
  秦淼被这么一推,浑身都软了,没力气地皱了皱鼻子,躺在那没动。
  陈恕蹙着眉看了她一眼,没再多待,立刻离开了房间。
  陈恕回到自己的房间,在床尾坐了一会儿,想给姜醒打个电话。伸手一摸口袋,愣了一下。转瞬,他想起什么,顿了顿,出去敲隔壁房门,里面没有动静,他只好下楼去找总台。
  隔壁房间里,秦淼头疼得厉害,在床上翻了几个滚,嘴里胡乱唤了几声,都是同一个名字。过了一会儿,迷迷糊糊听到手机响,她有气无力地伸手摸了一阵,从大腿底下摸到手机,眯着眼看了下,习惯性地划动绿色图标,然后又闭上了眼睛,握着手机放到耳边,"喂"了一声。

电话里传来声音:"陈恕?"

秦淼揉着脑袋,声音飘飘忽忽:"你是谁啊……嗯,找谁啊……"

姜醒愣了一下,看了看手机,没打错,显示的名字确实是陈恕。

她迟疑地问:"我找陈恕,你是?"

电话里仍是含含糊糊的女音:"找陈恕啊……我也找他呢,我找不到啊,他又不喜欢我……"

姜醒微微皱眉,还要再问,那头没了声音——电话被挂断了。

秦淼翻了个身,手一松,手机掉到地上。她无知无觉地又滚了两下,扯了扯被子,躺着不动了。

总台差了客房服务生跟随陈恕上楼,帮他打开门。陈恕进去,看到自己的手机在地上,他拾起来就出去了。身后的服务生将门关上。

陈恕回到房间,习惯性地从通话记录找姜醒的电话,正要点她的名字拨出去,手突然顿住。

这条记录在最上面,显示"呼入1分18秒",就在两分钟前。

他又看了一眼,确定没有看错,心突然紧了紧,立刻拨出电话。

响了两声,那边就接了,却没有说话。

陈恕捏紧手机,低声唤:"姜姜?"

等了几秒,才听到她的声音:"陈恕。"

她只是这样喊了一声,就又沉默了,似乎在等他开口。

陈恕没有迟疑地说:"刚刚给我打电话了?"

那头"嗯"了一声。

"姜姜,"陈恕立刻同她解释,"秦淼喝醉了,刚刚我送她回房间,手机落在那里,现在才拿回来。"

电话里没有声音,安静得令人不安。

陈恕等了几秒,正要开口,听到她问:"你也喝酒了?"

陈恕一愣,转瞬反应过来,又解释:"喝了一点,你记得吗,那天我跟你说过的,我同学要结婚了,我和秦淼来参加婚礼。"

"不是周日吗？"

"是周日，但我们提前来了，有个小聚会在今晚，我们刚刚吃完饭，现在才回酒店。"

"哦。"

电话里又没了动静，陈恕抿了抿唇，有些紧张："姜姜？"

"嗯？"

"……你怎么不说话了？"

"哦，"姜醒靠着书桌，手轻轻刮着桌角，轻声说，"我没什么事，就想看看你休息了没。"

"我等一下洗了澡就睡。"

"好，那你早点睡，我挂了。"

手机离了耳边，却还是听见了那头的声音："姜姜——"

姜醒重新将手机贴近，听见陈恕的声音："再说几句话吧。"

"要说什么？"姜醒的语气有些冷淡。

陈恕一顿，声音低下去："你……没话跟我说吗？"

男人嗓音微沉，几个字随着电波传来，莫名带了丝失落的意味。

姜醒心一动，手指在桌上停住。过了会儿，她低笑了一声，慢慢说："怎么听着这么委屈？我又没欺负你……"

陈恕微愣，接着听到她叹了一口气。

他正要开口，却又听见她淡淡的声音："我是想欺负你一下，现在好了，舍不得了。"

陈恕心口一缩，喉头泛热。默了一会儿，他唇瓣动了动，贴着话筒轻轻说："我让你欺负。"

电话那头很安静，陈恕捏着手机没动，过了片刻，又听到了姜醒的笑声。

陈恕的脸在这笑声里渐渐热了起来。

"姜姜。"

"嗯？"

"你别笑了……"

姜醒收敛了一些，笑声歇了，唇瓣却仍扬着："笑都不能笑了？"

陈恕没作声，心却跳得更快。

姜醒没听到他的回应，有些奇怪："陈恕？"

"嗯。"

姜醒问："怎么了，生气了？"

"没有。"

"那说话啊。"姜醒表情放松地走到床边坐下，半趴在床上，"你明天什么时候回去？"

"要到下午。"

"和秦淼一道？"

陈恕停顿了一下，应道："应该是。"

姜醒"哦"了一声，说："我看过天气，你那边下雨吧，路上当心点。"

"嗯。"陈恕说，"你在家里怎么样，之前的伤还有没有不舒服？"

"没事了，在家里也还好，你别担心我，照顾好自己，不要总是熬夜。"

陈恕："嗯。"

"别糊弄我。"姜醒说，"等我回来，你要是又瘦了，你说怎么办吧。"

陈恕笑："瘦了就给你打。"

"打你有什么用？"姜醒慢悠悠地说，"还不如……"语气中带着一丝魅惑。

陈恕顿时一噎，耳朵连着脖子都红了，窘迫又无奈地道："姜姜……"

这一声求饶似的低唤并没有令姜醒收敛。她仿佛更有兴致了，幽幽地说道："不是说让我欺负的吗？"

陈恕："……"

终究说不过她，他兀自摇头，红着一张脸对话筒说："……好了，都听你的。"

回答他的又是一阵笑。

她似乎十分愉悦，那笑声令人心头发痒。陈恕默默听着，抬手解掉了两粒扣子，还是热。

这感觉他很熟悉，只是没想到和她打个电话也会这样。陈恕皱了皱眉，有些苦恼。

偏偏姜醒还不放过他，笑完又继续戏弄："说话算数，到时你可别反悔。"

"……"

陈恕更难受了："姜姜……"

姜醒觉得他声音有些不对，问："怎么了？"

"没事。"陈恕稳了稳心绪，"不早了，你……早点睡觉。"

姜醒猜他应该是不好意思了，有些想笑，想了想，还是忍住了。已经欺负够他了，见好就收吧。

姜醒说："好，你也快点睡。"

陈恕"嗯"了一声。互道了晚安，总算挂了电话。

第二天，陈恕在房间待到九点半，担心秦淼还没有起床，就给她打了电话。

电话响了好多声秦淼才接，她显然是刚从睡梦中醒来。陈恕没多说，只提醒了一句："我们十点要出发。"

秦淼晕乎乎地揉了揉额头，"哦"了一声，说："知道了……"

说完就把电话挂了。她在床上趴了一会儿，脑袋总算清醒了点，隐约想起一些片段。

静静地回想了片刻，她猛地从床上弹跳起来。记忆越发清晰，秦淼怔怔地坐了一会儿，抬手狠狠捶自己的脑袋。

陈恕等到十点十分，秦淼才慢吞吞从房间里出来。看到他，她愣了一下，脸颊忍不住发热。

陈恕没多注意，只问："可以走了？"

秦淼掩饰性地理了理头发，催促道："是啊，我们快点走，别迟到了!"说完,率先往电梯间走。

进了电梯,秦淼越发不自在,一直低着头不说话。陈恕看了她一眼,问:"你不舒服吗?"

秦淼一愣,顺着他的话说:"是啊,还有点不舒服,昨晚实在喝太多了,睡了很久都觉得没睡够。"

"你下次不要喝那么多酒。"

秦淼"嗯"了一声,说道:"昨天不是太高兴了嘛,大家难得聚在一起,一不小心就喝高了……"顿了顿,她又看了陈恕一眼,状似随意地说,"昨晚麻烦到你了吧,对不住啊。"

"没事。"

电梯到了一楼,门开了,陈恕说:"走吧。"

两人出了电梯,绕到酒店外面的停车场,陈恕说:"我来开车吧。"

秦淼惊讶:"你能开?你没学过车吧?"

"学过,"陈恕说,"就是不太熟练,上个月还开过谈师兄的车,没什么问题。"

秦淼将信将疑地坐进了副驾。没想到陈恕还真把车倒了出来,稳稳地开上了路。

秦淼惊奇道:"你什么时候学的,我怎么不知道?以前你暑假不都是打工吗?"

"高考后学的,没花多少时间。"陈恕说。

他那时为了帮大伯送货,很短的时间内拿到驾照,后来假期回去也会帮忙,车技也算练得不错,这种小型汽车碰过几回就熟悉了,没什么难的。

秦淼明白了,"哦"了一声。她知道陈恕的大伯已经去世了,不想提他伤心事,就没有再问,转移了话题:"昨天李郝没喝多吧,可别影响他今天结婚啊。"

"他喝得也挺多,但比你好。"

"哦,那就好。"

秦淼的声音慢慢低了。她想起昨晚的事，又烦乱起来，尤其在看到陈恕这样的反应后，更觉得心里堵得慌。他看上去好像完全不在意，一定是以为她喝醉了发酒疯才会做出那样的举动。很明显，他根本就没有放在心上。

秦淼很矛盾，明明害怕他发现，却又隐隐盼着他知道她的心意。

她想，他知道了又能怎么样？他已经有喜欢的人了，以他的性格，难道还会给她一点希望吗？肯定会连最后一点火星子都要踩灭的。

秦淼看着窗外，将繁杂的心思都压到心底。

李郝的婚礼仪式定在正午十二点，十点半，新郎新娘就已经出来迎宾了。

陈恕和秦淼在迎宾之前就进去了，他们被安排在老同学那一桌，到了十一点，席位就坐得差不多了。赶来参加婚礼的都是与李郝感情不错的，男同学居多，女同学除了秦淼，还有两位，一位是班长，另一位是学委。

仪式还没开始，大家都在聊天，话题无非是工作和感情，一圈聊下来，各自的情况也清楚了，除了秦淼和另外两个男同学单身，其他都谈恋爱了。

当然，最令大家惊讶的还数陈恕，谁也没想到他居然这么早就有对象了。

谁都知道，当年建筑系颜值前十的男同学中，陈恕是出了名的"闷木头"，每天不是学习就是兼职，曾经有一个隔壁班的女生想追他，计划着给他送情书、送礼物，谁知忙了半个月，连人都没堵上，最后人家觉得这人追到了也没意思，就放弃了。

渐渐地，其他有想法的女生也望而却步，总觉得这样的学霸就算长得再好看也没劲，整天忙成这样，肯定连陪女朋友的时间都没有，还谈什么恋爱。

大家唏嘘半天，八卦地问长问短，陈恕好脾气地一一回答，最后还是秦淼看不下去了，打断他们："干吗呀，人家谈个恋爱怎么了，跟发现新大陆似的，难不成陈恕出家了你们就觉得正常了是吧？"

班长猛点头："对对对！"

秦淼翻了个白眼，道："人家也是刚刚谈恋爱，还没几个月呢，可不像李郝，这速度赶得上火箭了，估计过几个月咱们得来喝他儿子满月酒了！"

一桌人笑作一团，班长又问："陈恕，你什么时候结婚？"

秦淼闻言手一顿，下意识地看向陈恕。

陈恕笑了笑，说："还没决定，我还没求婚。"

"哦——"班长音调拖得长长，兴致十足地继续八卦，"那你准备啥时候求婚啊？"

"过年吧。"

"过年？"

"嗯。"陈恕点头，眼底笑意渐浓，"除夕夜。"

即使是赶鸭子上架，李郝的婚礼仪式仍是幸福洋溢，令人羡慕。

宣誓时，李郝的声音很响亮，新娘笑容满面，两人抱在一起时，台下一片喝彩叫好。

秦淼默默坐着，看了一会儿，视线不由自主地落到陈恕身上。

她不知他在想什么。但她确定，他想的不会是她。

他说要在除夕夜求婚，姜醒会答应吗？

肯定会的，他这么好，这世上不只她一个人知道。

宴厅里热闹非凡，音乐、灯光、主持人的大嗓子，还有身边同学的笑声、欢呼声。

秦淼的心情差到了极点，时间似乎过得更慢了。

熬到三点多，宴席散了。李郝还要挽留，秦淼连连摆手拒绝，半个小时后总算踏上了归程。

还是陈恕开车，秦淼心灰意懒地靠在后座，闭着眼睛，全程都没有说话。陈恕以为她太累，也没有在意，一路开回南安，下了高架，问她是回家还是回公司。

秦淼恍了恍神，问："你要去公司吗？"

Chapter 09 羁绊

陈恕说:"要回去一趟,还有些事没做完。"

"那先去公司吧,我刚好拿点东西再回去。"

到了公司,两人一道上楼去了办公室。

陈恕没有耽搁,立刻就打开电脑开始工作。

秦淼看了看他,说:"不早了,吃了晚饭再做?"

陈恕没有抬头,眼睛望着屏幕,说:"还不饿,我晚点再去吃。"

秦淼没再说话,道了声"再见",走到门口,她突然又转过身:"陈恕。"

"怎么了?"

"你今天说年底求婚?"

"对。"

"那如果顺利,你打算结婚了是吧?"

"这个还不确定,我要跟姜醒商量。"陈恕不明白她为什么突然提起这个,"怎么了?"

"没什么。"秦淼笑笑,"我得提前准备份子钱啊。"

陈恕也笑了:"不用了,不收你那份。"

"那可不行,我得封个大的。"秦淼甩甩包,"走了!"

出了门,脸上的笑就僵了,秦淼站了一会儿,摇摇头,走去电梯间。

姜醒在家待了两周后,与姜父的关系缓和了一些,当然,主要是因为她难得表现出乖巧听话的一面,每日待在家里帮着洗洗碗、做做饭,陪二老看看电视,说话也耐着性子,气氛好的时候就好好聊天,遇到不喜欢的话题就装哑巴,只听不说。

姜父对姜醒在南安那边的事情一无所知,姜母回来后一句没提,生怕姜父一气之下把局面弄得更僵,也特地嘱咐了姜梦不要说。

十月下旬,姜醒外婆过生日,几代人聚在一块儿给老太太庆祝,大人孩子一堆,几个出嫁的表姐妹也带着另一半回来了。

这种场合,难免要谈到家长里短,起先气氛还好,等到后半截,话题转到婚姻嫁娶的事上，气氛就变得微妙了。

在场的适婚小辈中，除了姜醒和一个最小的表妹，其他都已成家。她们两个自然成为长辈关心的对象。

舅妈、小姨和几位表姐你一言我一语地说着，姜醒全然没心思听。

她这两天胃口有些差，上午吃得很少，这会儿正觉得饿，一直闷头吃饭，只听那位小表妹跟长辈们虚与委蛇打太极。

姜醒正庆幸有这伶牙俐齿的小表妹帮着挡枪子，没想到小表妹忽然就撂挑子不干了，一口大锅直接甩她头上："哎呀，小姨你们就别说我啦，瞧，我这前头不还有姜姜姐嘛，啥时候等姜姜姐嫁了，你们再来操心我好吧？"

桌上长辈一听这话，关切的目光一齐落到姜醒头上。

舅妈瞬间将枪口掉转了方向："也是啊，姜姜比琳琳大了三四岁吧，今年是二十九还是三十了呀？"

"二十九。"姜醒抬头答了一句。

"啊？"小姨转着眼珠子回忆了一番，"我怎么记着是三十了呢。"

姜醒没接话，姜母脸皮子有些挂不住了，说："是二十九，虚岁喊三十了。"

"那不就是三十了嘛，咱们这也不兴按周岁算的啊，这要是相对象，都要按三十讲了。"

小姨说到这里，舅妈一脸担忧地说："姜姜这年纪真不小了呀，"停了一下，换了副语重心长的语气，"听舅妈一句劝，以前的事都过去了，别老揣心里，还是早些谈对象好，再大点真的打着灯笼都难找了。"

大表姐跟着应和："是啊，姜姜你眼光别太高了，我单位有个男同事刚离婚，年纪也不算大，没小孩，要不介绍你们认识一下，接触看看？"

姜母一听，顿时不舒服了："这离过婚的，还是算了吧。"

舅妈有点不乐意："我们阿玉也是好意，离过婚的怎么了，这不是考虑姜姜的情况嘛，真要讲，姜姜当年跟离婚差不多吧。"

这话一出，一桌人都僵了僵，姜父姜母的脸色更是不好看。

姜梦有些生气，但碍于对方是长辈，不好说什么，只在桌子底下拍了拍姜醒的腿，以示无言的支持。

倒是小舅舅听不下去，开口道："过去的事就别提了，我们姜姜这么漂亮，怕什么？"

"是啊，姜姜好得很，你们别随便介绍，看人也要挑一挑，要找品性好的小伙子。"外婆突然开口这么一说，舅妈也不讲话了。

小姨见状赶紧缓和气氛，道："妈说得对，这可是姜姜的终身大事，咱们都上点心，我倒认识一个医生，条件很不错，人长得也正派，还是单身，我看跟姜姜挺配的，要不……"

"不用麻烦了，"姜醒开口打断了她，"我已经有男朋友了，对不住，让大家担心了。"

话音落下，席上之人表情各异。

姜母和姜梦同时惊了惊，不知内情的姜父和众人一样，都是一愣。

小姨有些不相信："啊，什么时候的事？怎么都没听说啊。"转头问姜母，"姐，你怎么也不说一声，原来姜姜有对象，害得我们瞎着急呢。"

姜母心绪复杂，一口浊气憋在心口，上也不是，下也不是。她没敢看姜父的反应，勉强对众人笑笑："我也才晓得，这丫头平时说话有一茬没一茬，我都不信，说不准又是拿话搪塞我们。"

其他人还没开口，小表妹抢先八卦："姜姜姐，男朋友什么样的，帅吗？有没有照片？"

姜醒愣了下，摇头："没照片。"年轻时喜欢拍来拍去，现在除了出去工作时拍照，平时都没这个想法。姜醒也是这时才意识到她手头连一张陈恕的照片都没有。

小表妹有些失望："啊，怎么连照片都没有？不是编出来骗我们的吧？"

她这么一说，其他人也觉得姜醒说的不像真话。

姜母暗暗松了口气，谁知下一秒这口气又提上来，只因姜醒又来了一句："是真的，他叫陈恕，我妈和我姐都见过。"

她的语气很认真，姜梦听得心里忐忑，但在姜醒的目光看过来时，她还是点了点头："姜姜没说假话，我们上次在南安见过，是个挺好的人。"

姜母没料到大女儿也跟着应和，顿时受到了沉重的打击。

姜父则皱紧了眉头，一言不发。

碍于是老太太的生日，又有这么多人在，两人都忍着，谁也没有当场发作。

回去的路上，车里气压低得吓人。姜梦夫妇俩察觉到了，一直将他们送回家。晚上，姜梦留在家里没走。

姜母一气之下，把隐瞒的一切都坦白了。刚刚缓和的关系又再度破掉。

姜父气急，大发雷霆，他怎么也没想到一家人居然合起来瞒着他一个，更没想到过了这么多年，吃了这么多亏，姜醒竟然一点长进都没有。

一个二十四五岁的毕业生？开什么玩笑！更别提那人还有债务纠纷，害姜醒被绑架！

姜父简直气得说不出话，直接叫她分手。

姜醒拒绝，试图解释，但姜父脸色发青，摔了姜梦端过去的一杯茶，丢出狠话："我养你干什么来了！这回你再来办个酒席试试？"

"爸！"姜梦急声劝，"您能不能听姜姜好好说？"

"有什么好说的，我养女儿不是来犯蠢受罪的！"姜父指着姜醒，眼睛发红，"我今天把话放这，你不分手，要走老路，我拦不住，你去走，我只当没养你，将来再被欺负了、抛弃了、过了苦日子，你别往家跑，这个门你走了就别再进来。"

姜母听得直抹眼泪："老姜，你别这样……"

姜父没理她，径自进了房间，从床头柜里取了户口本，走出来摔在姜醒面前:"把你户口迁走!"

"老姜,你干吗呢!"姜母哭得更厉害。

姜梦也震住:"爸——"

姜醒脸色惨白,怔怔地望着地上暗红色的小本子。她慢慢蹲下,将户口本拾起,却半天没站起。一眨眼,泪珠子滚出来。

夜深了,汽车在马路上平稳行驶。窗外车辆不多,晚归的人快步跨过马路,行色匆匆。

车里姐妹两人都没有说话。

姜梦握着方向盘,偶尔从车内镜看一下后面。后座上的姜醒沉默地看着窗外,两手搭在腿上,右手始终捏着那本户口本。

太安静了。姜梦想说点什么,却不知道怎么说。

一路行至随园小区,姜梦一直将车开进地下车库,决定今晚不走了。

随园是四年前开发的新小区,靠着世纪公园,周边环境很好,当年是姜父做主订下了一套三居室,去年年初装修完,家具电器全都置办好了。虽然姜父没说什么,但家里人都知道这套房子其实就是为姜醒买的。

晚上吵架时,姜父态度太硬,直夌叫姜醒走,骂完就气呼呼进了卧室,姜母劝不住,偷偷取了钥匙塞给姜梦,叫她带姜醒先去随园住一晚。

姜梦帮姜醒收拾了点东西,就这么带她出来了。

随园都是高层,姜家买的那套在十九层,落地窗正对着世纪公园的月亮湖,视野很好。姜梦一进去就把窗户都打开了,虽然没正式住过,但姜母每个月都带家政阿姨过来打扫一趟,屋里还挺干净。

姜梦正准备去厨房烧点开水,一转头,看到姜醒站在门口没动。

"姜姜,进来啊。"姜梦喊了一声。

姜醒愣了一下,走进屋,在玄关换了鞋。

这套房子她是第一次来,以前装修时,她还在外面跑,姜母给她发过图片,问过一些意见。现在进来一看,才发现屋里几乎都是按照她当时随口敷衍的"建议"装的。她说落地窗不错,就弄了落地窗,她说客厅不要弄实木地板,用哑光的地砖就挺好,最好灰色,结果地砖真的是浅灰色哑光的,连书房的书架都是照她随手百度下载了发过来的那张照片做的。

姜醒在书房里坐了一会儿,姜梦进来了,说:"先洗澡吧,我去趟超市。"

姜醒点了点头,站起身往外走,经过门口时,姜梦拉了拉她的手:"户口本先收起来吧,别一直拿着了,回头等爸不生气了,还得还回去呢。"

姜醒顿了顿,轻轻点头。

姜梦看了她一眼,眉心微蹙:"脸怎么还是白成这样,洗了澡赶紧歇歇,今天什么都别想了。"

姜醒应了一声。

姜梦下楼去对面的超市买了一些生活用品,经过果蔬区,顺便拿了蔬菜、水果,想了想,又去买了点米面。她知道,照姜父那个脾气,这回肯定没那么容易讲和,姜醒恐怕要在这多住几天。

回去时,姜醒已经洗完了,正在卧室里铺被子。

姜梦进去问:"饿不饿?给你煮点面?"

"不饿。"也没胃口吃。

姜梦在床边坐下。

姜醒问:"你不回去没关系吗?姐夫一个人……"

姜梦说:"他那么大个人能有什么问题?我打过电话了。"

"哦。"

姐妹俩沉默地坐了一会儿,姜梦叹了口气,低声说:"爸妈今晚肯定睡不着了。"

姜醒抿着嘴没吭声,她说不出话,也不知道能说什么。

姜梦又说:"爸真是气坏了,气头上说狠话也正常,当年的事你已经放下了,但对爸妈来说,那一直是他们的心结。"

姜醒低下头:"可那已经过去了,我根本没办法。"

Chapter 09 羁绊

"没办法也不行。"姜梦皱了皱眉,"我知道让你跟陈恕分手肯定是不可能,可是难道你又要跟以前一样,跟家里闹到决裂的地步?"

姜醒一震,抬头看她,眼睛立刻就红了。

姜梦心一软,拍拍她的肩:"好了好了,你又不是小孩子了,其实这情况跟当年还是不太一样。你刚开始跟沈泊安那会儿,爸对你抱着期望,哪料到你胆大包天,还敢偷改志愿,他能轻易接受才怪!"

说到这里,姜梦摇摇头:"这也就算了,偏偏你上了大学还一直跟爸犟着来,我劝你都来不及,我早就说过,这事儿是你们自己弄糟的,如果好好地处理,用得着搞酒席那一出?那会儿沈泊安除了年纪比你大点儿,其他条件也没得挑,如果你态度软点儿,沈泊安再摆个'认罪'的姿态,你们俩有点耐心,到爸面前好好表示,后面哪可能闹成那样?"

一番话说得姜醒无言以对。

末了,姜梦总结道:"现在说这些也没什么实际意义,但得吸取教训。你跟沈泊安掰了,好好的小姑娘跟在人家身边耗了那么多年,最后还被人这样欺负了,爸嘴上不说,心里一定又愤怒又心疼,肯定更后悔当年没拼命把你们拆开,他那口气一直梗在那,所以这次才炸成这样。仔细想想,陈恕也算被沈泊安给连累了,爸对你很失望,也不信任你的眼光。所以我说,这回你可别再走反了路。"

姜醒点点头:"我知道。"顿了顿,加一句,"我跟爸认错,再跟他好好说。"

总算说通了。姜梦松了口气,温声安抚道:"行了,慢慢来,我也会帮你,等爸气过了,我再让你姐夫约爸钓鱼去,到时让他也说说。"

姜醒眼一热,小声说:"谢谢姐。"

"客气什么。"姜梦站起来,"赶紧休息,这脸都白得不能看了。"

走了两步,到门口又回过头:"对了,还有陈恕,等过阵子你让他来一趟,我们再怎么说好话也得让爸见到人不是?"

姜醒点头:"嗯。"

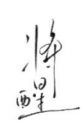

门关上了，姜梦去了浴室。房间里顿时静下来。

姜醒坐了一会儿，爬到床上躺下，眼睛望着雪白的房顶。

这张床很柔软，她的身体陷在里面。

光线太亮了，姜醒拿手盖着眼睛，隐约记起好久以前的零碎片段——

"妈，床太硬了，再给我垫一床褥子，我喜欢软的！"

"软的有什么好，睡出软骨头！"

"软的舒服，硬床睡不着……"

"……好了好了，姜姜喜欢，你就给她铺上。"

最后一句是男人的声音，是她爸。

姜醒揉了揉眼睛，手掌一片湿意。

姜醒很少哭，今晚情绪却一再崩掉，眼泪刚擦掉又落。

包里的手机却在这时振起来。

怔怔地躺了一会儿，直到铃声快歇了，姜醒吸了吸鼻子，起身从包里取出手机。

接通了电话，听到熟悉的声音，开头仍是同样的一句，他喊她的名字。

陈恕似乎是刚回去，还没有上楼，姜醒从电话里听到很清楚的狗叫声，应该是小区楼底下那只大狗。

姜醒没有作声，陈恕又喊了一声。

"嗯，我在听。"姜醒清了清嗓子，"你回家了？"

"回了。"陈恕皱了皱眉，在楼道里停下，靠着墙和她说话，"姜姜你感冒了吗，声音不对。"

"哦，没有。"姜醒道，"今天睡多了，刚醒，你怎么样？"

陈恕放了心，说："我很好。"迟疑了一下，又道，"姜姜，我有事跟你商量。"

"什么事？"

"我后天出差去香港，下周五应该能处理完那边的事情，回程票我买到你那里的，行吗？"

姜醒微愣了下，听见陈恕又说："我想来看看你。"

"……下周五？"

"嗯。"陈恕顿了顿，语声微低，"如果方便，我也想拜访叔叔阿姨。"

话说完，半晌没听到回应，陈恕唤："姜姜？"

"我听到了。"

"……不方便吗？"

"没有。"姜醒抹了一下脸，轻声说，"没有不方便，你来吧。"

"真的？"

"嗯。"

"那好。"陈恕挺高兴，"我提前订票。"

谈好了正事，两人又随便聊了几句。姜醒看了看时间，说："你快休息吧。"

"好，"陈恕说，"姜姜，你等我来。"

"嗯，等你。"

姜醒在随园住了两天，其间姜母来了一趟。大约是因为姜父这回说得太狠了，姜母顾不上责怪女儿，反倒怕她想不开，担心到时父女俩又杠上。

姜母讲了讲家里的情况，又好言好语地安慰姜醒，劝她千万别把那些狠话当真，先在这里住着。

这期间，姜母一句也没提陈恕，最后给姜醒做了顿饭才离开。

到了第三天，姜醒去了区图书馆。姜父以前在市文化馆工作，后来动了手术，身体差了，才申请调到图书馆，不用每天去。但姜父一板一眼惯了，只要是工作日，从不在家里待。

姜醒是中午到的，直接刷身份证进去了，就坐在一楼的大厅里等着。一点多，她看到了姜父的身影。

姜醒站起来，走到他身边，喊了一声"爸"。

姜父没料到她突然出现，愣了一下，紧接着扭头就走。

"爸——"姜醒一路跟上去。

到了大门口，就见姜父跟一个老同事一道往街对面的餐厅走去。

姜醒没辙，站了一会儿，只好先回去了。

后面几天都是这样，姜父看到她，就像没看到一样，不是跟别人一道去吃午饭，就是直接回办公室，她追到门口，他就把门关上。

就像此刻，他眼看着姜醒站在大门口，还是目不斜视地跟人一道去了马路对面的茶室。

姜醒觉得沮丧。也许不只是沮丧，还有一些别的情绪。她独自站在路边，不知该回去，还是应继续等着。

姜父和老同事坐在茶室二楼窗边喝茶。

"看这天，等下有场大雨啊！"

姜父听见同事这话，也往窗外看了一眼，天空确实灰蒙蒙的一片。

他视线转回来，低头喝茶，几秒后，听到同事说："哎，还真下了。"

姜父手一顿，站起身，贴着窗户往下看。

对面路牙边，那蠢丫头还站在那。

雨点由疏转密，不一会儿地面就湿了，姜醒跑到不远处的公交站躲雨。

眼看天色昏茫，雨幕渐厚，一时半会儿停不了，姜醒往里站了一点，但仍有雨水飘到脸上。

她觉得有些冷，头晕，肚子也不太舒服。这感觉，应该是例假快来了，她从来不记日子，隐约觉得这次好像迟了好久。

远远看到有出租车开来，姜醒招了招手，谁知车没到近前，就被别人截了。后面来的几辆出租车都是满客状态，公交车又迟迟不见踪影。

等了一会儿，姜醒放下手臂，默默靠在广告牌上。

这场突如其来的大雨令她从复杂的情绪中抽离，慢慢平静下来，她决定先不回去，再等等。不管怎样，总得说上一句话。

姜醒这么想的时候，茶楼里的姜父还在窗边站着。看了半分钟，

Chapter 09 羁绊

他坐回去喝茶,同事还在感叹雨下得大,说什么"一场秋雨一场凉"之类的。

姜父无心听,茶喝到一半,又站起来往外看,隔着雨雾还能看见姜醒站在公交站。

大雨下了快一个小时才转小,淅淅沥沥了一阵,终于歇了。

姜醒又去图书馆门口等着。

过了几分钟,看到两个人从茶楼里走出来。

等人快到近前,姜醒走下台阶,凑过去喊了一声"爸"。

姜父没正眼看她,倒是旁边的老同事惊讶地看了看,问道:"咦,你闺女?"

姜父没吭声,姜醒嘴快地说道:"叔叔好。我找我爸讲几句话。"

"哦哦,那好,老姜,我先进去了!"

老同事一走,姜父的脸色就沉了,迈着大步要走。

姜醒急忙说:"爸,你听我说几句话。"

姜父一言不发地踏上台阶。

姜醒追上去,跟在后头低声说了一句:"我知道错了。"

姜父微顿了一下,听见身后小女儿的声音更低了:"爸,你别不理我,行吗?"

姜父只停留了几秒,没听见她再开口,便又往上走。姜醒一急,一下跨了两级台阶,匆忙伸手,像小时候一样牵住他外套的衣角。

"爸……"这一声微微哽咽,带了哭腔。

姜父心一扯,步子迈不动了。

他回过头,看见姜醒一张脸苍白,不由皱了皱眉。

姜醒见他不走了,立刻说:"以前是我做错了,是我不懂事,我不应该自作主张。"

姜父仍旧冷着脸,听她说完后,语气严厉地问:"知道错了还不改?叫你跟人分手,你听不听话?"

姜醒脸一僵,摇头:"爸,他不是你想的那样,我没法跟他分手,我……"

"那你认什么错？"姜父火气上头，怒气冲冲地打断了她，也没在意衣角还被她拽着，转身就走。

他走得又快又突然，姜醒本来就没多少力气，这下更没有准备，被带得往前一栽，跌到台阶上。

姜父一回头，见姜醒跌倒，惊得一愣，再看到她捂着肚子，脸色惨白，顿时心一慌，什么都顾不上了，两步跑下来："姜姜！"

姜醒头晕目眩，疼得说不出话，只看到他跑来。

"爸……"她眼前发黑，张了张嘴，声音在嗓子眼转了转，人就没了意识。

姜梦和姜母匆匆赶到医院，看到一个人蹲在急救室外。

"爸！"姜梦急步跑过去，"姜姜怎么样了？"

姜父站了起来，他的脸色很糟，一双眼睛通红，半天也没开口。

姜母一看他这样，急得眼泪直掉："老姜，女儿到底怎么了，好好的怎么到医院来了，你倒是说呀。"说着，又想起上回姜醒受伤的情况，顿时更慌，"是不是还是上次的伤又不好了？"

"妈，你先别哭了！"姜梦也急躁起来，"爸，你快说，姜姜怎么了？"

姜父握紧拳，闷声说："流产了，大出血。"

母女俩一时间都震住了。

姜母愣愣地看着他，有些反应不过来："……流产，怎么会流产？"

姜梦也怔了一会儿，一时难以消化这个信息。她根本不知道姜醒怀孕了。

"妈，你知道吗？"姜梦皱着眉问。

姜母从最初的震惊中缓了过来，担忧占据了上风。她摇摇头，讷讷地抹眼泪："姜姜没说过啊，怎么会这样……"

怀孕了？还流产了？！怎么会呢？

姜母心里发慌。

手术做完，姜醒被送进了病房。得知情况稳定了，一家人悬着的心终于放下一点。

姜醒一直睡着。后来迷迷糊糊醒了一会儿，意识不清地喊了一声"爸"，又睡过去。

到傍晚，病房里突然响起了手机铃声。

姜梦从姜醒的风衣口袋里找到手机，看到是陈恕打来的，便出去接了电话，把姜醒的情况通知了他。

姜醒真正醒来，已经是夜里八点多。

姜母和姜梦都在，两人急急忙忙问她感觉怎么样，还痛不痛。

姜醒愣了片刻，慢慢记起发生的事，本能地伸手，想摸摸肚子。

姜母心一酸，又落泪。

"妈？"姜醒脸色苍白，眉蹙了蹙，"我怀孕了，是吗？"

姜母不知怎么回答她，抹了抹眼泪，直摇头。

"……没了？"姜醒的视线移到姜梦脸上，眼神并不确定。

姜梦看了她一会儿，轻轻点头。

姜醒的目光怔了怔，姜梦还想再说几句，却见姜醒闭上了眼睛，紧抿的两片唇更白了。

姜母心疼不已，已没有心思去追究或责备什么，哄小孩一般地安慰她："没事了，姜姜，都没事了。"

姜梦也安慰道："别想太多，你再睡会儿。"

姜醒却睁开眼，问："我爸呢？"

姜梦微微一顿，说："在外面。"停了下，看着姜醒，低声说道，"他也吓坏了。"

"还不都是他，"提起这个，姜母又气又心疼，"我早说他那个臭脾气要不得，迟早要闹出事，这回倒好，害得姜姜……"话没说下去，眼睛又红了。

姜梦看不下去，劝道："好了，妈，你去外面看看爸怎么样了，让姜姜安静一会儿。"

姜母也不知再说什么好，抹了抹眼睛，出去了。

病房里静下来。

姜梦说:"养好身体吧,以后还会有的。"停了一下,她声音放得更轻,"爸……爸他很自责,我看得出来。"

"……不关他的事。"姜醒说,"我根本不知道。"一点儿也不知道。

明明有很多症状,她全都忽视了,还以为是之前的脑震荡反应,都是她自己疏忽了。

姜醒身体很虚弱,晚上喝了几口红豆粥,又睡了。

再醒来,天已经亮了。窗帘遮住了光线,病房里有些阴暗。

姜醒睁开眼,刚动了一下,手就被握住了。

"姜姜?"

这声音入耳,姜醒蓦地怔住。

"醒了?"陈恕凑近,摸了摸她的脸,"有没有哪里难受?肚子疼不疼?"

姜醒定定地看着面前的人,过了几秒,唇瓣动了动:"开灯……"

陈恕开了灯。

光线骤亮,面前的一切都清晰了。

姜醒眉心微蹙,紧盯着他:"你……"

"我在这。"陈恕笑了笑,憔悴的脸庞因这笑容多了几分生气,满眼血丝似乎也没那么吓人了。

姜醒鼻头发酸,喊一声"陈恕",眼眶就湿了:"你怎么在,你……你什么时候来的……"

"昨晚到的,你睡着了。"

他低下头,拿拇指帮她抚掉眼泪,在她眼角轻轻吻了一下。

姜醒愣愣地看着他。过了一会儿,她握紧他的手:"陈恕。"

"嗯?"

"我们本来有一个孩子,现在没了。"

陈恕一滞,低声应:"……嗯。"

"对不……"

唇被男人的手指盖住。

他俯首贴近,换唇瓣堵她的致歉。

Chapter 09 羁绊

  姜醒那句对不起最终没有说完整,陈恕的唇温热柔软,将她的声音和思绪一道夺走。他的亲吻体贴温柔,怕她喘不了气,亲一会儿就退开,等她换了气,再继续。
  这样亲密片刻,姜醒没话说了,微白的唇瓣多了血色,看上去精神也像好了一点。
  陈恕攥住她一只手,安静地看了一会儿。
  "喝点水,好吗?"他问。
  姜醒脑袋点了一下,眼睛还望着他的脸。
  陈恕起身倒了水过来,喂她喝了几口,放下杯子坐回来,姜醒主动拉住他。
  陈恕反握住她的手,放在手心搓了搓,问:"饿了吗,去给你买点粥喝?"
  姜醒摇摇头:"还不饿,我妈会给我带粥来。"顿了下,问,"你呢,你饿吗,昨晚吃过没有?"
  "吃过,还饱着。"
  姜醒不大相信这话,问:"几点了?"
  "六点半。"
  姜醒说:"那你先去吃早饭吧,医院里有食堂的。"
  "还不饿,晚点再吃。"
  姜醒没有再劝,沉默了一会儿,说:"从香港过来的?"
  陈恕点头。
  "工作没做完吧?"
  "差不多了,一点扫尾工作同事会帮忙的。"
  姜醒抿了抿唇,目光晃了一下:"昨天……我姐告诉你的吗?"
  "嗯。"
  "……你吓到了吧?"
  陈恕一怔,唇角微垂,半晌方点了点头。
  确实吓坏了。昨天打电话,原本是想问她有没有想带的东西,因为开会前闲聊时听到同去的同事抱怨要给好几个女同学代购,说人家发过来的化妆品牌子千奇百怪、闻所未闻，恐怕要花一整天去找货。

陈恕就想到了姜醒，却怎么也没想到会得到那样的消息。

等航班的几个小时最难熬。还好飞机没有延误，到了机场也顺利找到车，他匆匆赶到这里，她正在熟睡。

陈恕庆幸她在睡着，否则他不知第一句话要同她说什么。

那时他的状态实在糟糕，半天没法镇定，看她躺在被子里，脸白得几乎透明，他不知自己是什么心情。在她身边待了整夜，到天亮才渐渐缓过来。

他自责万分，如果一直在她身边，一定早就能察觉，也不至于这样。

陈恕觉得，他似乎三番两次都害她吃苦头。所以她道歉时，他最难受。

陈恕沉默了一会儿。姜醒也没有说话，她想象得到，昨天他是怎么着急地放下工作跑来这里。

姜醒将另一只手盖在陈恕的手背上。他抬起眼，姜醒对他笑了笑。

这时，有人推开了病房的门。

陈恕回过头，看到来人，立刻站起身，喊：“阿姨。”

姜母愣了愣，有点反应不过来。

这时，姜梦进了门，张口招呼道：“陈恕，姜姜怎么样了？”

“已经醒了。”

姜梦走过来，直接无视了姜母既诧异又埋怨的眼神，径自走到床边："姜姜？"

“姐。”

“好点了？”姜梦问话时对她眨了眨眼。

姜醒立刻就领会了她的意思，“嗯”了一声。

姜梦转身对陈恕说：“你熬了整晚，也辛苦了，去洗个脸吃点东西吧。”说完从包里取出袋子递给他。里面是准备好的洗漱用品。

“谢谢。”

Chapter 09 羁绊

陈恕很感激,既是谢她的好意,也是谢她昨天及时通知了他。

陈恕的视线又回到姜醒脸上。

姜醒朝他笑:"去吧,但要很快回来。"

陈恕上前,碍于有人在,仅是克制地捏了下她的手让她安心:"好,我马上回来。"

姜母看在眼里,心中不大舒服,但现在是特殊时期,她顾着姜醒,只能装作没看见。难得看到姜醒笑得这样轻松,她难过又心疼,还有些说不出的滋味,觉得好像她们对姜醒再好,也没有眼前这个年轻人的出现来得管用,他来了,她的小女儿才像活了似的,眼睛里都不一样了。

这么想着,就一句狠话也说不出口了。

陈恕走到姜母身边,低头说:"阿姨,那我先出去了。"

姜母心情正复杂,没心思追究别的,但也没应声,直接走去床边看姜醒。

等陈恕出去了,姜梦才对姜母说:"昨晚许衡送你跟爸走了,小陈才来的,昨晚有他陪着姜姜,我就回去了。"

姜母抬头瞪了她一眼,仍然不满:"早上打电话时你不说,刚刚在楼下你也不提,就是故意的吧?"

姜梦无奈地笑着:"是是是,这不是怕被骂嘛。"

姜母白了她一眼,低头拧开保温桶,转头换了语气跟姜醒说话:"吃红枣粥,补补血,晚上给你炖鱼汤喝。"

姜醒有点惊讶她居然没有生气,立刻乖巧地点头:"谢谢妈。"

姜母"哼"了一声,有点不高兴的样子:"跟你妈倒客气。"

对别人家的小伙子就亲密得很,果然女大不中留。

想到这里,姜母自己先愣了一下,有点悲伤:女儿确实大了,看起来又那么喜欢小陈,恐怕是想留也留不住了。

可是那个小陈……姜母心里"啧"了一声,想起姜醒流产,顿时又给陈恕扣了好几分,心里的天平又歪了。短短几秒钟,姜母脸上的表情已经变了几变,显得十分纠结。

姜醒看着她的脸色，挑好话说："妈，让你太辛苦了，我不好意思。"

"你总吃苦受罪的，我不辛苦才怪。"姜母扶她起来，坐床边喂她喝粥，一边喂，一边想心事，几次欲言又止，纠结了一会儿，最后还是皱着眉说出口，"姑娘家要晓得保护自己，男人太年轻了就是不会考虑后果，左右吃苦头的又不是他们。"

姜醒愣了下才听懂，立刻说："妈，这跟他没关系，是意外，我们……"

说到这里，苍白的脸立刻红了，在陈恕面前她一贯厚脸皮，但当着母亲和姐姐的面说起这事还是很窘迫的。

姜醒的声音低下来，顶着一张快熟透的脸，嚅着唇说："是真的……"

姜梦在一旁听得也尴尬，咳了一声，道："妈，姜姜不是小孩子了。"

姜母嘀咕了两句，不说了。

陈恕果然很快就回来了。

姜梦带姜母走了，中午再来送饭，发现姜父来了，坐在走廊里，手撑着膝盖，跟昨天一样的姿势。

姜梦愣了一下，走过去："爸——"

姜父抬起头，姜梦看到他很憔悴，眼窝陷了进去，好像更老了一些。

姜梦顿时有点心酸："妈说你去了馆里，你没去吗？"

"上午去了。"姜父闷闷地说完这句，头微微垂下。

他头顶的白发好像也多了。

"午饭吃过没？"姜梦又问。

姜父应了声"嗯"。

姜梦犹豫了一会，说："不进去看看姜姜吗？她比昨天好多了。"顿了一下，轻声说，"小陈……嗯，就是姜姜的男朋友，昨晚来了，在陪着她。"

见他没有吭声，姜梦猜他应该已经从小窗口看到了，也可能是陈恕出来过，他们已经见过面。

姜梦不知他在想什么，等了片刻，说："那我先把饭送进去。"

走到门口，又回头道："爸，其实姜姜根本就没有怪你。"说完推门走进了病房。

姜梦给姜醒带了猪肝粥，除此之外，还有一份饭菜。

姜梦把保温桶拿出来，打开。

陈恕说："我来吧。"

姜梦指指袋子里的饭盒："那饭是你的，先吃吧。"接着望向姜醒，说，"妈做的。"

姜醒怔了怔，然后就笑了，对陈恕说："我妈做菜不错的。"

陈恕好像也没有想到有这待遇，一时有点受宠若惊，立刻同姜梦道谢，打开饭盒盖子，饭菜香味诱人。他转头看姜醒，眼眸晶亮。

姜醒笑着催促："快点吃。"

姜醒胃口比早上好，吃完午饭精神更好了一些。

陈恕把保温桶和饭盒都收好，姜梦在床边同姜醒说话，聊了几句，低声说："爸还在外面坐着。"

姜醒和陈恕同时顿了一下。

"还没走吗？"姜醒蹙了蹙眉。

陈恕走过来说："叔叔来了挺久了，我去喊过，但他好像不愿意进来。"顿了下，看向姜醒，"姜姜，我再出去看看。"

他往外走，被姜醒叫住："别去了，他不会理你。"

姜梦也认同："他大概还不知道怎么面对姜姜吧，也好，让他改改这牛脾气。"

"到一点半，他就会走了。"姜醒说。

两点午休结束，图书馆开门，就是上班的时间了。

但姜醒预料错了，到了要上班的时间，姜父也没有走，他在外面坐了一下午。

姜醒睡了一觉，醒来已经是傍晚，迷蒙中睁眼，床边站着一个人。

她以为是陈恕,喊了一声,没得到回应,却见那身影往外走。

她揉了揉眼,看清了,神思骤明,张口喊:"爸。"

她撑着手肘想坐起来,手臂一动,扯到了输液架。刚一晃眼,就见那身影已经到床边。

"爸。"姜醒又叫了一声。

姜父稳稳扶着输液架,看了看她的手背,心才落下来。

"……你睡觉。"他绞着眉,僵硬地说了一句。

"我已经睡好了。"姜醒说。

姜父看了看她,又想起那天她摔倒的样子,白惨惨的脸,就那么昏过去了。就像四岁那次从他自行车后座上栽下去,撞到了头,怎么都叫不醒。

姜父的脸色又难看起来。他拿手搓了把脸,听见姜醒说:"我没事了,爸,你别担心。"

姜父没有说话,但也没有再往外走。

姜醒正准备叫他坐一会儿,陈恕就进来了,身后跟着个小护士。

看到姜父在里面,陈恕有些惊讶,刚喊了声"叔叔",身后的小护士就快步过来,将手里的体温计递到床边:"病人发烧了是吗?先量量体温!"

"发烧?"姜醒愣怔地看向陈恕,"没有吧。"

陈恕解释:"我摸额头,感觉有点热,量一下。"

姜醒只好听话,量完后,护士一看,说:"正常,没发烧,吓我一大跳。"转头告诉陈恕,"行了,情况挺好,家属也别太紧张了,让病人多休息,出院后补补身体,没大事。"

陈恕有点不放心,又俯身摸了摸姜醒额头,说:"能不能再量一次,我还是感觉有点烫。"

护士虽然嫌他磨叽,但还算敬业,探手试了一下姜醒的额温,安抚道:"真没事,这温度是正常的,大概是你穿太少了,手凉吧,赶紧多穿件衣服。"

陈恕："……"

姜醒失笑，对护士道了谢。

小护士走后，陈恕问姜醒："没有不舒服？"

姜醒摇摇头。

陈恕心放下了一点，看到姜父还站在那，便把椅子拿到他身边："叔叔，您坐吧。"

姜父看了他一眼，没有应声，目光挪回姜醒脸上。

"爸，你坐。"姜醒也说了一句。

姜父含糊地"嗯"了一声，隔了几秒，到底是坐了下来。

陈恕倒了一杯水端过来："叔叔，您喝水。"

姜醒看了看父亲的脸色，怕他不接，让陈恕难堪，跟着说："爸，你喝口水吧。"

她的眼神小心翼翼，姜父看得心闷。

"先放着。"语气冷冷淡淡，却也不是明显的拒绝，姜醒松了口气，看了看陈恕，眼里有些喜色。

陈恕朝她一笑。

两人的眼神互动虽然不明显，但也很难忽略。

姜父皱着眉，只当看不到。

不多时，姜母和姜梦一道送晚饭来，看到病房里的情景，不由一愣。

陈恕已经走过去，接过姜梦手里的袋子，又特地对姜母道谢："阿姨，谢谢您给我做饭，很好吃。"

他态度诚恳，话也好听，姜母磨不开面子，应了一声，抬头，跟姜父的目光对上。

老夫妻俩都在对方脸上看到了复杂的表情，为难、无奈……还有，隐约的松动。

姜醒在医院住了五天，医生建议回家休养。

陈恕请了半个月的假留在这边。姜醒劝不住，只能随他。姜醒听从姜梦的建议，没有回家，仍然去了随园小区，那边陈恕也方便住。

一周下来,姜父姜母对陈恕的态度有些诡异,叫人摸不清,说客气,肯定不算,但也没有多糟糕,他们甚至没有阻拦陈恕留在随园照顾姜醒。

在医院,他们都看到了,这个年轻人的确把姜醒照顾得很好。他似乎跟这个年纪的年轻人不太一样,做事细心认真,好像怎么都挑不出错。

姜醒出院住到随园之后,姜母就更加闲了,煲汤熬粥、洗衣做饭的事陈恕一手办了。在他们过去看望姜醒时,陈恕会做好一桌菜留他们吃饭。

吃了几回,姜母觉得一个男孩子厨艺好成这样,也是有点奇怪。

陈恕在江城一共待了二十天,两个周末假期,加上十六天的事假。

姜醒身体虚弱,休养的这些天仍然是睡得多,起得少,她没有出过门,对很多事也并非完全清楚。只是渐渐地发现,父母对陈恕的态度好像有了一些改变。

比如,姜母偶尔会问她:"小陈请了这么久的假,公司那边不会开除他吧?"甚至有一次催促她劝陈恕早点回去,别把饭碗给丢了。

而姜父,虽然没有说过什么,但有一次陈恕喊他时,姜醒听到他应声了。

她不确定这是不是代表他们已经接受了陈恕。

陈恕离开江城的前一天,姜醒午睡醒来,发现陈恕没在房间,她起身想去外面找他,在门边听到客厅里的说话声。

都是熟悉的声音,一听就认出来了——一个是她爸,一个是陈恕。

姜醒很惊讶他们居然会聊起来。

她没有走出去,轻轻将门开了一条缝,听见她爸的声音:"这事,你怎么打算?"

姜醒疑惑,觉得有些奇怪,不知他指的是什么事,为什么问陈恕怎么打算?

她靠在门边，仔细听着，想看陈恕会说什么。

可是陈恕并没有立即回答，确切地说，是姜父没有给陈恕立刻回答的机会，他问完话，紧接着又说了一句："姜姜这些年，吃了很多苦，她以前的事，你知不知道？"

陈恕"嗯"了一声。

"你知道就好。"姜父略微停顿了一下，又将话说下去，"你这个年纪，跟她一比，确实小了。你有没有认真想过以后？你要跟她在一起，总归要有打算，不说别的，你家里父母要同意吧？如果你父母有意见，以后姜姜也要受委屈，这事你跟家里说过没有，你父母怎么个态度？"

姜醒没有想到他问的会是这些，有些意外，又有些高兴。她爸能松口说出这样的话，已经是很大的让步。只要陈恕的表现过得去，他应该不会为难。

姜醒松了口气，然而下一瞬，这口气却因为陈恕的回答在她喉咙里滞住。

"叔叔，我没有父母。"陈恕这样说。

惊怔的不只有姜醒，姜父似乎也没有想到，顿了两秒才缓了缓语气，问："他们……都不在了？"

陈恕摇摇头，解释给他听："我没有见过父母，不知道他们是谁，镇上有人说看到他们把我丢在巷子里，是大伯把我带回去的，但我大伯说他也不知道。"顿了一下，解释，"大伯是收养我的人，他让我喊大伯。"

姜父听完一时怔愣，这种遗弃孩子的事在他们那一代有不少，但丢的大多是女孩，而且这些年已经很少见了，没想到陈恕竟是这样的遭遇。

姜父沉默了半响才继续开口："……从小就跟大伯一起过的？"

陈恕点头。

"家里只有你们两个人？"

"嗯。"

应完这一声，陈恕低下头，眉微蹙："……现在是我一个人，我大伯已经去世了。"

客厅里静下来。

姜父摸出一根烟，点上。

过了一两分钟，姜父说："……你读到研究生？"

陈恕"嗯"了一声。

姜父点点头，道了一句："挺不容易。"停了会儿，问，"还欠着债？"

陈恕一顿，紧接着点头："是的。"

"读书时借的债？学费？"

"不是，"陈恕低声说，"我大伯生了病，治病用的。"

姜父微微凝目，说："还欠多少？"

"十二万。"陈恕回答完，看着他说，"叔叔，我知道我现在经济上不好，但请您相信我，我不会让姜姜受苦的。这笔债我明年上半年就能还清。到明年初，我就能转正，而且，明年我也能考一建了，如果顺利，收入也会增加，我已经想好，如果姜姜愿意，我想明年和她先领证，至于婚礼……"

"我也会尽快，只是我现在不能跟您保证多久能在南安买房，但我会想办法缩短这个时间。"

"……在南安买房？"姜父微微摇头，"你才刚毕业，对你提这个要求那是难为人，我跟你说这个，本意也不是难为你。姜姜的性子，我就是真这么做也是没用。"

琢磨了一下，他继续说："看得出来，你是考虑过了。经济上的问题，并不是多严重，你这个年纪，不是用这个衡量你的时候，如果真有困难，我们还能帮着，我最担心的也不是这个，有几句话，我说在这，你先听着。"

陈恕认真道："您说。"

姜父说："姜姜比你大了近五岁，她现在看着还很年轻，也好看，而你刚从学校里出来，接触的人也不多，我也是从你这个年纪过来的，你这种感情……老实讲，我并不是很放心。姜姜又重情……"

讲到这，姜父皱了皱眉，没有再往下说。但陈恕已经听懂了。

"我明白您的意思。"他想了一下，说，"我对姜姜的心意，我不知怎样让您确信。这种感觉，很难准确地说给别人听，我也没有喜欢过其他人，没法对比，但我自己……"

"我自己很清楚……"他目光微敛，缓缓说，"跟姜姜在一起，让我觉得，好像所有的不好都变好了。"

客厅里又安静了一会儿，姜父没有再问，陈恕也没有再说。

卧室的门轻轻合上了，一线亮光被隔绝在外。

昏暗的房间里，姜醒蹲在墙边，一只手掌盖着脸。有泪水从指缝里滑下，到了嘴边。

她用手一抹，慢慢站起来，靠着墙，眼眶里重新湿润了。然而，她却想笑。

好像所有的不好都变好了。

不知如何表达的心情，在外面那个男人说起这句话时，已经找到了最好的注释。

所有的不好都变好了。

的确。

姜醒不知道外面的谈话是什么时候结束的，她回到床上继续躺着，静静地想了一会儿。

陈恕的身世，他以前过的日子……即使已经过去，乍然听到，仍然令人难受。

不知过了多久，房门开了，陈恕走了进来。

他不知姜醒已经醒来，犹豫着要不要喊她。三点多了，锅里煲的汤已经好了，现在喝是最好的。而且，午睡过长也不好，晚上她可能会睡不着。

在床边站了一会儿，陈恕走过去将窗帘拉开了，又回到床边拍拍姜醒的胳膊，喊了两声，不见她有反应，只好凑近，轻轻将她侧躺的身体扳过来，打算揉她软乎乎的脸，然而视线移过去，手却顿住了。

姜醒睁着眼睛,眸子里一片水光,眼尾通红。

陈恕立刻靠近,盯着她的脸:"怎么了?哪里不舒服?"他伸手给她抹泪,眼睛在她身上来回看了一遍,微微皱眉,"姜姜,说话。"

姜醒没有说话,伸手搂住他脖子,脸贴着他。

"上来。"她轻轻说。

陈恕一愣,低声说:"我脱衣服。"

"不用脱,上来吧。"

陈恕依着她,躺上床,将她搂进怀里。

"你怎么了?"

"没什么。"她嗡嗡说了一句,"醒来没看到你。"

陈恕惊讶,并不是很相信:"我就在外面,别说假话,你为什么哭?"

"我做了噩梦。"姜醒说。

"什么梦?吓人的?"

姜醒"嗯"了一声:"记不清了。"

陈恕摸摸她的脸,低声安慰:"只是梦,不要想它就好了。"

"嗯。"姜醒沉默了一会儿,说,"明天我送你。"

"不用,你歇着,我自己走就行了。"陈恕说完,想起了什么,又道,"姜姜,叔叔说让我们明天中午回家吃饭。"

姜醒愣了下,装作不明白的样子:"我爸?什么时候说的?"

"刚刚来过,你睡着,他待了一会儿就走了。"

"哦。"姜醒说,"他怎么这么好了?看来你表现得很不错,得给你奖励。"

陈恕笑:"给什么奖励?"

姜醒从他怀里钻出来,撑着手肘坐起,俯身低头,落下了一个轻轻的吻。

姜醒喝汤时,陈恕回到客卧收拾自己的行李。姜醒喝完汤就进去找他,看他正往背包里放衣服。

在一起朝夕相处了大半个月,他明天要走,她多少有点失落。

陈恕一抬头，见她靠在门框上，沉默地看他。

她的眼神谈不上多么缠绵留恋，甚至因为失神显得有些冷淡，但陈恕看着她，停了手里的动作。

"怎么了？"姜醒回过神，冲他眨眨眼，笑了。

陈恕走过来，将她抱进怀里："到下个周末要是没有出差，我就来看你。"

"不用。"姜醒说，"我已经好了，你别来回跑，周末有空就好好休息。"停了一下，说，"反正下个月我就回去了，到时我身体养得差不多，我妈也不会拦我。"

陈恕没应声，姜醒说："听到了？"

"嗯。"

"好了，收拾东西吧。"

陈恕又"嗯"了一声，松开她。

姜醒看了看桌上，说："你装衣服吧，我帮你整理那些。"

桌上放的是证件、名片、钥匙之类的小物件，昨天陈恕洗背包的时候都拿出来了。

姜醒帮他一件件按类分好，最多的是名片，大部分都是他的同行，香港那边的建筑师。里面也混进了几张陈恕自己的名片，简简单单的一寸照，他穿着白衬衣，系蓝格领带，脸庞干净好看。

姜醒抽出一张，塞进自己的口袋。

理到最后，看到了陈恕的身份证。这应该是他高中的时候，脸庞还很青涩，拍照的时候似乎有些紧张，他微微抿着唇。

都说身份证照最丑，但姜醒觉得这样的陈恕还挺可爱。

她笑了笑，视线往下，看到他的身份证号，默默记下了中间几位——19901207。

晚上，陈恕和姜醒出去了一趟。上次事出突然，陈恕匆忙赶来，没能准备礼物。恰好明天要同姜醒回家吃饭，他便想买一些礼物带过去。姜醒见他有心，也没有异议，于是陪他出去，给他意见。

最终，两人选了一些营养品，又给姜母挑了一套护肤品。

第二天中午,两人准时过去了。

看到他们带了礼物,姜母有点不满:"回家吃饭,还买什么东西?"

姜醒笑着解释说是陈恕的心意,见家长的见面礼。

姜母没再说什么,老老实实接下了。

姜母给阿姨放了假,午饭由她一手置备,姜醒去厨房帮忙打杂,择完菜出来发现茶几上摆了棋盘,她爸正在跟陈恕下棋。

以前在家里,姜醒只见过她爸跟她姐夫下棋,这回坐对面的人换了陈恕,她感觉挺稀奇。

她站在厨房门口,跟看西洋镜似的望了一会儿,被姜母叫回去剥蒜。

"你杵门口干什么呢?"

"我爸跟陈恕在下棋。"

"下棋怎么了?"姜母又丢了两棵葱给她,"切好。"

姜醒把蒜递给她,一边切葱一边说:"姐夫第一次来家里好像也跟爸下棋了。"

这话里什么意思,姜母一听就明白了,虽然她已经勉强接受了现实,但心里对陈恕的条件终究有些不满意。偏偏姜醒说这话时语气十分愉悦,姜母只好把那一丝不满意压下去,顺着姜醒的话接了一句:"就你爸那水平,你姐夫以前都让着他,这回要是输了,面子肯定挂不住。"

姜醒说:"放心,陈恕又不傻,姐夫会让,他也会。"

"你又知道了?"

"他很聪明的。"

"你这丫头……这夸得也不脸红。"姜母摇摇头,一边擦锅一边说,"就这么喜欢他?"

姜醒"嗯"了一声,把葱装进碟子,放到她手边。

姜母叹口气,说:"没你的事了,出去玩吧。"

客厅里,下棋的结果如姜醒所料,果真是陈恕输了。后面又下了

Chapter 09 羁绊

几局都是如此，只有最后一次是平局。姜醒在旁边看了半天，也没辨别出这是陈恕真实水平还是他有意为之。不过，这个结果显然令姜父很舒坦，吃饭时气氛不错。

陈恕的航班是傍晚的，吃完午饭时间还早，姜醒领他上楼去自己的房间待了一会儿。

姜醒的房间还保持着上学时期的样子，陈恕看到书架上两整排的旧书、旧笔记，有些惊讶，也有些好奇。

他转头问姜醒："我能看看吗？"

"随便看，都是以前上学时的东西。"

陈恕翻了两本书，又取下两本笔记本，一本红色封皮，是历史笔记，他翻开，整页都是黑色笔写的字，整洁秀气。

"字很好看。"陈恕夸了一句。

姜醒挑挑眉："小时候被我爸逼着练了三年字帖，能不好看吗？"

陈恕抬头笑了笑，又继续看，看完了，换了另一本蓝色封皮的。

姜醒瞥了一眼，记不清这是什么笔记了。等陈恕翻开，她才认出这是摘抄本。

陈恕一页一页往后翻，到中间，露出一张对折的纸。

"这是什么？"姜醒有点奇怪，不记得是什么时候在这夹了一张纸。

陈恕将纸打开，姜醒凑过去一看，表情顿时僵住了。

一整面纸全是重复的三个字：沈泊安。

顿了几秒，她回过神，从陈恕手里拿过那张纸，丢进了垃圾桶。

抬头时，对上陈恕微沉的目光。

他看了她一会儿，转回头，重新去看桌上的笔记本。

房间里只有轻轻的翻页声。

陈恕翻完了，将书和笔记都放回了书架，他低着头站在桌边没动。

姜醒走过去，从身后抱住了他："你怎么了？"

陈恕没作声。

"吃醋了？"姜醒又问。

陈恕顿了一下，回过身，将她搂到怀里。

姜醒抬头，看到他眉心微微皱着。

"那时候我确实很喜欢他。"姜醒低声说，"很久见不到，自然会想他，所以写了那些，但已经过去了，你要是吃这个醋，那我就没办法了。"

"不是吃醋。"陈恕顿了一下，纠正道，"可能……也有一点。"

看到那满纸都是沈泊安的名字，说没有一点吃醋，那肯定是假的。她曾经那样爱过另一个人，还爱了那么多年，他的确会嫉妒，这没办法否认。

但对于这件事，他更多的感受是心疼。

那年夏天楼道里压抑的哭声，他始终记得。与她在一起后，想起那时，更觉得难受。陈恕不知如何表述这种心情，只好将她抱紧，轻声说："我不会那样。"

姜醒怔了怔，过了片刻才明白他指的是什么。

这种时候，她也变得嘴拙，不知该如何接话，愣愣地任他抱着。等他松手时，她似乎回过了神，踮着脚，捧住他的脸庞。陈恕还来不及说话，又被她欺负了一遭。

分开时，两人嘴唇都是红的。

姜醒收回贼手，退到一边，吸了几口气，听到陈恕低低的笑声。她转头看他。

陈恕靠着桌子，眼底笑意还未退，见她看过来，他唇角勾了勾，又垂眸笑了一声。眉眼生辉。

姜醒看得有些呆住，隔了两秒，又凑过去："再笑两声听听。"

"不笑了。"陈恕敛了敛眸。

"勾引了就跑？"

陈恕脸微红，咳了一声："没有。"

"你不老实。"

"没有。"

"有。"

"没有。"

孩子一样地进行了两轮幼稚的对话,姜醒搂住他的腰。

"我说有。"话还没落,手又往不该去的地方去了。

陈恕立刻截住她,无奈认输:"好吧,有。"

姜醒得意地朝他笑。

陈恕好脾气地揽住她的腰,低声说:"我觉得,你有时候像小孩子。"

"哪里像?"

"说不清。"

"嗯?"

陈恕想了想,说:"说话的时候,笑的时候,还有……嗯,撒娇耍赖的时候。"

姜醒挑眉:"撒娇耍赖?"

"嗯。"他笑,"刚刚……难道不是吗?"

姜醒低头笑,脸贴着他的脖子:"那你喜欢吗?"

"……嗯。"

陈恕请的假不短,这在事务所是很难被批准的,但他情况特殊,直系老板是同门大师兄,再加上所有新人中他加班、出差最多,平常干的活是别人的双倍,这次难得请一次长假,也没人说什么。

回到公司后,陈恕立刻就忙碌起来,和姜醒保持着每晚一个电话的联系频率。

十一月底,事务所接了个万人嫌的项目,讨论了一圈,最后落到陈恕所在的小组,被派去非洲做前期考察的又是陈恕。

这次去六天,行程确定后陈恕跟姜醒说了。

这趟差事很累,到那边紧赶慢赶还是拖了两天,回来时十一月已经过完了。

一到十二月,南安的气温一下子降下去了,冷得出奇。回来这天正好下雨,外面又冷又湿,航班延误,一直到六点多才出机场。

陈恕打开手机就看到秦淼的短信:看到信息回电话。

陈恕给她拨了电话,响了一声就听到秦淼的声音:"你到哪了?"

"我已经回来了,有什么事?"

"那你说下具体位置,我送人过来,还没走,刚好顺便捎你回去。"

陈恕往四周看了看,给她说了地址。不多时,便看到了秦淼的车。

坐上车后,陈恕先道了谢,问她:"谈师兄回来没有?"

"还没,早上刚开过视频会议。"

陈恕点点头,微微放松肩膀,揉了揉眉心。

秦淼说:"很累吧,飞机上没睡?"

"没睡着。"

旁边有个爸爸独自带俩小孩坐飞机,忙得焦头烂额,差点没哭出来,陈恕觉得反正睡不着,闲着也是闲着,最后帮人一起哄孩子一直到落地。

秦淼听他说完这个差点没笑哭:"这事儿也就你干得出来,换旁人不发火就算做好事了。"

陈恕笑了笑,没多说什么,靠在座位上休息。

秦淼没再打扰他,默默开车。

到了公司楼下,她停了车,转头看陈恕,他不知什么时候已经困得睡着了。

秦淼开了车内灯,温白的光线照着陈恕的脸庞。他眼睛闭着,睫毛阖在一块儿,即便累极了,也睡得很安分。

秦淼被他淡淡的呼吸声搔到了心。

她没有叫醒他,或许是心疼,又或许是眷恋这样难得的一刻。

他们太熟了,认识了六七年,从学校到社会,她知道,他拿她当老同学,在他心里,她跟李郝那群男人没什么区别。甚至上次她抱了他,他也只会以为那是醉酒后的发疯,全然丢到了脑后。

对她，他心思简单，又或许，根本从没想过应该对她费什么心思。

男人大抵只有在自己喜欢的女人面前，才会百般细致、敏感入微，为她惶惶，也为她辗转。

秦淼又一次悲哀地意识到，陈恕对她没有任何防备。如果她不说，他大概永远都不会发觉她对他并非同学情。

秦淼自认为是个开朗乐观的人，但情绪堆积在心底，堆久了，便都腐烂成了垃圾，倒不出来，只会将自己堵死。而她即便被堵死，也没有勇气跟他开这个口。在旁人眼里，她或许是个大胆豪放的人，但只有她自己知道，她骨子里懦弱得令人讨厌。

不需要结果，只是告诉他，她都做不到。

在这一点上，她觉得自己连姜醒一根手指头都比不上。

她在陈恕身边待了六七年，而姜醒不过和他做了几个月的邻居……

秦淼越想越觉颓丧。当年和她一道开始暗恋大业的室友已经成功攻下男神，两年前就确立了恋爱关系，如今已经分分合合好几次，估计很快就要有结果，不管是分开还是修成正果，总归有个结果。而她这么多年一丁点进步也没有。

她这边兀自纠结，陈恕倒是无知无觉地睡着。

秦淼叹了口气，看着他的侧脸，心头闷跳了一阵，她慢慢凑过去，离他渐近。唇快要贴到陈恕的脸时，手机铃声突然响起。

秦淼心口一缩，猛地退开。

陈恕陡然醒了过来，昏沉中睁眼，发觉自己手机在响，他伸手从口袋摸出来，看到来电人，困意顿消。

他飞快接通："姜姜！"

秦淼急跳的心瞬间被泼了盆冰水，急骤地凉到底。

她抿着嘴，漠然坐着，耳边是他愉悦的声音，一句一句，耐心叮嘱那头的女人，叫她注意保暖，叫她好好吃饭，婆婆妈妈，早已不是当初那个沉闷安静的男生。

他所有生动的样子全在那个人面前。

这个电话只讲了两三分钟,但秦淼却等得烦躁。她张了张嘴,想让他下车去说,但看到他握着手机笑着说话的样子,便觉得这时候开口打扰一句都是残忍。

她把话憋了回去。

陈恕挂了电话,往外一看,意识到已经到了公司。

"抱歉,我刚刚睡着了。"他说完,便拿起了自己的包,"你上去吗?"

秦淼没看他,望着前窗说:"不上去了,那点工作明天再做就行,我回去了。"

"好。"陈恕同她道谢,开门下车,从后面拿出自己的拖箱,跟她道别。

秦淼没做停顿,开车走了。

回来后连续忙了好几天,到了周末,陈恕总算比较清闲,周六加了半天班,周日出去开了个会,剩下的时间,陈恕把屋子里里外外做了大扫除,洗洗晒晒。

姜醒过几天就回来了,陈恕想先做些准备。这屋子冬天冷,就房间里一个空调,制暖效果也不算很好。周日傍晚,陈恕出去买取暖器,看到有女孩子在挑那些花花绿绿的暖手宝,他停下看了看,也给姜醒选了一个。

第二天仍是一大早上班,外面下了雨,路上堵车,他差点迟到。

上午主持了一个漫长的讨论会,结束后正好到饭点。

吃饭时,秦淼问陈恕晚上想吃什么。

陈恕有点奇怪。

秦淼放下筷子:"你不会又忘了吧?今天你生日,好几年没过了。"

陈恕这才记起来。

过生日这件事,他上大三才第一次经历,生日对他来说,没什么意义，只不过是被亲生父母送来时裹在衣服里的一张纸而已。

陈恕对过生日没什么情结，以前在家跟大伯过日子，每天操心的是生计，家里就两个男人，谁也顾不上这些。大伯甚至从没给他看过那张纸，这些还是他长大后从隔壁阿婆口中知道的。

大三那年陈恕和秦淼已经很熟了，秦淼是团支书，收材料时看到了他的，特地记下了日子，邀了几个交好的同学凑份子给他过了生日，主要就是吃个饭，再买个蛋糕切切。

后来大四那年十二月，他回了老家，没过上，再往后，读了研究生，比本科更忙，一天几乎拆成两天用，上完课就去公司干活，实习期就开始跟着师兄出差，说来也巧，每年十二月七日都错过了。

秦淼一看他的表情就知道他又忘了个干净。

前几年她都只能隔空给他发个"生日快乐"，好不容易今年赶上了，她觉得不该再马马虎虎过去。

"不如吃个饭吧。今年没别人在了，你想吃什么，我一个人凑份子请你。"

陈恕摇摇头："别麻烦了，我也没什么想吃的，我晚上可能还要加班。"

秦淼白了他一眼："加班什么时候不能加？过个生日又没什么。"

"真的不用。"

"随你。"秦淼有些不高兴，懒得跟他多说。

到了傍晚下班时间，陈恕的工作果然没有做完。秦淼也没有管他，独自开车出去吃了顿大餐，觉得没意思，又叫来闺密去逛街。

小餐厅还有些午饭剩下，陈恕简单吃了，留下继续做事。过了一会儿，姜醒发来微信，问他下班没有。

陈恕回：还有点事，做完就走了。

姜醒发了个笑脸的表情，没再打扰他。

虽说事情不算多，但做完也快八点了。外面没再下雨，陈恕将伞收进包里，正要走，突然有人从背后抱住了他。

他惊得一怔，回过头，一张笑脸凑上来："陈先生，缺伴儿吗？"

陈恕睁大了眼:"你……"

愣了两秒,眼里惊讶退去,转为惊喜。他一把将她抱住,眉眼都弯了:"你怎么来了?"

问完又松开,摸她的脸:"冻坏了吧,来多久了?"

"没多久。"

姜醒搂住他:"别乱动,先让我亲亲。"

陈恕笑出声,将她腰一揽,低头将脸送到她面前。

不远处,秦淼愣愣站了一会儿,转身将手里的蛋糕盒丢进路旁垃圾桶,抹了抹眼睛,快步跑进车里。

Chapter 10
守候

出租车在小区门口停下,两人下了车,陈恕去后备厢取出姜醒的行李箱。

"走吧。"他一只手拖箱子,一只手牵姜醒,带她回家。

楼道里的白炽灯半个月前坏了,换上了日光灯,光线白晃晃地从头顶照着,斑驳的台阶第一次在姜醒眼里这么清晰。

好长一段时间没有来过,现在重新走在这里,竟觉得亲切。

楼梯太窄,姜醒走在前面,陈恕提着箱子跟着她。到了屋门口,陈恕把箱子放下来,找出钥匙打开门,手摸进去摁亮客厅的灯。

"进去吧。"

姜醒进了屋,陈恕把箱子提进来,放在餐桌旁边。

客厅有点冷。陈恕立刻就感觉到了,他去房间开了空调,将电暖器也插上了。

他对姜醒说:"进去歇会儿。"

早上烧的一壶开水还剩大半,陈恕给姜醒倒了一杯。

姜醒脱了大衣,坐在床边,看着地上的电暖器,问:"这个新买的?"

陈恕"嗯"了一声,转身又从抽屉里拿出鲜绿色的暖手宝,姜醒走过去一看,有点惊讶:"这也是你买的?"

"嗯。"

"……给我的?"

陈恕点点头,问:"这个颜色你不喜欢吗?"

姜醒说:"这是只青蛙啊。"

"嗯。"

"青蛙还能是别的颜色吗?"姜醒好笑地看着他,"你为什么选个青蛙给我?"

陈恕一愣,认真地说:"这个是那里面最可爱的了,其他的,我看都很丑。"

姜醒忍不住笑了。

陈恕见状,松了一口气:"你不讨厌吧?"

"挺可爱。"她伸手摸了一把,抬头对陈恕说,"把我的箱子拿进来吧。"

"好。"

陈恕去客厅拿来了箱子,姜醒将它打开,取出一件黑色大衣,对陈恕说:"试试看。"

"给我的?"

"嗯。"

陈恕低头看了看大衣,又看看她:"你不要总给我买衣服,我有衣服穿。"

"我也没有总是买。"姜醒催促,"外套脱下来。"

陈恕顺从地脱了衣服,套上她买的大衣。姜醒绕着他看了一圈,笑着靠上去:"好看。"

陈恕也笑了。

姜醒又退开看了两眼,弯腰从箱子里拣出一条深棕色围巾,裹到陈恕脖子上。

"暖和吗?"她问。

陈恕眼里露出惊讶:"这个……"

"我织的。"姜醒一边说,一边帮他调整戴法,弄了一会儿,觉得满意了,"这样看也不是特别丑,幸好没丢掉。"

"……你织的?"

姜醒点头:"是不是太丑了?"

陈恕低头看了一会儿,手捏着软软的毛线,摇了摇头:"不丑。"说着抬起头,对她一笑,"姜姜,没想到你还会织这个。"

"这个又不是很难,我学了两天就会了。"就是技艺不够娴熟罢了。

陈恕抱住她:"我喜欢。"

"那你留着。"

姜醒想起了什么,拍拍他:"好了,先脱下来。"

陈恕摘了围巾,也脱了大衣,挂好后,见姜醒蹲在箱子边没动。

"姜姜?"

他走过去,看见姜醒从袋子里取出一个扁形的盒子。

姜醒把盒子打开,两大块戚风蛋糕压凹了。她特地做了这种,就是因为放箱子里带过来比较方便,没想到还是压到了。

"扁了。"姜醒伸手比了比,"本来是这个形状的。"

陈恕没有应声,他看着蛋糕,好像突然明白了什么。

姜醒已经站起身,把蛋糕放到桌子上,转头问他:"现在吃一点?"

陈恕走过去,姜醒指了指左边那个,说:"这个好看一点,给你。"

话说完,手被陈恕握住了。

姜醒一愣,听到陈恕的声音:"你是来给我过生日的?"

"是啊。"

陈恕看着她:"……你怎么知道的?"

姜醒故作高深:"猜的。"

陈恕分明不相信,却也没有追问,他眼里露出了笑,将她轻轻一拉,圈进臂弯里。

"你不尝尝蛋糕吗?"姜醒说。

"嗯,现在吃。"他吻了下姜醒的脸颊,松开手,拿起蛋糕咬了一口。

姜醒在一旁看着他:"怎么样?"

Chapter 10 守候

"好吃。"

姜醒知道他只会这么讲。

她笑了笑,说:"慢慢吃,我先去洗澡。"

姜醒洗完澡,陈恕也吃完了,他找出吹风机,要给她吹头发。

姜醒拍了拍他:"你去洗澡。"

很正常的话,被她那样笑着说出口,就变得怪怪的。陈恕应了一声,拿上衣服去了卫生间。

老式的卫生间没有取暖设备,陈恕脱掉衣服才意识到这一点,想起刚刚姜醒也是这样洗的澡,便皱了眉头。虽然已经想办法让她在这住得舒服一点,但不得不承认,有些问题还是没有考虑周全。以前他没觉得这里有什么不好,对他来说,这些条件已经足够了,但姜醒在这里,他慢慢就发觉这个房子有很多问题。

陈恕洗澡时一直想着这个,不知不觉洗了一刻钟。

姜醒已经吹完了头发,躺在床上给杂志社的编辑回邮件。她刚好点了"发送",陈恕就进来了。

姜醒抬头看了看他,说:"吹头发。"

陈恕应了声,用毛巾在头顶擦了两把,到桌边吹头发。

电吹风的声音在夜晚显得格外清晰,姜醒把手机丢到床头柜上,枕着手臂看他的背影。

陈恕的头发短,几分钟就吹干了。他收拾了一下,进了被窝。姜醒主动靠过去,陈恕立刻伸手搂她。

两人贴在一块儿,姜醒的脑袋靠在陈恕胸口,他身上的温度传过来,她就觉得有些热了。

姜醒问:"你不热吗?"

"还好。"陈恕摸了摸她的手,的确是暖的。棉被挺厚,屋里开着空调,又开着电暖器,大概真的不冷。

"你觉得热吗?"他说,"那我关空调?"

"嗯。"

陈恕坐起来,摸到床头上的遥控器,把空调关了。

他躺回去,姜醒又贴上来,手臂搂住他的腰。陈恕身子一紧,没有动。

"你这几天工作怎么样?"姜醒一副拉家常的口吻,被窝里的小动作却没停,仿佛是无意识的。

"还好。"陈恕接了一句,脸却不知不觉地热了。

姜醒语气淡淡地问:"会不会很快又要出差?"

"……说不准。"陈恕的声音带了丝暗哑。

姜醒"哦"了一声,搂在他腰上的手往下挪了挪,陈恕抖了一下。

姜醒无辜地问:"怎么了?"

"没事。"陈恕绷着脸,皱紧了眉。

她抬头要看他,陈恕扣着她的脑袋:"睡觉,好不好?"

姜醒差点被他这反应逗笑,干脆公然唱起反调:"我还不困。"

陈恕彻底绷不住了,身体一滚,就将她制住:"姜姜,你故意的是不是?"

姜醒眼里全是笑:"你生气了?"

"没有。"他别开脸,一秒后又转回来,"不闹了,好吗?"

"我没闹。"

"听话。"他眉心紧蹙,有些苦恼,又有些无奈。

姜醒看着他:"你不想吗?"

"不是。"他顿了一下,低声说,"你身体受不了的。"

陈恕掀开被子,起身下床,姜醒还没反应过来,他已经出去了。

卫生间很快传来水声,姜醒愕然。

过了七八分钟,陈恕进来了,他关上了灯,重新钻进被窝。黑暗中,两人都没有说话。过了一会儿,陈恕摸到了她的手,慢慢握住:"不要生气。"他说,"我想你身体养好一点……"他声音顿住,停了一下,没继续说下去,只轻轻道,"我不想再伤到你。"

他说完,屋里陷入了沉寂。

姜醒没有开口回应,陈恕心里不好受,将她的手攥得更紧。半响，忍不住喊了一声："姜姜？"

姜醒没吭声，身子却突然挪近，两手抱住他的胳膊。这回倒是老老实实，没有别的动作。

陈恕怔了怔。

姜醒叹了口气："看来上次真的把你吓坏了。"

"……嗯。"

"好了，我知道了，睡吧。"

这一晚，他们安稳地睡了一觉。

第二天早上陈恕做好早饭，临走前在桌上留了备用钥匙。

过了八点，姜醒起床，看到桌上的字条，去厨房一看，有煮好的粥和鸡蛋，都在锅里温着。

姜醒吃过早饭，将厨房收拾了一下，本想把衣服洗一洗，却发现昨天换下的衣服都不在洗手间。她出来往外一看，阳台晾衣架上飘着她的内衣裤。

也不知道他什么时候起来的，一早上做了这么多事，她这么大个人，跟他在一块儿，倒过上了衣来伸手、饭来张口的日子。

十点多，姜醒去了七月书吧。

前几天已经跟孙瑜联系过，看到她回来，孙瑜也不惊讶，煮了杯热咖啡，两人就在吧台边聊了一会儿。

孙瑜已经知道姜醒回家后的事，最关心的还是她的身体，问她恢复得怎么样了。

姜醒说："挺好，没事了。"

孙瑜看了她一会儿，有些感慨："你们两个这……我都不知道怎么说了。"

姜醒笑了笑："那就说点好听的。"

"我可说不来好听话。"孙瑜想了想，问，"那个林时你怎么处理的？"

"能怎么处理，我跟他本来就没关系。"姜醒说，"我回来之前他打过电话，我又说了一遍，他应该已经明白了。"

孙瑜略微有些惋惜。顿了顿,问:"你以后有什么打算?就留在这边了?"

"嗯。"

"工作呢?还是一整年跑来跑去?"

"没定。"姜醒说,"下午去面试。"

孙瑜一愣:"……什么?"

"我供稿的那个杂志社正好招编辑,我前天发了个简历。"

孙瑜惊讶:"你这人,要换工作都闷不吭声的,我这还有点路子,给你联系联系?"

"别麻烦了,"姜醒笑道,"我好歹给他们跑腿好几年,旅行记者转编辑应该没什么问题。"

"你总算想通了,女孩子家跑来跑去,又苦又累还危险,安定下来才好。"

姜醒笑笑,没跟她讨论这个,只说:"我面试完来收拾东西。"

孙瑜明白了她的意思,也不意外,但多少有些失落:"搬走就搬走吧,可别忘了回来看看,小西总念叨你。"

"我当然会回来,又没隔多远。"

"嗯,往后好好过日子吧。"

姜醒点头应:"好。"

下午,姜醒去了杂志社。面试不过是走个过场,结果毫无悬念。主编直接通知她下周一报到。

傍晚,姜醒回到书吧拿行李。虽然断断续续住了几年,但留在这边的东西并不多,一些书和衣服,收拾起来一个行李箱足够装下。她锁上房门,拖着箱子走过空荡的走廊。

头顶廊灯温柔,那个晚上,也是在这里,在一片漆黑里,她与陈恕重逢。

姜醒笑了笑,下楼了。

孙瑜在楼下等她:"姜姜,我送你吧。"

姜醒正要开口,手机响了,是陈恕打电话问她在哪。

Chapter 10 守候

姜醒讲了两句，挂断电话，抬头一笑："他来接我了。"

出租车在路灯下停了。

"师傅，请等一会儿。"

他推开车门。

对面书吧门口，姜醒拖着箱子出来，孙瑜送她到门外。

"姐，我走了。"姜醒难得认真喊她一次。

孙瑜点头："去吧。"

姜醒朝她挥挥手，转过身。不远处，那人朝她走来。

"陈恕！"姜醒喊了一声，陈恕已经过来接下她的箱子，又腾出手帮她整理好围巾："很冷，别冻着脸。"

"嗯。"姜醒乖乖应声。

陈恕牵住她，走到出租车边："先上车坐好。"

"嗯。"

陈恕放好箱子，坐到她旁边。姜醒的手伸过来，陈恕握住，放到手心搓了搓。

一路上，姜醒靠在陈恕肩上休息，车停下时她都快睡着了。

"姜姜？"陈恕叫她。

"嗯……"

"到家了。"

"哦。"

陈恕扶她下车，等她站稳，他去后备厢取了行李箱。

姜醒挽住他手臂，两人回去了。

吃过晚饭，姜醒开始整理衣服。卧室的衣柜不大，但陈恕衣服少，里面空间富余，她将自己的衣服分门别类都放了进去。

柜子最底下有两格抽屉，上面放着陈恕的内裤，下面是袜子。

陈恕洗好碗进来，看见姜醒在认真地摆放衣服。她把自己的内衣和袜子放进抽屉里，和他的放在一块儿。

陈恕顿了一下。

这时，姜醒转过头，笑着朝他招手："过来！"

陈恕走过去，姜醒打开了衣橱："看！"

陈恕看过来，一排衣架挂着他和她的衣服，虽然有点拥挤，但排得很整齐。

"怎么样？"姜醒搂住他，身体贴着他后腰，低声说，"陈先生，我是不是很贤惠？"

陈恕没有立刻回答，他沉默了几秒，低低地应了一声："嗯。"

他说完，回过身，将她抱住了。

晚上睡觉前，姜醒要洗澡，陈恕不让："太冷了，你昨天才洗的，今天不要洗了，擦擦身体，再泡个脚吧。"

他已经烧好了水，姜醒只好听话。

临睡前，陈恕看到姜醒在整理文件袋。他过去问："姜姜，你有工作要忙了？"

"嗯。"

"要出远门吗？现在天这么冷，你……"

"不出远门，"姜醒抬起头，"陈恕，我换工作了。"

陈恕愣了愣："什么？"

姜醒说："我今天去面试了，以后做编辑，不用跑。"

陈恕惊讶："……在哪里工作？"

"还是我以前做事的那个杂志社，在长亭路，你知道那边吧。"

"嗯，知道，我去过那边的展览馆。"

"对，就在那附近。"姜醒低头继续整理。

陈恕看了她一会儿，低声说："姜姜，你怎么突然换工作？"

"跑够了，觉得累了，而且我也不想跟你分开太久。"

姜醒把文件袋放进包里，拉好拉链，抬起头："你干吗这么看着我？"

陈恕微微一笑，摇头："没什么。"说着，来拉她的手，"睡觉吧。"

过完周末，姜醒就开始上班。第一周安排的是入职培训，姜醒对

Chapter 10 守候

这个杂志社已经很熟悉,共事的又是自己以前的编辑,不用花太多精力去适应新工作,很快就上手了。

陈恕这周似乎很忙,回来得都很晚,有时姜醒已经躺到床上,他还在电脑前忙着。

到了周五,姜醒本以为陈恕又要加班,没想到他居然提前下班,还跑过来接她。

姜醒下班时陈恕刚好到了,他叫了出租车,在外面等她。

车开了好一会儿,姜醒才发现走的不是平常那条路。她小声地对陈恕说:"这路不对,好像给我们绕路了。"

陈恕笑了笑:"这路没错。"

"是吗?"姜醒不大确定地往外看。

到了路口,车打了个弯,上了另一条路,姜醒更加觉得不对,她摇摇陈恕的胳膊:"你看这是哪条路?"

"枕河路。"

"你来过吗?这里也能回去?"

"嗯,放心。"

姜醒将信将疑地看着他。

车又转了两个弯,最后在一个小区外面停了。下车后,姜醒意识到了什么,问陈恕:"你骗我的?不是回家?"

"是回家。"陈恕牵住她,"走。"

姜醒被带进一栋居民楼,上了四楼,陈恕掏出钥匙打开门:"进去吧。"

姜醒走进客厅。

陈恕找出拖鞋,姜醒一看,那是她的毛绒拖鞋。

"换上吧。"陈恕说。

姜醒看着他:"你……换了房子?"

"嗯。"

"为什么?"

陈恕把她的包挂好,说:"那里太冷了。"屋子朝向不好,采光

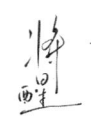

差,夏天还好,冬天实在阴冷,尤其是卫生间,不能取暖,她洗澡会冻到,而且卧室太小,她甚至没有一个自己的衣柜,他想给她买一个,但那里根本没有多余的空间。

姜醒顿时明白过来,原来他这几天都是在忙这个,他找了房子,还把家搬过来了。

她还奇怪他怎么突然这么早下班,现在才想到,他今天可能根本就没去上班。

姜醒四处看了看,这也是一居室,但比之前那个房子新,卧室也大了不少,朝南,光线好。

姜醒一眼看出卧室里有个衣橱跟其他的家具不配套,是全新的。

她过去打开,看见她的衣服都挂在里面,连衣架都是新的。

她没有说话,陈恕问:"这个你不喜欢吗?"

"不是。"

"那……"

"陈恕,"姜醒打断了他,"我跟你一起住,让你有压力吗?"

陈恕一愣,立刻摇头:"没有。"

"那你为什么要换房子?"姜醒说,"我没有觉得那里有多冷,也没有觉得那个衣柜不够用。"

她的声音淡淡的,但陈恕在她的目光下感到一丝紧张。

他想了想,才说:"我只是想让你住得舒服一点,而且这些是我可以做到的,我不觉得是压力。"

姜醒沉默了两秒,问:"房租贵很多吧。"

"没有很多。"陈恕说,"我可以负担。"

"陈恕……"姜醒低下头,停了停,说,"我要跟你一起分担。"

"不用。"陈恕想也不想就拒绝,"姜姜,你不要考虑这些,我……"

"我不是在跟你商量,"姜醒抬起了头,她的表情异常严肃,"你不能这个样子,你现在不是一个人,你已经有我了,不需要什么事都独自承担。"

Chapter 10 守候

意识到语气太过凌厉，姜醒缓了缓："陈恕，我们在一起了，不是吗？"

她与他对视，看到他微蹙着眉。她思考着再说点什么，陈恕就开口了。

"是，我们在一起了。"他声音沉，目光也沉，看了她一会儿，低头笑了。

姜醒有点惊讶："陈恕？"

"嗯。"他微微垂眸，"你说的话，我明白了。"

"明白就好。"姜醒松了一口气，转身往外走。

陈恕抱住了她。

姜醒拍拍他的手："待会儿抱，我上厕所。"憋尿憋够久了。

陈恕笑着松手："好。"

新租的房子离姜醒工作的地方更近，附近交通很方便，出租车比较多，旁边有公交站，走六七分钟就到地铁站，姜醒每天早上和陈恕一道起床，有时自己做早饭，有时去楼下吃，吃完就一起去地铁站，再各自去上班。

杂志社的工作不算忙，姜醒很少加班，而陈恕几乎每周都有几天晚归，不过这个月他没有出过远差，两人每天都能见到面。

生活渐渐趋向稳定、规律，却不令人感到沉闷，工作的时候各自工作，休息时便一起度过，即便是看一场口碑极差的新片，他们也是快乐的。

元旦，陈恕有三天假，而且不用加班。

陈恕想带姜醒去一趟老家，他提出来，姜醒就答应了。

他们买到了动车票，到南昌再转大巴车。

转车之后，姜醒睡着了。

因为下雨，大巴车开得慢悠悠，她靠在陈恕肩窝，原本还在说着话，不知不觉声音低下去了。

陈恕低头看了看，帮她戴上羽绒服的帽子。

两点多,雨停了,车又开了半个小时,到了县城汽车站。车上乘客全都下去了。

陈恕轻轻拍拍姜醒,喊了一声。

姜醒迷迷糊糊地抬起头,往外看了看:"到了啊……"

"嗯。"陈恕帮她理了理头发,"坚持一会儿,回去睡。"

"没事,睡好了。"姜醒揉了揉脸,"我们下车吧。"

"好。"

陈恕将小拖箱从座位底下拉出来,一手拎起背包。

"包给我。"姜醒说。

"我来拿,你走前面。"陈恕将背包挂到手臂上。

两人一前一后下了车,立刻有人过来揽客。

他们又上了一辆面包车,半个小时后到了镇上,车在镇医院对面停下。

陈恕领着姜醒沿老街往下走,下了坡,转弯上了一条石子路。

这路通往一条老巷子。陈恕的家就在巷子最里面,靠着一片竹林,竹林那边就是农田了。

刚落过一场雨,石子路坑坑洼洼,泥水积在凹处,陈恕一路提醒姜醒小心。

进了巷子,两边都是青砖老房子,应该有很多年了,有些房顶已经塌掉,却没有修葺,看样子这里没什么人住。

姜醒正往左边房子看,忽然被陈恕拉了一把。低头一看,前面一堆碎砖。

"当心点,这里很少人住了,房子坏了也没有人收拾。"陈恕说。

"人都搬走了吗?"

"嗯,老人不在了,年轻人去了外面,有些留下来的也想办法搬到了街上。"

正说着,前头老屋里出来一个拄着拐杖的阿婆,站门口看着他们,混浊的眼睛里露出诧异。

过了一会儿,她似乎认了出来,走了两步,冲陈恕喊了一声。

Chapter 10 守候

她喊的是"小树",但方言太重,姜醒听得很模糊。

陈恕已经笑着应声,同样用方言同她打招呼。

姜醒一脸茫然地看着他们交谈了几句,阿婆朝她看过来,脸上带着笑容,说了一句什么,姜醒听不懂,只好尴尬地笑笑,转头跟陈恕求助。

陈恕立刻解释:"阿婆说你长得好。"

姜醒一愣。或许是因为有外人在,见他说得这样一本正经,厚脸皮的姜醒也难得有些脸红,她低头笑笑,对阿婆说了声"谢谢"。

阿婆似乎听懂了,朝陈恕竖了大拇指,又说了两句话。

姜醒一头雾水,只得再去看陈恕。

"阿婆夸你有礼貌。"说完他停顿了一下,弯了弯唇,一脸笑,"也夸我好眼光。"

姜醒:"……"

这回没什么好说了,只在一旁看着他跟阿婆聊了几句。

聊完,陈恕从背包里拿出两袋特产给了阿婆,是从南安带过来的,巷子里仅剩的几户街坊邻居他都准备了。

同阿婆道别后,陈恕带姜醒去了巷尾的那间老房子,他住了很多年的家。

同样是青砖瓦房,一间堂屋,两个房间,一大一小,后门外用红砖砌了个小间,算是厨房,再往远一点,有个土砖搭起来的旧茅厕。

陈恕将门窗都打开通风,姜醒站在后门口石槛上,望见一片竹林。虽然是冬天,但那竹子仍然是绿的。

一年多没回来,桌子板凳都积了灰,还好被褥在衣柜里放着,柜脚垫得高,没有受潮,拿出来就能用。

陈恕很快收拾好了房间,喊姜醒进来休息,却见她已经在打扫堂屋,也不知她从哪里找了一把旧扫帚,磨损严重,扫起来很吃力。

"别扫了。"陈恕走过去说,"你先去休息一会儿,我来弄。"

"我已经不困了。"

"那就坐一会儿吧。"

"收拾好了再歇吧，我跟你一起。"

见她坚持，陈恕就没有再说。两人一道忙起来，没多久就将堂屋收拾干净了。

陈恕找出去年买的电水壶，烧了一壶水，让姜醒洗了脸。

"你先去睡一会儿。"陈恕说。

姜醒听话地爬到床上。

屋里没有取暖设备，陈恕怕姜醒冷，铺了两床棉被，盖在身上很暖和。

姜醒躺着，视线里是斑驳的墙壁，老房子独有的幽静并不让她觉得陌生难受，反倒有一丝安心。

这是陈恕住过的屋子。

她睡在他的床上，盖着他的被子，也想起他从前的生活。

他在这里长大，窗边那张旧木桌是他的书桌，他曾在这里学习……

姜醒又想起陈恕的身世。第一次知道，还是在江城，她偷偷听见的，而这一次在来的路上，陈恕主动跟她说了。他说得很简单，几句带过，姜醒不忍多问，只是，此刻在这里，看到这一切，又忍不住想起。

思绪繁杂，她不知什么时候睡了过去。

再醒来，天色已暗。

屋里一片昏黝，姜醒起了床，往外走，到堂屋，没看到陈恕，却闻到后面厨房飘来的香味——他在做饭。

姜醒走过去，陈恕恰好忙完，锅里的饭已经熟了，不用再添火。

他回过身，看到她，有些惊讶："睡好了？"

"嗯。"

"那刚好可以吃饭。"

姜醒往灶台看了一眼，问："你去买了菜？"

陈恕点头，说："买了一点，我们要住两晚，总要吃饭的。"

"祭扫的东西也买好了？"

"嗯。"

姜醒揉揉脑袋，有些懊恼："我本想跟你一起准备那些的。"

"没关系。"陈恕宽慰，"只要明天跟我一起去就好了。"

姜醒"嗯"了一声。

晚饭后，时间还早，陈恕洗完澡回到屋里，见姜醒坐在小桌旁看书。

走过去一看，是他高中时的文言文册子，已经很旧，里头全是笔记，乍然看上去，很乱很杂，不知她怎会有兴趣。

他拿了张凳子在她身边坐下。

姜醒将整本翻完，转头说："你那时好用功。"

陈恕说："我那时候很想考上大学。"

"是吗？"

"嗯。"陈恕点头，"不想让大伯失望。"

姜醒看了他一会儿，说："你没有让他失望。"

陈恕笑了笑，低声应："嗯。"

晚上，两人躺在被窝里，陈恕搂着姜醒。

姜醒说："跟我说说你以前的事吧。"

"以前的事？"

"嗯，说说你大伯，还有你小时候的事，随便讲什么都可以。"

陈恕想了想，说："听别人说大伯是在巷子里发现我的，然后把我带了回去。小时候的事我记不清了，大伯以前精神有些问题，有时候会发病，但他不发病的时候对我很好，对别人也好，可是镇上的孩子还是怕他，所以小时候没有人跟我玩，大伯做工也把我带着，我上学后大伯就开始做好多事，存钱给我上学。"

姜醒握住他的手，说："大伯的病……是怎么回事？"

陈恕说："我也不是很清楚，听阿婆说过几句，她说大伯以前跟人定过亲，后来那个定亲的女孩出了意外，大伯受了刺激，精神就不大好了。"

姜醒静了一会儿，说："大伯肯定很喜欢她。"

陈恕在黑暗中点头:"嗯,我也这么想。"

姜醒停了停,轻轻喊了一声:"陈恕……"

"嗯?"

姜醒没说话,手臂揽到他腰上,将他抱得紧了。

"姜姜,怎么了?"

"没什么。"姜醒说,"睡觉吧。"

"嗯。"

第二天一早,两人收拾了一下就去了坟头。

这边都是土葬,没有统一的墓地,陈恕大伯的坟墓就在一片菜地里。那曾经是他们家的地,前几年划给了别人,只留下这一点坟地。

墓碑藏在枯草丛中。

陈恕弯着身子拔草,姜醒也蹲下来帮忙。他们将墓碑周围清理干净,然后摆上了祭品。

整个过程,陈恕都没有说话。只是临走前,他低声讲了一句:"我以后再来,再带姜姜来。"

下午,天气转好,太阳出来了。

陈恕把屋里的东西都拿出来晾晒,主要是被褥和旧书。

姜醒蹲在门口大簸箕边,把他的书一本本摊开,陈恕把被褥晾在椅背上。到傍晚,太阳落山,两人再把东西都收进屋。

陈恕出去买菜的时候,姜醒帮陈恕整理了书柜,将所有的旧书按照类别放好。其实陈恕的书大部分都是教科书和练习册,课外读物很少,只有几本。

做好这件事,姜醒就在门口等陈恕。

巷子里只剩一线夕阳,她坐在小板凳上,闲闲地翻一本多年前的杂志。

陈恕买菜回来,看到的就是这幅画面。

他见过她各种模样,但似乎没有哪一刻像现在这样,她安静地坐在晚照余晖里,仿佛融进了这条衰老的巷子。

Chapter 10 守候

来之前,他曾担心过,怕她不习惯这样的环境,怕她不舒服,现在他知道,那些担心都是多余的。

陈恕看着她背后破旧的房屋,脚下斑驳的地面,慢慢朝她走近。

姜醒抬起了头,笑了:"你回来啦?"

"嗯。"陈恕把菜放到一边,弯腰亲她额头。

姜醒略惊诧,仰头看他,陈恕却已经退开,重新拿起了菜。

"我做饭去了。"

他跨过门槛要去厨房,姜醒一伸手揪住了他的裤腿:"你跑什么呢?"

陈恕不得不停下来,见她笑意吟吟,他脸颊泛红:"姜姜,快松手吧。"

"那你别跑。"

"我不跑。"陈恕无奈,就这么大地方,他能跑哪去。

姜醒松了他的裤子,站起身:"你买了什么菜?"

"你看一下。"

姜醒低头看他手里的袋子,一条鱼,两块豆腐,两节藕,一把青菜。

"就晚上一顿,我们吃这么多?"

"嗯,你中午吃得太少了。"

"我不是很饿。"

"我做鱼头豆腐,很好吃的。"

"那好吧,我多吃一碗。"

老屋子的灶房昏暗,一盏十五瓦的白炽灯点了很多年。陈恕在灶台边忙碌,姜醒往灶子底下丢柴火,烟很浓,陈恕劝她出去,她没动。

陈恕往豆腐里加了半碗水,盖上锅盖,走过来:"去外面待着吧。"

姜醒摇头:"我帮你。"

"不呛吗?"

"还好，这里比外面暖和。"

陈恕不说话了，拉了张小凳子在她身边坐下来，两人都望着灶膛里的火苗，姜醒问："你几岁学会烧饭的？"

"八九岁吧，那时只会煮饭，菜还不会炒。"陈恕笑了笑，"有时大伯很忙，我煮好饭，等他回来再炒个菜就行了。"

姜醒心里有些酸，但她没表现出来，也对他笑了，夸赞道："难怪你厨艺这么好，原来练了这么久。"

晚饭姜醒吃了不少，陈恕煮的鱼头豆腐确实很好吃，她吃完了豆腐，还喝了一些汤，一直到睡觉前肚子都是饱饱的。

在这里住了一夜，第二天早上他们就收拾东西去赶早班车了。

路上辗转大半天，回到南安已经是下午了。

元旦假期就这样过完了，他们迎接新一周的工作。

陈恕却听到一个消息，秦淼辞职了，据说她准备去国外继续读书。这消息很突然，陈恕原本以为是谣传，没想到下午秦淼就过来收拾东西了。

秦淼已经办好了离职手续，工作上的事也交接完了，晚上组里的同事组织了一个简单的欢送会，大家一起吃顿饭。陈恕自然也参加了。

秦淼性格开朗，在公司人缘一直很好，虽然是小小的聚会，但也办得挺温馨，结束时已经快九点，同事们各自回家，最后只剩下陈恕和秦淼。

"陈恕，我送你吧。"秦淼说，"反正顺路。"

"好。"

路上，陈恕问："怎么突然想出国了？"

秦淼说："没什么，想换个环境，也想多看看，原本硕士就想去国外读的，不是没去吗，现在想去了。"

"已经在准备了吗？"

"嗯，一个月前就在准备了，你都没发现吧？"

陈恕愣了愣："是吗？还真没发现。"

Chapter 10 守候

秦淼笑道："你就知道埋头工作，当然不会发现了。"

陈恕也笑了："我没想到你还会再读书，以前你不是总盼着快点毕业吗？"

"那是以前，现在我想通了，我还是应该上进一点，对吧？"

陈恕赞同地点头："对。"

秦淼吸了一口气，说："所以我可能要在外面待好几年，估计很多事都要错过，你的婚礼什么的大概也没机会参加了，不过你放心，份子钱我照给。"

陈恕笑了笑，没再接话。

陈恕下车道别时，秦淼摇下车窗，喊他："陈恕。"

"嗯。"

秦淼说："后面这段时间我可能很忙，走之前就不再找你了。"

"好，你安心准备吧，走的时候告诉我，我去送你。"

"不用送了，老同学不兴那一套，该聚就聚，该散就散了。"秦淼摆摆手，"进去吧，我走了。"

说着摇上了车窗，开车走了。

陈恕上了楼，姜醒在屋里等他。

听到动静，她从房间里出来："陈恕。"

"姜姜。"他一回头，见她穿着睡衣出来，立刻说，"快进去，别冻着。"

"哦。"姜醒乖乖应声，回了卧室。

陈恕换好鞋走进卧室，姜醒过来抱他："结束了？"

"嗯。"陈恕帮她撩开脸颊的头发，凑过去亲她鼻尖。

姜醒问："喝酒了？"

"嗯，喝了一点。"陈恕退开，"我去洗漱。"

姜醒拉回他："没事。"

她仰头亲他，亲完问："秦淼为什么突然辞职呢？"

"她说要出国读书。"陈恕将她抱起，送到床上。

"哦。"

陈恕在她身边坐下，想了想，说："我也觉得很突然，之前没有听她提起过。"

"是吗？"

"嗯，我以为她不是很喜欢读书。"

姜醒沉默了两秒，淡淡地笑了笑："也许你并不是很了解她。"

陈恕"嗯"了一声，说："不过她认真起来也很厉害，应该不会有问题。"

姜醒并不想多说，拍拍他的手："不说她了，快去洗洗睡吧。"

"好。"

某种程度上讲，南方的冬天比北方更冷。姜醒至今仍记得大学室友齐珊珊的描述——"在咱们北方这是一种纯粹的冷，到你们南方去，那种冷就像给你头上浇一盆冰水再摆一台大电扇对着你脸吹。"

姜醒觉得齐珊珊说得一点也没错，南方的湿冷的确让人难熬。

偏偏到年关了陈恕还有出差任务，他连着在外跑了半个月，姜醒买了两件羽绒服，在屋里挂了快十天了，都没有机会让他试一下。

腊月二十早上，姜醒终于收到陈恕的短信。他已经做完事，下午就能回来了。

恰好是周五，杂志社开例会，姜醒三点多做好手头工作，匆忙赶去会议室，口袋里揣了手机，调的是静音，她隔一会儿摸出来，低头看一眼，但一直没有信息或电话进来。

姜醒早上查过天气，知道西安今天可能下雪，猜测大概是航班受到了影响。

熬到会议结束，她拿上包，随意地裹上围巾，一边往外走，一边拨陈恕电话。

响铃两声，那头就接了。

"陈恕，"姜醒立刻喊了一声，问道，"航班延误了吗？是不是还在西安？"

"没有啊。"陈恕的声音被风吹得有些飘忽，姜醒一愣，正要再

Chapter 10 守候

问，就听他说，"姜姜，你要下班了吧。"

"嗯，我已经下班了。"姜醒问，"你回来了吗？在哪呢？"

说话间已经出了旋转门。没有等到那边应声，就看到了外面的人。

他就站在小喷泉旁，行李箱搁在腿边，身上仍是那件半旧不新的黑色羽绒服，脖子上戴着围巾，是她织的那条。

姜醒的手机还贴在耳边，陈恕的笑声透过听筒传来："……姜姜，看到我没？"

姜醒眨了眨眼，手放下来，捏着手机快步走过去。

陈恕看着她。

姜醒的身影快到近前，他两步跨过去，伸手将人揽进怀。

"你什么时候到的？"

"刚到。"

"撒谎。"姜醒捏他手掌，毫不留情戳破，"凉的。"

陈恕笑了一声，反握住她的手，另一只手臂将她抱得更紧。但刚搂了几秒，他就松开了。

姜醒疑惑，扭头一看，是她的两个同事出来了。今年刚进的小姑娘，共事不到两个月，算不上多熟悉。姜醒朝她们笑了笑，算作打招呼。

谁知俩小姑娘好奇心旺盛，停下了脚步，其中一个笑眯眯道："姜姐，你老公？好帅。"

姜醒笑着解释："还不是老公。"

"哦哦，那是男朋友喽。"小姑娘一笑，"我们不打扰了，你们继续、继续。"

两人笑着走了，姜醒回头看到陈恕的表情，不由一愣。

陈恕似乎回过了神，不大自在地敛了敛表情，眼里的笑意也跟着收住，他往回跑了一步，提起行李箱，又过来牵她手："我们回去吧。"

他的手刚刚还是凉的，这会儿已经有点暖了。

姜醒跟着他的步伐走，路上扭头看他时，觉得他似乎还在笑着。

她不太确定他在高兴什么，但这样看着他，她也觉得高兴。

到家后还不算晚，姜醒早上已经买好了菜，都放在厨房。

陈恕准备去做饭，被姜醒推进卧室。

"我做饭，你歇一会儿。"

"我……"

"不是跟你商量。"她打定了主意，"我知道你很累。放心，我做的也不会很难吃。"

说完往外走，走了两步，感觉身后的人又跟过来，她回身，堵在门口。

陈恕无奈地笑："我去洗澡。"

姜醒点头："好，洗完澡先睡一会儿，吃饭我叫你。"

这阵子姜醒都是自己做饭吃，厨艺有所长进，她炖了排骨竹笋汤，做了一盘红烧带鱼，打算再炒三个蔬菜。

陈恕洗完澡出来，经过客厅，闻到一丝焦味。走到厨房门口一看，见姜醒正手忙脚乱地往锅里加水。

土豆丝里放了干辣椒，香味混着焦味，有些呛人。

姜醒走开两步，侧过头，遮着嘴咳了两声，又回灶台边继续翻炒，炒了几下，关掉火，握着锅柄将菜倒进盘子里。

她夹了一口试味道，虽然有点焦煳，但还能吃。

姜醒放了心，一脸轻松地端起盘子放到一边，准备去拿墙角架子上的小青菜。

一回头，看见门口站着个人，不由惊讶："……你这么快洗好啦？"

陈恕点了点头。

姜醒笑笑："那你去休息一会儿。"

陈恕没动，也没有应声。

姜醒把小青菜丢进水池里，一边洗一边催促："快去啊！"

陈恕没听她的话。他走进来，走到她身边。

Chapter 10 守候

姜醒不太明白,抬眼:"你干吗呢?头发也没擦干,快点进去吧,这里冷。"

"姜姜……"他唇微动,轻轻喊她,声音柔得有些不自然。

姜醒皱眉:"怎么了?"

陈恕看着她,沉默了片刻,手抬起,托着她的后脑勺。他微微俯身,将唇送到她嘴边。

沐浴露和洗发水的香味儿混在一块,淡淡的,裹着男人滚热的气息。

姜醒哪里抵得住诱惑,十分慷慨地予以了回应,直到闻到排骨汤越来越浓的香气,才慢慢回过神,别开脸,轻轻推了他一把。

陈恕目光炙热,似乎有些不满意。

姜醒微微喘息,想笑,又忍住了,低声说:"去吹头发吧……"

见他不动,她真的笑出声来:"……你也有今天啊,再等不及,也得吃过饭了。"

陈恕愣了愣,想辩解,最终却只是笑了一声。

他根本就不是这个意思,她误解了,但这又有什么关系。

他没再说话,低头帮她把袖子卷得更好一些:"别急,慢慢来。"

"我知道。"姜醒说,"你把你自己收拾好,头发要结冰了。"

陈恕笑着应:"好。"

晚饭顺利做完,味道马马虎虎。

陈恕本来就不挑剔,又是姜醒做的,就算再难吃他也不会说实话。

吃完饭,陈恕洗了碗,姜醒去洗澡。

收拾妥当后,两人早早躺下。

被窝里暖和,身边是喜欢的人,即便是寒冷的冬天,也依然觉得舒适惬意。

两人聊了一会儿,没说什么具体的事,他出差时,他们也通电话,彼此对对方的近况都很清楚,因此聊天便格外的天马行空,想到一句说一句,仿佛说了什么并不重要,重要的是他们在一块儿,看得到脸庞,听得到声音,真实地躺在一张床上。

后来,他们都不说话了。屋里安安静静的。

姜醒整个人蜷在他怀里。

躺了许久,一切都慢下来,呼吸、心跳,甚至时间都慢了。

"陈恕?"姜醒唤了一声。

"嗯?"陈恕的声音难得懒懒的。

"我过完小年就休假了,我妈希望我早点回去,我姐今年要跟我姐夫回厦门过年,所以年底家里就我爸妈两个。"

陈恕微顿了一下,说:"好,那你先回去。"

"嗯。"姜醒亲了亲他的胸口,"我在家里等你。"

"好。"

小年过后,天气似乎更冷了,姜醒回家后的几天里连着下了两场雪,这在江城很罕见。

年前只剩下两三天,姜醒陪父母置办了年货。

到除夕那一天,一切都准备妥当了,家里和随园那套房子也都收拾干净了。

陈恕坐清早的动车,中午十二点多到了江城。姜醒开着姜父的车去火车站接他。

碰上面时,他风尘仆仆,她激动愉悦,一见到人就上去搂脖子亲脸,陈恕既窘迫又高兴。

陈恕带了不少行李,一个大拖箱,一个背包,还有一个袋子,全都装得满满当当。

姜醒直接将他带到随园,进了屋,才知道他带的那些全都是礼物。

他一样一样拿出来整理,盒子、袋子,分门别类,每一个上面都贴了便笺条,给外婆的,给舅舅的,给小表妹的……分得清清楚楚。

姜醒平常聊天时偶尔会提到,但并没有把家里亲戚都介绍一遍,也不知他何时弄得这样清楚。

在随园休息了一会儿,下午两人一道回家。

Chapter 10　守候

今年姜梦夫妇不在，外婆也被小舅舅接走，家里只有四个人吃年夜饭，因此没有像往年那样大张旗鼓地在外面订酒店，姜母决定自己整一桌菜出来。

陈恕和姜醒也跟着帮忙，忙了两个多小时，折腾出一顿丰盛的年夜饭。

虽然只有四个人，但这顿年夜饭意义重大。

对陈恕而言，更是如此。

自从大伯去世后，他已经好几年没有过一个像样的年，回家了，年夜饭也是一个人吃，有两年他没有回去，也没有参加学校组织的除夕聚餐，除夕夜那天仍和往常一样，独自在宿舍度过。

那时又怎会想到，有一天会再遇到姜醒，会和她在一起，甚至被她的家庭接纳？

如今想来，并非觉得那时有多苦，只是意识到现在太幸福。

而这幸福，全都因为一个人。

也许在多年前那辆火车上，一切就已注定。

离午夜十二点只有半个钟头，小孩子们竟然还未睡觉，都聚在楼下小区广场。

虽然放烟火在城市不被欢迎，但一年仅有一次的除夕夜似乎被温柔对待了，小区物业也睁一只眼闭一只眼。

姜醒与陈恕坐在楼上阳台，霓虹灿烂，烟花也美。

姜醒低头，从羽绒服口袋摸出红包，塞给身边男人："喏，压岁钱收好。"

陈恕扭头，愣愣看她。

"不要吗？"姜醒挑挑眉，好整以暇地等待。

陈恕默然半晌，低头笑出声。

他接下了红包，握住她的手，眉眼间神采诱人。

"我也有东西给你。"他说。

"轰——"

窗外半空，一道烟花炸开，七色火芒散成花。

姜醒低头,手指上多了个圈圈。

而身边人,已伸手将她揽进怀,唇在她耳边留下一个吻,接着温柔道一句:"姜姜,我们结婚吧。"

不由记起,那年嘈杂火车上,男孩温淡的声音——"你到这里来坐吧。"

彼时,大梦将醒。

如今,混沌已过,余生有他。

——正文完——

Special Episode 01
再见

沈泊安做了一个漫长的、陈旧的梦。

梦的最开始是在那座南方的城市——江城。

那时的姜醒，短发，穿着蓝格子的连衣裙，白球鞋上有黑色泥迹，刚跟人打完架回来。那是沈泊安第一次在那个老宅子见到她。他的同学徐书禹是她的小舅舅。

那天晚上，她没有吃饭，因为不肯认错。夏天的傍晚闷热难受，蚊虫更是令人烦躁，她却蹲在院子里的枇杷树下，一直到天黑都没有进来，最后是徐书禹把她拉进屋，徐书禹偷偷拿了吃的去哄她，她坚持不吃。那时，沈泊安觉得这个丫头真犟。

沈泊安和姜醒有交集，就是因为徐书禹，那时徐书禹偷懒，让他帮忙检查姜醒的暑假作业，他就抽空看了一下她的数学练习卷，发现有不少错误，他一一圈出来，教她订正。

之后徐书禹又偷懒，让他给姜醒讲试卷，他也讲了。再后来姜醒有不会做的题，就来问他，不知怎么的，在那两个礼拜中，他莫名其妙地就成了她的辅导老师。

回到学校后，竟也保持了一点联系。姜醒有时往他宿舍打电话找她小舅舅，如果徐书禹不在，就找他。那时手机还不像现在这样普及，他和徐书禹都是到2000年年末才买上了手机，而姜醒那时根本没有手机，都是拿家里座机偷偷打电话，打电话也没正经事说，有时随便讲几句，有时会问他数学题。

她也给他写过信，带着花边的信纸，小姑娘工整秀气的字，多半是跟他吐槽些烦恼事，在末尾总会问他的近况，再附上祝福。沈泊安没回过，只在她下次打来电话时告知信已收到。姜醒也不曾叫他回信。

之后有一段时间，他很忙，要帮导师做事，经常离校去各地出差，而徐书禹那学期去了美国做交换生，姜醒也进入备考阶段，联系就慢慢断了。有一天他收拾东西，翻到以前的信件，才意识到姜醒已经很久没打过电话，也没有再写信来了。

研三那年寒假，他和徐书禹组队做调研，又去了江城。那时姜醒变了很多，头发长了，个子高了，人也更瘦，像一株小白杨，挺拔伶俐。那天正下雪，她穿一件奶黄色羽绒服和小表妹在院子里堆雪人，小表妹拿雪砸她，她团好了雪球要报仇，却砸到了刚进院子的他。

沈泊安不会告诉她，在那个傍晚，他意识到，他是有点想念这个小丫头的，那时候也许还没有别的，只是单纯地拿她当个小妹妹。

然而她很傻，愣呆呆站在梅树下，被小表妹趁机偷袭也意识不到，像看外星人一样看着他。

沈泊安差点以为她不认识他了，没想到她走过来喊了他。

小女孩儿的声音，清清淡淡，只三个字："沈泊安？"

他应："嗯。"

"你……"她似乎想说什么，眼睛里亮晶晶的，然而她的话还未出口，就被她小舅舅打断了。

徐书禹催促他们："快进屋，进去再说，外面冷死了。"

那天没能再说上话。她吃完晚饭就被家人接走了。

后来的一周，沈泊安和徐书禹都在忙，从正月初六到正月十二，他们不是泡在市图书馆，就是在外面做访谈，等闲下来，姜醒已经开学了。

沈泊安再见到姜醒，是在书店里。他去买签字笔，而姜醒在那买参考书。沈泊安进去时，她刚好背着书包出来。

两人没想到会在这碰上，看到对方，同时一愣。

姜醒怔怔地看着他，她的眼睛依然很亮，白皙的脸庞带了些暖气熏出来的红。

沈泊安走近了，问："你来买书？"

她点点头。

"买好了？"

"嗯。"停了下，她问，"你也来买书？"

"不是，我买笔。"

"哦。"

她低着头，脚尖轻轻蹭着台阶。

沈泊安说："你急着回去吗？"

姜醒诧异地抬头。

他说："如果不急，在这等我一下。"

"……好。"

沈泊安买好笔出来，看见姜醒站在行道树下。

他走到旁边，她没有意识到，还是望着马路。

"姜醒。"他喊了一声。

"嗯？"她仿佛突然回过神，"你买好了？"

"嗯。"

"那你现在要去哪？"她抬头看着他，表情格外认真，和请教数学题时一样。

"不去哪。"他说。

"你不是很忙吗？"

"今天不忙。"

"哦。"

她又不说话了，沈泊安顿了顿，说："你要回家吗？我送你吧。"

他去路边拦车，听见姜醒在身后说："不用了，我骑车来的。"

沈泊安回头一看，她已经去推自行车了。

他走过去说："那你骑回去吧，小心点。"

"你呢？"

"我坐出租车回去。"

姜醒扶着车没动，过了两秒，说："你可以骑车载我。"

Special Episode 01 再见

沈泊安看了一眼那辆天蓝色的女式自行车。

"你不会骑吗？"她仰着脖子，眼里竟有一丝挑衅。

他忍不住笑了："我当然会骑。"

他的确会，只是这个女式车对他来说有点小了，他坐上去显得怪怪的，但已经没有退路，因为姜醒已经坐上后座，两手揪住了他的衣服。

"你家怎么走？"他只好问。

"沿着这条路，到前面我指给你。"

"好，那我要出发了，你把围巾戴好，风会刮到脸。"

"嗯。"

他骑得不快，到了路口，姜醒叫他转弯他就转弯了。

骑了一会儿，沈泊安说："你不要揪着衣服，扶稳点，小心摔着。"

身后传来低低的声音："我没有扶的地方。"

沈泊安愣了一下，车速缓下来，他半握着手刹，说："你扶着我。"

身后静了静，之后听到她"哦"了一声。紧接着，她的手扶到他腰上。

那天是什么日期，那条路骑了多久，沈泊安都记不清了，腰上的两只手和他一路的心跳是那天最深的记忆。

他记得，他将她送回了家，在小区外面同她道别。

她推车进去，几分钟后又骑着车出来，追上他，拦住了他的路。

"你为什么不给我回电话？"

他怔住："什么？"

姜醒喘着气说："那时候，你为什么不给我回电话？"

"什么时候？"

"原来你已经忘记了。"她似乎很沮丧，站了一会儿，推着车走了。

那天回去后，沈泊安打电话给室友，仔细询问几遍，才知道他不在的时候她曾打过电话，她请室友转达，让他回来给她回电话，谁知道他的室友忘得一干二净，若非他提起，根本没人记起这回事。

这事并不是他的错，但沈泊安多少觉得愧疚。她失望的样子，他还记得。

那时沈泊安不知自己为何会向徐书禺问她的学校，也不知隔日为何会去学校外等她。

放学时,她和同学一道出来,还是推着那辆自行车。沈泊安等了一会儿,她就看见了他,又像看见外星人一样傻站着。

他有点无奈,叹了口气,走过去。

她已经发完呆,推着车过来了。

"要回家?"

姜醒点头,又问:"你怎么来了?"

"晚一点回去要紧吗?"他说,"请你吃东西。"

姜醒似乎很惊诧。

沈泊安笑了笑:"走吧。"

他请她吃比萨,给她点了热可可。

姜醒问:"你为什么请我吃这个?"

"给你道歉。"

"道什么歉?"

沈泊安说:"打电话的事。"

"哦。"

"你等了很久?"

"没有很久。"她低头喝了一口,声音淡淡的,"几个月吧。"

"……"

沈泊安皱眉:"我不知道,并不是故意的。"

"嗯。"

"姜醒。"他微微凝目,"我说真的,我室友忘记告诉我了。"

她顿了一下:"……哦。"

他有点头疼:"你在生气?"

"没有。"

"假话。"

"没有。"

"姜醒……"

"嗯?"

Special Episode 01 再见

"打电话有事吗?"

"没什么事。"

"那为什么?"

"想打就打了。"

沈泊安没话问了,沉默地看了她一会儿,低声说:"快点吃吧,吃完送你回家。"

仍然是骑车载她,到门口停下,他说:"进去吧。"

"再见。"姜醒扶过车,往里走。

"姜醒。"他忍不住喊住她。

"嗯?"

"以后不会了。"他说。

"不会什么?"

"不会不回你电话。"

他看到她愣了一下,然后似乎是懂了,对他笑起来。

那是属于小女孩的笑,青涩简单,但真实直白。他看晃了眼,后来和她在一起后,仍会时常想起,每一次都仿佛又看到一遍,惊艳如初。

他年纪大她不少,他有过顾忌,也曾犹豫徘徊,但最终还是没能熬住。辗转反侧的那段时光,他不信那不是爱情。

好在这一切都达成了,多年前的炎夏,她孤身一人来到他的城市。他清早赶去车站迎接,在人潮涌动的北广场抱住她。

她亲他的脸庞,说:"我来了。"

那年,她终于如愿考上了大学,来到了他的城市。

……

这个梦很美,美到继续不下去。小时候的姜醒,大学时候的姜醒,毕业后与他在一起的姜醒……全都成了一场空梦,什么都没了。

沈泊安坐了很久,清醒时,他揉了一把脸,发现手机屏幕已经暗了。

他摁了一下,看到屏幕上依然是那张婚礼现场照,舞台铺满花瓣,新郎正在亲吻新娘。

这是他的学生孙程发在朋友圈里的照片。

沈泊安盯着照片看了很久，他跟她已无联系，没想到会通过这样的方式得知她的婚讯，猝不及防。

她穿着洁白的婚纱，被身边人搂在怀里，她抬头迎接那人的吻，唇边皆是笑。

沈泊安记起那一年，她也曾为他穿婚纱，为他戴婚戒，握他的手，由他亲吻。可惜，那也成了旧梦一场。

这一天，沈泊安独自去了安大，公主楼还是那栋公主楼，西操场也依旧空旷，然而人事已非，曾经留下足迹的地方此时都已换了新人，几乎都是成对的学生情侣，只他一人形单影只。

沈泊安烂醉一场。醒来后，他想，这辈子大概再也不会见到姜醒了。

然而，后来的某一年，再次去她在的城市，却依旧记起她。

她已是那家杂志社的主编，她的名字轻易就能搜索到。

沈泊安在写字楼外面看到姜醒跟同事一道走出来，去旁边停车场取车，然后她去了新实验幼儿园，出来时牵着一个小男孩。

隔着车窗，沈泊安看见小男孩背着熊猫书包，被姜醒抱进车里。

她开车上路，他不知自己为何还要一路跟随，直至看见她泊车，也看见大厦里走出的男人。

原来她带着儿子来接那人下班。

沈泊安突然后悔，不如不见。

他看到那男人弯腰抱起小男孩，腾出一手揽着她，一家三口上了车。

那辆车在视野里驶远，沈泊安没有再跟上去。

他的手机响了，是他的女儿打来的电话。

沈泊安接通了，电话里的声音很清脆："爸爸，什么时候回家？"

"明天。"

"说话算数？"

"嗯。"

挂掉电话，他将车开到路口，掉头向反方向行驶。

再见，姜醒。

他在心里说。

Special Episode 02
我们

时间进入十二月，姜醒忙碌起来，手头堆积的事情都要赶在年末这点时间里处理掉，这一周的闲暇几乎被工作挤占，下班时间一再推迟，因此陈小野都交给陈恕去接。

陈恕当然也忙，不过他所在的事务所去年新搬了位置，离新实验幼儿园很近，四点多抽空过去一趟，将小野带到事务所，做完事再一起回家，倒也算方便。

说起来，陈小野小小年纪，已经是有方建筑的常驻小帮手，日常帮人传话、拿饮料，在两层办公区内跑腿递材料，做得有模有样，谁有这种活儿只要喊一声"小野"，便能看到一个小身影很快地出现。空下来，用不上他的时候，他就在陈恕办公室的休息区玩积木或是看绘本。

陈恕近期在做一个美术馆的项目，有个分过来的实习生跟着他，还未毕业的一个本科生，勤快好学，很爱问问题，每天下班前都来找陈恕交流。聊了二十多分钟，等他离开，陈恕才得空去看角落里默默拼搭雪花片的小野，他拍了一张照片发给姜醒。

过了几分钟，有消息进来：给他吃零食了吗？

陈恕回复：只吃了面包，今天什么时候下班，来接你？

姜醒：今天早一点，剩下的回去再做，你那边结束就过来吧。

陈恕：好。

他手头没有太急的活儿，只是明天有个分享活动，面向建筑系的本科生,他已经准备得差不多,又过了一遍素材,便收拾好东西,带小野离开。

六点多,姜醒从大厦出来,走去停在路边的车子,拉开车门,看到儿童座椅上陈小野耷拉着小脑袋,眼睛闭着,竟然已经睡着了。

"上车就困了,他自己还说要等你,都没撑过五分钟。"陈恕侧过头,低着声告诉她。

姜醒忍不住笑,看看那张小圆脸,阖上车门,去坐副驾:"奇怪了,今天怎么这么早就放完电了。"

"姚老师说今天户外活动,小野练了很久跳绳,能连续跳四十个了,应该是累到了。"陈恕靠过来,帮姜醒拉安全带,清晰闻到她大衣外套上的香水味道,是他上个月买的那款。

"你在闻什么?"姜醒注意到了,抬眼问他。

陈恕笑笑没讲话。

"好闻吗?"

他点头:"之前没见你用这个。"还以为她不喜欢。

他低头扣好了安全带,发动汽车。

姜醒回过头,看一眼后座,想起来姚老师在群里发的消息,问道:"是不是说晚上要做一个兔子灯?"

"嗯,上次的纸板还剩了点,应该够做。"

幼儿园里时常会有些小任务,让小朋友和家长一起完成,这些事情姜醒动手比较少,陈恕承担更多,已经驾轻就熟。

像现在这样,在回家的路上,聊小孩的作业,似乎是大多数夫妻的常规交流话题,他们两个也不例外。

小野上幼儿园的第一年,他们比现在轻松,那时姜醒的母亲还留在这边帮他们的忙,自从小野上中班,越发懂事,自理能力也提高,他们开始挑战独立带娃,眼下过了一年多,这中间的磕磕绊绊不少,但他们都克服了,如今俨然成为熟手家长。

车子在晚高峰里走走停停,到家时间已经不早。

小野没睡醒,陈恕从车里抱出他,姜醒提着他的小书包,到快递柜取了这周的鲜切花，回去之后把小野搁到床上，趁着这空当，陈恕做饭，姜醒收拾屋子。

等晚饭做好，姜醒才进卧室去叫小野。

小野从睡梦中醒来，还不知道已经到家了，蒙蒙地揉着眼睛喊"妈妈"，很没头没脑地说起他搁在幼儿园里的那双运动鞋穿得脚疼："姚老师说我的脚长大了，要让妈妈买新鞋了。"

姜醒欣然应道："行，买新的吧，小野想要什么样的？"

"还想要一个毛毛虫的。"

也不知道为什么，小家伙就是对毛毛虫鞋情有独钟。

"好，那就听你的。"姜醒抱他下床。

从卧室往外走，到门口，陈恕已经将饭菜摆好，姜醒忽然被小野拉住衣服。

"妈妈。"小野朝她招手。

姜醒俯身，小野靠近她耳边小声地说话，惹得陈恕投来注视的目光，微微抬眉，笑问他们讲什么悄悄话。

小野闭紧嘴连连摇头，姜醒也只说："吃饭，饿死了。"

晚饭之后，姜醒去书房继续做事。

陈恕陪小野一起做完了手工灯笼，父子两个都洗了澡，本该到了给小野讲睡前故事的环节，小家伙却难得主动地说不要他讲，要自己看图画书，弄得陈恕颇为意外。他闲下来，过去书房里。

姜醒正坐在电脑前敲键盘，有位工作中认识的朋友要出一本旅行摄影集，请她帮忙写序。听到脚步声，姜醒偏头看了一眼，陈恕走过来将水杯搁在她手边。

"小野呢？"

"在看书。"陈恕看一眼电脑屏幕，"还要写很久吗？"

"还有一点。"

"好。"他的目光在她脸上停了一下，刚要转身离开，手就被姜醒拉住。

"干吗急着走?"她仰起脸看他,"陪我一会儿。"

陈恕露出笑:"好。"他在旁边的椅子上坐下,拿书架上的地理杂志看。

姜醒很快写完最后两段,右下角敲上署名,随口问:"今天几号?"

陈恕顿了一下,回答:"七号。"视线随之落过去,看她敲上了日期,文档拉回最上面,开始从头检查文本,似乎完全专注在手头的事情上,并不觉得七号这个日期有什么特殊。

陈恕微微抿唇,收回了目光。

虽然他并不多在意这个日子,且她最近很忙,不记得也很能理解,但不可否认,他心里的确有一丝失落,大约是因为和她在一起的这些年,她每年都会给他过生日,没有一次忘记过。

难免地,即使是陈恕,也生出一点贪心。

姜醒检查完毕,保存了文档,一身疲惫地往后一靠,座椅转了个角度,面向陈恕,他也正好抬头,合上手里的杂志,将她连同座椅一起拉近,帮她揉肩膀。

姜醒懒懒地享受了一会儿,抬手轻轻扣住他的手指:"……好啦,可以了。"

这时候听到"笃笃"的声音。

两人同时转头,房门开了道缝,陈小野的小脑袋凑在门口:"爸爸妈妈,有人敲门,我可以开吗?"

陈恕疑惑:"我去开。"他随小野一道走出去。

敲门的是外卖员,送来的东西令陈恕惊讶,他一看就明白了,接过来,道了谢。

陈小野的兴奋已经不能掩饰,开心地拍着手掌:"哎呀,终于来了。"扭头就朝屋里喊"妈妈,妈妈"。

姜醒走出来。

陈恕将蛋糕提到桌上,她过来拆,间隙中抬眼去看他的表情:"你是不是以为我们忘记了?"

陈恕没答，垂眼笑了下，才开口说："你还吃得下蛋糕？"

姜醒："可以啊，少吃一点。"

陈小野已经去书包里取来自己准备的礼物，一张精心创作的图画，画的是他的建筑师爸爸，带有小朋友作品的夸张风格，大大的脑袋，缤纷的颜色，非常抽象派，上面还有彩色笔写的几个歪歪扭扭的字：爸爸生日快乐。

他请姚老师教他写的。

"爸爸你喜欢吗？"

"嗯，很喜欢。"

陈恕明显很愉悦，甚至将小不点抱到腿上亲了一下："谢谢小野。"

陈小野十分开心，晃着小脚，咧起嘴朝姜醒眨眼睛，姜醒走过来薅了一下他的小脑袋："好了，快让爸爸许愿。"

她已经点好了带数字的蜡烛，彩色的"32"。

三十二岁的陈恕，她的丈夫，陈小野的父亲。

他们在一起的第八年。

姜醒静静地看着他在烛火的微光里认真地许愿。每年的这一天，她都让他许个愿望，他每回都照做，她从来没问过他许的是什么，今年也一样。

等陈恕吹熄了蜡烛，姜醒问："要听生日歌吗？"

立即被抢答——"我来唱！我来唱！"小野迫不及待举起手。

熟练地唱完生日歌，终于到了小野最喜欢的吃蛋糕环节。平常妈妈会管束他吃甜食，今天当然是例外，他一直吃到满足才跟着爸爸去刷牙。

收拾了桌子，陈恕陪小野看书。

姜醒去洗了澡，等她吹好头发回卧室，陈恕刚好从小野房里出来。

"他睡了？"

"嗯，开灯躺了一会儿，他自己说可以关灯。"陈恕说，"进步很大。"

"你教得好啊！"

姜醒刚从浴室出来，身上只穿着薄款的睡衣，走去床头。

陈恕调高了空调的温度，过去摸她的头发："还要再吹一下。"

"没事，等会儿就干了。"姜醒一边抹护手霜，一边侧眸看他，目光相触，注意到他的眼神，她弯弯眼睛，"你看什么呢？"

陈恕没说话，仍然看着她那张洗浴过后的极其干净的脸。他想亲她。

姜醒却在这时想起了什么："对了。"

"……嗯？"

姜醒走去床头柜边，取出盒子给他："礼物。"

陈恕接过去打开，是手表，钢带白盘的机械表。

"你那块戴太久了，换个新的。"姜醒直接取出来，"试一下看看。"她拉过他的手腕，很自然地帮他扣上去，"很合适，喜欢吗？"

陈恕看着她的眼睛，认真点头："喜欢。"

"那是更喜欢我的，还是更喜欢你儿子的？"

"怎么又问这个？"陈恕一脸无奈的笑容，同时去抱她，唤一声"姜姜"，低下头来吻她的鼻尖，再落到唇上。

姜醒抬手搂住他的脖颈。

很久之后，床头灯被陈恕按掉。

黑暗中，姜醒在他耳侧轻轻落了个吻，陈恕听到她温柔的声音："生日快乐，宝贝。"

——全文完——